目录

第一章 大梦初醒

“……璟！谢璟！醒醒！”

谢璟眨眨眼，好半天才缓过神来。

他趴在地上，只觉得浑身湿冷，用了最大力气也只挪动了手指头尖儿那一点位置。指甲裂了，浸在一洼浅水中，生疼。

喊他的人年岁不大，估摸着十岁出头的模样，穿一身破旧的黑袄，剃了头，只长出了一层青茬儿，这会儿吓得脸色也发青，连晃了几下。瞧见他睁眼了，那半大小子又往后退开点，慌里慌张地想走。

谢璟咳了一声，喉咙里有铁锈味。

那小子跑了两步，不知怎么的，又折返回来往他手里塞了几个铜板，一声不吭就跑远了。

谢璟攥着手里尚带温度的铜板，闭了闭眼睛。

他脑海里纷杂一片，断断续续闪过好些画面，一会儿是他在擦拭灵牌，一会儿又听到有人喊他在叮嘱什么，恍惚间一梦经年。

他像是做了长长一个梦，梦醒了，他又回到少年时。

谢璟咬了咬唇，尝到痛意，眼神里却多了一抹清明，环视四周，又垂眼看了那片已经被半融的雪水泡硬的衣领，后脖颈那一片隐隐的疼痛提醒他刚才发生了什么，如果他没记错，这是他十三岁最难熬的那年冬天。

也就是这年冬天，从小照顾他的寇姥姥没熬过去，生了一场大病走了。

而他之所以会倒在这里，就是因为寇姥姥从昨夜开始高烧不退，他咬牙抱了家里最后一件值钱的玩意儿跑去当铺，好歹换了两块大洋，打算给寇姥姥请个郎中——他从当铺出来的时候就被人盯住了，等跑到小街，背后一闷棍就让他眼前一黑，倒了下去。

方才一脸惊慌喊他醒来的小孩叫小李子，是附近戏班的一个学徒，经常钻狗洞出来找他玩儿，两人算是熟识。只是小李子天生胆小，这次能陪他偷溜出来一起去当铺就已经吓得腿脚哆嗦，等谢璟被打晕在地，他更是被吓破了胆，喊醒了人，塞上几枚自己积攒下来的铜板，兔子一样撒腿就跑了。

谢璟撑着身体爬起来，他记得自己上一回直到半夜才醒过来，回去之后，寇姥姥已经不行了。

这次早了半日，而他身上还有几个铜板。

谢璟没回老房子，他揣着身上仅有的几个铜板，去了镇上的寇家。

寇姥姥在青河县是有亲戚的，但并不常走动，无他，穷。

一老一小，家里揭不开锅，如今这年头又乱，哪里有人敢凑近了说话，谢璟这样的小子正是能吃的时候，谁家也没有多余的米能养活一张嘴，慢慢地也就疏远了。

谢璟这次去，是为了赌一件事。

他敲开寇家的门。傍晚时分，再简陋的砖土房子里也透着人间烟火气，一抹昏黄的油灯照亮小饭桌，粗糙的三合面馒头冒着热气，棒子碴粥黄澄澄一满碗，一碗蒸咸鱼，一小锅白菜炖油渣儿，香气直往鼻子里钻。

寇老三站在门口同他寒暄，只当他来借钱，正在为难让不让他进去：“按理说我该去看看，可这肺痨病也不是一时半会儿能好的事，唉，谁家都有个三灾两难……”

谢璟对他道：“三叔，不是来同您借钱，我听说沛哥要同您一起去当差。”

寇老三有些得意，脸上难掩笑意道：“可不是，前些日子我带他去王家送了一趟货，也不知是走了什么运气，点了名儿的要他过去当差。”

“别去。”

寇老三眉毛都竖起来：“什么？”

谢璟道：“我劝您别让沛哥去，他在那边弄坏了少爷的东西，府里的人找他是为了出气，您签的是不是死契？”谢璟也说不准，他只知道当年寇老三的儿子进去没过几个月就疯了，死在里头。寇老三逢人就哭诉，说是府里的少爷害死了他儿子，还递过几次状纸，只是对方家大业大，寇老三拿了张按了手印的契文，不了了之。

寇老三有些疑虑，但还是转身回去低声问了儿子几句。寇沛丰正在里头吃饭，嘴里含着三合面馒头说话咬字不清，言语间含含糊糊的，眼神想躲。寇老三抬手给了他后脑上几巴掌，瞪圆了眼睛，才从儿子嘴里问出几个字来，勉强能听到“半月前”“箱子”一类的话。

谢璟站在门口，一动不动地等着。

寇老三再回来的时候，额头上已冒了一层细汗，他拉开门让谢璟进来些，低声问他：“谢璟，这事儿你怎么知道的？你认识主家的人，那人还跟你说什么了？”

谢璟：“说让沛哥去跑街，老铺的胡把式最挑剔，到时候找个什么错儿把人撵出去，或者送到马房做苦差。”寇沛丰上辈子就是在马房上吊自杀的，说是疯得厉害，颠三倒四，就那么一两个字往外蹦，死也死得稀里糊涂。

寇老三冷汗已经下来了，原本吃锅子的热乎气都没了，后背嗖嗖发凉。

他确实送了点银元给老铺，想让他儿子跟着把式后头学本事，那边满口应承，今儿听着言语里透露的意思就是找的胡把式，说是负责老铺药材的，是肥差。而马房是什么样，寇老三再清楚不过，如今这年头官老爷一茬茬地换，县官不如现管，马房里死一两个小伙计也不是什么稀罕事儿，塞点钱，任你是冻死、打死，都能涂抹过去，况且他儿子半月前，还……

寇老三心口一紧，正在想着，又听眼前的男孩平缓说道：“三叔，您送我进主家，我顶沛哥的名字。”

寇老三怔了下。

“您拿两块银元，给我姥姥请个大夫，”谢璟说话慢但铿锵有力，一字一句道，“我替沛哥去。”

寇老三想了片刻，谢璟站在那儿等，时间一分一秒，像是有一把小火在心上烤过，火烧火燎。

片刻后，他终于听到寇老三开口。

“这事你也只是听说，做不得准，不过三叔承你人情，这顶替的事儿……容我再想想，两块银元先借给你就是了。”寇老三这么说着，又抬手去拿自己那件半新的羊皮夹袄，“这么的，叔先请个大夫，给你姥姥瞧瞧。”

寇老三顶着寒风跟谢璟一起出门，他不放心，并没有直接给谢璟钱，而是跟着他一道去找了郎中，一块银元都没让谢璟沾手。这两块银元可是一家人一个多月的嚼用，寇老三把钱给郎中的时候心疼得厉害，但还是咬牙递了出去。

路上，谢璟拿出兜里仅有的铜板买了一个烧饼。

卖烧饼的支着一个大铁皮桶，里头炭火旺盛，把烧饼烘得外酥里嫩，一个个冒着热气。挂着芝麻粒的烧饼被火一烤，上头的芝麻爆开，发出细微“啪”的声响，香气扑鼻。

谢璟在摊前站定了，要了一个带芝麻的。

芝麻烧饼薄而扁，一个要三个铜板，卖烧饼的人给他拿了，又问道：“一个够不够？不如再要俩白面的，比芝麻的便宜俩大子儿！”一般人都爱要白面烧饼，里头撒了五香粉，一样香，更当饱，除非是给家里小孩带才买芝麻的，这玩意香是香，可吃不饱。

谢璟摇头，要了一个，拿油纸包好了贴在胸口放着，路上一口没吃。

寇老三在一旁瞧着，倒是对这孩子心软了几分。谢璟不吃，定是带回去给家里病人吃的，这么大的孩子也是有心了。

青河县不大，郎中骑着毛驴，谢璟和寇老三一路紧跟，半个时辰就到了寇姥姥住的老房子。

小镇边上的老房子多，住的大多是苦力，靠近码头，谢璟他们住的房子就伫立在其中，房子里阴冷潮湿，除了寇姥姥躺着的土炕和炕边搭放着的一张小饭桌，再没有一件称得上家具的东西了。

郎中穿着棉布厚长袍，进屋放下药箱去给寇姥姥治病，看了一阵，就道：“不碍事，不碍事，我当是肺痨，不过就是伤寒，想是积劳过度，又吹了风。”又给开了药，“这些药我身边正好带了，也省得再回去取一趟，留下几服药你先给你姥姥吃着，晚上留神盯着点，多照看些，吃着见效就再去我那里拿，几服药就能好。”

郎中写方子的时候忍不住跺了跺脚，这屋里倒是比外头还冷，一丝热乎气都没有。

寇老三忙道：“快去烧些热水，好歹也暖暖炕！”

谢璟盯着躺在那儿的寇姥姥有些迟疑，寇老三道：“这儿有我呢，快去。”

谢璟这才去了。灶间的火烧起来，房子里多了点热乎气，寇老三给郎中倒了一碗热水，谢璟却是端了小半碗热水，吹凉了小心喂给寇姥姥，没半点嫌弃老人的意思。

郎中在一旁道："对，一会儿也这么喂药，小口喂，慢慢来，只要不吐出来就可以。"

寇老三送郎中出门，回来的时候就瞧见那孩子掰碎了烧饼，小口喂给寇姥姥吃，喂了小半块之后，又忙去熬药。外间的灶连着里头的土炕，他家只有一口小铁锅，里头还放着刚煮好的一锅热水，现取了下来，换了一个缺了半耳的黑陶罐在熬中药。

寇老三瞧他可怜，帮着去捡了些树枝柴火回来，言语里忍不住带了责怪："你姥姥病着，家里怎么一丝火星都没有？天寒地冻的，好歹把炕烧热……"

谢璟没吭声，只听着。

寇老三说到一半，准备抬头去拿东西的时候，就瞧见谢璟耳后的血痕。刚打的伤口，天冷，血凝在一头黑发里，倒是不容易察觉，若不是这会儿灶膛里火苗烧得旺，也不能看个正着。

谢璟脸偏白，透着冷色，白瓷似的没有一丝瑕疵，在这个年纪的男孩里算是长得极俊俏的了，就是太瘦，细弱伶仃的脖子支撑着脑袋，手脚纤细，蹲在那儿小小的一团。

这年头谁讨饭吃都不容易，寇老三心里叹了一句，也就没再吭声。

寇老三没问谢璟的遭遇，谢璟就一字不说。

寇老三在临走的时候又敲打了一下谢璟，毕竟他在这儿扔下两块银元呢！

寇老三瞧着他们孤儿寡母的，还是说了句软和话："你且准备几日，也照顾好你姥姥，我这也等着主家听信儿呢，等来了消息，我就来寻你，横竖总还要个几天，你在家等着吧。"

他也不怕谢璟跑了，青河县就这么大，能跑到哪儿去？

谢璟应下。

等到夜里，谢璟又喂了寇姥姥两次药，一宿没睡，守在老太太身边。

半夜里没有水了，外头天寒地冻，水缸里的那点水都被冻上，谢璟也不敢离开老人身边去河里取水，当晚下了大雪，他就取了些雪水回来煮沸了，喂给老人喝。

他喂寇姥姥吃完剩下的那半个烧饼，大约是喝了药有点力气，好歹是咽下去了。

谢璟坐在那儿，放轻了手脚给她仔细擦嘴，看着她舍不得挪开眼睛。

真好，她吃了一整个烧饼。

当年寇姥姥撑了几天，烧得糊涂，嘴里一声声地喊着他的乳名，只最后说了一句，说想吃一个芝麻烧饼。谢璟当年和现在一样，在当铺外被人抢了银元，身无分文，为了满足老人最后的一点心愿，他在路边给人磕了许多头，好不容易借了几枚铜钱去买，回来寇姥姥只来得及吃了半个，人就没了……

谢璟看着她，心想，姥姥这次吃了一整个芝麻烧饼，一定会好起来。

天边泛白的时候，寇姥姥醒了，指尖动了动，谢璟就察觉到，立刻起身小心去碰了碰她的脸，小声道："姥姥，姥姥您醒了？"

寇姥姥眼睛缓缓眨了眨，微微点头："醒啦，几时了，璟儿怎么今日没去学堂？"

谢璟鼻尖泛酸，握着她的手放在自己脸边："我不去，我守着您，哪儿也不去。"

寇姥姥醒来后，身体渐渐好转，她向来身子骨硬朗，这次是饿得久了，又连夜赶针线受了风寒，一下病来如山倒。谢璟把家里那点存粮全拿出来，又去河边砸开冰洞抓了鱼给姥姥熬汤，吃了几天，寇姥姥慢慢有了力气，白日里不用谢璟扶着也能自己起身喝药了。

谢璟瞧着她好端端坐在那儿，心里一块大石才放下。

他这几天一直像在梦里，脚踩在云端都是飘的，有时候早上起来看到破败简陋的老房都会失神，分不清哪边才是梦境，耳边连着听见寇姥姥喊他的名字，思绪才收回，眨眨眼，眼神重新恢复清明。

"姥姥？"

寇姥姥小声咳了咳，问他道："璟儿，咱家小桌上供奉着的那尊小金佛呢？"

谢璟顺着她视线看过去，小桌上原本放着一尊铜塑描金的佛像，不过两个巴掌大小，雕工也一般，倒是实打实地用了两斤上好黄铜，分量极沉。那是他从懂事以来，寇姥姥就带他一起每日拜上几拜的小金佛，也是姥姥最重视的物件，家里再难，老人都没动过卖它的念头。

谢璟垂眸："卖了。"

"卖哪儿去了？"

"镇上，当铺里。"

寇姥姥听到他卖了家里那尊小金佛之后，愣了下，长叹一口气，反而伸手摸摸谢璟的脸安抚道："没事，璟儿不怕，姥姥还能做针线活儿，等我好了，多做一些绣件拿去卖掉，一定能赎回来。"

“我不要。”

“傻孩子，那是你娘给你求来的小金佛，能保佑你一辈子。”

谢璟摇头，环腰抱住她闷声又说了一遍：“我不要。”

寇姥姥揽着他，用手爱惜地摸了摸他脑袋，哄他道：“又说孩子话，那毕竟是你娘留给你的，姥姥答应她要好好照顾你，她给你的物件咱们一路上卖了许多，总共也就只剩这么一件啦。”

祖孙俩分吃一碗粥，谢璟垂眸，很乖地把半碗粥喝光了。

他这几天什么都答应寇姥姥，唯独不肯再去学堂。

“姥姥，先生教的那些我都会了，我会写不少字，不信我写给您看。”他用手指沾水在桌上写了几个端正的字，又道，“我托三叔给我找了份活计，跟他家沛哥一起去铺子里当学徒。”

寇姥姥不肯，谢璟坚持道：“姥姥，现在世道这么乱，我就算读了书，也不知道能不能考中什么，不如让我出去学点本事，我好养您，也好养活自己。”

寇姥姥对他向来宠着，打小半句重话都没说过，她也不是不知变通的人，还是点头应了，伸手过去想碰碰谢璟耳朵，谢璟躲开了，寇姥姥道：“你过来，让我仔细瞧瞧。”

谢璟身子一僵，但还是顺从地靠近了点。

寇姥姥凑近了，就看到他耳后那半藏在发丝里的伤口，已经结了血痂。

谢璟含糊道：“前几天出去的时候没留神，跌了一跤，已经不碍事了。”

“你这两天一直歪头不让我瞧见，我就知道一准受了伤。”寇姥姥叹了一声，“璟儿，外头太难，姥姥不愿你出去受苦，可你既然要出去就得想好了，要保护好自己个儿，别让姥姥担心。”

“哎。”

青河县，白家。

寇老三缩在门口的石狮子后面躲避寒风，原本揣着手，在远远地瞧见来人后立刻把手放下，一叠声地问好。

白府的管家却没有闲心同他交谈，紧张地迎在门口，吩咐几个人把大门开了：“门口的木槛也挪开，都挪开！一会儿白爷的车队直接进去！”

他们像是刚得了消息，急急忙忙地，寇老三有心想问问自己儿子的差事，这会儿也不好当着这么多人问，就撸起袖子来帮着管家一起收拾。

白府的木门大且厚重，平日里开都很少开几次，这会儿不但大门尽敞，还把门框下高高的横木也撤了，只为了迎接即将到来的车队。

有人搬东西漏下一块挡门的石砖，管家立刻照着那人的屁股上踹了一脚，怒道："要是爷的马车磕碰一点，仔细你的皮!"

那人连声应是，赶忙搬走了。

不多时就听到街角传来马声嘶鸣，白家车队到了。

整队人马约有数十人，前头骑马的人身强体壮，裹着厚厚的皮袍子，胯下的骏马打着响鼻，脚下溅起半融的雪水。后头有几辆马车，轰隆隆的，震得地皮都在颤动一般。

寇老三是给铺子里送货的，旁的不认识，但对马熟悉，一眼就瞧出过来的清一色都是身骨强健的上好马匹。尤其是后头驾车的那几匹大马，通体雪白，长长的鬃毛披散着，四只蹄子不沾地似的跑得极快。

他只是一个送货的，并不知道府里发生的事，有心想问问身边的人，刚凑上去就听到管家带头高喊："白爷到——!"

前头领队的人径直骑马进去，后头马车也没有停顿，几乎是贴着众人的脸面驶入府中。

寇老三站在管家身后，偷偷抬眼看了，只瞧见马车里隐约坐着一个高大的身影，像是裹在厚重的袍子里似的一个人，模样看不清就晃了过去。等人走了，他忙小声问道："周管家，这是哪位爷来了?"

管家脸上喜笑颜开，腮上两坨肉挤得眼睛越发小了，他心情极好，难得愿意多说两句话，压低了嗓子道："还能是谁，省府那位——白九爷——"

白容久此时已被迎下马车，坐在主厅里。

他身量极高，但裹得严严实实，旁人穿一层貂皮大衣，他足足穿了三层，老远看上去像是陷在一堆毛里。这会儿正伸了一只手去面前的炭盆取暖，另一只手不知道塞在哪里，浑身上下只露出一张清俊且略显消瘦的脸，眉目淡漠，眼珠极黑，像是两丸墨玉镶嵌其中，衬得整个人剑眉星目，带了几分傲气。

青河县白家主事的人是个四十岁左右的中年男人，这会儿并不敢坐，只站在一旁拱手喊了一声："九叔。"

白家规矩多，白容久辈分极高，一般人见了都恭恭敬敬，他也习惯了这份恭敬，略略点头，道："坐。"

对方这才在一旁坐下了，吩咐人上茶，讨好道："这荒山野岭的也没什么新鲜东西，红茶还不错，我让人煮沸加了些牛乳，九叔尝尝合不合胃口？”他亲自倒了一杯放在茶几上，“这套茶具是俄罗斯国新进的样式，琉璃盏的，虽不及九叔日常用的，权当用个新鲜。”

白容久端起来浅尝一口，倒也没说什么，只让人拿了账册过来要核验。

照白家往年的惯例，年关前总要核算各地大掌柜旗下情况，只是去年还有老先生陪着，今年就换了少东家。白家掌权人最终还要归白容久，青河县的大掌柜在边境处事多年，早已是人精，这会儿心里明镜似的，已经领悟到省府那边换了新天。

府里是一番景象，府外又是一番模样。

寇老三亦步亦趋，只跟在周管家身后，讨好地笑着求他一句准话。

周管家今日忙得很，家里老爷再三交代今日来的是尊大佛，他恨不得把自己掰成八瓣儿，事事都亲历而为，寇老三在他身边嗡嗡嗡地小声问话，翻来覆去就那么几句，他听得烦了，也没有以往那样抠点蝇头小利拿他几文铜钱的兴致，只摆摆手道：“行了行了，这月初七把人送过来——丑话我先说在前头，要是做事儿不利索，或者哪里开罪了主家，那可是直接撵出去！”

寇老三惊喜道：“哎哎，我回头就把人送了来！”

他递了契纸过去，周管家也只略看一眼，嘟囔一句“添乱”，并没有管他上头写的还多了一位“谢璟”，收契纸，让人带他去找了账房支钱。

青河县今年冬季格外冷，一进冬月就接连下了好几场大雪，尤其是月初的时候，鹅毛大雪下了一整夜，把附近山峦也遮成白茫茫一片。

城东边的码头也歇了两天——大雪漫天，爬犁都跑不过河。

万幸这雪下得安静，没有狂风怒吼，老房屋并没有遭到破坏。

寇姥姥的针线钱送到了，家里买了些高粱和玉米，想着谢璟要出去做工，姥姥特意给他买了一小袋白米，想着法儿给他做点好吃的。

谢璟最喜欢吃姥姥做的米糕，粘粘糯糯的，往常都是过年的时候，寇姥姥才会蒸上一锅米糕给他吃。这会儿虽不到年节，但谢璟马上就要去当学徒，寇姥姥舍不得他，特意多做了，想给他带上点儿。

谢璟晚上吃了一整碗米糕，让给寇姥姥吃的时候，老太太就摇头说自己年纪大了，克化不了，只让他多吃。

老房子里一盏油灯昏黄，灶间烧了柴火噼啪作响，谢璟埋头吃热乎乎的米糕，寇姥姥在一旁就着那点光亮做针线，一边缝一边拿了衣裳跟谢璟比量。

"璟儿今年又高了些，幸好多扯了点布料，一会儿缝好了你试试看，哪里不合身姥姥再改啊。"

谢璟点头，吃得鼻尖冒汗。

寇姥姥给他擦了，忍不住笑："慢点吃，外头还有半盘呢。"

谢璟吃完那一碗就饱了，他试了衣裳，是最普通的粗麻布料子，自家纺织的那种灰粗布，结实耐磨，做成一件套在棉衣里的外褂，针脚细密。

寇姥姥拉着他转了个圈儿，怎么瞧怎么满意。

谢璟只试了试，就脱下来放在枕头一旁叠好："我出门的时候再穿。"

灯油不多了，一老一少早早躺下。

隔着厚窗户纸能听到外头雪落下的簌簌声，冬日夜里安静极了，天儿冷得连狗都不肯叫。

谢璟偷偷从自己被窝里伸出一只手，给寇姥姥掖紧了被子，这才安心闭上眼睛。

大约是天气冷的缘故，谢璟梦到了另一场大雪。

那是他还跟在白容久身边的时候，他们一起去了黑河，也是这般冷的天气，人冷得头皮发麻，跺跺脚，脚趾头像是快要被冻掉。

谢璟身体好火气旺，都已经有些扛不住，白容久畏寒，这会儿冷得呼出的气儿都没多少热度，一张脸如玉般白得透明，只一双眼睛漆黑深邃，半抬着眼皮盯住他，唤他的乳名"小璟儿"。

谢璟冷得跺脚，蹦了两步过去，哆嗦道："爷？"

白容久把身上厚厚的皮氅掀开一条小缝，让他进来，谢璟犹豫一下，还是钻了进去。

包裹着他的皮氅越来越重，谢璟深吸一口气，再睁眼却是看到了微亮的窗，天色已明。

谢璟怔怔地看着窗，他已经好久没有再梦到过那个人了，大约是天冷，心里总还是记挂着他。

外头有人敲了两下门，先喊了寇姥姥的名字，等不及似的又喊道："谢璟？谢璟在不在？"

寇姥姥手脚慢些，开了门瞧见站着的那位，脸色却不太好。

门外是一个拿着烟袋微微驼背的男人，他瞧见寇姥姥先是愣了下，很快笑道:“老太太好，给您问好了，身体怎么样？这几天雪大，家里都还好吧？”他问了一圈，寇姥姥只淡淡回答，并没有让他进来，连门都只开了一条缝。

男人还在问:“老太太，谢璟前几日求到我那边去，只是那天戏班开张不顺，手头也没一个大子儿。不瞒您说，自从这孩子走了之后我这心里特别难受，这不，借了两天，筹了二十块银元，想着来帮把手……”

寇姥姥没等他说完，脸色就冷下来:“不用，我虽然老，但还没死，断没有卖孩子的道理!”

“老太太您这话说的，我不是那个意思，这不是乡里乡亲的帮一把吗!”

“用不着你帮!”

“看不起唱戏的不是?”

寇姥姥推拒得干脆，直接把门关了。

戏班的班主在外头叫嚷了几句，最后也没能砸开门，骂骂咧咧几句走了。

寇姥姥也气得够呛，这戏班的人就在他们这片老房区住着，里头常听见打骂孩子的声音，听说还打死过人。若只如此，寇姥姥躲着他们不来往也就是了，但偏偏那班主不知怎么的瞧见过谢璟几回，就跑来要认谢璟当徒弟——那契纸上写的白纸黑字，打死勿论。

那驼背班主咧着一口黄牙，说要给十块银元。寇姥姥当时就气了个倒仰，自打那会儿起就把谢璟护得更严实了，见了戏班的人也没什么好脸色。

寇姥姥把门插上，抬头瞧见谢璟站在里屋门口，身上只穿着一件旧棉袄，但依旧衬得小脸白皙俊秀，十来岁，一双眼睛澄澈透亮，像是刚出生不多时的小狼崽子，带着点倔意，又丝毫不露怯。

“姥姥?”

“没事，又是戏班的人。璟儿你记住了，那帮人可真不是什么好人，以后见到多个心眼，我听人说戏班里不少孩子都是从人牙子那买来的，真是造孽!”

谢璟抬眼看了那门一眼，他认识那个驼背班主。那人姓程，外号程罗锅儿，当年差不多也是这个时候，大雪夜过后给送了二十块银元，帮他葬了最后的亲人，而他则进了戏班，学武生。

两年后他跟着戏班去了省府，在那里遇到了白容久。

只是这会儿，白容久还在省府，抑或是去了黑河……谢璟微微皱眉，他遇到白容久的时间是在两年后，省府的情况倒是略知一二，但青河县是真的不清楚。

这里太小，又有太痛的回忆，谢璟下意识不愿意想它。

寇姥姥去煎米糕，拿油擦了小铁锅，煎得两面金黄焦脆，谢璟的眉头不由地在一片香煎米糕的气息里缓缓松开。他帮着姥姥烧火，抱着烧火棍抬头看着老人忙活做饭，原本的记忆也都被熟悉的饭菜香味尽数遮住，把心里最后一丝寒意驱逐。

还有两年，不急，他能救回姥姥，就能救回九爷。

冬月初七，寇老三来家里找了谢璟，带他一同去了主家。

谢璟身上穿了厚袄子，人也特意梳洗过，白净着一张小脸，一言不发跟在寇老三父子身后。他人小，但腿长，没到小腿肚的积雪走起来也不算太费事。

寇老三一边走，一边叮嘱他们："这回能把你们一起送进去，也是托了好些熟人，花了钱的，你们进去之后一定要小心做事。尤其是这几天，省府那边来了贵客，你们就待在学徒房，可千万别出来乱跑，听到没有？"

寇沛丰畏畏缩缩，一路上听着他老子叮嘱不住点头，小鸡啄米似的，他对主家有种天然的敬畏："爹，省府离着咱们青河县多远，谁来了？"

"这不是你该操心的事儿，管好自己，少听，少问！"

谢璟把耳朵收回来，没吭声。

寇老三面色沉沉，一路领着他们去了主家。

谢璟那日的话，寇老三信，但也不完全信。

这年头能有份体面活太不容易了，他不舍得把自己儿子那份空缺让出去，但又担心家中这颗独苗，思来想去，咬咬牙，花了点钱买通了周管家把谢璟也送了进去，只是入白府的时候让谢璟顶替了他儿子寇沛丰的名儿，两人互换了身份。

寇沛丰小门小户出身，从来没进过青河县最富贵之家的大门，头一回进来就被惊呆了。这里雕梁画栋也就罢了，窗上统一装着琉璃片，进到二门，寇沛丰在小厅等候的时候差点被博古架上一排排俄式玻璃摆件晃花了眼，他还从未见过这么多琉璃瓶儿，粉的、紫的、混彩描金的，只匆匆瞥了一眼就连忙低下了头。

寇沛丰晃花了眼，寇老三也没好到哪里去，战战兢兢，生怕乱动一下就碰坏了这屋里摆放的金贵物件。

谢璟跟在他们身后，没什么反应。

白容久以前宠他，但凡有什么好物件，自己把玩过后觉得不错，都往他手里塞。他是被白容久调教过，一双眼睛也养刁了，一眼就能看出来历好坏。上一世最后几年，他凭着这份本事，挣了一些安稳度日的银钱，日子艰难，但也能撑得下去。

不多时，小厅又来了几个人，周管家这才进来训话。

谢璟杵在那儿，半垂着头十分低调。

周管家拿人钱财，多少给了点照顾，给这帮人吩咐活儿的时候，没让谢璟他们去铺子里吃头三年的苦，又听说谢璟他们俩识得几个大字，就塞到了府里的学徒房——那边是跟着先生，新客娃娃们一般没有这般待遇，总要熬上几年苦力才能做到学徒或跑街。

一行人又排队出去，有人带着他们去领了衣裳，然后把他们送进一处大浴房，一旁的锅炉烟囱粗壮，冒着滚滚的热气和白烟。

“都进去好好洗洗，有虱子的全剃光头！”

谢璟手脚麻利，抱着衣服去里面找了一处夹角隐蔽处冲洗身子，换了新衣。

浴房门口有人盯着挨个检查，谢璟出来的时候，已经有人被拽去剃头了。谢璟平日里被寇姥姥精心照料，虽然瘦些，但指甲剪过，头发更是打理得顺滑，站在那儿排队等检查的时候，头发被炉火烘得半干，检查的人伸手一摸，就从发丝滑过，抬眼就瞧见眼前小孩黑缎子似的短头发。

检查的人有些诧异，忍不住多看了两眼，只看头发和精致小脸，倒像是哪里来的落魄小少爷。

那人看过之后，直接让谢璟过了，倒是没剃他头发。

等到了前厅的时候，还有头发的也就两三个人了，其余都被剔成青茬头皮，站在院子里吹着寒风，瑟瑟发抖。

周管家又来抖了一回威风，但是这次没能说上两句，青砖拱门那儿闪进来一个矮个儿少年，手里拿着鞭子路上就甩飞了一丛枯草，一旁的小厮跟着低声劝了几句，那人回头就踹了他一脚，瞪眼道：“少跟我扯这些，少爷我天不怕地不怕，见天儿的去给他磕头，他倒好，就坐在门帘子后头‘嗯’一声，见都不见！”小厮哀求几句，那人火气更盛，“滚犊子，少爷今儿就不去了！”

“好少爷，那位可是爷爷！”

“祖宗我也不伺候了，谁爱去谁去！”

“这，这老爷要是问起，我们怎么说啊……”

"实话实说，大不了就挨顿打，又不是没打过，嘁！"

那边热闹，引得众人探头去看，周管家咳了两声，这才又低下头去。

谢璟抬眼瞧着那人熟悉，不过眨眼就想起来，这是青河县大掌柜家的幼子，叫白明禹的，也是白容久最喜欢的一位小辈。白明禹脾气大，但也能吃苦，一根肠子通到底，没什么心眼，只这脾气跟炮仗似的，一点就着，后来跟在白容久身边多年，对白容久极其维护，容不得人说他半句不好。

谢璟和他年岁相仿，当年和他接触最多，只是多年下来白明禹依旧对他横挑鼻子竖挑眼，只碍着白容久的威压，才勉强容忍下来——这位少爷一直拿白容久当神，恨不得一日三炷香供奉着，实在接受不了白容久身边多了这么一个俗人。

谢璟只见过几年后成年的白明禹，那时的白掌柜身量高大，极其威风，但这会儿十三四岁的白少爷瞧着缩水了许多，谢璟上下打量之后，只觉得对方个头矮小，只到自己额头的高度。

原来白明禹吹牛，他并不是从小就高大。

白明禹在家中霸道惯了，家中父亲大哥都让着他，这会儿只觉得每日去给人磕几个响头受了委屈——他磕得特别响，脑门都有包了！

旁边小厮一直劝，劝得白明禹不耐烦起来，他腿短踹不到人，干脆揪着小厮的衣服去找了周管家，怒道："我不要这人跟着了！你给我换一个，今儿就换了！"

周管家最怕这位小霸王，又不敢得罪老爷，搓着手一个劲儿地笑："小爷，这不好，那是老爷给你挑的陪读，而且也没犯什么错……"

白明禹懒得管他，丢下小厮，自己在院中的新人里挑起来，一连看了几个都是青茬脑壳，秃头一样难看，好不容易瞧见一个有头发的，刚想点他，就瞧见一旁有人蹲了下去，怀里还有窸窸窣窣的声响，他越往前看，那人就越捂着躲。

白明禹问道："什么东西，拿出来我看看？"

蹲在那儿的黑发少年"唔"了一声，只动动，没起身。

白明禹好奇心最重，两三步走近了去拽他："到底是什么东西？"

人被拉起来，怀里的油纸包也显露出来，是一包白糖米糕，上头点缀着梅花，卖相不错。

白明禹撇撇嘴："我当是什么，不过是白糖糕。"

谢璟道："不是白糖糕，加了糯米和桂花汁子，融了雪水熬了好久，比白糖糕好吃。”白明禹喜欢吃甜食，听到肯定会追问。

白明禹果然感兴趣道：“你会做？”

谢璟点头：“会。”

白明禹喜滋滋指着人，扭头冲周管家道：“这个好，这人我要了！”

周管家怔了一下，还未回神，那小霸王就丢下自己小厮拽着谢璟跑了。

谢璟嘴角扬起一点，又很快恢复。

他心想，如果想快点找到白容久，跟着白明禹准没错。

第二章 久别重逢

白明禹带着他去了大厨房，七八个厨子不敢劝这位少爷，任由他瞎胡闹。

白明禹其实也不想吃什么米糕，就是想找个什么地方躲着，不想他爹找到，也不想去给前几天来的那位“爷爷”磕头。

谢璟做过饭。以前白容久晚上饿了，都是他跑去小厨房做点什么吃食，厨艺算不上精，但蒸份糕饼糊弄一下白明禹足矣。

他故意弄得看起来复杂一些，白明禹坐在一旁的小板凳上，叼着一根草在嘴边一晃一晃的，也不催。

白明禹不着急，府里其他人可都急了。

不多时就有小厮找到厨房这边来。

白明禹临走还老大不乐意：“不是说每天磕个头就成了吗，还干什么呀?!”

“老爷找您一起过去，已经等着啦，这不是大少爷回来了吗，一起去问安……”说了好些话，好歹连哄带吓唬地把这位少爷带走。

白明禹走了两步又回过头来，指着谢璟道：“哎，你——叫什么名儿?”

谢璟道：“寇沛丰。”

白明禹叮嘱他：“好好做啊，一会儿蒸好了给少爷送房里去。”

谢璟点头应了。

大厨房里的人一时半会儿弄不清谢璟什么来历，谢璟也不同他们说话，只守着炉火专心蒸米糕。

米糕临出锅的时候，谢璟问大厨房的人要了些蜂蜜淋上去。

北地花期短，蜂蜜贵，一般人家都用大块的冰糖砸碎了给小孩做零嘴，也多亏是在白府，还存着一大坛子蜂蜜。

谢璟端着米糕给白明禹送去，不过一两个时辰，白家小霸王就躺倒在床。

白明禹被他爹狠狠揍了一顿，屁股开花。

这会儿躺在雕花红木床上哭叫连天，眼泪鼻涕都下来了，他不让郎中动，一旁的亲哥白明哲急得不行，伸手帮他把被打烂的裤子撕下来，好歹上了药。

“大哥，我不在这个家待了，你带我走吧！”白明禹求道。

白明哲又气又笑：“说什么胡话，你自己没好好念书，考你几道题一道都说不上来就算了，还当众瞎编。”

“爹就是为了自己面子，不过错了几道题，就把我打成这样，全为了在外人面前做样子。自打那人来了之后，我就没过一天好日子……”

“噤声！”白明哲唬他，“那位爷也是你能说的？”

白明禹哼唧了一声，到底没敢再说什么。

白明哲瞧着他小脸惨白皱成一团的样子，又有点心软：“你好好念书，爹今天也是生气你逃学的事儿，往后听话些。对了，大哥这次带回来好多新鲜玩意儿，你不是喜欢洋人用的毛瑟枪吗，大哥也给你带了一把……”

“真的？”

“那当然，还有两箱子弹，等你养好了就让人陪你上山打猎去。”

白明哲哄好弟弟，又把院里的人都叫过来敲打了几句，让他们照顾好小少爷，匆匆离去。

整个院子安安静静，没人敢在这个时候去小霸王跟前。白明禹平日里脾气就大，这会儿屁股被打了十板子，上了药膏又痛又刺，往日最得宠的丫鬟过去送一碗茶水都被他砸了茶碗，骂了好几句。

谢璟进到小厅，没再进去，抱着蒸米糕的提篮坐在门口等。

一直到晚上，白明禹没什么力气打骂人了，他才把东西送进去。

白明禹趴在床上掀了掀眼皮，有气无力道：“什么东西？”

“米糕。”

“你怎么这会儿才给小爷送来……”

“晾凉，入味。”

白明禹听见谢璟这样说，就让他拿过来喂自己吃几口。

放凉的米糕软糯，上面淋的蜂蜜已经全部浸到糕饼里，甜滋滋的，别有一番滋味。

白明禹连吃了几大块，垫了肚子又找事儿，一边嚼米糕一边皱眉问："你洗手没？"

谢璟："洗过了。"

白明禹这才放心，就着他的手又吃了一大块。

伺候少爷吃饱，又给他倒水，坐在那儿听白明禹倒苦水。

"小爷有时候倒是羡慕你们，哪儿都能去，整天到处跑，都不用背书挨戒尺。前几天省府那边还来了个劳什子'爷爷'，老古板似的，绷着脸坐在那儿也不跟人说话，冰雕似的一点人气都没有。我昨儿还烦他不说话，今天倒好，我大哥回来，他考校我大哥也就算了，大哥好歹也是大掌柜，怎么连我的功课也要管！"白明禹气得捶床，恨恨道，"他那边嗤笑一声摇摇头，回来我就被爹打了板子，那么宽的板子啊，活像打的不是亲儿子！"

谢璟看了他后背一眼，薄被遮着部分，但也能瞧见沾了血，确实挺狠。

白明禹红了眼圈，问他："你爹也打你吗？"

谢璟顿了下，道："我没有爹。"

白明禹："……"

白家小霸王悻悻转头，趴在软枕上嘟囔一句。

谢璟留下来值夜，白明禹身体好，打了十板子下去也没见发烧，第二天一早还吃了两笼烧麦，又开始生龙活虎了。

这次白家老爷没再纵容，白明禹伤着不能去学堂，就找了先生来家里，站在床边上念。

谢璟立在一旁安静听，好些都是他以前跟在九爷身边学过的东西，青河县的先生学问一般，书里还有一两句解析说错了，谢璟听到眨眨眼，也没吭声。

白明禹还在怄气，堵起耳朵不肯听。

先生道："少爷，你要是这样，我就请戒尺了——"

白明禹："你打，打得我十天半月下不来床才好！"正好不用去给东院那位爷爷磕头，他宁可继续躺着。

先生拿了戒尺，却转身冲谢璟道："寇沛丰，伸手！"

谢璟怔了一下才反应过来，缓缓伸手，戒尺毫不留情落在他手心。

白明禹骂道："你打他干什么！"

先生虎着脸道:“二少爷不好好读书，定是身旁的人督促不够，您伤着打不得，陪读先挨三戒尺!”

说着“啪啪”又是两下。

白明禹躺在床上又要吵闹，谢璟却先一步蹲下身来，半跪在他床边捧了书去给他看，堵他道:“少爷，看书。”

白明禹这人平日里霸道，但也最护短，先生打了他身边的人，简直像打了他的脸，此刻面色铁青咬牙去看书。

好歹一下午没出什么岔子。

等先生走了，白明禹又开始折腾，不想抄书。

白家小霸王扔了毛笔，挑眉怒瞪:“趴着怎么写，我身上还疼得厉害，一个字也写不出!”

谢璟抬眼见房里没人，低声道:“我能写。”

白明禹惊讶:“你识字?”

谢璟点头，捡起笔来写了两个，白明禹眼睛亮了，对他道:“再写潦草些，对，就这样，写得好!”

谢璟替白明禹抄书，挑灯连夜把先生留的作业写完。

烛光跳动，谢璟坐在桌边提笔沉默抄写，左右的光把笔影拉得老长，让他多了几分熟悉感。

他经过战乱，当时物资紧缺，别说电灯，就是煤油灯都常有供应不上的时候，他揣着怀里的牌位跟着人群四处躲藏，偶尔会得到几根蜡烛，就在夜里就着唯一的那点烛光抄写佛经。他也不知道这样做有没有用，但总想为九爷做点什么，这一写，就是多年。

第二日先生检查的时候，出事了。

谢璟写多了。

白明禹别说受伤，就算平日身体好的时候，也从未按时完成过作业，先生早已习惯，这回厚厚一沓写满字的纸交上来，虽然字迹依旧潦草，但一看就知道绝不可能是白家这位小霸王能做出的事。

先生冷脸请出戒尺:“寇沛丰，伸手——”

谢璟:“……”

谢璟又挨了十戒尺。

白明禹在床上不能起身，躺在那儿破口大骂："你敢打他，等少爷好了你等着，非一把火烧了你的学堂不可！"

先生打完，收了戒尺："学堂挨着白家祠堂，少爷要是不怕，尽管烧了就是。"

替写作业的事儿闹得有点大，白家老爷听说之后也气得不轻，专门把儿子身边这位识字的跟班调出院子，关在柴房，严令饿他三天，不许人给饭吃。

谢璟也就饿了半天，白明禹身边的小厮偷偷给送了半只烧鸡。

谢璟睡过环境更差的地方，柴房能挡风寒，算不上太糟。

他吃饱睡了一觉，等到天黑，睁开眼起来拿一根铁丝开了柴房的门。他上一世在戏班待过几年，跟三教九流的人学了许多小伎俩，开这种锁不在话下。

这两日他一直跟在白明禹身边，也听人提起东院那位省府来的贵客数次，之前没机会，现在夜里安静，他想亲自去确认一下，或许是爷身边的人，找机会看一眼也好。

府里晚上有巡夜的，谢璟在这里几天已经摸清楚情况，小心避开，但是他没想到东院还有人守在外面，穿着打扮都不是府里的样式，清一色黑皮袄的壮汉，两个时辰换一班岗，守备严密。

谢璟在寒风中等了半夜，牙齿都咬紧了，最后也没瞧出能溜进去的空隙，眼见天色将明，只能摸去了马房。

省府来的那位贵客不好接近，但他们的马匹、车辆还是和府里其他马养在一起，或许能看到车上标记。

谢璟摸到那边，他脚步轻，走近了马厩那边就听到窸窸窣窣的声响，像是有人在草料里翻找什么。谢璟不小心踩断一根枯枝，还未躲，就见那人受惊似的一蹦老高，慌不择路地要跑，大约是路不熟，一头碰在木柱上！

谢璟上前把他按在地上，那人"呜呜"两声，就听得老远有人提着灯笼趿拉着鞋走过来，挑灯在马房照了一照，大声道："谁在那儿？出来！"

马房安静，只有马匹偶尔走动和打喷嚏的声响，照管马房的人一来，倒是引得有一点小骚动，有匹白马嘶鸣了一声。

那人不敢碰这几匹金贵白马，瞧了一圈没看出什么异样，提着灯笼走了。

喂马的水槽后，谢璟等到没动静了，这才松开手。

被他按着的人喘了几口气，扭头看他，低声惊讶道："谢璟？"

谢璟刚在借着那一点微弱光线已经看清对方，认出是寇沛丰，要不然他也不会扑过去，点了点头道："是我，你怎么在这儿？"

寇沛丰委屈道："学徒房里欺生，管事还打人，我刚去，干粗活重活不说，那帮人还不给我饭吃。我连着饿了几天晚上了，今儿实在受不了，跑来想摸几把黄豆吃……"他吸了吸鼻子，又看向谢璟，"你大晚上的来这儿干啥？"

谢璟道："跟你一样。"

寇沛丰不解："你在内院，跟在少爷身边也没饭吃？"

谢璟露出胳膊给他看，上面有先生今天拿戒尺打下的血印子，他皮肤白，缓了大半天将好未好的时候格外青紫可怖，淡声道："有饭吃，但也不容易。"

寇沛丰原本以为他被少爷要走，日子肯定过得好，现在心里那一点酸意彻底散了，只剩同情。

学徒房管事的皮鞭也不是顿顿抽，少爷可是打从一睁眼就开始惹祸，这教训还少得了？

他心里不免有几分可怜谢璟。

毕竟谢璟顶替了他的名儿，想着若是自己每天挨打还只能半夜偷黄豆吃，那日子可太惨了，现在不挨打就能偷黄豆，倒是也还能熬过去。

寇沛丰从兜里掏出一小把黄豆给谢璟："这个你拿去吃吧，我兜里还有，那边是贵人的车队，草料里加了不少黄豆……"

谢璟接过来，略微一掂，豆粒饱满发沉，是今年新打的黄豆。府里确实对东院那边住着的人照顾周全，连马匹草料供应都是最好的。

寇沛丰见他不说话，捂着自己口袋含糊道："我找了好半天，就这么一捧，真不能再给了。"

谢璟道："没事，我过去看看。"

"那边离着守夜的人太近，你自己小心点啊！"

"我知道。"

谢璟摸过去，猫儿似的身形灵敏，寇沛丰都没怎么看清，人就已经溜到对面马厩那边去了。那边停放着的清一色都是白马，还有一辆卸下来放在门口通风处的马车，被擦拭得光亮，静候主人前来。

谢璟装作在草料槽里翻找几下，很快就把视线转到马车上。

白马身上的鞍都卸了，不知拿到哪里去，也瞧不见什么印记。马车不同，纹饰还在，借着浅淡的月光能看到刻着的字。谢璟认出是省府白家的标记，但具体是谁的马车却看不出，他不甘心，绕着马车走了一圈，急得斜对面的寇沛丰一个劲儿地给他打手势，还扔了一块小石子，他这才原路返回。

寇沛丰压低声音急道："你怎么敢靠马车那么近，不要命了啊！"

谢璟不答反问："你知道这次来的是谁？"

"府里谁不知道，那是省城来的大老爷，专门来跟咱们老爷核查账目的，"寇沛丰坐在干草堆里嚼黄豆吃，"我听学徒房里那帮人说，有人跟着去东院请安了，那排场，跟微服出巡似的，比咱们这可强太多了，手边随便一个用的小玩意儿都了不得，拇指大的茶杯镶金带银的……"

"瞧见他长什么样了？"

"那倒没有，不过我听说是一位长辈，胡子花白，年岁挺大，咱们老爷见了都搀扶着他走，"寇沛丰把自己听到的传言全讲给他听，比画了一下胸前的位置，"眉毛跟老寿星一样，到这儿，有这么长！"

谢璟想了半天，也没想起省府白家有这么一位人物。

天快亮了，谢璟跟寇沛丰分开，悄悄溜了回去。

他回到柴房里，按原样把门锁了，细铁丝贴身收好，裹着棉布长袍睡了一上午补觉。

一直到中午的时候，才有人过来砸了几下柴房门，叫嚷着让人把柴房门打开了，喊道："寇沛丰！"

谢璟眯着眼睛醒过来，哑声道："在。"

"出来吧，少爷让我来接你回去了！"

门外来的是白明禹院子里的人，径直来了柴房开门带了他回去。谢璟没有犹豫，拍拍身站起来，能有个好去处，总比在柴房里睡来得好。

白明禹依旧是趴在床上静养，瞧见他进来，大约是心里有亏欠，又为了自己的脸面，躺在那儿冲一旁的丫头努努嘴使唤道："开右手边第二个架子上的钱匣子，从里头拿十块银元！"

丫头手上略有迟疑，又被白明禹骂了："干什么呢，赶紧的啊！少爷躺着使唤不动你们了是不是?!"

那丫头拿了钱过来小心捧着递过去，白明禹碰都不碰，直接道："给他吧，昨儿替少爷受苦了，赏你的。"

谢璟接了银元，瞧着白明禹一脸得意地看着自己，这才想起来谢赏。

白明禹大约是找回了几分面子，摆摆手道："不碍事，你下去吧，少爷这几天不用你伺候了，机灵点躲着我爹和我大哥，他们还不知道我放你出来。"

谢璟："……"

中午那阵声势浩大，他还以为白明禹拿到了圣旨，原来是私开柴房。

谢璟乐得躲在房里休养几日。

过了两天，寇沛丰带了一封信来给他，信封上只留了一个“寇”字。

寇沛丰在学徒房，每隔几日还能出府回家去探望一下，比他在内院要自由一些，自从两人一起偷了一回黄豆吃，寇沛丰跟谢璟关系也亲近许多。

谢璟打开信很快看完，是寇姥姥写来的信，老太太不识字，找了街口的秀才写了一封信让人捎带进来，想见他一面。信上写得简短，只说她会每隔一天就来府里东角门那儿等，让谢璟找时间去见见——远远瞧一眼也行，她也就放心了。

谢璟收到信，立刻就去了东角门。

路上不凑巧遇到了周管家，周管家见他穿着小厮的衣服乱跑，皱眉问起：“做什么去，没听说东院这边不能乱来吗！”

谢璟低头推说是白明禹让他过去的，周管家再问，他就低眉顺眼道：“少爷让我在这里等一个卖蝈蝈儿的，听着响声，挑最大的那个。”

大冬天方圆百里白茫茫一片，上哪里找卖蝈蝈儿的？即便有人秋日养在葫芦里，这时节得卖什么价啊！

周管家心知家里那位小霸王估计又被人骗了银钱，心疼银元的同时也不敢多说什么，咂咂嘴放谢璟过去了，他虽然是管家，但也不敢真管到家里少爷身上去。

谢璟一直在东角门等着，下午的时候，等到了寇姥姥。

寇姥姥是来拿东角门洗衣房的衣服，老太太拿了老大一个包袱，放在一旁等谢璟，一老一少隔着一道角门瞧见彼此，都有些惊喜。谢璟一步跨出去，搀着她胳膊笑道：“姥姥！您怎么来了？”

寇姥姥喜得上下打量他，伸手仔细摸了胳膊腿，确定安好这才道：“姥姥想你啦，这不，接了点活计想着能过来看看你，瞧着你没事我这一颗心就踏实了。”摸着他身上棉袍厚实，询问道，“在府里吃得还好？有没有挨饿，有没有挨打？”

谢璟棉袍厚实，藏了手心里的戒尺伤痕：“都好，就是想您。”

寇姥姥也挂念他，毕竟是自己一手带大的，几天没见心里空落落的，只一个劲儿地看他的小脸，都没发觉小孩藏起来的手心，摸了几下笑着道：“瞧着是胖了点，像是能吃饱的样。”

“我每天都吃三碗饭。”

“嗳，那就好。”

谢璟看了老太太身边的包袱，问道：“姥姥，您接洗衣裳的活了？冬天太冷，以后别做了。”他一边说着，一边从怀里掏出几块用手帕包裹住的银元，塞到寇姥姥衣袖里，“姥姥，这是七块银元，您拿着。”

寇姥姥吃了一惊：“这是哪儿来的？”

谢璟道：“我替少爷抄书，他给我的。您不知道，少爷不爱去学堂，倒是便宜了我，跟着听了好些学问，我还替少爷写作业，先生都夸了。”

寇姥姥把那银元放在怀里，上头还带着谢璟的体温，她知道大户人家混口饭吃不容易，心疼道：“璟儿，这钱姥姥攒着，再凑几块，姥姥就去找前头管事，让你出来。我打问过了，你契纸上签了五年学徒，咱不做那么久，我璟儿还没吃过这样的苦……”

谢璟小声笑道：“姥姥，我长大了。”

当年寇姥姥把他保护得很好，日子虽然艰难，但真的没有受半点委屈，后来姥姥没了，他落到泥地上，陷在烂泥里几年不得翻身，若不是遇到九爷，可能一辈子就那么过去了。

如今真好，还有人护着他。

角门不能多留，说了几句，两人匆匆分开。

谢璟刚要从角门回去，正好遇到东院的人出来，他来不及躲避，只能贴墙站着，眼观鼻鼻观心，垂眸不多看。

一双皮靴走过，上头的纹样熟悉，谢璟盯着那双脚眼神颤动，抬起头看过去，只见对面的人被一群人簇拥着，一闪而过。那人面容半遮在皮氅领子里看不真切，像是整个人陷进颈上环绕的毛茸茸狐尾里，露出一点高挺鼻梁和深邃星眸，大步走过，连带着熏香都是白梅混着新雪的气息，从里到外透着冷。

他很快地走了过去，并未察觉墙角站着的那个不起眼的小孩儿。

谢璟却睁大眼睛，一动不动地盯着他，一直到人走远了，才从胸腔里透过一口气来，像是如梦初醒，会呼吸了。

谢璟鼻尖发酸，眼前模糊了一下，迅速又拿袖子擦干了，恢复清明。

他心里头从未如此清亮过，想哭，又想放声大笑，嘴角扭曲几下，弯成了一个扭曲的弧度，终究是笑了一下。

他找到九爷了！

谢璟像是找到了主心骨，回到白明禹那院子里的时候只一味出神，想着怎么接近东院那边。如今爷就在离他不远的地方，但那院子被人围着，他一时半会儿也靠近不了……谢璟正在出神，忽然听到耳边有人喊他。

"想什么呢？叫你几遍了都不应声！"白明禹身体强壮，底子打得好，挨了板子没几天就能摸下床了，这会儿又忍不住想淘气。

谢璟没心思跟他招猫逗狗，淡声道："想新式样的点心。"

白明禹今儿对点心没什么兴趣，反应平平。

谢璟看他一眼，心想过去白明禹可不是这样，想着法子搜罗各种各样的点心亲自尝了，又挑着清淡不腻的给九爷送去，那孝心尽得简直了。

白九爷有个不为人知的小癖好，喜欢吃小点心，但不能太甜太腻，最好每日晚膳后来上一小盘，两枚梅子饼正好。

谢璟自己会做，怂恿着白明禹"尽孝心"，从大厨房里拿了些材料来做了些梅子饼。他努力想着九爷以前喜欢吃的那几款点心，好些年没做了，前几枚糕饼形状不太好，后面的才慢慢像个样子。做好后，挑着模样好看的装了一小匣子，白明禹习惯性伸手要拿来吃，谢璟手疾眼快把盖子盖好，对他道："这是给东院贵客的。"

白明禹不爽："小爷吃不得？"

谢璟按着盖子不肯给他："给少爷留了，桌上放了一大碟，还配了热茶。"

白明禹现如今是个绣花枕头，外表光鲜亮丽，里头是个大草包，半点没听出谢璟话里的意思，还觉得他给自己留得多，特别高兴地去吃了。谢璟在一旁掐着时间提醒了他两遍，让他去东院送东西，催了两三回，白明禹这才不情不愿地起身，去东院磕头去了。

谢璟陪着过去，东院看守严密，他就站在门口等。

白明禹捧着点心匣子进去的时候，谢璟一直看着他身影，心想要是自己送进去该多好，还能见九爷一面。他心里有几分可惜，不过目前也只有用白明禹的名义才能把东西送过去了。

他还没有见过这么年轻的爷。

最早他在戏班混日子的时候，倒是远远见过，那会儿九爷坐在二楼包厢，神情淡漠，也是过了许久才算熟识。认真算起来，九爷只不过比他虚长几岁，现在应该是十七八的年纪。

等了一阵，白明禹独自一人从东院出来，脚步气冲冲的。

谢璟迎上前去，有些期待地问：“爷……我是说里头那位爷，他怎么说？”

白明禹冲他瞪眼：“还能怎么说？就跟往常一样，‘嗯’了一声就打发我走了！”

谢璟惊讶：“他没吃梅子饼吗？”

“吃了啊，拿起来咬了手指肚那么一点，就拿帕子擦嘴——”白明禹越说越气，想起在屋里自己献宝的样子就涨红了脸皮，他还从没有这么讨好过人，今儿头一回还被这么不重视，气得鼻子都歪了，“我都说了，他在省府，生意做到天南地北去，什么好东西没吃过，你还非让我去送！”

“不能吧，我打听过了啊，这些都是按打听来的喜好专门做的。”谢璟也觉得奇怪，这些都是他以前最常做给九爷吃的东西，九爷以往见他端过来都十分欢喜，有次吃了梅子饼心情特别好，还把手上戴了多年的手串都给了他，还是亲手给他戴在腕上……怎么就变了？

谢璟追问几句，白明禹恼怒道：“还给了我两本书，当打发叫花子呢！”

谢璟这才瞧见白明禹怀里揣着两本书。

白九爷对梅子饼没回应，淡淡地只给了一份赏，送了两本书给小辈。

“那人难讨好得很！你也别白费力气了！”白明禹回到自己住处，翻了几页书，恼极了，“这什么破书，赏你了！”

那两本书被他扔去赏给谢璟，谢璟接过却宝贝得很，晚上守夜的时候，挑亮一盏小油灯，逐字逐句认真读了一遍。一直等到油灯快用尽了，天边泛白，他才抱着书沉沉睡去。

白明禹送了东西，东院的人虽没说什么，但看起来对他态度客气了许多，九爷叫他过去考校学问的时候，也态度和气许多。

谢璟跟在白明禹身边，有幸也进了两回东院，远远瞧见九爷。

这次谢璟特意留意了九爷的脚，爷走路很稳，即便走快了也没有一点跛脚的样子——他跟在九爷身边的时候，九爷最不喜欢冬天，一个是寒冷难熬，再一个是他左腿有旧疾，总是会痛，有时得需要他揉上半晚上才能勉强睡下。

谢璟心里挂念他，看见了忍不住想，早了两年，果然有许多不同。

最常到东院去的是白明哲，他是黑河那边的大掌柜，做的是边境线上的生意，白容久来这里也是为了这份买卖。

白明哲算是大掌柜里年岁轻的，比起父亲，和九爷更聊得来，原本定了近期陪同九爷去黑河商号，可天公不作美，一连下了数日大雪，才拖到了现在。

白明禹这几天在谢璟的催促下不停给东院送东西，考校学问的时候，谢璟也提前帮他想了话，也不知道哪一句应了九爷的心意，又赏了他两回，不过都是笔墨砚台一类，白明禹兴趣不大，还不如他爹给一匣银元高兴。

除了赏赐，白九爷还客气了一下，去黑河商号的时候提了一句带上这位小少爷一起出去长长见识。

白明哲欣喜若狂，连夜给弟弟收拾行李。

这跟他私下带着去不同，他能听得出，九爷有意要抬举自己弟弟。少东家上任，总要扶持一二自己身边的得力人手，白明禹傻人有傻福，赶上好时候了。

白明哲那边的管事带了一个大胡子把式过来，念了一遍出行的名字，叫到“寇沛丰”的时候，一旁的络腮胡大汉特意点了谢璟站出来，瞧了一眼：“你就是寇沛丰？”

谢璟点头：“是。”

络腮胡大汉打量他一遍，微微拧眉，让他入队了。

谢璟也在不动声色地打量对方，这人眼生得厉害，不是白府里平日走动的人。他耳尖，听着管事跟络腮胡大汉讲话，大概听出对方是从黑河商号那边专程过来接人的。

白明禹没出过远门，特别兴奋。他还没掌管过铺面，算不得掌柜，所以由大哥白明哲做主，从学徒房的那班人里挑了几个还算伶俐的跟在弟弟身后。

次日出发的时候，谢璟发现寇沛丰也在其中，对方老远瞧见他，招了招手，满脸兴奋。

谢璟跟学徒房里的人挤在一辆马车上。学徒里分成两三伙人，寇沛丰占了个漏风的角落，瞧得出被排挤，不过看模样是吃饱了饭，气色还行。

谢璟上车之后，径直去找了寇沛丰，同他挤在马车一角低声说话。

“你之前得罪的人，是不是大少爷？”

“……有人找你了？”

谢璟摇头，只盯着他道：“我顶了你名字，不想死得不明不白，你要是知道什么最好尽数告诉我，我也好有个准备。”他顿了一下，又压低声音，“如果我出了什么事，三叔估计也跑不了。”

寇沛丰瑟缩一下，犹豫道：“不会那么严重吧，没准……没准还是好事呢。”

谢璟追问几句，寇沛丰才在他耳边小声说了。

一个月前，寇沛丰陪着他爹寇老三一起去给白家送货，送的是一批土布，他们这种卖脚力的自然送不了什么贵重东西，日常都是土布之类的东西，都是做惯了的活计。

也是凑巧，那天寇老三肚子不舒服，又怕耽误了活计，就让儿子一个人留在白府西北角守着。

寇沛丰等了小半日，没等来结算银钱的周管家，倒是瞧见几个人从一侧角门鱼贯而出。

几个壮汉抬着小木箱，不知道里头装着什么东西，铁疙瘩一样沉，那些人搬了几次，神情匆忙。寇沛丰躲在土布推车后面，他们倒是也没瞧见，起初寇沛丰只是好奇，但那些人搬了东西放在角门就走了。几个黑漆漆的大木箱放在那儿，大约没放稳，最上头一个木箱还歪倒了。

寇沛丰左等右等没见有人过来，加上心里有些好奇，就过去扶了一把，瞧见了里头的东西……

马车颠簸，寇沛丰坐在风口，被冻得手脚发抖，从怀里掏了一小块黄铜一样的东西偷偷给谢璟看："喏，就是这个，我那天瞧见里头一箱子都是它，黄澄澄的，我还咬了一下，是铜。"

谢璟瞳孔收缩一下，迅速从他手里取了过来拢进袖口。寇沛丰不认得，他却认识——这分明是毛瑟枪的子弹。

寇沛丰"哎"了一声，看了左右，又不好当众跟他起争执，凑近了道："这是我的！"

谢璟按住他手腕，追问道："你瞧见有几箱这东西？从角门搬出去之后呢，有人来取没有？都是些什么模样的人？"

"我搬正了箱子，刚好就有人过来，那人就跟你现在一样，一叠声地追问我，我当然说——"寇沛丰把手抽回来，甩了两下抱怨道，"当然说没有碰过啊，谢璟你怎么回事，瞧着瘦弱，怎么力气这么大，我腕上力气都不如你。"

谢璟不管他这些，一直问到自己想听的消息。

寇沛丰道："瞧着像是大少爷身边的人，模样记不清了。"

谢璟眯眼，寇沛丰不记得对方的模样，对方却记得他，这太不合理了。

一个送货人的儿子，为何会被记住，还专门点了名字。

寇沛丰想了片刻，又道："那些人还说让我帮着抬东西送去东郊，给两块银元呢！可惜我要守着那一车土布，不然就跟着去了。"

谢璟看他一眼，寇沛丰被他看得发毛："怎么了？"

谢璟摇头，心里说了一句命大。

若是寇沛丰那天真跟着去了，这条小命离交代出去也不远了。

“嗳，我跟你说，你知道黑河商号那边都有什么吗?”寇沛丰揣着袖子，凑近一点对谢璟神神秘秘道，“那边好多西洋玩意儿，但西洋人也从咱们这边进些小东西，我听说黄铜就挺值钱，上回有人就拿一个黄铜锁换了一个巴掌大的雕花银镜子！我估摸着，大少爷身边那些把式们也有自己的小九九，我爹说了‘马无夜草不肥’，他们一个个在外头下馆子阔绰得很，听人说私下倒卖烧酒、烟叶的可不少，那几箱黄铜，估计就是打算私下卖给洋人的……谢璟，你脑子聪明，你说会不会?”

谢璟问：“什么?”

寇沛丰觍着脸道：“你说，那些人把东西搬到偏远僻静的地方，肯定就不想让人瞧见。我那天帮他们搭了把手搬到木板车上，他们夸我力气大，还问我叫什么名来着，你说他们会不会带我一起发财?”

谢璟翻手将“黄铜”收进贴身兜里：“这东西我先保管，你管好自己的嘴，不要再跟其他人讲起这事。”

寇沛丰有些惋惜，但还是点头道：“知道，除了你和我爹，我谁都没告诉。”

“那就好。”

路上雪厚，前往黑河商号花了比往常更久的时间。

谢璟一路上闭目养神，有人送饭过来的时候他就吃，除了吃饭休息，一句话没有说。寇沛丰倒是有心想同他再聊几句，但是谢璟闭眼不理，他讨了个没趣，也跟着睡了一路。

等到了黑河，人疲马乏，整个车队里也只有白九爷那些人马看着还有几分精神，其余都累得不行了。

白明哲是这里商号的大掌柜，到了之后一边指挥人卸货，一边亲自带着省府的贵客去了住处，让他们歇息。

白明禹一路上窝着，倒是养足了精神，下车之后甩胳膊蹬腿的，对新环境欢欣雀跃，想到处走动一下。

谢璟跟在他身边，眼睛却看着省府那一队车辆马匹，忽然问道：“少爷，他们不跟我们一同住吗?”

白明禹看了一眼，懒洋洋道：“当然不了，那位‘爷爷’有专门的住处，虽然一年就来一回，我爹他们可没敢懈怠，一年四季都给他打扫着呢，专门就供给他一人住。”

“只给他一个人住?”

“可不是，他畏寒，那房子有专门的地龙，从外间烧上一小会儿就暖和了，而且不会特别燥热，就是为他专门准备下的，而且窗户是西洋玻璃镶的，透亮儿！别处房间可没有。”白明禹说着又羡慕起来，“我从来没住过那么好的房子，这叫什么命，见天儿地给他磕头，还挨板子，连个好房间都睡不到。”

谢璟“哦”了一声：“我给少爷出气。”

白明禹莫名其妙：“你能干什么?”

谢璟这次没答，只沉默跟在他身后。

白明禹只当他说玩笑话，他身边不少小厮都爱说这些哄他开心，也就没往心里去。

整队人马住下的时候，已是傍晚。黑河入夜早，大家伙很快就安顿下来，陆续升起炉火。

忽然就听到有玻璃破碎的“哐啷”声响，紧跟着省府那队人马喧闹起来，火把和煤油提灯都点亮了不少，有人大声斥责道：“谁！谁扔的石头?!”

黑河商号后院地方小，很快就找到了始作俑者。

谢璟和白明禹一并被带到了花厅。

谢璟穿着一身厚棉袍，白明禹还穿着薄衣，披着一件皮袄子，站在那儿一脸茫然：“啥玻璃，玻璃怎么了?”

花厅主位上裹着皮氅的白容久正在喝热姜茶，咳了一声。

白明哲气得不行，站在前面跳脚：“怎么了？被你砸破了!”

白明禹：“我砸玻璃干啥，不是，我没砸啊，不是我干的!”

“不是你干的，是你使唤手下人干的!”白明哲指着谢璟，“人赃并获，抓着的时候，他手里还有块石头呢!”

白明禹傻眼了，转头看向谢璟，耳边忽然想起他白天说过的话。

谢璟站在那儿保持沉默。

他一路上都想清楚了，不管那一箱毛瑟枪子弹冲谁来的，都是不安定因素，所有人里只有九爷住得最显眼——他不知道当年发生了什么事，但只要和之前过程不同，结局就一定不同。

第三章 危在旦夕

白明禹从未想过谢璟这么有种。

谢璟站在那儿低头认罚，嘴里道："是我自己做的，跟少爷无关。"

白明禹到了嘴边想狡辩的话也说不出口了，他自己听着都觉得像他平时干的事，支支吾吾半天，偷偷去看他大哥。

白明哲这会儿被气得够呛，虎着脸要请家法。

主座上的人喝完了半盏热姜茶，开口道："家法就算了，小孩子淘气，不碍事。"

"九爷，小弟坏了规矩，总要……"

白容久摆摆手，淡声道："出门在外，没那么多规矩，就算真要罚，也先歇一晚，等明天早上再说吧。"

白明哲很感激，给九爷调换了屋子，又亲自压着白明禹两人回去了。

白明禹莫名其妙挨了一顿训，回来倒茶喝，茶水还没入口脑袋上就挨了一巴掌！

白明禹梗着脖子嚷道："哥，你干啥！"

白明哲又拧了弟弟耳朵一下，恨铁不成钢道："干什么，替爹教训你！你个不成器的，我说前几天为什么那么听话，一个劲儿地给东院送东西，还那么老实背书，原来在这儿憋着劲儿呢？啊？"

白明禹莫名其妙："我憋什么劲儿了啊。"

“憋着劲儿使坏，我瞧你一肚子坏水！”白明哲把他手边的茶杯夺过来，自己一气儿喝了茶水，坐在那儿接茬训弟弟，“你站好了，好歹是府里的二少爷，溜肩拉胯的，像个什么样子！”

白明禹赌气，披着衣服抖腿。

他知道大哥不会像亲爹那样真请家法打自己一顿，他大哥好着呢，从小就没动过他一根手指头。

白明哲教训了弟弟一通，转头又喊了谢璟过来，脸色拉得老长：“你也是，选了你出来跟着少爷，凡事就劝着些，别什么都依着少爷乱来，那边的玻璃是你能乱砸的吗！”

谢璟实话实说：“不是少爷让我砸的，是我自己的主意。”

白明哲更气了：“你还维护他！”

白明禹：“……”

白家小霸王纵横青河县多年，第一次哑巴吃黄连，这事算是说不清了。

次日一早，白明哲身边的一个管事过来喊他们起床，说是上头那位爷吩咐了：“小孩子淘气不用打骂，多是精力旺盛闲得慌，跑上两圈散散火气就是了。”

白明禹一张脸苦瓜似的，从暖和的被窝里爬出来去跑步。谢璟总共就那一身棉布厚长袍，往常冷得厉害了就会跑上一小会儿，跑上两圈压根不碍事。

白明禹是含着金汤匙出生的，压根没吃过什么苦，全凭咬牙硬撑。

起初是在黑河商号内院里跑，两圈之后，谢璟正在那儿做踢腿活动，白明禹半蹲下身扶着膝盖大口呼气，一团团热气从肺里出来凝成白雾，额头上都冒了汗。

白明禹喘了两声，忽然道：“我觉得不太对劲。”

谢璟活动手脚的动作略微一顿，没接话。

白明禹视线转向他，语气坚定许多：“这事不对，寇沛丰，你是不是有事瞒着我？”

谢璟心想，白明禹这一点倒是和以前一样，脑子虽然不太好使，但是直觉总是出奇得准。他故作茫然，道：“少爷，什么事？是昨晚砸玻璃那事？要不我再去找大少爷说说，确实是我自己想砸的，跟少爷没关系。”

谢璟跃跃欲试，他想去看看九爷吃早点没有。白明禹抓着他胳膊，虎了吧唧地不让他走，两人就在原地争执起来。

他们这边吵闹，院子原本就不大，很快就有一个穿黑皮袄的壮汉走到他们跟前站定了，高声道："九爷刚才在楼上瞧着你们跑了几圈，看样子不累——"视线落在俩小孩互相牵扯的手上，略一顿，又道，"让你们出门右转，绕着商号再跑上一大圈儿！"

白明禹傻眼了。

谢璟倒是听话，抬头朝那汉子来的方向看了一眼，瞧了瞧客房楼上略微推开一点窗的那间，二话不说就系了系腰带，出去跑圈儿了。

谢璟跑得快，白明禹抄了侧门的近路才追上他，刚想说什么，就瞧见谢璟又加快脚步，倔着脾气硬是追了一路。

跑完一大圈回来，白明禹累得脑袋一片空白，躺在地上只顾着喘气，一个字都说不出来了。

谢璟双手撑着膝盖，心跳剧烈，慢慢调整呼吸，他额头上有汗滴下来，从长睫毛上抖落，猛一看还以为是哭了。谢璟抬手擦了一下，手腕落下的时候，就看到眼前多了一双熟悉的靴子。

他心跳更快了，方才跑了那么多路都不觉得什么，这会儿耳边如雷鸣一般，尽是自己不争气的心跳声，什么都听不真切。

白明禹爬起来磕头，喊了一声"爷爷"。

谢璟想行礼，腿脚发软没了力气，一个没留神向前摔去，要不是对方扶了一把就摔地上了，但也因为被对方握住手臂托起来，谢璟一张脸都涨红，只觉得有股热气从触碰到的地方火烧火燎地蹿上来，恨不得有一股热气冲出脑门。

"你跑得还算实心眼儿，身体也不错。"白容久扶他一下就松开，视线落在眼前两个小孩身上，最后落在白明禹那儿。

白明哲跟在后面忙笑道："明禹惯会偷懒。"

白容久道："小聪明倒是有些，以后除了写字，早上还要勤跑。"

白明哲斟酌着他的意思，小声询问："那等回去之后，我安排明禹开始跟着铺子里的掌柜跑街，先从最基本的学起？"

白容久点点头："嗯，这样最好。"

两人说着走了，白明哲满面红光，走出去两步之后又回头冲弟弟使眼色，让他回房里去休息。

白明禹好半天才爬起来，走上两步发现没人扶，回头去找谢璟，发现对方还在盯着他大哥走远的方向看着，皱眉道："干吗呢，走了！快扶少爷回去，真是，这一早上一口饭都没吃，跑得头昏脑涨。"

谢璟有些不舍地转身，扶着白明禹回去。

谢璟一路上都在懊恼，他觉得自己没用透了，怎么见着爷反而紧张得一句话都说不出来。哪怕喊上一声，或者多表现一下，总能留下一点印象……想着过去相处的点滴，谢璟眼圈忽然红了。

白明禹原本要问责他，见谢璟站在那儿丢了魂似的，骂人的话绕了一圈又自己咽回肚子里去。白少爷吃软不吃硬，最怕别人在自己跟前这样，挠了挠头皮，打发他出去让彼此都清静一会儿。

另一边，白明哲陪着九爷看了黑河这座边境小城。

昨天到的时候天色已晚，并没有看清小城全貌，这会儿他们才算看到此处的热闹。

这里每栋房子临街的一面都是店铺，走在街市上，颇有在一个大商场里闲逛的感觉，南北杂货铺、肉铺、药铺比比皆是。但城里人并不多，闲逛半日的也只他们一行。

白明哲解释道："现时节店铺里的货物很少，毕竟还是太偏远了些，离着最近的青河县也要走一天一夜呢！货物供应一向不够及时，尤其冬季，商队通常在腊月上旬到，但今年雪大，道路上融了雪泥，想是要再迟几日才能到。"

他们只担心华国这边的商客，河对岸的则不用担心，夏季用船，冬季有雪橇，专门在厚冰层上来回穿梭运送货物。商队里——尤其是白家商队，最受各方重视，贸易出口的商品均有涉猎，像是粮食、牲畜和日用品一类，而最多的就是烟叶和烧酒。

不夸张地说，黑河一带大小商号一年若能卖出九千斤烟叶，里头七千多斤都是白家的。烧酒更不用说，这附近的酒厂就有三座，一年四季酒水生意都不耽误。

正说着，街口传来十下钟鸣般的锣声。

白明哲笑道："开市了，今日赶早，九爷跟咱们一起过去看看，没准还能碰碰您的好彩头，做一笔大买卖呢！"

白容久看着前方坊市，笑道："我倒是希望能瞧见什么好东西，花些钱出去才好。"

白明哲路上隐约听这位爷说起的事，知道他是为洋人的机器而来，心里也是火热，带着他一同找过去。

黑河白家商号。

白明禹也远远听到了鸣锣声，探着头在二楼窗边巴望。

一旁的圆木桌上散放着一堆账本和密密麻麻写满字的册子，谢璟正坐在那儿埋头抄写，白明禹半天看不到什么，转过头来找他说话："哎，丰儿——"

"少爷唤我名字就是，这么喊听不惯。"

白明禹蹲在凳子上托下巴看他写字，愁眉苦脸："写这东西有什么用啊，烦死了。"

谢璟："写了不挨打。"

白明禹："……"

"还能长学问，明事理，学会整理账册之后就能帮着爷……少爷分忧。"谢璟话讲到一半硬转回来，手上笔都没停顿一下。

白明禹乐了，夸他道："少爷就知道你最好！你好好学，等以后少爷去哪儿都带着你在身边，逢年过节红封儿都给你包那么老大一个！"

谢璟写完一张，吹了吹墨迹放在一旁："少爷让让，挡着我放纸了。"

白明禹胳膊让开一点，半点都不恼他了。

少年人的脾气一向如此，一阵风儿似的，来得快去得也快，昨天还吵架，今天就和好了。

傍晚四点，鸣锣锁市。

谢璟掐着点抄完了那些册子，找了借口跑下楼去。

黑河入夜早，晚上风大，门口的灯笼容易吹灭，谢璟一早就冻了两块冰，用匕首把冰块挖开，做成肚大口小的模样，放了蜡烛进去，安置在门口。

冰灯放好之后，门口就亮了许多。

谢璟搓着手站在那儿眺望了一会儿，听着马车声响起，忙在墙边站着让出路来。

这次回来的人不少，赶车人"吁"了一声，立刻有人低声呼和着："轻些！小心碰坏了。"

数个壮汉从马车上搬了几台笨重机器下来，一路小心翼翼抬进屋里。

谢璟以为九爷也在车上，踮脚去看，却没见人下来。

有几个学徒房的人也跟去帮忙抬东西，谢璟抓了一个认识的叫了名字，问道："九爷呢？"

"省府那位？那位爷和咱们大少爷去看酒厂了，那边离着这里十几里路，估计晚上赶不回来啦!”学徒说了两句，又去干活了。

前厅围了不少人，最后还是管事来给这些铁家伙盖上了一层厚帆布，嘱咐几个伙计晚上值夜守着。

寇沛丰刚搬了机器出来，被谢璟拉住的时候满脸的兴奋未散，不等谢璟问就说道:“哎，你知道这回省府那位爷来咱们这儿，是打算干什么的吗?”

谢璟道:“买机器?”

寇沛丰看了左右，低声兴奋道:“我听说，是要建厂——”

谢璟愣了下:“什么厂?”

“还能是什么，酒厂!”

谢璟左思右想也没从以前的记忆里挖出一星半点建酒厂的事，他并不记得九爷在黑河一带大兴土木，硬要说有什么厂子，也是在青河县才对。

谢璟回去一夜没睡好，几次翻身起来站在窗边看，总疑心听到马蹄声。

隔天等了一日，也没见九爷他们回来，谢璟忍不住问:“大少爷他们怎么还没回来，会不会出什么事儿了?”

白明禹懒洋洋往嘴里抛花生米，一颗颗接着吃，一边嚼一边道:“怎么会，我大哥手边带着好手呢!”

“好手?”

“是啊，去年招进来的护院，有十来个人吧，身手可好了!”白明禹说着给谢璟来了一套招式，得意极了，“你瞧，护院师傅教我的，厉不厉害?”

谢璟:“……”

谢璟觉得自己就能揍趴俩白明禹。

白二少以前还有几分本事，怎么少年时这么不稳重?看起来像是被宠在福窝里长大的一样，他简直要不认识这个人了。

没几日，建酒厂的事儿传得越来越真切，听说是几十万银元的大买卖，几乎让整个黑河商号的人都激动了。

唯独谢璟没什么反应，依旧跟在白明禹身边抄书写字，只傍晚的时候跑去做两盏冰灯。

反复几天，谢璟眼底带了青色。

白明禹自己不爱学习，只当他写字辛苦了，趁着这两日大哥不在的时候偷偷骑马跑出去玩了一圈，还给留在房间里的小陪读带了些好吃的，一股脑塞到谢璟怀里，得意道:“给你吃!”

谢璟接过来放在一旁，低头又抄写去了。

白明禹道："今儿又抄什么了？哟，怎么还画上了？"

"管事给的地图，这几天不是都在说要办酒厂，总要知道酒厂的位置。"谢璟专门跟管事要的，为的就是以防万一，只这么糊弄白明禹。

白明禹看他画了一会儿图纸，觉得没趣，跑到前院去看机器，没一会儿惹得管事大呼小叫，但又不敢管这位二少爷，只一声声求他。

这天夜里，谢璟再起来的时候，终于看到九爷一行人回来。瞧见那辆熟悉的马车，谢璟心里松了口气，一直等院里安静之后，他才重新回到床铺上，只觉得这几日心头沉沉压着的东西卸了力道，倦意、困意涌上来。

少年人正在长身体，嗜睡，谢璟累极了，裹着厚棉袍蜷在床铺上睡了。

大约是日有所思，夜有所梦，他梦到好多年前的事。

那是他重返青河县的时候。

他是跟着九爷一起回来的，外头都传九爷疼他，是专门为了他赶回来的，但谢璟知道，九爷回来还为了见另一个人。

谢璟祭拜了寇姥姥，带着一身香火味儿回到住处，站在门口却不敢进去了。

夏日炎热，雕花木门敞开着，只有一扇竹帘垂放到地上，一丝小风吹得穗子乱晃。

竹帘勉强隔开身形，却不隔音。

门里摔茶碗的声响听得一清二楚，谢璟第一次见九爷发这么大火，坐在那儿呵斥道："再敢胡说一句，小心挨板子！"

彼时，已做了大掌柜的白明禹梗着脖子跪在那儿，依旧是少年时的脾气："爷，您要打我就认，我爹以前就老请家法，打我板子，今儿正好您打我一顿，权当替我爹教我一场了。"

九爷那边低声说了几句，白明禹这浑不吝的小霸王又道："我不认他们，以前我爹在，我喊他们叔叔伯伯，可真出事儿了，他们呢？全盯着我家最后这点钱，如今谁都知道我跟在您身边有出息了，有本事了，又想认我回来？门都没有！"

"你总归是青河县白家的人。"

"打从今儿起就不是了！"

白明禹说着给主座上的人磕了一个响头，闷声道："我不认他们，我只认您一个！九爷您非让我认祖归宗，那我就认您当爹……”

九爷被他气笑了，谢璟站在门外也没忍住，脚步晃了一下就碰到了竹帘。

白明禹猛地回头看过来，竹帘晃动，却是没看清他的脸。

谢璟醒来，眯着眼睛抬手盖在额头上，他忽然想起一件事。

白明禹的父兄早逝，是被九爷收养在身边，因此对九爷忠心不二。那么白家老爷和大少爷……会不会是在这个时候出的事？

谢璟额头上沁出一层细密冷汗，想通关键，猛地坐起身来。

过去种种他已经记不太清了，总有些事遗忘，因此行事过于小心，反而着了相。他留在白明禹身边也有盯着黑河商号里其他人的想法，大少爷白明哲身边的人拿了那么多子弹，他心里先对白明哲起了疑心，但现在想想，如果他自己也不知道这事儿呢？

谢璟坐不住，起来去前院找人，他怀里还揣着那一颗毛瑟枪子弹，想找办法避开白明哲，去找白容久讲，哪怕只把东西给他，让他留神也好。

前院，白容久的车马不在，谢璟打听一圈，只听说他带着一个德国工程师一大早又出去了。

只有白明哲正在交代了商号里今日的事项，一边咬着一张薄饼一边灌茶水，看起来饿得狠了，但精神特别好，摩拳擦掌，特别有干劲儿。

谢璟略微犹豫一下，上前两步，想跟白明哲搭话。他还未走近，就被白明哲身旁的护院拦住了，那人呵斥道："哪房的？你来前院做什么！"

谢璟道："二少爷身边做事的，有些事想跟大少爷讲。"

护院看他一眼，道："去右边角门车队那儿等着，大少爷一会儿又要出门，就给你两句话的时间，没那么多工夫跟你多说啊。"

谢璟被拦着过不去，答应了一声就过去候着了。

但在角门等了一会儿，左右不见人来，不多时听到一阵车马声从前头走了，刚抬头想去看，忽然就被一只手勒住衣领猛地一力掼到红砖墙上！

谢璟冷不丁被发难，咳了一声，还未说话就又被人扼住了脖子。那人力气大，几乎把他提起来："你就是寇沛丰?!"

谢璟抬眼看向对方，对方是个三十来岁的汉子，并不高大，看起来老实巴交的，像是常见的乡下人。虽然他如今才十三岁，个头算不上高，但也很难被一把提起来，这汉子能单手拎起他来，可见力气不小。

谢璟斟酌着哑声道："是。"

男人手上力气松了些，但依旧拎着他衣领，看了谢璟一阵忽然问：“半月前你帮大少爷抬箱子，砸了一个，可还记得？”

谢璟已从寇沛丰那里问清了事情始末，这会儿揣着明白装糊涂，支支吾吾道：“不……不能吧，我平时也没碰过那么贵重的东西，而且是你们让我搬的，还说给我两块大洋……”

对方扯了他衣领，眼神中带了警告：“你瞧见了是不是？要不然怎么知道是贵重东西！”

谢璟故意瞪大了眼睛道：“你想怎么样？大不了我不说出去就是了，不过就是倒卖些碎铜，我又不是没见过。大哥，不如，不如你也带我赚一笔吧？我身上还有几块银元，也能一起的。”

黑河商号里人多，角门也不能久留，望风的人轻轻吹了声口哨。

那人盯着谢璟看了一阵，见他一副迫不及待想入伙分钱的蠢样，手上慢慢松了他领口，咧嘴笑道：“你说的是，不过也不能白分你钱，正好这儿有几箱烧酒，你帮我搬到车上去。”

“寇沛丰”撸起袖子去搬烧酒去了，只是手脚粗笨，穿着不合体的厚重棉布袍子，先被绊了一脚，让那一箱烧酒重重磕了一下马车货箱。货箱里等着的人极不耐烦，抬手用鞭子抽了他一下：“蠢货，看清楚再放！”

也不知道是不是赶巧，“寇沛丰”缩了缩手，那一鞭子刚好落在厚棉袍上，人没伤到半点。

矮个儿男人一直盯着眼前的少年，等到望风的人小跑过来，正是之前在青河县点了“寇沛丰”的名字盘问的那个络腮胡子。

络腮胡子低声道：“大哥，我问过了，这人就是寇沛丰，您瞧怎么办？”

“老三见过了？”

“没，三哥在酒厂那边盯着，还未回来，但是我问了一圈，是寇沛丰没错。”

矮个儿男人又问：“东西都齐了？”

“齐了，这边离坊市太近，白天不好让兄弟们进来，毕竟还有些官兵守着，就等着‘掐灯花’（天黑）了。”络腮胡子带了一丝兴奋，“没想到白家大少爷和二少爷都在这里，等接了这俩‘财神’我们就能过个肥年，也不枉费咱们兄弟在青河县辛苦埋伏一年！”

“带上寇沛丰，前头树林里让他‘睡一觉’（击毙），不可节外生枝！”

“是！”

络腮胡子听令，带着身边几个护院好手很快就走上前去。他这边正想拿人，就听到马车上等着的一个弟兄嗷嗷叫着蹦下来，紧跟着一簇火苗就从他身后跟着蹿出，烧了那人的衣裳，也烧着了马车篷盖！

从车上蹦下来的护院什么也顾不得，被烧得直在雪地里来回打滚。

拉车的马受惊，一抬蹄子“咴咴”嘶鸣！它这一动不得了，车厢里几箱烧酒哐啷几下撞了个稀碎，也不知引燃了什么，火苗忽的一下蹿天高！厚实的帆布篷上头刷了一层防水油，这会儿烧出了黑烟，带着难闻的气味直冲半空。站在火圈中央的男孩手脚利落，从怀里掏了一把匕首出来，二话不说先挑断了拴马的绳子，一边扯住就近的马翻身上去，一边高喊：“黑河白家商号，走水了！走水了——！！”

喊声和烧焦的气味惊动了不少人，好些学徒披上外套就小跑过来。

事发突然，一系列的事儿也不过是眨眼的工夫，别说一旁的矮个儿男人没反应过来，就连上前准备拿人的络腮胡子都错愕不已，完全没想到会有这么一出。但对方已骑马冲了出去，从侧门蹿出，一路高喊“黑河白家商号走水”，他们想跨过火堆去追也晚了！

人群越聚越多，不少人提着水桶赶来。

络腮胡子还要追，矮个男人脸色发青，低声呵斥道：“回来！”

“可是大哥，那个寇沛丰……”

“还管什么寇沛丰，先走！”

谢璟弯腰伏低身子，勒着缰绳让胯下马儿跑得快些，绕着整个黑河小城喊了一圈。这里人少，但白天开市的时候总是人多些，还有不少官兵在，他身上衣裳被烧焦了一块，很是狼狈，加上马尾巴那里也被火苗燎得糊了半边，这么跑一圈，很快不少人开始往白家商号那边去了。

谢璟脚步未停，辨认出酒厂方向，策马疾奔。

他刚才在马车车厢里看得清清楚楚，烧酒瓶里装的不只有酒，还有焦油！

那些人根本不是想中饱私囊的，而是下山打劫的麻匪——这一切就说得通了，他认识白明禹的时候，只知道他本人就是大掌柜，从未听他提起过父兄，像是一匹孤狼，除了九爷，谁都不信。

九爷左腿会在冬天阴冷的时候疼，伤口狰狞，找西洋大夫动了两次手术，府里人只说是陈年旧疾，从未有人说出原因……

谢璟个子小，整个人伏在马背上死命勒着缰绳赶路，几乎是抱着马脖子在跑，风吹得他脸上生疼，可此刻他什么都觉不出来了，心脏一声声跳得飞快，只恨不得插上翅膀快一点，再快一点。

天上飘了小雪，盐粒子似的砸在人脸上细细密密地疼。

谢璟眯着眼睛努力辨清方向，他抄了几遍地图，心里大概有数。

也不知是什么原因，谢璟追了一路也没瞧见大少爷白明哲的车队，转念一想，白家招的那些护院十有八九都是同一窝的土匪，白明哲从前院出去，还不知被绑去了哪里，只盼商号走水事情闹大，能有人去寻白明哲，或许还能捡回一条命。

唯独不用担心的，也只有白明禹了。

白二留在商号，几十人熙熙攘攘提水救火，他混在人群里最安全不过。

谢璟骑马跑了十几里路，出来得匆忙，皮帽子都没戴一顶，这会儿头发眉毛全白了，连长睫毛上都落了雪，哈出一口热气，得咬着牙才能握紧手里的缰绳不坠下马来。

临近酒厂的时候，忽然看到一队车马逆向而来。

谢璟僵硬着手勒住缰绳，停下看了看，忽然高喊："九爷!"他以为自己声音很大，但已经被方才的烟熏得沙哑，连喊了几声，策马上前才惊动了对方。

风雪中，车队停下。

厚重的马车布帘被掀开一角，白容久侧头看向他："你是青河白家的人，何事?"

谢璟被冻得僵硬，几乎是摔下马来，踉跄了两步被九爷身边的人扶住了，才走到马车前。他哆嗦着从怀里掏出一枚东西递过去："九爷，黑河白家商号进了麻匪，之前大少爷身边的那几个护院都是一伙的，我无意中撞见他们搬运子弹——他们当我不知，只骗我说是碎铜。"

白容久伸手接过，面色凝重："你怎么认得的?"

谢璟咽了一下口水，努力看着他道："我是二少爷屋里的人，少爷屋里有一杆毛瑟枪，我见过。"

"黑河商号那边怎样了，就跑出来你一个?"

"那边无碍，我趁麻匪搬东西的时候烧了他们的车，引了大火，那边人多，应该不会有事，但我听他们说在酒厂埋了东西，想必是焦油！我点燃马车的时候，车上的烈酒混着焦油一起烧起来，气味很大——"

谢璟还未说完，就被一只手握住了拽上马车，白容久沉声道："上来，边走边说!”

他脱了自己的大氅裹在谢璟身上，立马嘱咐车队急转回去，才继续问话。

谢璟之前在风雪中前行的时候还未感觉太过寒冷，此刻裹了大氅才开始一个劲儿地哆嗦，话都说不利索，差点咬着自己舌头。

“身体刚恢复知觉，慢些说。”

白容久让人拿了烧酒，给谢璟灌了两口，一股热气从五脏六腑升起，谢璟手指尖先是一丝麻痒，过了一阵才热起来。

“九爷先走，让他们去救，麻匪太多……”

白容久掀开车帘看外面，眉头拧起：“不行，酒厂有女眷，没车出不来。”

“谁?”

“白明哲的夫人，方玉柔。”白容久放下车帘看向他，“还有她肚子里未出世的孩子。”

方家也是当地大户，且方家老爷曾外出留洋，是新派人物，并没有给家中独女裹脚，并把家里酿酒的秘方悉数传给了女儿方玉柔，因此酒厂大小事宜格外仰仗这位方夫人。

方玉柔虽然名字温婉，性格却爽朗，在酒厂里跟丈夫同吃同住，并没有半分娇气，哪怕是有了身孕也依旧坚守在厂里。原本这段时间快要过年，加上她身子重了，理应要回青河县去休养，但是听到白容久和洋人谈的那些机器订单还有扩建酒厂的计划，有不少都是她能出得上力的，就又多留了几日。

白容久一行赶回酒厂，已经隐约能听到附近山林里传来枪响。

谢璟抄了近路赶来，但也只争取了这么一线时间。

白容久来不及疏散工人，只让他们聚集围守在坚固的炮楼里——方家在当地酿酒多年，往年也遭过匪患，修建酒厂的时候特意在西北角建造了一座炮楼碉堡，易守难攻。

酒厂留守的伙计有七八人，另有方玉柔和她的随身丫头一个，剩下的就是白容久带来的一队好手，约有十人。酒厂这些伙计大多都是年岁较大的，人本分老实，一听到外头的枪响就恨不得抱头蹲下来，起不到什么作用，还不如谢璟冷静。

白容久命他们搬了粮食和石头过来，粮食存放在一旁，石头摞起来挡住厚木门。

枪声由远及近，很快有两声炸响在厂院中，紧跟着就是一声巨大轰鸣，从炮楼上的窄窗看过去，外头火光四起。

谢璟跟在白容久身边，习惯站在右侧靠后的位置，听他使唤。

白容久是看了一阵外面情况之后，才发现后面有人的，他一向警觉，却不知道为什么，对半路冒出来的这个小孩儿格外宽容似的，只看他一眼，并没有说什么。

白容久身边的人在炮楼四角找了位置，已经开始还击。那帮麻匪人虽多，但枪法远不如九爷身边的这些人，手头的装备也差得远。枪声响了一会儿，白容久面色如常，楼下木门有被撞击的声响，谢璟担忧地转头看向楼梯口，又看了看九爷。

楼下待着的那些伙计受到惊吓，但还算听话，并没发出太大声响。

白容久忽然问道："你叫什么名字？"

"……谢璟。"谢璟不想对他说谎，略一犹豫报了真名。

白容久掏出一把手枪反手递给谢璟："会用枪吗？"

"会。"谢璟看着他，磕磕巴巴道，"我之前看二少爷用过几次，应该会。"

白容久轻笑一声，对他道："我看你胆子很大，过来，我教你。"

谢璟被他半拥在身前握住手的时候，忍不住有些发抖，耳边听到熟悉的语气："别慌，看准了。"

谢璟深吸一口气，手稳了。

楼下狭窄的小厅里，方玉柔裹着厚呢披风，被身边丫头扶着坐在那里，两人的手紧紧攥着，方夫人脸色发白，额上冒了细密冷汗。

丫头在跟她说话，原本想给她找些吃的来，但还未起身就被方玉柔用力握住了手臂，丫头眼尖，小声惊叫："呀，夫人破水了！"

方玉柔已经痛苦地低声喘息起来，面孔苍白如雪，裙摆下除了羊水还混了血迹，她肚中孩子尚不足月，这次受了惊吓，怕是要早产。

丫头乱了阵脚，急得不知该怎么办。

方玉柔按住她手臂，咬唇忍下腹中痛意，缓过一阵道："别慌，拆了二楼门板，把我抬到平整地方躺下。包袱……包袱里有干净棉布，再拿一坛烧酒，快去……"她断断续续强撑着讲完，头发都汗湿了。

丫头忙按方玉柔的吩咐，找了两个伙计卸了小门一扇薄门板抬了过来。伙计也没经历过这样的事，想伸手把夫人抬上门板，丫头忙拦着他们，左右找不见什么软和的东西，当即脱了自己的厚棉袍下来铺在门板上，这才催促道："搭把手，轻些把夫人抬上去！”

方玉柔被抬到一处拐角小仓内，这原是存放粮食的地方，不免有些陈年谷子的气味，但她此刻已经痛得说不出话来，出气多进气少，头发被汗湿得打缕儿粘在腮上，全凭着最后一丝意识咬着唇不吭声。她心里知道现在是什么要紧关头，再加上自己力气不多，不攒着些劲儿，怕是自己和孩子都要折在这里。

丫头不敢离开方玉柔身边半步，但这里什么都没有，她一边含泪让伙计去楼上找九爷，一边绞湿了帕子给夫人擦脸。

白容久在楼上教了谢璟片刻，忍不住低头仔细瞧了这小孩一遍。

之前谢璟拦车，他只觉得对方忠勇，此刻却觉得小看了这个半大小子。

他原本只想教谢璟用枪，不用特别准，会开火即可，哪怕只打中麻匪一片衣角吓唬对方一下，能护着方玉柔离开就行。

但显然谢璟比他想的更好。

谢璟下手利索，完全没有他外表上少年人的孱弱，看起来骨头很硬。用枪的时候，最初被九爷握着手把手教导还有些哆嗦，但很快就适应过来，九爷说什么，他就做什么，不像是第一次合作，也不像是第一次用枪——他就像是九爷的另一只手，是九爷的另一双眼睛，指哪儿打哪儿。

白容久多看他一眼，道："你很好。"

麻匪已被打退一波，谢璟手腕和肩膀被震得发麻，得了这么一句夸奖，眼睛都亮起来。

白容久身旁一位贴身护卫此刻也收了枪，走过来看了谢璟一眼。他刚才也瞧得清楚，这小子是个好苗子，若不是现在不是时候，他都想把人收下编在队伍里一路教导，别的不说，只用枪上，绝对有天分。护卫心念一转，很快就回到眼下，走近了低声道："九爷，得走，吃不准山上还有多少麻匪，枪和子弹都没带多少，撑不了多少时候。"

白容久还未说话，楼下就有一个伙计跌跌撞撞跑上来，喘着粗气儿道："不……不好了，夫人受了惊吓，这会儿要生了！"

谢璟愕然，看向楼下。炮楼窄小，黑黢黢的楼梯口看不见任何光亮，只依稀听到一点骚乱声响。

麻匪被打退一波，隔了不久，又有一批围住了炮楼。

这次炮楼上回枪的次数明显减少，但枪枪都准，但凡敢靠近的匪徒都丢了性命。

白容久想走，但是方玉柔早产，无法离开。

他还抱了最后一丝希望，希望能坚持再久一点，期盼黑河白家商号那边能抽出人手来援助。

一直拖到天黑，硬是扛住了几波枪袭。

炮楼里的人送了一些饭上来分给他们，已经比刚开始的时候好一些，瞧着伙计的神情没有那么慌张。

白容久身边的护卫沉默接过，自己先吃了几口，才递了一份给九爷。

白容久面沉如水，只吃了一点就放下继续看外面的情况。

他们拖了一整天，都没有等到人来。

黑河白家商号的人恐怕也出了乱子，他们还是得自救。

炮楼里的人除了信任塔顶的白容久几人，别无他法，数名伙计挤着坐在一处，吃过饭闷声说话。他们手头有粮食，还不至于饿死，但已经有人心里开始发慌，低声道："我听说，山里的麻匪凶残得很，不见血不回山，去年还烧了一整个村子，你说他们会不会把我们也……"

"是啊，要是那些麻匪用火烧，炮楼再高也顶不住啊！"

"啐！闭上你的嘴！"一旁的人低声呵斥他，瞪眼道，"我可不想死在这儿，我老婆孩子还等着我回家哪！"

议论声响起，但很快又被拐角仓房的一声痛苦喊声压了下去。

粮仓内。

方玉柔的肚子高高耸起，剧烈抖动着，肚皮上几道青筋急突而过，像是稻田里一闪而过的青蛇。

她的里衣和头发已经全湿透了，整个人像是从水里捞出来一般，眼神都透着虚弱。

丫头额头上也冒了汗，一边握着方玉柔的手腕，一边跟她小声说话："夫人加把劲儿，已经能瞧见孩子了，您一定撑住，千万不能睡……"

方玉柔已经昏过去一回，这次被疼得醒过来，她咬牙撑着丫头的手臂半坐起来，哑声道："给我拿碗米酒来。"

丫头给她找来，方玉柔分几次小口喝了，积攒了一些力气，不哭不嚷，只咬了一块棉纱布在嘴里又继续撑了下去。

她身上带着北地女子的一股韧劲儿，越是到了拼命的时候，越要倔强地要活下去。

她若是松一口气，她的孩子就没命了。

临近天明，方玉柔的孩子出生，几乎是映着第一缕晨光呱呱坠地，婴儿的啼哭声响彻楼内，众人提了一夜的心终于放下来。

白容久沉声道："弄两匹马，带方夫人上车，走！"

他们要离开，也只有这会儿是最好的时机。

他们有粮，但枪弹不多，守不了多少时间，黑河偏远，援军也不知道什么时候才能赶来，势必要突围出去。而且现在不走，方夫人和她的孩子也等不了，寒冬腊月，无论如何都不可能在这样的炮楼中养活一个婴儿。

他们的车还在，马已被劫走，那帮麻匪惯会做这样打家劫舍的事，手段老练，没给他们活着跑出去的机会。

白容久手下的护卫身手矫健，听令抢了几匹马回来，迅速带方玉柔上车。车辕被刀砍过，护卫看了一眼，手上用力试了试："用独马，车辕裂了，怕是撑不住这么多人，只让夫人一人上车！"

那护卫又分了几匹马给伙计，让他们自己爬上去跟着逃命。

白容久骑在马上，吩咐大半护卫跟在马车周围保护方玉柔安全，自己身边只留了两三个好手。谢璟瞧见九爷，勒着马缰绳就要往上爬与他同乘一匹，白容久用马鞭拦住他："你去车上，方夫人那儿需要一个赶车的，你个子矮，最轻，不怕压坏马车。"

谢璟不肯："丫头比我轻，让她去！"

"她不会驾车。"

"给她一根鞭子，往前走就是……"

"谢璟！"

谢璟仰头看着他，眼圈都红了，谁都知道马车活下去的机会大，但他不想独活，他尝够了独自一人的滋味。

"老幼妇孺先走，这就是我的规矩。"白容久坐在马上赶他，"快去！"

白容久正准备驱马前行，忽然马匹受惊"咴咴"嘶鸣着立起前蹄，白容久忙勒着缰绳控制下它，身下马鞍一重，一个矮个儿少年像是一尾鱼似的钻了上来，挤在他身后的位置坐好："我十三了，不小了！"

谢璟一字一句说完，双手环着他的腰抱紧，再不肯放开。

这回他即便是死，也不会再听爷的话。

第四章 死里逃生

护卫来找白容久，催促道:“九爷!”

白容久按住腰上的手，紧了紧，高声道:“走!”

逃离的路上也不太平，马车在树林里遇到伏击的麻匪，那伙人一直盯着酒厂这边，万幸树林里的只是一支小队，不成气候。

但为首的麻匪格外狡猾，故意驱赶白家马车入水。这附近有一片湿地，临近水源，土壤不稳，一大丛枯黄芦苇地下很可能就是沼泽，表层水面被冻住了，但下面的淤泥肯定不会被冻住，马跑快些勉强能冲过去，但车辆笨重，反而成了最大阻碍。

麻匪又一次驱赶他们入水，白家护卫还击，那伙人即刻缀行，像饿久了的豺一样不远不近、阴恻恻地跟着。

马车被护在当中，疾驰中不慎陷入泥沼，驾车的人使出吃奶的劲儿硬生生把马车拽出来!

杂花色的马身上这会儿沾了半条腿多的泥巴，混着冰碴，驾车的人也没好到哪里去，但此刻逃命要紧，顾不得那么多，又爬上车继续驱马前行。

白容久骑马赶上，问道:“没事吧?”

马车窗的厚帘掀开，方夫人额头上沁出冷汗，怀里大氅掀开一角，紧抱着的婴儿毫发无损，她急道:“无碍，九爷快走，不用再顾着我们!”马比车快，但白容久一行得为她周旋赶时间。

白容久见她无事，放下心来，转头又回去，他身上带了两把枪——手里一把，背后紧抱着他的谢璟带着一把，足够。

麻匪里有一个人跑得极快，一路怪叫着追赶上来，先是开枪吓唬了几声，又叫道："我们大哥说了，哪位是省城的贵客？我们爷要接他上山谈谈——"

谢璟二话不说给了他一发子弹！

那人马背技术纯熟，侧身躲在马腹不过一个呼吸又弹了回来，叫骂道："不识好歹！爷爷劝你们早点把身上的大龙票交出来，要不然，一个都别想活着跑出这座山！"

白容久忽然笑道："我当是为什么不放火烧楼，原来是惦记爷爷身上的钞票！"

他从青河县白家而来，如果谢璟带来的消息是真的，那些麻匪怕是一年多前就已经潜入白府。他从省府来的消息，别人不说，白明哲一清二楚，黑河商号里传开了他要建厂的消息，那身上的银元怕是少不了十几万——他随身没有太重的行李，只带了十余护卫，那些麻匪觉得他藏匿了钞票，不敢轻易放火烧楼，只怕一把火把钱财一并烧光。

这帮人贪得很，只等着今年入冬吃下好大一只肥羊。

白容久护卫骑马靠近，低声请示："九爷，怎么走？"

白容久道："你带五人护着方夫人，另外几人跟我绕山路！"

护卫略一犹豫，咬牙道："让他们护着方夫人，我跟您去！"

白容久看他一眼，点头应允。

白容久改了路线，分了大半的人护着马车，自己另带两名护卫调头冲进一侧白桦林。他一贯畏寒，但此刻身上皮氅给了方夫人和孩子，身上穿的是一件在屋内常穿的细貂绒银袍，骑在黑马上显眼极了。

他这边策马疾驰，麻匪那边没有犹豫，立刻就追了上来，显然目标明确奔他来的。

白容久一行人故意绕道，起初麻匪大意，仗着路熟还在追赶他们，但慢慢发现对方意图，想再去追马车的时候已经晚了，白容久身边的护卫身手利落，两杆长枪使得熟练，一枪一个把人从马上击毙，叫都没叫一声就摔下马来。

喊话那个麻匪吹了口哨，隔着山头都能听到回音，他也受了伤，但此刻退不得。他们几十个兄弟原是奉命盯着酒厂这边，只等着黑河商号那边的大哥过来两头堵截，拿下这只肥羊就万无一失了，即便没有黑河那边的兄弟赶来，他们守在这里的人手也足够。但昨天领头的三哥生怕到手的银元飞了，一心只挂着钱财，也不管对方是硬骨头，一波波冲上前去送人头，他们被打散了队伍，此刻伤的伤，残的残，只能硬劫！

要放过眼前的“财神”，他们也不甘心，越是受伤的野兽越是凶狠，已到了要露出獠牙生死相搏的时刻。

天又下起雪来。

白容久身边护卫战死一名，就剩下最后一名使双枪的护卫。

他带着谢璟换过一匹马，之前的杂花马被打瘸了腿，他们此刻骑的好巧不巧，是麻匪昨夜从酒厂抢走的白马。白家车队里的马匹都是训练过的，回到主人身边格外驯服，白容久和谢璟共乘一骑，这次谢璟坐在前方，白容久全靠胸前这点热乎气撑着。

雪越来越大，追上来的数名麻匪和护卫交起手。

白容久低头问谢璟：“你枪里还有多少子弹？”

谢璟摇头，他早已打空了。

白容久把怀里的手枪交给他：“拿着！”

谢璟握住枪，在他臂弯处回身射击，马匹晃得厉害，他打了几枪，但也不知打没打得准。风雪更大了，北风呼啸，卷着雪吹得人睁不开眼睛。

护卫喊道：“九爷快走！”

白容久没有迟疑，勒马调头，抽身疾驰！

白桦林树木茂密，一时半会儿也找不到方向，雪厚踩空，马匹受惊，“咴咴”叫着不肯前行，谢璟搂着它脖子强行安抚住，眯着眼去看，前方雪如烟雾般连成一片，看不清楚情况。谢璟努力寻找出去的路，但他很快发现了不对，骑马的人身子重重依靠在他肩上，他喊了一声：“九爷？”

身后的人没有回应，谢璟急忙握紧缰绳，连同白容久的手臂一起抱住了，咬咬牙寻了一个方向跑去。

不知跑了多久，天色在风雪中渐暗，谢璟已经有好一阵没听到追来的马蹄声和枪声了。

谢璟心里庆幸他们进的是白桦林，有树的地方，土被抓得牢一些，而且这边林子里有常年狩猎的人，运气好些找到木屋，就能撑过今天。

但他们的好运气在刚才摆脱麻匪的时候似乎就用光了，谢璟并没有找到木屋，连能避风的山洞也没见到，他只得在几棵粗壮大树处停下马来。白容久已经昏迷，谢璟摸了他脸颊一下，是滚烫的，再往身上一查，靠近腰侧那儿被擦了一溜儿红，血迹已经凝固了，衣服黑红一片粘在上面。

谢璟眼圈红了，扶着他坐下，自己找了背风的夹角掏了一个冬窝子出来，把马拴在一旁，又小心扶着白容久躲进去。

天寒地冻，谢璟不敢解开他的衣裳检查伤口，也怕撕下带血痂的衣服会再崩了伤口，他也做不到别的，捡着自己会的，能做的，努力想帮白容久，一夜不住拿雪搓他的手和脚，别的谢璟不懂，但手脚是热的，就能在雪中活下来，这是他过去学会的生存技能。

白容久嘴唇干裂，谢璟就含了一口雪，融化雪水喂他。

他现在什么都不想，只一心想这人活着。

如果可以，他们两个一起活着，不行的话，那就让九爷活下去。

谢璟生怕他睡死在这儿，一整晚没敢合眼，一声声喊他名字。

半夜，白容久醒了一次，手指轻轻动了几下，就被谢璟握住："爷？"

白容久虚弱道："在这儿。"

谢璟这两日连受惊吓都没有动摇一点，这回鼻尖泛酸，轻声道："我害怕。"

白容久轻声道："不怕，爷在这儿。"

谢璟像是找到了主心骨，他怕白容久再睡着，不住地跟他说话，白容久也打起一点精神，跟他聊了几句。

"你怎么知道这么多？"

"因为二少爷不做功课，都是我替他写的，我会很多。"谢璟回答得认真。

"挖雪窝子也是跟二少学的？"

带着点笑意的声音让谢璟耳尖发烫，他一边握着白容久的手给他暖着，一边闷声道："不是，我自己会的。"

白容久沉默片刻，又问："还会什么？"

"我还会翻跟头，能连翻几十个，我，我翻跟头可好了。"谢璟带着点邀功的语气，上一世的时候他练过几年武生，九爷点的戏码里，他都能得满堂彩。

这次没得到喝彩，反而被低声取笑了："好，回去翻给我瞧瞧。"

"哎。"

"你也别睡，现在想想，等回去之后想让爷赏你什么？"

谢璟冻得哆嗦："我要一碗汤圆。"

白容久笑了一声："就要一碗汤圆？"

“嗯，我要芝……芝麻馅儿的，个大皮薄，滚汤盛出来，最好汤里再加点白糖，一小碗就够了。”

“喜欢吃这个?”

“喜欢。”

谢璟已经很多年没吃过芝麻汤圆了。

他喜欢粘牙软糯的甜食，幼年时寇姥姥会给他蒸米糕，再后来姥姥没了，他跟在爷身边，刚开始不好意思要，还是爷自己发现了想着法儿给他做，再后来，又剩他一人。

他一个人流浪了大半个国家，由北向南，风餐露宿，已经很久没有坐下来吃一碗甜汤圆了。

白容久呼出一口气:“回去之后，你跟着我，保管每天早上都能吃上一碗。”

谢璟应了一声，揉揉鼻尖笑了。

他们在雪窝子里藏了一夜。

所幸大雪遮盖了所有的痕迹，两人一匹马逃了出来。

出了白桦树林走了半日，找到一个小村庄，谢璟只说他们是路过的行商，遭了土匪，小村子人心纯朴，加上谢璟给的一块银元，很快就给了他们一个落脚地。

谢璟故意找了靠近村边的地方，马也拴在屋檐下，抬眼就能看到的地方，一有什么风吹草动就可以走。

村里没有大夫，但因为靠近树林，有常进林子打猎的老猎人，谢璟找他买了一些伤药，打了一盆热水，给白容久换下染血的袍子。幸而只是皮肉伤，没有伤到筋骨，只是伤口狭长露出了血肉，又加上一路奔波失血过多，当晚白容久又发起高烧。

谢璟煎药给他喝了，但也不知道是不是小村子里的土药方不管用，没起半点作用，半夜的时候白容久浑身滚烫，却又喊冷。

谢璟把自己棉袍搭在他盖着的薄被上，又爬上床去，小心避开他身上的伤口，努力给他取暖。

谢璟身子热，很快白容久就安静下来，又沉沉睡去。

第二天白容久醒来，身边没人，却摸到了身下垫着的貂绒长袍。

他面色如玉，微微眯起眼睛去寻找，窗外有人抱了草料来喂马，顺便还跟院子里的人打了招呼，听着声音像是要了一碗热粥。

果然，片刻后，一个半大少年就端了一碗热气腾腾的米粥进来，大约是太烫，放下碗后还捏了捏耳朵，在和他视线对上之后，小孩儿立刻就露出一个笑容来，三两步跑过来："爷，你醒了？好点没有，饿不饿？"

白容久坐起身来，慢慢吃了那碗粥。

他如今也不过是十七八岁的少年人，头发散乱下来半遮着眼睛，微眯起来，因为刚醒还有些晃神，瞧着倒没有了平日的那份气势。

谢璟坐在床边的小凳上跟他说话："爷，我去打听了，这里叫十里堡，往西去就有一个镇子，那边可以租车，咱们住上一两日，等你伤好点就回去。"

白容久问道："这里当地人都是做什么的？"

谢璟愣了下，挠头道："种庄稼或者打猎的吧，我瞧见每家每户院子外头都堆了不少高粱秆，另外村头两家人院子里有刚剥下晾晒的野兔皮子，应该是猎户。"

白容久略想一下，道："这里离酒厂也就是一天的路程，离着不算远，你挑一两家高粱多的人家问问，有没有向酒厂那边供应粮食，小心些问，找一家老实可靠的让他们给青河白家递个信。"他说着从怀里摸出一块长金链子怀表出来，交给谢璟，"拿这个给他，事成之后，再许他几块银元。"

谢璟接过来答应了一声，转身出去了。

白容久一个人倚靠在床上休养，他手虚抚在腰侧，眉头微微皱起。

腰上的伤不算严重，只不过是皮肉伤，是昨天躲避麻匪的时候被打伤的。那伙人是下了杀心，瞧着宁可破财要他们的命也没打算让他们回去，若不是他身上穿着的还有一件厚皮马甲，怕是得去半条命。但这伤也极为不便，骑马都不利索，也难怪谢璟会想绕路找车。

白容久原本就是话少的人，坐在那儿一边想着当下能做的事，一边想着昨天的护卫们，也不知道黑河白家商号那边如何了。

过了半晌，谢璟回来了。

他一路跑着回来，额头和鼻尖都沁了汗，只拿手擦了两下，两眼放光道："爷，他们还真有给酒厂卖粮食的，我找了村里的中人，我听他说的酒厂的人和事都能对上，就让他去报信，那人答应得可痛快了，我都按你说的办好了！"他犹豫着从兜里拿出那块细长链金怀表放在桌上，道，"我给了他两块银元，这表是爷的东西，太贵重了，我没给。"

白容久道："过来。"

谢璟立刻拿了那块怀表过来，捧着给他。

白容久伸手从他头发上拿下一根枯草，笑道:“沾了东西。”

谢璟脸红了，自己忙退后两步胡乱拍了拍头发:“肯定是刚才抱草料弄的，我下回一定注意。”

“不碍事。”

“那这怀表……”

“你收着吧，给你了。”

白容久还以为这小孩会推拒几下，毕竟读了书的人大多如此，但没想到谢璟就这么坦坦荡荡地揣到了自己怀里，还捂了一下，美滋滋道:“那我替爷收着，以后九爷想问时间，就找我，我报给你听。”

白容久不知怎么的，忽然就想起自己省府家中安置着的那个西洋挂钟，准点报时，一只嵌了宝石的机械小金丝雀蹦蹦跳跳就冲出来，“布谷布谷布谷”地急匆匆叫上几句，又兴高采烈地回去了。

眼前这小孩一脸满足，跟那圆滚滚的小雀儿很像。

又傻又机灵。

白容久多看了他几眼，怎么也想不通为何有人会把这两种截然相反的矛盾点融合得这么完美。

他想了一会儿，心道，也不全是，谢璟还凶。

昨儿开枪打人的时候可半点没手软。

已经派了人去青河县，白容久和谢璟也放松下来，在小村子里好好休整了两日。

接触得久了，两人都觉得对方和自己想的不太一样。

白容久起初觉得谢璟对白二少忠心，后来发现并不是这样。他和谢璟并不认识，但经历生死之后已待他不同，平日里能聊的就是白明禹——他对小辈也没什么兴趣，但聊账本生意，显然更不可行。

每回他开口说上两句白明禹的学业，谢璟就迫不及待跟他汇报自己读过的书，还拿手指头沾水在桌上给他写字，力证清白。

“二少从来不自己写作业，都是我替他，我的字比他写得好多了，他不让我写好，因为怕先生瞧出来。”谢璟端端正正写了自己名字，又写了一副对子，字算不得多好，但比白明禹那一手狗爬好太多了。

白容久:“……”

沉默片刻，白容久问："我以为，你挺护着二少爷的。"

谢璟认真道："那要看什么事了。"

白容久头一回被逗得起了兴趣，在雪窝子里生死一线的时候，这孩子只要一碗汤圆，但现在平安了，他给了金怀表也坦然收着，要争功也会从别的地方来争才是，怎么就偏偏盯准了白明禹，写书画图写功课，一点自己的便宜都不给二少占？

谢璟也觉得九爷和他记忆里的不太一样。

他只要有空了，就忍不住用眼角余光偷偷瞧上一眼，现在的九爷太不一样了，瞧着模样也没有数年后的锐利，被九爷看着倒是也没那么慌，还能大着胆子多说几句话。

他记忆里的九爷不爱同人讲话，有些时候皱皱眉就能吓得周围人频频看脸色，揣摩着去做事。私下里没人了，九爷松懈下来的时候会逗他两句，使唤他揉头捶腿，但没伺候两下就唤他抬头，喂了他好大一颗剥了壳的鲜荔枝……

九爷以前爱逗他，也会笑，但和现在不同。

谢璟又偷偷瞧九爷一眼，带着几分好奇，眼神和九爷对上的时候愣了下，耳朵轻轻抖一下，很快转过头去假装在做别的事了。

谢璟怕九爷闷着，在小村子里费了不少力气找了本书给他看。

书有些旧了，还是几年前一个读书人从外地带回来的，白容久之前已经读过这本书，心里默背如流，不过谢璟一番好意，他还是收下来，偶尔翻一翻。

等到了晚上的时候，白容久还教谢璟写了几个字。

这里没有宣纸毛笔，谢璟找了麻草纸和木炭棒来，两个人一个教一个认真学，津津有味。

谢璟有底子，再加上不知道是不是回到少年，格外脑聪目明，九爷说过的话他认真听一遍就能记个大概，自己心里默默多背上两遍就记住了。

白容久也没想到有一天教人读书写字儿能这么有成就感。

教什么会什么，眼前这小孩儿一心一意看着他手上的木炭棒努力学着，不断地吸入养分。

教了一阵，白容久道："贪多嚼不烂，你今天先学这些，其余的等明天空了再教给你吧。"

"哎！"

白容久瞧见小孩宝贝似的把那几张写了字的纸叠好收起来，放进怀里和金表搁在同一处。

他的眼神在小孩儿藏东西的心口处停留片刻，很快又转开，去看书了。

腊月初八。

谢璟在小村子里淘换了一点粮食，回来煮了腊八粥。

小炉子就在室内，谢璟拿砂锅熬煮，滚火煮沸，一直煮到米粒开花，煮好的粥米和各种豆粒儿香气扑鼻，腊八粥独特的口感和香味勾得人肚子里的馋虫都出来了。

白容久放下书，鼻尖微动："放了什么在里面，好香。"

谢璟盯着小砂锅，道："也没找到什么好东西，去换粮食的时候刚好瞧见还有点核桃，就买了两个回来，磨成粉放粥里一起煮了。"

白容久笑道："这倒是挺高明的手法，从哪儿学来的？"

谢璟老实道："跟我姥姥学的，她会做很多好吃的，爷想吃，等我回家去就跟她多学一点。"大约是怕白容久不放心，谢璟又补充道，"我学东西很快，也会做饭。"

"还会做什么？说几个拿手的来听听。"

"炒米花糖，蒸米糕，我还会烧肉，家常菜也会做几道。"

白容久逗他："会这么多，等回去，爷把小厨房交给你打理。"

谢璟倒是实在，以为他说真的，点头应了。

小炉子一直开着火，煮的时间长了，满屋子都是粥的香味。

一小砂锅粥熬了半日，粥熬得浓稠，米粒沉在半透明的粥液下，香气随着热气升在半空。天气寒冷，喝上一碗这样热乎乎又香甜的粥，肚子里舒服极了。

白容久一边喝粥，一边看着窗外，瞧见院子里靠近门口的地方放着一小盏冰灯。

他瞧着眼熟，想了片刻问道："商号院门口那两盏冰灯也是你做的吗？"

谢璟猫舌头，这会儿已经被热粥烫了一下正吹着气沿着碗边小口喝粥，听见九爷问，含糊道："是。"

白容久越发觉得这小孩很好。

等到下午的时候，谢璟忽然听到窗外那匹白马"咴咴"叫了两声，连忙跑出去看，瞧见来的人顿时就放下一颗提着的心。

青河县白家来人了，足有二三十人，全骑着马，不少人肩上还挎着枪，另外还带了一辆结实的马车并一个大夫，一进来就先给九爷查看了伤势。

白容久之前使双枪的那个护卫也在其中，脸上有轻微冻伤，看着有些红肿，其余并无大碍。

大夫给白容久看过之后，连声道："无碍，无碍，是皮外伤，接回去好生休养一段时间就能好，我身上带了些药膏，一会儿上了马车先用上。"

这次来接白九爷的人太多，声势浩大，引了村上不少孩子来看，不过白家这么多人护送，也不担心再出任何纰漏了。

白容久坐在马车上，身上又裹了件厚皮氅，闭着眼睛听护卫跟他汇报。

"方玉柔和孩子已经安全送到，母子平安，白家大少爷运气好，遇到一队回来轮换的骑兵，被护住了，只受了一点儿惊吓。另外黑河商号那边烧了小半间仓库，死了两个伙计，白二少受了轻伤，现在已经接回去治疗，过几个月就无碍了，现下黑河那边的官兵已经开始戒严，年后筹备剿匪。

"我们的人折了一人，伤了三人，我已经派车送他们回省府，顺便给家里老爷子报信。"

"走了多久？"

"两天前，我们等到爷派来传话的人，这才敢报信。"

"好。"

马车宽敞，谢璟缩在一角打瞌睡，马车里铺了厚毛毯，又放了暖炉，这会儿一晃一晃的，让人直犯困。

白容久正嘱咐身边人做事，抬眼就瞧见谢璟睡得脑袋一点一点的，眼瞅着就歪到一边，怀里抱着的暖手炉也滚落在毛毯上，因为毛毯厚实，一点声音都没发出，也没惊醒沉睡的小孩儿。

白容久停顿了一下，道："拿条毯子。"

护卫立刻翻找出一条皮毛厚实的毯子，这车里都是九爷平日用惯了的东西，九爷畏寒，这些东西也就准备得格外多。

白容久指了指角落睡着的小崽子，低声道："给他盖上些。"

护卫愣了下，但还是立刻去给谢璟盖了毯子。

他们已经跑出青河县老远，回去的路上特意绕了主路，避开了山林较多的地方，走了足有一天一夜。

白容久车里没坐过旁人，能睡在他身边的更是没有几个。

也不知道是不是因为这几日在小村子里住着，谢璟一直给他暖被，白容久觉得自己一点都不排斥这小家伙，同吃同住，也没什么妨碍。而且谢璟识趣得很，他要谈事，谢璟就立刻找理由跑去外面骑马，等他忙完才回马车里来——也不是偷懒，进来之后换药都是谢璟在做，手上十分小心。

只是他不赶，谢璟就不下车，经常磨蹭一会儿，就挨着马车一角睡着了。

白容久觉得好笑，自己给他盖了几次毯子，但是谢璟和他不同，小孩儿火气太旺，没一会儿就热得小脸发红，从一堆皮毛里冒出头来，睡得迷迷糊糊地就往下扒拉皮毯。

快到青河县的时候，谢璟主动往白容久马车里钻。

端茶倒水殷勤了一阵之后，又挨挨蹭蹭地试图多干活讨好白容久。

白容久把视线从书上挪开，抬头看他："说吧，想要什么？"

谢璟小声道："想跟爷讨个饶。"

"嗯？"

"我……我撒谎来着。"

谢璟跪坐在那儿老实交代，把自己和寇沛丰换了名字的事儿一五一十都说了，说完小心翼翼地看白容久的表情，一双眼睛湿漉漉的，跟小狗犯错一样。

白容久沉默了许久，手里的书落在他脑袋上，不轻不重地敲了一下："没再骗人了？"

"没有！我对爷一个字都不会说谎！"

"嗯。"

谢璟捂着脑袋傻乎乎看他，还在等他说话。

白容久轻笑一声，抬抬手道："下去吧，我知道了，以后在我身边做事，可不准这么胡来。"

谢璟高高兴兴地下去骑马了，浑身都是劲儿。

车队到了青河白府停下。

门前早已站了数人，连白家老爷都在那儿翘首以待，瞧见白容久的马车过来，也不顾什么身份，快步迎了上去。另外等着的白明哲夫妻俩也站在那儿，方玉柔裹得厚实，头上戴了厚厚的绒帽，也想往前去，她说什么都要亲自谢谢救命恩人。

白容久身边的人上前，只扶了白老爷上马车，拦住其他人道："九爷说，他身上有伤不能下车，大家也都受了惊吓，回去好好静养几日，不用来探望他了。今儿只留白老爷上车说几句话，其余人回去吧。"

白明哲扶着夫人目送马车去了东院，他这次是打心里感激九爷，若不是九爷拼死护住，他的妻儿怕是再也见不到了。

那酒厂附近没有什么村庄，人手也不足，只因为靠着一条河，方便取水酿酒，另外还可行船运输，不然他们也不会大老远选到那么荒凉的地方。也因为这样，给了那些麻匪下手的好机会，那伙人提前一年找机会接近白家，上门当了护院，蛰伏了一年才露出爪牙，踩点摸准了白明哲的行踪，又准备赶在年前“接财神”（绑票），打算狠狠敲一笔。

至于妇人孩子，还未有从麻匪手中生还的先例。白明哲每每想到此处，就吓得一身冷汗。这次事情真的太过凶险。

方玉柔咳了一声，她刚生了孩子不宜吹风，白明哲忙扶着她回房中去。

“夫人小心，这几日我让人请了岳母过来，麻烦她老人家亲自照顾你。”白明哲话里带着愧疚和心疼，“是我没照顾好你和孩子，让你担惊受怕了。”

方玉柔道：“虚惊一场罢了，幸好九爷带了护卫回来，要不是他们在，酒厂的人怕是都死光了。”

白明哲看了妻子一眼，他们之间感情极好，这会儿瞧着发妻虚弱苍白的脸忍不住虎目含泪，点头道：“这次九爷大恩，我一辈子都还不完。”

方玉柔握着他的手，笑道：“怎的又哭了？亏你还是黑河商号的大掌柜，让外人瞧见笑话。九爷恩情重，我们记在心里，慢慢还，他不是要建厂，你就多费心，一定把事情做好才行。”

白明哲点头应是。

方玉柔又道：“还有一个伙计，人年纪小些，但是机灵，我听说这次也是多亏他从黑河商号那边跑来酒厂报信，九爷的车队也是他拦下来的，好像叫……谢璟？”她那时生产，痛得已经有些神志不清，后面一路逃命也未能看清伙计长相，这些都是听身边丫头说的。

白明哲平日在黑河商号，回青河县本家少些，点头道：“我去打问打问，一定重赏。”

夫妻二人说着话，回屋去了。

白明哲安抚了妻子，又看了看刚出生的幼子，这才匆匆去处理其他事宜。

白明哲在外忙了一下午，黑河商号和酒厂那边被麻匪杀了几个伙计，他亲自去给死者家人送银钱，有一家只剩下一位眼睛瞎了的老母亲，还在盼儿子回来。白明哲于心不忍，又让人去买了好些米面和香油，给老人家留下。

忙完一圈回到白府，白明哲迎面就碰到小厮跑过来一叠声求他：“大爷，大爷快去看看我们二爷吧，今日闹得越发狠了，连药都不肯上……”

白明哲连忙跟着他过去，边走边问道：“怎么回事，新找的大夫也不成？”

“不成，二爷脚腕骨头断了，那天硬撑着骑马从黑河回来没吭声，连接了两回骨都没见效，今儿白天上药的时候肿得老高，比第一日瞧着要重了许多！”小厮急得出了一脑门汗。

“那还等什么，快带我去瞧瞧！”白明哲顾不得许多，加快了脚步。

白家小院。

白明禹瘸着一条腿来回蹦，整个人浑身上下都带着烦躁的样子，跟丫头小厮发脾气，什么都不如意。

白明哲进门瞧见弟弟这样，一颗心放下了大半，又虎着脸训斥道：“胡闹！你脚腕骨都断了，还在地上瞎蹦什么，回床上去躺着！难道想断一辈子当个瘸子不成?!”

白明禹被扶着坐回床上，半躺下来看向他：“大哥，家里怎么样了？我问他们，这帮人一个都不跟我说！”

白明哲坐在床边哄他：“都好，九爷今天也接回来了，受了些皮外伤，休养些日子就能康复。”他看了眼前的傻小子一眼，这么多年头一回见他这么急，也知道关心家里的事儿了，忍不住有些欣慰又心疼，“有大哥在，你不用管这些，好好养伤，早点把脚养好了就成。”

“大哥，我能帮你……”

“你安生点别再惹咱爹生气，我就谢天谢地喽！”白明哲道，“你听话些，明儿哥再给你换个大夫，若这个不行，就送你去平洲那边医治，我打听过了，那边有个神医治腿伤一绝，保管给你治好，跟以前一样能跑能跳。大哥今日去了好些地方，明天还要去瞧瞧这次受伤的几个伙计……”

白明禹鼻子一酸：“大哥，我也去。”

“你去做什么？年关到了，家里又刚出事儿，你在家陪着爹娘，我一个人去就成。”他坐过来，胡噜了一把弟弟的脑袋，还拿他当小孩儿，“你这回也受了惊吓，我原本还担心你有个什么三长两短回来没法跟爹娘交代，没想到你能把黑河商号给我守住，好样的。”

“大哥，酒厂那边……”

“唉，死了不少人，我也只能尽量去补偿，等安顿好了后事，再派人常去探望吧。”白明哲叹了一声道，“官府也派人来剿匪了，你这段时间千万不要随意外出，安全第一，记得啊。”

白明哲安抚他几句，就要走，白明禹忙喊住他：“大哥，我还要找一个人！”

“谁？”

“寇沛丰，我身边那个陪读，他那天骑马冲到街上大喊‘走水’，不是他，我也……”白明禹眼圈都红了，“我问了好多人，都说没再瞧见他。”

白明哲沉默片刻，叹道：“大哥尽量帮你找。”

白明禹点点头。

他看着大哥离开的身影，心里难受。

他问过所有的小厮，，都没人见过寇沛丰，黑河商号不用说，他一直寸步不离守着，但酒厂那边也没人听过这个名字。白明禹心知让这么一个半大小子逃出生天简直痴心妄想，但总还带了一点希望，等了好久，不肯放弃。

他心里知道，他的陪读可能已经死了。

白二的脚伤县里大夫医治不好，他还要拖着留在家中，白明哲不肯答应，派人快马加鞭送他去了平洲医治。平洲的神医专治外科，在那边敲碎骨头重新接骨，休养了一段时间，传信回来，说已经大好了，年末就能回来。

青河白家，东院。

白容久因伤没能及时回省府，加上这边建厂还有诸多事要筹备，也就干脆留在了青河县过年，不回老宅了。

白容久回来之后也让大夫给谢璟看了看，担心有什么内伤自己看不出，大夫瞧过之后，只看出手臂和肩上有几块淤青，其余没再瞧出什么了。

谢璟道：“我头一回扛枪，肩上没力气，以后多练练就好了。”

白容久递了一把小手枪给他，道：“回头让人教你，这个你先收着，防身。”

谢璟接过来，贴身收好，没瞧出半分排斥。

一旁的护卫多看了他一眼，他还记得谢璟在酒厂使枪的样子，他是用双枪的，一手绝活，倒是缺个小徒弟。正想着，就听到一旁白容久发话了：“让小厨房做一碗甜汤圆过来。”

下头人领命，很快就做好端过来了，白容久自己不吃，给了谢璟：“旁边有小桌，坐下慢慢吃。”

谢璟看了一圈，找了就近的一张端着碗过去坐下了。

护卫瞧得清楚，那是九爷平日下棋用的桌子，刚想开口就被九爷拦下。白容久笑着咳了一声，道："让他吃，念了一路，先吃完再说。"

谢璟抬头看看，一时没觉出自己哪儿做错了，他以前就老在这张小桌上吃饭，习惯性就坐在这儿了，等反应过来想站起身的时候，被九爷拍了手臂："就坐这吧，爷看着你吃。"

房间三个人，两个人看着谢璟一个人吃甜汤圆。

谢璟咬着勺子里的汤圆小口吃，抬眼看看九爷，又低头再吃一口，慢慢吃完一整碗，连甜汤都喝得干净。

白容久看他吃好了，问道："家里还有什么人？"

"还有我姥姥。"

"父母呢？"

谢璟摇头："没见过。"

他说得坦荡，也没有半点思念的意思，白容久瞧出大概，怕是从小就没见过面，因此并不想念。

白容久又问："姥姥待你好吗？"

"特别好，我以前生病的时候，姥姥也会煮一碗甜汤圆给我吃。"一碗两三个，权当买糖哄他，因为惦记着吃汤圆所以吃药也不觉得多苦了，他只记得汤圆又香又糯，吃完了还能喝上一小碗甜汤，就跟现在一样。

"谢璟，爷给你放个长假，回去陪陪你姥姥，我让张虎威送你回去。"白容久手指在桌面棋盘上轻敲两下，又道，"初三回来吧。"

谢璟点头应了："我一准儿回来。"

张虎威就是九爷身边使双枪的那个护卫首领，名字倒是好记。只是在谢璟记忆里，这人并没有出现过，出了东院角门的时候，谢璟已经想通，怕是这样的好汉上一世也折损在了黑河。

白容久派了辆车过来，上头堆放了不少吃食和棉布，买的都不是多贵重的布料，但又厚又结实，除了两匹颜色鲜亮些，其余都是给老人准备的暗枣红色或者灰蓝色，还有一匹带暗纹的青金色皮料搭配了几张兔皮，专门给老人家做皮毛坎肩用的。

张虎威人高大，坐在那儿一直盯着谢璟，几次想提收徒的事儿又都咽下去。他觉得这事儿够呛，九爷太疼这小孩，估计不舍得让小谢吃这份苦。

谢璟坐车一路颠簸回家，偶尔掀起车帘往外看，外头集市热闹，和往常一样熙熙攘攘，卖开水的在街边把炉子烧得咕嘟咕嘟响，还能闻到热腾腾的包子和烤饼的香味儿。

他身上有钱，临来的时候白容久和白明哲各赏了两封银元，这会儿瞧见路边有卖芝麻烧饼的，让人停了车，蹦下去买了好些个，提着上来的时候没忘了给张虎威也带上一个。

张虎威心里有几分感动，拿着饼抬头看他，欲言又止。

谢璟当他不够吃，又分了一个给他，剩下的都包好:“这些是给我姥姥的。”

张虎威:“……”他倒也不是特别想吃饼。

两人一个心里犹豫，一个没往学本事那方面想——也不怪谢璟，他以前学的那些都是九爷手把手教出来的，没有认其他老师的念头。

谢璟坐在车上总觉得还忘了点什么事，但是一高兴，就忘了。他琢磨了一路，临到家的时候放弃去想，既然想不起来，应该不是什么要紧事。

谢璟高高兴兴买了东西，回家过年去了。

另一边，白明禹在平洲郁郁寡欢，强撑了大半个月，好歹把脚治好了。他在年底的时候返回家中，勉强赶在年三十儿回来跟家人团聚。

白家这个年关过得惊险，白老爷特意用自己和九爷的名义摆了几个粥棚施粥，攒些福气。

吃罢年夜饭，白明禹兴致缺缺，回了自己小院。

他嘱咐了小厮带了一袋东西悄悄送进来，半夜没人的时候，自己偷着给小陪读烧了纸钱。

“丰儿，少爷多给你烧点，你到了那边也别拘着，使劲儿花吧。我知道你爱吃糖糕，但你这人假正经，不爱说，就拿眼睛看……少爷都瞧在眼里呢，也怪我，老逗你，都没让你好好吃上一顿糖糕。”白明禹被热气熏得眼干，抬手揉了揉，眼泪又忍不住扑簌簌落下来。

“多亏了你机灵，要不是你骑马出去喊来了官兵，少爷和商号里大大小小十几条命都要交代在黑河了。

“丰儿，少爷记得你的好，初一十五都给你烧纸，你安心去吧。

“丰儿啊，你走了，以后谁替少爷抄书啊?”

……

白明禹悲从中来，哭得不能自已。

第五章 辞旧迎新

谢璟这里并不知道白府发生的事，他被张虎威送回家中之后，就一直陪在寇姥姥身边。

他这次带回来的银元有两封，一封一百枚，用红色的纸封得稳稳当当，拆开来散在小土炕上明晃晃一堆。

寇姥姥冷不丁瞧见，吓一跳："这是哪儿来的呀？"

谢璟道："我赚的，姥姥，这些都给你。"

寇姥姥不肯收："这也太多了，你在那边没受什么难为吧？"

谢璟摇摇头："没有，姥姥，我现在跟着九爷了，就是省府里来的那位九爷，之前跟在他身边办事得力，这些都是九爷和白家大爷赏的。"

"璟儿，要是他们让你做些不好的事，咱就把钱退回去。姥姥这些日子已经攒了有一块多银元了，到时候再凑点，就能赎你出来……"

谢璟坐过去搂着她肩膀笑了一会儿，哄她道："姥姥，真没事，我之前去黑河商号跟在九爷身边，这些是爷赏我的。"

寇姥姥吃了一惊，回头瞧他："黑河？我这两天听说黑河那边闹胡子，还死了不少人，你也去啦？"说着就开始上下检查，生怕他哪里伤到一星半点。谢璟任由她瞧，等老太太确定他身上没伤之后，才道："姥姥我没事，我就是跟着去一趟，是有一伙贼人，但我跟在护院身边，哪儿都没去，跟少爷躲在一起了。"

寇姥姥念了声佛："躲着好，可千万别有什么事儿！"老太太又摸摸他胳膊，也不知道想起什么，抹了眼泪，"你要有个三长两短，我可怎么跟小姐交代。"

谢璟用手背帮她擦了眼泪，小声喊了姥姥。

他不是寇姥姥的亲外孙，这一点他从小就知道，姥姥嘴里一直念叨的那位"小姐"，是他亲妈。寇姥姥照顾了谢家两代女子，不但是他外婆的陪嫁，还是他亲妈的乳娘，到了他这里，更是手把手养大，感情已和亲祖孙没什么区别了。

谢璟没见过亲妈，只从寇姥姥嘴里听过，知道自己是跟着母亲姓谢。其余寇姥姥没说，他小时候还问过，但是每回姥姥都要难过上好半天，提起"小姐"都心疼地哭上一回，慢慢地，谢璟也就不问了。

谢璟没跟寇姥姥再提黑河发生的事儿，但寇姥姥心里还是惦记他，过年的时候买了香火烛台来点了，拉着谢璟磕头。

供桌上已经没有了小金佛，那个位置空出来放了烛台，但还是叩拜了一下。

寇姥姥念念有词，求小姐保佑。

谢璟规规矩矩给磕了三个响头。

寇姥姥道："也求老天保佑，让我多活两年，再多照看我们璟儿一段时日。"

谢璟听到，身形顿了一下，又认真磕了一个头。

寇姥姥心里最在乎的，一个是谢璟，一个是她带在身边许多年的小金佛。之前紧着钱想攒够给谢璟用，现在手里有了余钱，老太太就想把小金佛赎回来。

但是他们去当铺想赎回的时候，那佛像已经不在了，寇姥姥不死心，让掌柜查了好几遍，确实已经没了。掌柜站得高，透过柜台缝隙看他们："当初说了是死当，因此没留住，我给您留意着吧，等过段时间兴许又倒卖出来了。"

事已至此，也只能这样。

寇姥姥没找到小金佛，有点郁郁寡欢，谢璟为了哄她开心，带着老太太去裁缝铺做了几身新衣裳，原本是打算多给寇姥姥裁制几身，结果进去之后成了老太太给他买衣裳。老太太眼光好，针线功夫也好，只是年纪大了做不了太精细的，就跟那边的裁缝师傅说了样式，让他们给定做。

谢璟道："姥姥，我还有衣服穿，家里也有布料，不用特意出来花钱做。"

寇姥姥道："钱是死的，人是活的，咱们璟儿穿得漂漂亮亮的，姥姥心里面高兴着呢！"老太太说着，又转头跟裁缝师傅商量款式去了。

裁缝一边给谢璟量身一边道："这样裁剪倒是新鲜，不像是咱们这边常用的做法。老太太，您是南边来的吧？"

寇姥姥道："去南边讨了两年生活，就是当地的人。"

裁缝还想问，寇姥姥却不肯多说一个字，只谈衣裳，其余闭口不言。

置办了新衣，寇姥姥瞧着心情好了许多，又带着谢璟去理发。

谢璟摸了摸自己脑袋，有点犹豫："还不算长，要不等两天吧，姥姥，咱们在家自己也能剪头发。"他以前都是姥姥给剪的头发，也挺好看。

寇姥姥道："再拖几日就进正月啦，正月里不兴理发，死舅舅。"

"我又没舅舅。"

寇姥姥不肯，拖着他去剪了头发。

谢璟头发好，理发师傅没跟其他人一样一推子给剃成平头，给修了修长短，又把有点挡眼的额前碎发略略剪短一点点，其余的他也舍不得动了，眼前这小孩太漂亮，头发多剪掉一点都不落忍。

师傅拿热毛巾给他擦了脖子上的碎发："好了，您瞧瞧？"

正前方是一面镜子，镜面虽粗糙了些，但依旧能看清。镜子里的男孩头发乌黑，衬得他原本的肤色更白了些，加上清澈透亮的眼睛和高挺的鼻梁，嘴唇有棱有角的，带着几分这个年纪少年人独有的漂亮，不分性别，让人眼前一亮。

寇姥姥过来看了看，觉得挺好，小孩额前黑发瞧着整齐利落。

家里有钱有粮食，祖孙俩难得过了一个好年。

谢璟买了煤炭，又收了好些柴火存放在家中。北地天气寒冷，三月初雪尚未融化，他怕老人冻着，总要多准备一些才放心。谢璟还跟着姥姥去买了白面和黄豆面，老太太去磨糯米粉的时候，他就去旁边店里多买了十斤小米，老人年纪大了，别的不好克化，多吃一些小米粥好养胃。

寇姥姥给谢璟蒸了年糕、米糕，还有红枣糕，糖、乳酪都用了快有大半瓶。谢璟吃完觉得自己身上都甜丝丝地冒着香气。

吃得饱，睡得暖，重要的人都在自己身边好好的，再也没有比这更好的了，谢璟连日来睡得心安、香甜，气色大好。

寇姥姥还做了一些糕点，让谢璟给寇老三那边送了一些过去。

谢璟原本也要特意去那边一趟，正好顺路了。

寇老三家中贴了对联，门口还有燃放鞭炮后的碎红，鞭炮纸落在雪上，瞧着这两日也热闹了一番。

谢璟敲门进去的时候，寇沛丰还在担惊受怕，他额头上包着一层白纱布，瞧着人都瘦了一圈，谢璟跟他说了两遍他才傻愣愣道："没事了？"

“对。”

谢璟把酒厂那边的事大概同他讲了一下，最后道：“九爷说都过去了，让我过完年回府里的时候，就把咱们的名字对换过来，已经没事了。”

寇沛丰含着眼泪，过了一会儿才低低哀号一声哭出来。他原本就不是多勇敢的人，这次更是被吓破了胆，一边担心白家发现他跟假扮成护院的麻匪说过话，白家要抓他“通匪”，一边又害怕那日黑河商号的情形。商号院子里那帮麻匪穷凶极恶，拿枪的只有少数，但拿刀砍人的不在少数，他亲眼瞧见一个学徒被砍了一刀，手臂齐根断了，棉袍都染透了血，那只被砍掉的手臂滚落在他面前的时候，手指头还在抽搐……

若不是谢璟，他已经死了不知道多少回。

谢璟不知道该如何安慰人，他跟在九爷身边多年，思维模式都有些相同，觉得世上凡事，无非是提出问题，解决问题。

如今问题解决了，寇沛丰却哭个不停，他也不知道说些什么话才好。

不过瞧着眼前的寇沛丰，也解开了谢璟心里的一个谜团，寇沛丰的死因果然和青河白家无关，也和白明禹没有半分关系。

寇沛丰当年的死因，大概是被麻匪抓上山虐杀了。那些匪徒一贯凶残，在得知他是“寇沛丰”的时候就起了杀心，断不会留一个活口在世上——被吊死在马厩里的寇沛丰，可能不是自杀，甚至不知道在何处已悬挂了几日，又被挪了一个地方。

谢璟想到这里，不免对他起了几分同情，抬手搭在他肩上想安抚几句，但还没来得及开口，寇沛丰就跟过电似的抖了一下，紧跟着就从炕头上几乎摔下来一样跪在他跟前，给他重重磕了一个头！

谢璟连忙拦着，寇沛丰却不肯起：“谢璟，我欠你一条命，打从今儿起，你说一我绝不说二，什么事儿都听你的！”他拿袖子擦了脸，丑得很，但言语间掷地有声。

谢璟从寇老三家出来的时候，寇老三对他极为热情，给了他五块银元，说是周管家之前签了契纸，这些是谢璟的。

谢璟道：“多了。”

寇老三不肯收回，坚持给他：“这钱也是前两日刚领到的，原本打算等沛哥儿好点就一起给你送去，多的那些，是叔谢你的。以后你去学徒房，沛哥儿去干洒扫的活计，若是二少那边不留，我们也不求什么了，只要人平安没事就行了。”

谢璟收了自己那几块银元，其余退还给他：“不用，以后沛哥儿还是在学徒房，就改个名字的事儿。”

“那你呢？”

“我去东院，还是做小厮。”

寇老三更愧疚了，在他看来学徒房是好差事，做小厮终究差点，但谢璟坚持，他只能谢了又谢。寇老三热情留谢璟吃饭，谢璟只推说还要回去陪寇姥姥，寇老三就让媳妇给盛了一满碗水饺，让他带回去，热情得跟上一回判若两人。

这年头谁家都不容易，白面少，水饺总共也就这么一满碗，自家总共留了五六只，其余尽数都装好给了谢璟。

谢璟没有推辞，带着回去了。

年初一的时候，寇沛丰提了一篮子礼物来拜年，还特意买了两只烧鸡。他见了寇姥姥的面先磕了一个头，吉祥话背了好长一串儿，逗得老太太笑个不住：“好了，好了，快起来，吃饭没有？”

寇沛丰道：“吃了。”

说着肚子响亮地叫了一声。

他有些不好意思，挠头道：“早上喝了一碗面汤，走了好久的路，又饿了。”

寇姥姥道：“这么大都容易饿，没事儿，先坐下等会儿，我正在给璟儿做捞面呢，多下一把面，你俩一起吃。”

老太太休养过来之后，身体硬朗，手脚利落地去下面条了，顺便还往里面放了一些前两日炸好的素丸子和油豆腐，另外还舀了一大勺煮好的肉冻——这是昨天年夜里煮的大肉汤，放在外头凝成了肉冻，汤头浓郁，肉也软烂，煮面最合适不过了。

寇姥姥这边很少来亲戚，她也不怎么和别人交往，平日里只关了门带着谢璟过日子，难得来一回亲戚，招待得热情。

面端上桌的时候，谢璟正在和寇沛丰低声聊天。寇沛丰瞪着眼睛道：“可不是吗，别说学徒，平日里瞧着身板强壮的护院都吓软了俩，咱们二少爷也不知道哪里来的力气，拆了门板一下就抡翻了一个人！”他瞧见寇姥姥端了饭来，立刻收了声，等老太太走远又凑近了谢璟小声道，“旁人想抓他也不容易，后来他带大家躲到商号库房里去，好歹撑到人来，这才得救。”

谢璟拌了拌面，吃得津津有味：“二少爷力气这么大？我记得那门板很厚。”

寇沛丰心有余悸，忧虑道："可不是，平时俩伙计搬都不一定能搬动，哎，我从黑河回来就……"

寇姥姥端了一盘热过的烧鸡进来，替他们撕开了，方便拿着吃。谢璟眼睛瞟见，不动声色把寇沛丰的面碗往他手边推了推："吃饭。"

寇沛丰识趣，连忙应了一声，只夸老太太手艺好，再不说一句别的。

寇沛丰在家中吃过饭，戴着毡帽匆匆走了，他还有许多家亲戚要走动，一早就先奔了这里来，跟谢璟聊得投机忍不住多讲了一会儿，现在已经耽搁了不少时间。

外头又开始下雪，晴日里飘下来，行人的衣服和毡帽上都沾了一层白。

谢璟打扫了自家院子，又去灶头里烧了一只玉米。没一会儿传来烤玉米的焦香味儿，谢璟从草木灰里扒拉出那只玉米，拍了拍，捧着去找寇姥姥："姥姥，我掰玉米粒给您吃？"

寇姥姥正借着光坐在炕上守着小桌做针线，瞧见笑着摇头："我可咬不动那个，你自己吃吧。"

谢璟就坐在一边啃玉米，脸上花猫儿似的黑一道白一道的，寇姥姥连着看他两三回，忍不住笑。老太太不催他去洗脸，反而觉得自家小孩傻乎乎的小模样招人疼，谢璟坐在炕头跟她说了一会儿话，直打哈欠，蜷缩在暖烘烘的炕头睡着了，寇姥姥这才慢慢放下手里的针线，拿帕子沾了点凉茶水给他擦了嘴边一圈"胡子"。

年假很快就过完了，谢璟开始收拾行李。

寇姥姥怕他饿着，给做了好些方便存放的小零嘴儿，一边给他带一边心疼道："这回二月二也不知道能不能见着你，炒豆子和爆米花都多给你带了些，还烤了点棋子馍给你装布口袋里了，晚上守夜的时候就自己吃点，别饿坏了身子……"老太太念叨了许多，最后还是舍不得他走，"你要是能出府，就让人捎信跟姥姥说，姥姥给你包饺了吃。"

谢璟带了好些吃的离开了家，寇姥姥站在门口一直看他，好几回忍不住提起衣襟来抹了眼泪。

初三，谢璟回到白府。

他还未落脚，就被周管家带去了方玉柔那里。

方玉柔屋里地龙烧得热，但她依旧穿戴得暖和，戴了观音兜，头上抹额的布帛也厚实，上头用金线绣了花，又用极细的珠钻围了一圈，瞧着很是奢华。

方玉柔先是打量了他一圈儿，紧跟着笑道："我记得你，上回见面的时候没细看，原来是个这么俊的孩子。"

谢璟跟她问安。

方玉柔道："不用这么拘束，我身子没大好，不宜走动，那天在黑河的时候你立了功，按理说应该赏你出府寻个铺子里的管事当当，但你既跟了九爷，富贵也不是我们能攀得上的了，你且好好跟在九爷身边，照顾周全，不论省府如何，青河白家这里一年三节管事有的，断然少不了你一份。"她说着让丫头捧了一个匣子过来，递给谢璟。

谢璟看了一眼，是五十块银元并一些年节送的山珍礼品。

方玉柔道："你的契纸九爷那边来人要了去，过年忙，也没能好好酬谢你，这些先拿着，等到了元宵节再加倍补给你。"

谢璟应了一声，接过东西，又谢了一遍。

从方玉柔这里出来，周管家又亲自送他去了东院，一直笑着喊他小兄弟，连礼品匣子都一路帮他拿着，到了东院门口才交到谢璟手上。

谢璟倒是没有跟下头这些人结交的心思，他志不在此，东院那位才是他的归宿。

东院。

白容久正在与人对弈，他手边放着一盏冒着热气的清茶，还有半只剥开的蜜桔，房间里暖，带了一点微涩的橘子气味和一丝茶叶的清苦。

白容久坐在那里手执白子，身上是云纹锦绣的长袍，腕口边上滚了一圈雪貂绒，袖长至手，露出修长的手指，骨节分明。他指尖是近乎于透明的白，指甲修剪整齐而润泽，落子之后听到门口响动，抬头看了一眼道："回来了？"

谢璟应了一声，站在那儿看他下棋，不动声色地看了对面的先生一眼。

对面坐着的是一个五十来岁的中年男人，微胖的身材，圆脸小眼，留了两撮儿鼠尾一样的胡须，说话的时候一动一动，很是引人瞩目。

谢璟看到他的时候却绷紧了脊背，不敢造次。

这是当年省府老爷子重金请来的先生黄明游，专门教导九爷功课，九爷曾说过他腹内有万卷经文——这并不是夸大，黄先生背诵极为厉害，但凡看过的书都不会忘记，任你随意翻到哪一页考校，都能倒背如流。九爷对这人很尊敬，谢璟也从不敢在黄先生面前惹事，他念过书，敬重有知识的人。

黄先生坐在那儿抓耳挠腮，苦思冥想，举起棋子半天不肯落下。

谢璟偷偷看过去，心知黄先生老毛病又犯了，这位大学者什么都好，就是棋艺差得出奇，而且越差越战，越战越勇，不杀个头破血流不肯罢手。

白容久显然也瞧出来了，一边下棋一边跟谢璟问话："你家里还好？"

"都好。"

"吃过饭没有？小厨房给你留了汤圆，我早上用了一碗，花生馅的味道还不错。"

谢璟从善如流，去小厨房吃汤圆。

黄明游抽空看了他一眼，瞧着人走了，回过头来极为小心地问谢璟来历。

白容久在这里遇险，省府的老爷子坐不住，要不是他年岁大了不能亲自跑这一趟，只怕这会儿人已经到了青河。就算如此，也特意派了黄明游带着一队护卫前来，酒厂建成之前，他们是不会回去了。

黄明游也受惊不小，这会儿还在疑虑："但听你说，这孩子又稳又沉着，跟他年岁不符啊，下头哪儿能教出这样的人，会不会是别人派来的？"

"什么人开得起这样的价格，能让他用命换？"九爷笑了一声，又落下一子，"不会。"

黄明游想了一会儿，琢磨着也对，又继续下棋去了。

谢璟在小厨房里也在想黄先生，他汤圆吃得特别慢，一颗能吃上好半天，慢慢磨蹭着吃了一碗，估摸着黄先生差不多输得想走了，这才回了房内。

他小瞧了黄先生。

黄明游今日输得兴起，袖子都撸起来，没一点读书人的样子，瞧着已杀红了眼。

白容久试探道："黄先生，不如谈谈功课？"

黄明游摆摆手，眼睛盯着棋盘："你的功课没什么好检查的了，老夫这辈子能有你这么一个学生足矣，我们继续下棋。我瞧着这里有三条生路，你看啊，如果我将黑子堵在这里就能杀出一小片，但如果我落在这一处……"黄先生比画了三处，不肯落子，已经有点玩赖了。

谢璟不敢过去，他怕和黄先生下棋。

不敢输，也不敢赢。

正好有人进来，同白容久谈酒厂机器的事儿，谢璟瞧着白容久松了一口气的样子，心里也跟着松快了一点。

黄先生抱着那盘残棋回去研究了，路过谢璟身边的时候，谢璟眼观鼻鼻观心，贴着墙边站着，生怕对方瞧见自己。

不过这会儿的黄先生只顾着那半局宝贝棋盘，压根没在意旁边的人。

带图纸来的是白明哲，他这段日子半点没闲着，府里内外的事都由他操持，这会儿刚从酒厂那边回来，带着图纸一进来就跟白容久热烈讨论。

“爷，这机器就是厉害，原本要十多个工人一天才能赶完的活儿，它一会儿就做好了！”白明哲夸个不住，脸上都是光，“还有前两日您让人从省府运来的那两台火磨，也特别好用，磨粉加工，比往常的粉都细上好多，年后要是粮食收多了，不酿酒也可以做个磨坊，或者学洋人那样开个面包坊也不错，精粉也贵着呢，我们要不要先进一批火磨机器？”

白容久道：“再等等，先看看效果，那两台机器用着可还顺手？”

“顺手，好用着呢！”

两人正聊着，又听到外头院子里有响动，有人拨开厚布帘进来了。

这次来的是白明禹，大约是从外头刚回来，头上还戴着厚皮绒帽子，只在外间脱了大氅，穿了一身宝蓝长袍过来请安，肩上还有一小片雪融湿了的痕迹。

白明禹过来给白容久磕头：“给九爷爷问好。”

他脚还没好，白容久让人拦住了，给他找了椅子坐：“刚才你大哥还说起，你脚伤如何了？”

“好了大半，现在能慢慢走两步……”白明禹被人扶起，答了一句忽然觉得不对，眼睛盯着白容久身边那道熟悉的身影目瞪口呆，人都结巴了，好半天才喊出声：“丰……丰儿?!”

白容久抬头，看看这个傻小子，又看看谢璟：“忘了同你说，我觉得他不错，跟你父亲要过来，如今在我身边伺候了。”

白明禹眼都直了。

他记得过年那阵家里人确实跟他说过要调换一个人手，但是他那会儿伤心难过，完全没往心上去，现在张口结舌，半天没说出话，净顾着看谢璟了。

谢璟歪头看了一眼白明禹的腿，二少爷拄着双拐，但是一蹦一跳的，瞧着还挺有劲儿，当真是命大，运气好，一点没伤到根骨。

谢璟心里最后那一点挂念也彻底放下，他觉得白明禹确实是个福大命大的主儿，每次都能逢凶化吉，半点不用人操心。

白明禹想的完全不同，他给“丰儿”哭了好几场啊！尤其是刚从黑河回来那会儿，他满世界找人，以为“丰儿”被乱刀砍死了，黑河死了的伙计运回来安葬那天，下头的人拦着没让他看，白明禹也不落忍去看那样的“丰儿”。现如今冷不丁瞧见人就站在自己跟前，几乎是蹦起来看他，一双手按在谢璟肩膀上来回打量了，眼里都含了泪：“你……你没事儿啊？”

谢璟手里还拿着茶壶，站在那儿让他看：“托少爷福，没什么事。”

“你，你……那天你去哪儿了？我还以为再也找不着你了。”白明禹红了眼圈，“我找了你好久，那天太乱，我差点就死了。”

谢璟道：“少爷不会死。”至少不是死在那儿。

白明禹十分感动，带着鼻音“嗯”了一声，努力振作：“你说得对，少爷还要干一番大事。”

谢璟心想，是还有好多祸没闯。白明禹后来跟着九爷去了省府，紧接着南下，那可真是没少闯祸，不过白家二爷善来偏财，每回都能逢凶化吉，倒是也阴差阳错帮了九爷不少忙。

谢璟看他的眼神像看吉祥物。

可有可无，最好是有，总归是安心些。

白明禹硬是把眼泪憋了回去，直勾勾盯着谢璟，拽着他手就要走：“丰儿，你跟少爷回去吧，你以前用的东西少爷给你烧了，但你放心，少爷给你买新的，全买最好的！”

白容久坐在那儿咳了一声。

谢璟掰开他的手，道：“少爷，你挡着我干活了。”

白明禹不明所以，被谢璟掰开手之后，就瞧见谢璟提着茶壶去给主座上的九爷加水去了。白明禹跟着过去，瘸着腿不肯坐下，围着谢璟转了一圈还想带他回去，一旁的大哥拼命给他使眼色都没用。

白容久喝了一口茶，缓缓开口问道：“近日功课如何了？”

白明禹还盯着谢璟，嘴里道：“身上有伤，一直听爷的话在院子里静养，没顾得上看几页书。”

白明哲脸上臊得慌，不等九爷开口，先虎着脸教训弟弟：“胡说八道，你伤的是脚，碍着读书什么事！你是用脚看书的吗？！”

“不啊，但刚接了骨头，腿脚晚上疼得厉害，睡不好第二天不就看不下去了吗……”白明禹一边说着，一边伸手去抓谢璟，“大哥，九爷爷，您行行好，把我的陪读还给我行不？我跟他一起读书习惯了，两人也有个伴儿。”他说得可怜巴巴，拽着谢璟不放，看起来主仆情深。

白容久抬眼瞧了谢璟又把视线落回他身上，挑眉问道：“你和他学的一样？”

白明禹道：“也不全是，九爷爷您问这些干吗，丰儿他连学徒房都没去成，大字不识得几个，肯定伺候不了您，我回头找俩学问好的给您送来！”

“哦，你识字吗？”白容久转头问谢璟。

谢璟：“识字，少爷平日里的……”

“哎哎哎，我承认教了他几个字，那也是平时一个人念书太没趣，随手教了他一点儿，还浅着了，不如我带回去，打一点根基，教导好了再给九爷爷您送来。”白明禹改了口，拿眼瞪他，“丰儿，傻愣着干什么，还不快跟少爷走！”

谢璟站在那儿道：“二少爷，我叫谢璟。”

白明禹：“……”

白明禹：“行吧，行吧，谢璟就谢璟，你快跟我回去。”

“我不走，我以后就跟着九爷了。”

“不行！”

谢璟不说话，抬头看主座上的九爷。

白容久挑眉道：“我听说你之前抄的书都假借别人之手，读书不能偷懒，你回去把这些再抄一遍送来给我。”

白明禹如遭雷击，难以置信地看向谢璟，脸上恨不得写了“你连这都说”几个字。

谢璟站在那儿装老实孩子，眼睛一点没乱看，乖得不得了。

白明禹凑过去恨得磨牙，小声道：“我们不是最好吗？”

“也不是多好，少爷不好好读书，周围人挨了不少打。”

“……”

白家小霸王在青河县纵横十余载，这辈子第一次亲身经历了什么叫背叛，心里颇不是滋味。

白明禹不敢违逆九爷，要不到人，只能走了。

等回到自己院子里，就瞧见一个小厮兴高采烈地过来道：“少爷，您不是找寇沛丰吗，我打从知道就一直留意着，过年节都到处找人问，这不，还真让我给找着了！周管家给分到学徒房去了，您等着啊，我已经让人去叫寇沛丰了，马上就带到您跟前来！”

说话间，就有一个学徒被带到，个子高了点，人也傻愣愣的，戴着一顶毡帽规矩地站在那儿喊了一声“二少爷”。

白明禹一肚子火气正没处发，气得够呛：“这是哪门子的寇沛丰?!”

“啊？可他就叫寇沛丰啊……”

“滚滚滚，找个人都找不准，我要你有个什么用！都出去，都走!!”

几个人仓皇跑走，二少爷发起火来可是暴脾气，脚不能走路那会儿都用拐杖拖着自己往前冲，急了还能用拐杖抡人，全府的人轻易不敢招惹这位小爷。

年后不久，就是元宵节。

元宵节那天，谢璟告了半天假，回家陪寇姥姥吃了顿饭，送了些东西。

白容久给了他一个小盒子，叮嘱他回家之后再打开瞧。

谢璟只当是什么好吃好玩儿的东西，揣在怀里带回去了。

等到了家里，吃过饭打开盒子的时候，他却发现里面是一张契纸。

当初寇老三拟写的契纸本就有些苛刻，上头写着学徒三年，出师又如何等等，基本是把人绑死在一处。但就这样，也是被人挤破头的好差事，毕竟能进白府，那可是需要中人作保的，寻常人压根没有门路。但现在九爷把这张契纸还给了他，盒子底下还有一份新拟的合同，条件宽松得多，倒像是一份沪市的大公司那样的雇员聘请合同，一年一签，按月给钱。

寇姥姥不识字，让谢璟念了一遍之后特别高兴：“这下好了，我之前还担心你，现在也没什么怕的了，这白家不错，璟儿先签上一年吧。”

谢璟点头应了，在合同上端端正正写了自己名字。谢璟吹干那张合同，小心放回了盒子，按原样收好。

寇姥姥熬了一碗酒酿端过来，让他消消食，这是老太太的绝活，自己酿的比外头卖的酒酿香甜得多，酸甜清澈的酒汤子热乎乎喝下去，身上都暖了。

谢璟把空碗放在小桌上，看了周围：“姥姥，咱们现在有钱了，不如换个房子?”

“也行，这里离着你远，过几日我租个近些的房子，到时候去瞧你也方便。”寇姥姥一边说着一边接过谢璟的碗，问道，“再喝一碗吗？我瞧着你晚上吃得也不多，饼子都没吃上俩。”

谢璟点点头，笑道：“姥姥做菜多，每道菜都好吃，光顾着吃菜了。”

这话寇姥姥爱听，笑着去给他盛酒酿。

谢璟晚上不值夜，可以晚些回去，不耽误明天一早干活就成，因此留在家里多陪了寇姥姥一会儿。老太太知道他兜里有俩钱，回去可以花几个铜板搭马车，也就没催着他走，她也想得厉害，毕竟是从小到大亲手养大的小孩儿，一天瞧不见都挂念。

祖孙俩正在屋里说话，就听到外头院子的木门那儿有人连喊了几声他的名字，最后一声略微高了点，声音听着跟小女孩儿似的格外尖细，急急地喊道："……璟，谢璟！"

谢璟披着厚棉袍出去，夜里黑漆漆也瞧不见是什么人，他站在门口高声道："谁？"

"是我，别喊，别喊，我瞒着戏班的师傅跑出来的……你能不能开开门？我身上就一件单衣，冷……冷得很！"外头的人冻得来回跳，声音哆哆嗦嗦在那儿求他。

谢璟打开一点门，还没全敞开，就看到一个穿着白色单褂单裤的男孩急急忙忙挤进来，脸上还有未卸完的油彩妆，白一块红一块的，冷不丁夜里瞧见还有点吓人。

谢璟问道："小李子？"

"哎哎，是我！"

谢璟盯着他看了一会儿，确认之后，带他去了屋里。

他认出这是之前戏班里那个经常偷溜出来找他的小李子，但对这个童年玩伴，谢璟已经没有那么熟悉了。他重来一回，很多过去的记忆已经记不真切，只模糊记得这人胆小怕事，尤其是怕挨打，戏班里的师傅远远走过来，立刻吓得像兔子一样蹦起来，撒腿就跑。

除此之外，就是那三个铜板。

他年前苏醒的那个时候，被人抢了银元打伤了头，是小李子塞给了他三个铜板，他才给寇姥姥买了那个芝麻烧饼。

第六章 善念之初

那半大小子挤进门来，被热气一熏，在门口抖得不成样子，一边搓着手一边上牙碰下牙说不成话："谢，谢璟，我今日来……求口饭吃……只今天一晚上也……也行，别撵我走。"

谢璟脱了自己身上披着的棉袍给他裹上，先给他暖过一口气儿来。寇姥姥听到动静从里间屋里出来，瞧见人"啊呀"了一声，又折回去取了一双半旧的棉鞋："怎么还光着脚，这可了不得，冬天还没过完，你一路踩着雪过来当心冻掉脚趾头！"

小李子两只手揪着谢璟的棉袍，脚往后躲："脏，弄脏了鞋。"

谢璟道："不碍事，穿吧。"

寇姥姥也劝他："孩子，先穿上吧，这是璟儿以前穿小的，我瞧着还挺好，洗洗收起来放着的。"

小李子这才穿了。他喝了一碗热姜汤，好歹是不抖了。

谢璟给他拿了热毛巾擦脸，寇姥姥得知他几天都没正儿八经吃过东西，不敢一下给他吃干饭，决定煮一锅面汤给他吃。年节里白府送来的东西多，寇姥姥之前拿一大块肥肉熬了一满罐猪油，猪油渣儿趁着酥脆拌了白糖，给谢璟吃了。眼下还剩下许多猪油，寇姥姥挖了一勺出来煎出油，又切了一把白菜丝炝锅，最后才加水下面疙瘩，做了一锅咸面汤给他。

小李子从来没吃过这么香的东西，加上又饿了几天，捧着碗埋头大口吃饭。

寇姥姥有心想劝他慢点吃，但又觉得心疼，张了张口又把话咽了下去。

小李子吃饱喝足，打了一个嗝儿，这才哭着给谢璟和寇姥姥跪下，求他们救命："姥姥，谢璟，求你们可怜可怜我，收留我两天，我能干活，也不怕吃苦……程班主他要打死我呀！我是断不敢回戏班去了，求你们救命！"他哭得伤心，脸上油彩厚，有些没擦干净，哭起来脸孔都是扭曲的。

谢璟拽他起来，沉声道："你慢点说，出什么事了？"

小李子抽抽噎噎，说出了事情经过。

他是被卖进戏班子里的，原本从哪儿来的也记不清了，只依稀记得老家发了大水，闹饥荒，一路忍饥挨饿逃荒到了这里，爹娘把他卖给程班主，换了半口袋地瓜干。他在戏班虽然挨打挨骂，但好歹是能吃上口饭了。

因为他被卖进来的那天，班主正在吃一盘李子，就随口给叫了这么一个名儿。小李子觉得挺好，毕竟像一个姓，比什么狗蛋、豆子的好听多了。

他记不得自己爹娘，也记不得自己原来叫啥，被人一口一个"小李子"叫到大。

他和谢璟认识也纯属偶然。那天他去刨榆树皮，程班主特意交代了让他去弄这些，回来好做刨花水。榆树皮粘液多，可以给登台唱戏的那儿副行头定型，尤其是旦角的头发，每年必要大洗大梳一次。

谢璟就在那天出去摘榆钱儿的。东边山坡上有几棵老榆树，皮厚，结的榆钱儿也多，沉甸甸、一嘟噜一嘟噜地挂在树梢上头，谢璟转着圈找榆钱儿，一转身就瞧见了掰树皮的小李子。

两个人都没有什么玩伴，谢璟只看他一眼，又去勾榆钱儿了。

还是小李子顶着胆怯，小声先说了句："那个不好吃，你摘上头顶上的嫩，挑颜色浅些的，带甜味儿。"

他经常吃。

在戏班里虽然给饭，但并不管饱，饿着肚子是常事儿，小李子最喜欢春天，偷溜出来找点野菜、野果，或者摘上两大捧榆钱儿，好歹能填饱肚子，睡个踏实觉。

他和谢璟的来往，也就是这么一点，偶尔摘个榆钱儿，或者去摘个枣子，其他就没了。

小李子是没有家的小子，在戏班容身之处，也不过就是台毯下衣箱一侧。

等到后来慢慢能跑龙套了，才吃上干饭，再后来分科，他学艺不精，是被挑剩下的一个。程班主是个驼背，背着手从他身边走过又停下，一双眼睛带着挑剔，十分不满道："行了，瞧着身子骨还算软，声音也细，去学旦角吧。"

小李子不懂这些，只觉得分了之后就欢喜，好歹是有个着落，又回到队伍里来。

戏班分了生旦，小李子是演旦角儿的，但也是因为他一句话，差点招来杀身之祸。

年前程班主走了好运，外乡一位老太爷年岁大了喜欢热闹，连包了三天台子，让他们在家里唱上几日，热闹一下。

那老太爷八十多岁，鸡皮鹤发，走路颤巍巍的，身边却是俩二十来岁模样娇俏的大姑娘在小心搀扶。老太爷走到太师椅上就已经喘了一回，坐下歇了一会儿才张开没牙的嘴，用尖细的声音道："行了，开始演吧。"

程班主混了多年，是个人精，一眼就瞧出这是一位告老还乡的公公。

这种人从宫里出来的时候身上不知道藏了多少宝贝，趁乱回到家中，藏起来做个富家翁，性子也多少古怪些，但千穿万穿马屁不穿，程班主铆足了劲儿地讨好那位老太爷。大约是伺候了别人一辈子，现如今也喜欢被人捧着奉承，老太爷一高兴，赏了十几块银元。

程班主更是拿出十八般武艺，让手下的徒子徒孙们热热闹闹地演了一场，一切都很顺利，但偏偏意外就出在领赏的时候。

戏班众人排队领赏，身上戏服未卸，脸上油彩还在，一个个上前去跟那位老太爷说两句吉祥话，讨个赏赐。

老太爷挥手让身边伺候的一个大姑娘去房里捧了一个钱匣子过来，里面放着满得冒尖的一箱铜元，引得众人两眼放光，看个不住。

"都自己拿吧，手大的多拿些，手小的少拿些，老天爷赏饭吃，咱也不能拦着。"老太爷细声细气说了一句，就摆手让他们抢。

乡下戏班哪有那么多规矩，瞧见钱都疯了，前头几个唱得好的也不顾什么体面，冲在最前头抓了一大把铜元，揣进怀里之后还要拿，另外一些也没让步，有往人群里头挤的，也有被压得跪在底下，拿手捡地上的铜元的，场面一度十分混乱。

老太爷拿手指头点点这个，又点点那个，逗得哈哈大笑，比看戏还高兴。

程班主站在一旁赔笑脸。

小李子人小，站在最后头，被人撞了一下，好巧不巧，就撞到一个端着盘红皮鸡蛋的小厮身上，一下碰倒了一盘鸡蛋，摔在地上落了个稀碎。

“鸡蛋砸烂了——”

小李子刚开口，就瞧见程班主脸上变了颜色，两步走过来照着他脸上就是一巴掌：“胡咧咧什么，没规矩的东西，闭上你的嘴！”

可是已经晚了，坐在前头的老太爷已经听见了，脸色顿时拉下来，一双眼睛阴恻恻看过来，嘴上重重哼了一声，连他身边刚才趾高气扬的两个姑娘都有些怕了，一个弯腰不住小声说话，另一个却不动声色往后退了一步。

小李子年岁小，哪懂得这些规矩。

宫里的太监最不爱听这两个字，点菜都有忌讳，炸鸡叫炸八块，鸡蛋叫白果儿，鸭蛋叫青果儿，鸡蛋肉片炒木耳叫作木须肉，文雅些的叫木樨肉，总之不管如何，都听不得那两个字。

小李子犯了忌讳，得罪了主家。

他被狠狠打了一顿，当场差点没给程班主抽死。

他们来的时候赶了驴车，这会儿用的就是赶驴的那根鞭子，被程班主握在手里用得久了，乌黑油亮，抽在半空中都能打着旋儿地听到响亮的风声，紧跟着就是“啪”的一声结结实实落在他身上，皮开肉绽，骨肉生疼。

但就算这么一顿打，也没让那位老太爷动什么恻隐之心，他们年底的赏钱全没了。

小李子被打得奄奄一息，回来躺了几日，发了高烧也没人管，他命贱，居然也活了下来。

只是这次他不敢在留在戏班，趁着戏班拔程，自己抹花了脸混在里头，趁夜套了一身戏服里衣一瘸一拐混了出来，来投奔谢璟，讨个活路。

……

小李子喝了半盏茶，捧着杯子低头掉泪：“我说错了话，程班主记恨我，怕是唱不了戏了。”一句话，差点搭上一条命，他也是头一回见识到契纸上那句“生死勿论”的威力，若是真被打死，也就是一卷草席，被丢到了乱坟岗。

寇姥姥唏嘘不已，这年头谁活命都不容易，陪着叹了一声。

谢璟问：“你之后想怎么办？”

小李子道：“怎么着都行，我想过了，我能干活，去当个饭馆跑堂的也行，我嗓子说话还清亮，可以唱菜名——我有回跟程班主出去，瞧见过店小二唱菜名，站在那儿喊上一会儿，能给好几个铜板。”他自己想了想，又道，“或者挎个篮子去卖‘半空儿’，一天总能混碗饭吃。”半空儿就是瘪皮的花生，里头只有一小粒花生米，一个铜板两捧。

“要么，要么就去卖果子，我在街边瞧见过炸果子的，不难。”

小李子一连说了好多自己想做的买卖，口水直吸溜。油果子啊，光想就馋得慌。要是能每天吃一小根，哪怕就闻闻味儿，那日子该有多美。

谢璟没接话，只让他先休息。家里土炕烧得热，小李子又一路受了惊吓，谢璟让他睡在炕头最热的地方，被热气烘着，很快就睡着了。

寇姥姥在外头烧水，谢璟搬了木盆过来，打了一桶凉水兑好，祖孙俩一起洗脚。

寇姥姥还在叹气。

谢璟安抚她道：“姥姥，他能跑出来，就已经是很好的了。”乱世还未到，等到十几年后，那才是真的要乱了，别说小李子这样的，一夜之间家破人亡的不在少数，北地全境被占，有的村子一夜被屠尽数千人。

谢璟微微拧眉，沉默下去。

寇姥姥在脚盆里踩了他的脚一下：“姥姥是瞧见他，想起你。”

“我？”

“嗯，我看他刚才喝面汤的时候又急又快，我家璟儿是猫儿舌头一般，最怕烫了，我就想啊，要是姥姥不在了，我璟儿可怎么办哪，谁给他一口热汤热饭吃？要是我璟儿也和他今天这般吃得急，烫坏了可怎么办。”老太太说着又难过起来，自己拿衣角抹了眼泪，眼睛红红的。

谢璟轻轻把脚挪上去，把姥姥的脚虚踩在下面热水里，轻笑道：“姥姥，我本事着呢，不会挨饿的。”

谢璟从未过得太惨，最惨的不过是刚开始入戏班的时候，但那会儿也没有如此艰难。程班主拿他当摇钱树，生怕烫坏他的喉咙，吃食上分外小心。

但吃得也不怎么好就是了，勉强填饱肚子。他年纪小，刚进戏班不合群，被抢过无数次馒头，后来学会速战速决，吃饭跟打仗一样，三口就能吃掉一个馒头。这样对胃不好，后来跟九爷时间久了，才慢慢改过来。

戏班那些人很聪明，都是从小在泥里挣扎求生的孩子，有眼色得很，知道程班主宝贝他，那些人从不打他的脸，只打他身上被戏服遮盖看不见的地方。

分科的时候，谢璟被分去了武生，他身条顺，动作又利落，模样长得还好，常常被程班主借出去给别的戏班子跑戏，有时候一天最多七场，从早到晚，谢璟骨头硬，硬是撑下来。

也是因为被借给外头的戏班子，他才能在省府遇到九爷。

这都是后话了。

谢璟模糊记得最开始小李子也在戏班，他唱戏不行，去做了打杂，起初谢璟还能照应他一两回，后来就自顾不暇了。再后来谢璟成了角儿，两人见面的时候更少，基本就没再有过交集。

寇姥姥今日瞧见小李子触景生情，想起自己年初的时候那场大病，她不觉得自己多苦，却为她的璟儿哭了一场。

她给谢璟顺顺头发，缓声道："璟儿，你记得啊，是非只为多开口，烦恼总因强出头。这做人哪，和做事儿一样，千万要记得这两点，别陷在里头，这样一辈子才能活得高兴，活得敞亮。"

谢璟点点头，应声说好。

寇姥姥手放在他脸颊那儿，瞧着他的小脸一阵心疼："要是小姐知道你受这么多苦，一定难过极了，都怪姥姥，没照顾好我们璟儿。"

谢璟跟她凑在一处，额头抵着她的轻轻蹭了两下，小声笑道："姥姥，我娘要是知道，一准儿给您当面行个大礼，她肯定没想到您能把我养得这么好，比谁都好。"

寇姥姥笑了，捏他脸一下，满眼都是宠溺。

小李子身上有伤，姥姥住在这里离着戏班近，谢璟也不放心她们，干脆又跟白容久去请了一天的假，打算先搬家。

白容久一早瞧见他回来，听他说完了点头道："东郊那边确实乱了些，住着不安全，等一会儿我让张虎威陪你一起过去，他对这一带熟，让他陪你去挑房子。"

张虎威出去晨练，被人叫回白容久这边的时候，头上还冒着白气，身上穿着薄棉袍就过来了，他听到是给谢璟和寇姥姥找房子，咧嘴笑道："爷，这可不是赶巧了，我前两日给黄先生寻了房子，他那边院子极大，东边小厢房都空着，那边还有一个厨房和水井，给小谢他们住正合适。"

白容久点点头："也成，是个好地方。"

谢璟迟疑："黄先生喜静，我们这样搬过去不好吧，总归要跟先生说一声……"

白容久笑道："其实我也有私心。"他招招手让谢璟靠过来，跟他低声咬耳朵，

"黄先生这几日一直来跟我下棋，爷头疼得很，可不让他来，他那院子冷冷清清的，也没人做饭，总要让他来吃饭的，这回你和姥姥住过去，平日里一日三餐给黄先生送去些，爷从私库里给你贴银子。"

谢璟一脸古怪，看着九爷一时不敢信。

上一世可不是这样的，九爷一直说黄明游才高八斗，哄着他跟黄明游先学经书后学棋艺——谢璟棋艺没见涨，脚底抹油逃跑的功夫涨了不少，但想着爷用心良苦，总归有几次没跑那么快，被黄先生抓着下了几次棋。

爷原来也怕跟黄先生下棋的吗？

张虎威做事风风火火，先去了黄明游的院子，打算把东厢房收拾妥当。他大老粗一个，整个东院现如今也就只有他和他手下那队护卫不怕黄先生和他的棋盘。

谢璟被留在九爷这边，他给九爷剥橘子，九爷吃了一瓣就让他自己吃，另外还让小厨房做了一小碗炝锅面和一盘红枣糕端上来给谢璟吃。

谢璟跟着九爷同吃同住，开小灶都习惯了，爷给他什么，他就吃什么，吃得特别香甜。

九爷在那边看机器的图纸，中途几次抬头看向他，笑着摇摇头。

谢璟以为九爷喊他，站起身来打算过去，九爷摆手道："没事，吃你的，我就是好奇，怎么会有人喜欢咸一口甜一口的吃，好吃吗？"

"好吃。"

谢璟答得干脆，他是真的觉得好吃。

没一会儿张虎威回来了，谢璟跟九爷告了一天假，两人去搬家。

张虎威这次来不只是自己一个人，还带了两个手下跟着一起过去，打算帮忙搬搬家具。但是进张虎威去一看，发现谢璟家中空空荡荡，什么都没有，硬要说大家伙，恐怕就是门口灶间的那一口铁锅，另外就是谢璟单手拎着的那个小饭桌了。

谢璟道："张叔，咱们可以走了。"

张虎威年近三十，谢璟和他侄子差不多大，对谢璟也多了几分疼爱，他让谢璟这么叫自己，已是拿他当了自己晚辈。瞧见谢璟家中一老一少，几个小包袱，一个小桌儿就搬完了，他心里有些发酸，接过来丢给身后的两个手下，让他们提着，又自己做主，带谢璟去买了些日常用的家具。

张虎威道："你们搬家，我也没什么好送的，这俩箱子当是乔迁贺礼吧。"

一旁的寇姥姥推辞几下，见张虎威执意，就收下道：“我替璟儿谢谢您，常听这孩子提您，回头有空了来家里，老婆子别的不行，烧菜还可以，做桌酒席款待大家。”

张虎威搓搓手，咧嘴笑着点头：“成，那就麻烦姥姥了！”

他们这边搬东西上车，谢璟又道：“张叔，我还有件事，麻烦您一会儿再陪我去趟医馆。”

张虎威问：“哪儿伤着了？”

谢璟摇头：“不是我，是我这个朋友，他被鞭子打伤了。”

跟在后面一瘸一拐、慢腾腾走路的小李子一心看家具，冷不丁听见谢璟提自己，怯怯地抬头看过去，见谢璟招手，慢慢挪过去声音小得跟蚊子叫一般。

张虎威忍不住皱眉，直接问道：“就他被鞭子打伤了？让我瞧瞧，若只是皮肉伤，医馆里的大夫都没我们手里用的金疮药好使。”他说着撸起小李子的袖管，对方却疼得大叫，好一会儿才苍白着脸道：“对不起，我，我太疼了。”

张虎威一时无语，他皱眉道：“每个人忍痛能力不同，怪不得你，等回去再看看吧。”他去前头牵马车了。

谢璟扶着小李子爬到车上，因是他扶着，小李子没再吭声，只上了车倚靠着搬上来的木箱缩在那儿，大约是想找一点安全感。

谢璟坐在对面，这回路上没有同他攀谈。

他自认力气不如张虎威，但也绝对不小。

张虎威刚才撸小李子袖子那两下，绝对不会伤到对方，而且他方才托了小李子手臂让他爬上车，也是在同一处用了力气，小李子一声没吭。

黄明游住的院子很快就到了，东厢房那边还有一个小角门，两边住着互相不影响。尤其是东厢房连着小街，出去走不多远，就是两家杂货店和菜摊，买东西很方便。

张虎威帮着他们一老一少收拾了院子，家具尽数搬进去，他们东西少，显得整个房间干净敞亮。

寇姥姥住在大房间，谢璟就住在隔壁，住了一个小单间儿，院子里还有一口水井，瞧着木桶大半新的成色，都是能直接用的，不必换。老太太又去厨房转了一圈，之前张虎威一口一个“小厨房”，她只当真的很小，没想到比她们之前住的里间还大，窗明几净，灶台一旁的碗柜上摆满了刚买来的米面油盐，还有好些作料，以及一只罩在笼子里的小公鸡。

小单间里，张虎威帮着谢璟一起扶小李子过去坐下，让他仰躺在床上，略微看了他胳膊上的伤。

小李子胳膊上有瘀伤，也有一点鞭子的痕迹，极细的几条交叉而过，但是带着倒刺，刮下一层血肉，看起来很是可怖。

小李子咬牙道："我身上，都是这种……我不想脱衣服。"

张虎威看了下，留了一瓶药酒和药膏，嘱咐谢璟道："给他把伤口清洗干净，然后再涂抹上药膏，有淤血的用药酒揉开，我瞧着没伤到骨头，大约休养几日就能好了。"

谢璟接过药，应了一声。

院子里，寇姥姥系了围裙出来，热情留他们吃饭："我不知道你们准备得这般周全，东西齐着呢，大家伙儿留下一起吃顿饭吧？"

张虎威笑道："不了，我还有事，得回九爷那去。"他是九爷的贴身护卫，轻易不会离开。

寇姥姥不知这些，还在留客，张虎威就让身边两人留下。这两个汉子身形高大，跟张虎威是同乡，平日里叫他一声师傅，两人今天没出多少力气就白吃谢家一顿饭，一时都有些不好意思起来。

寇姥姥热情招待，给他们先煮了酒酿甜汤，东西不多，但味道好，几个人喝了都夸。

中午吃得丰盛，厨房那只小公鸡留着没什么用，寇姥姥加了一大把木耳蘑菇，拿青辣椒爆炒了，炖了一大锅小鸡炖山蘑。另外还炒了一道木耳鸡蛋，还有一盆炖白菜豆腐，都是家常菜，饭也是一大桶米饭，量大实惠，管饱。

寇姥姥做饭手艺没得说，几个人吃了都夸好，尤其是那道小鸡炖山蘑，里头汤汁特别入味，鸡骨头都酥了，辣乎乎的汤汁拌饭，大米饭的香气和鸡汤的浓香混在一处，吃得人满嘴生津，嘴上油光锃亮，几个人一直把整桶饭都吃光了才罢手。

等人走了，谢璟去给小李子上药。

小李子那边小桌上也放着一份饭，跟他们吃的一样，提前盛出来给他的。

只是米饭换了米粥，寇姥姥特意给他煮了一份，担心他身子弱，克化不了。

谢璟来给他上药的时候，小李子瞧着有些闷，脱了衣服趴在那儿，露出遍布伤痕的后背，除了脸上，身上哪儿都被细鞭子和木棍打过。小李子闷声道："谢璟，你会不会瞧不起我？"

谢璟没听懂，问道："什么？"

趴着的人却不肯再开口了。

小李子只让谢璟给自己处理了后背的伤口，其余的藏在棉被下面，没让谢璟来，坚持要自己擦。

谢璟也不多让，把药递给他，就起身出去了。

他本身也不是多热情的人，乱世数年，已经把他的性格都磨平了，如果说如今心口上还有一点热血，还能有一点回应，那也只针对身边最亲近的人。

小李子给他三枚铜板，这是"恩"，但恩并不代表"情"。

恩可以回报，人情却很难还清。

青河白府，东院。

张虎威把事情一五一十跟白容久汇报了一遍，他惜才，因此对谢璟格外关照，忍不住皱眉道："爷，那个小戏子有些问题，他跟谢璟说是近日打的伤，但我瞧着，伤口陈旧，不像是新伤，应该有些日子了。至于露了皮肉的，那鞭子却是奇怪，半个手指肚那么细，带着倒刺，要我说倒像是……"他声音小了下去。

白容久问："像什么？"

张虎威道："像是暗门子里常用的手段，但也没见打得这么狠的伤。"

白容久翻了一页书，看了一会儿，缓声道："盯着点，他还小，不懂那些。"

张虎威答应了一声，领命下去了。

下午，谢璟提前回了东院。

白容久显然没想到他能提前回来，招手过来问了他家里情况，又逗他道："听说中午的酒酿甜汤不错？"

谢璟道："我一会儿就去带一小罐回来，等晚上温热了，爷也尝尝？"

原是逗弄的话，但谢璟认真，把他说的每句话都听到心里去，一双眼睛澄澈如初，眼底不瞒任何事。

白容久手指尖握着的笔动一下，笑道："好，晚上一起尝尝。"

晚上的时候，小厨房果然端上来一大碗热气腾腾的酒酿甜汤。

白容久不爱吃太甜的东西，略尝了两口之后，就都给了谢璟。

谢璟一天吃了两顿酒酿，尤其是晚上这一大碗，吃下去肚子里暖暖的，大约是吃饱了太高兴，嘴唇忍不住地上扬，瞧见什么都露笑，走上两步又觉得怪，好像脑袋发沉，略微有些想瞌睡。

白容久喊他一声，谢璟好一会儿才抬起头来，眼神迷茫。

白容久招招手，谢璟慢慢走过去，差点一头栽倒在白容久的膝盖上，勉强撑住了半跪半坐在白容久脚边，扶着他膝上，抬头懵懵懂懂看过去："爷？"

白容久手在他眼前晃一晃，笑道："你喝醉了？"

谢璟跟着重复："醉了？"

白容久觉得有趣，捏他脸一下，脚边的谢璟反应迟钝，被捏了之后反应了片刻，慢慢把脸贴在白容久手心上，轻轻蹭了蹭，抱着他的腿闭眼睡了。

外头守夜的人进来，瞧见吓了一跳，刚想说话就瞧见主座上的九爷拿手指比着"嘘"了一声，又指指谢璟，低声道："拿条毯子过来。"

守夜的人连忙去了，拿回来之后，也不知道该给谁用，老老实实递给了白容久。

白容久顺手给脚边的小醉鬼盖上，这人睡着了还紧紧抱着他不放，生怕他跑了一样，方才他不过是起来拿本书，谢璟立刻爬起来跟着，按都按不住。

守夜的人等了一会儿，小声道："爷，那要不要我帮您把小谢搬到床边去？"那边好歹有个木台，铺厚点盖个毯子就能睡。

白容久使唤他去给自己拿了一摞书过来，一边翻看，一边道："不用了，我就在这里睡。"

"可是……"守夜为难，这里就一个罗汉榻，比床铺差远了。

大约是听到声响，脚边睡着的人"唔"了一声，挣动一下，白容久单手拿着书继续看着，伸手过去轻轻安抚了一把，被胡噜了脑袋的小孩儿就又挨挨蹭蹭地继续睡了。

空气里还有酒酿的甜味儿。

守夜看了一会儿，心里不知道怎么的，特别想乐。

小谢平日不苟言笑，做事儿认真，没想到喝醉了之后跟只小狼狗似的，蜷缩成一团睡得还怪招人疼。

谢璟睡了一夜，第二天天还未亮就醒了，他只是困倦了，多少还记得之前的事儿，脸上涨红一片，爬起来想走，没留神被毯子绊了一下，弄出了声响。

罗汉榻上睡着的人发出轻微鼻音，带着笑意："这会儿想走了？来，再给我暖暖。"

白容久身体不好，怕冷，经常睡到半夜被窝还是冷冰冰的，因而夜里被冻醒是常有的事情。大概是少年人身上的热气把被窝烘得极为暖和的原因，白容久昨夜睡得很好。

谢璟慢慢蹭过去，不好意思地叫了他一声。

白容久掀开一角，让他进来："外头还冷，在地上睡了一夜累不累？"

谢璟钻进去，觉得自己身上比对方还热一些，摇头道："不累，爷房间里铺着厚绒毯，挺软和的。"他把白容久的手放在怀里，给他捂着，"爷还冷吗？"

白容久笑了一声："还行，比那天在雪窝子里暖和些。"

谢璟心里升起一股怜惜，也不知道为什么，明明九爷比他高大，比他厉害，比他强上许多，他心里就控制不住地升起一种想疼他的想法，特别想为爷做些什么事儿，什么都好。

谢璟捧着白容久的手哈了口气，揉了两下，又认真揣进怀里："爷，以后我每天晚上都给你暖床，床睡暖了，爷晚上睡得舒服。"

白容久借着微微发白的天光看他，低头瞧见小孩小心翼翼的样子，像是在做什么大事。他挠了挠小孩下巴，逗他道："在家也这么给姥姥暖手的吧，还挺熟练。"

"嗯。"

"姥姥平日里叫你什么，可有小名？"

"叫我璟儿。"

床榻上的人安静一会儿，慢慢开口喊他："小璟儿，以后爷也这么喊你。"

谢璟鼻尖发酸，点点头："嗯！"

一连数日，谢璟都在东院当差，除了偶尔应付跑来惹事的白明禹，大部分时间都跟白容久过得平静安宁。

白容久放他出去玩儿，谢璟只摇头。

他跟白明禹不一样，他不喜欢在外头疯跑，也不爱惹事，他最珍惜的就是这样安安静静陪着九爷的时候。

九爷闲了，也会教谢璟写字念书，发现他颇为聪颖，对算术也并不排斥，就慢慢带他一起看账册，手把手教他一些。

起初是无心插柳，但教了几天，白容久觉得这学生真好。教什么会什么，还不插话，也不反嘴，比白明禹那不成器的好上太多。

白容久有心让他们两个一起学，反正黄明游闲着，不如让黄先生带带学生，想必一个两个也差不了太多。

但白明禹一见了谢璟就开掐——二少爷好像刚想明白是怎么回事，恼羞成怒，要不是九爷身边护卫拦着，眼瞅着就要暴起伤人！

张虎威抱着白明禹两只胳膊把他提起来，那位小爷还在半空蹬脚，瞪着谢璟怒道："你这算什么英雄好汉，谢璟你给我出来，有种咱俩去院子里打一架！你来啊！"

谢璟站在一旁不吭声。

白容久从外头回来就瞧见书房鸡飞狗跳的样子，头疼道："又怎么了？"

张虎威拖住一个，一脸为难道："我也不知道，好像两人做学问，也不知道怎么的就打起来了，刚才还好好的，黄先生就去了一趟茅房的事儿……"

刚去完五谷轮回的黄明游回来了，瞧见书房里乌七八糟，桌椅散乱了不说，连笔墨纸砚都碰掉在地上，他亲自留出的题目也被墨汁弄糊了一片，掉在地上还被踩了脚印，气得唇上两撇细胡子都翘起来，一蹦老高："简直胡闹！有辱斯文啊你们！这是咋回事，出来一个给我说清楚！"

谢璟锯嘴葫芦似的不说话，那边被拖开的白明禹倒是说话，但没一句好话，尽是人身攻击。

黄明游气得够呛，让张虎威捂住白二的嘴，问谢璟："小谢，平时你最听话，你说！"

白明禹那边"唔唔"叫个不住，拿眼刀杀谢璟。

谢璟道："方才先生出去，二少爷就跟我说。"

"说什么？"

"说让我把手拿开。"

黄明游没听懂："拿哪儿去，你捂着啥了？"

谢璟："先生布置的题目，我写完了，捂着没给他抄。"

白明禹寻了一个空隙冒头，深吸了一口气，骂他："呸！你还是不是兄弟，半点义气都不讲！我看你不起！"

黄明游："……"

刚进门的白容久："……"

青河白家第一次罚了少爷，没罚伴读，黄明游拿着戒尺毫不犹豫给了白二两下，白二要抗议，就听到主座那边冷哼了一声，立刻吓得缩起脖子，但瞧着依旧气鼓鼓的，不甚服气。

白容久头疼道："抓二少爷回去抄书，张虎威，你亲自去盯着，亲眼瞧着他抄完一本再放他出大门。"

张虎威领命，提着二少的衣领就回去了，白明禹在九爷这边不敢造次，但出了院子就听到他叫嚷着让张虎威放开他。黄明游原本只是薄怒，这会儿已成怒火中烧，他提了提挂在腰间的腰带，拿着戒尺就追上去。

这么会儿功夫，谢璟已经快把书房收拾好了，白容久回头就瞧见谢璟半蹲在地上认真擦拭墨迹，一言不发，只默默干活。

白容久道："你别弄了，让下面的人进来重新换一块毯子。"

谢璟应了，去安顿好了之后，又过来给九爷揉了一会儿太阳穴，九爷刚觉得有点口渴，就听旁边的人一边给他按头一边小声道："爷，小厨房烧了滚水，是今儿早上去山上打的清泉，泡茶最好，我去提一壶来？"

白容久拍拍他手，让他去了。

这几日他日子过得格外舒坦，像是不用说什么，身边的小孩就能知道他所求所想，那种契合，无法言说。

一月有两天假，白容久疼谢璟，给他安排在黄明游那边的院子住，准他随时回家探望。

这日谢璟休假，回到东厢房之后就听见院子里有水声，寇姥姥正拎了水桶打水洗衣服。

谢璟连忙过去，接过手道："姥姥，我来。"

"没事，我只打小半桶水，拎得动，反正就在自家院子里提水，方便着呢。"

谢璟不肯，给她打了水，又试了水温，发现兑了热水之后才略微放心，北地太冷，刚开春，用冷水会长冻疮。他手指在洗衣服的大木盆里搅了两下，忽然觉察出不对，拎起一件皱眉道："姥姥，这不是你的衣服。"再翻几下，都不是，只一个青布单褂是寇姥姥的。

寇姥姥道："哦，是小李子的，他还伤着，我帮他洗洗，顺把手的事儿。"

谢璟二话不说，站起来就去了偏房。主房是他们祖孙在住，这些天小李子都一个人住在偏房养伤。

谢璟"砰"的一声推开门走进去，躺在炕上的人吓了一跳，瞧见他之后愣了，道："谢璟？你回来了，怎么了？"

谢璟拽他下来，小李子刚趿拉着鞋就被谢璟抓着胳膊到了院子里，谢璟把洗衣盆用脚重重踢了一下，黑着脸道："你自己洗！"

"啊，哦哦！好，我洗，我来洗！"小李子立刻卷起袖子，蹲下来开始洗衣服，他身上穿着谢璟的旧衣服，稍有些大，衣袖卷起来露出胳膊，伤痕还未全退，但已经好了大半，已无大碍。

寇姥姥有些不好意思："这，他还伤着，那盆里还有我的衣服呢……"

谢璟道："他来的时候就一身薄戏服，这些衣服哪儿来的？"

小李子有些怕他，看他一眼嗫嚅道："是……是我之前藏在狗洞里，前两日偷偷去拿回来的，这是我最后的几件家当了。"

谢璟对寇姥姥道："他既能去狗洞拿衣服，就能自己洗干净。"他把外衫脱了，递给寇姥姥道，"姥姥你帮我拿进去补补，我打扫下院子。"

寇姥姥瞧着他那衣服上勾破了一点，拿进去给他补了。

谢璟打扫了院子，又提了井水灌满了厨房里的一大一小两个水缸，其间未发一言。

小李子几次想跟他搭话，但谢璟都没理，只顾埋头打水。

小李子缩回去，坐在那儿老老实实洗衣服，他总觉得谢璟那双眼睛能看穿人心，他就像站在谢璟面前蹦来蹦去的小人，有一种被人看穿内心的羞耻感。

谢璟确实知道他这套把戏。

先卖惨，然后摸着人底线，一点点试探着讨要好处，还欺软怕硬。在戏班里一点好的都没学到，这一套倒是熟练。

小李子在这里休养了大半个月，身上的伤都好得差不多了，但他生怕谢璟和寇姥姥把自己赶出去，在谢璟回来的这天忙里忙外，不停干活，试图表现一下，额头上都挂了一层薄汗。

还是寇姥姥略微心软了下，给了一个台阶，好歹一起坐着吃饭了。小李子吃饭的时候一直看谢璟脸色，谢璟夹哪个菜，他就小心避开，只吃自己眼前的那一盘，吃一点菜，然后大口扒饭吃。

寇姥姥瞧见谢璟，满心满眼里就只有自家璟儿一个人，前两日谢璟守夜没回来住，寇姥姥一天不见都想得慌，问他在府里好不好。

谢璟道："挺好的，九爷身边的先生在教我读书。"

"很厉害的先生吧？"

"嗯，以前是九爷的老师。"

寇姥姥念了声佛，喜笑颜开："这可真是菩萨保佑，我家璟儿就算不去学堂，我也放心了，你跟着先生好好学，可要我们买些束脩去给那位先生送去？"

谢璟笑了一声，指了指对面的大院子："不用，先生就住在那儿呢，您要是想谢谢他，就再做一道小鸡炖山蘑，那天先生闻见味儿一直说香，想尝尝又不好意思开口。”

寇姥姥有些惊讶，她给对面的黄先生送了小半个月饭菜，也见过那位黄先生，长得五短身材，其貌不扬，唇上还有两撇老鼠尾巴胡子，怎么瞧都不像是饱读诗书的模样，倒像是一位精明的账房先生。寇姥姥听得谢璟这么说，更高兴了，点头应下：“那好办，往后一日三餐，我好好给先生做。璟儿你也悄悄打问一下，黄先生有什么忌口，咱们提前注意着，也尽尽心意。”

“好。”

小李子在一旁听得耳热，羡慕他有一份体面差事，也跟着问道：“谢璟，你在白府，那白府……是很体面的人家吧？”

“还成。”

“他们还招人吗？”

谢璟看他一眼。

小李子眨巴眼看他：“我身上也没本钱，但想讨个生活，你好人做到底，能不能介绍我进去？做些扫洒的活计我就知足了。”

谢璟道：“不行，进白府需要中人作保。”

小李子道：“那你当我的中人行吗？”

“我年纪小，算不得中人。”

“那可有认识的……”

“没有。”

谢璟拒绝得干脆利落，一点余地都没留。

小李子眼眶红了下，低头吃饭。

寇姥姥解释道：“这白府可不是普通人家，咱们全青河，也就只能找出这么一家来，管得极为严格。不管是府里还是铺子里的伙计，都是由掌柜作保，或者和东家很熟的中人推荐并作保，才能进去的。璟儿只是一个小厮，他说话是做不得数的。”

谢璟懒得解释，只埋头吃饭。

饭后，寇姥姥端了一些糖糕过来，准备临走的时候给谢璟带上：“你上次说九爷喜欢搭配着茶水用些点心，这些只放了少许蜂蜜，不太甜，你拿些回去给九爷尝尝？”

谢璟答应了一声，拿木质食盒装好。

一旁的小李子望着糖糕发呆。

谢璟把这些糖糕都收进盒子放好，准备带回东院。他放好盒子之后，又从外头拿了一碗糖糕过来，这些糖糕的形状没有方才那些好，那些好的都是特意切好了挑出来的，但它们味道一样。

谢璟把这一碗推给小李子，让他吃。

小李子满脸通红，这才发现自己刚才失态。他常年没吃过好东西，很容易就养成这样的毛病，一进来就跟没出息似的乱看，没少因为这个被班主打过。有回他闻着烧鸡的味儿不肯走，在班主喝酒的小桌前绕来绕去，被班主打破了嘴，几巴掌下去差点破相。

小李子低头捧着碗慢慢吃，很快眼睛里就有了泪花。他抬手用手背抹了一下，又狠命咬了一口嘴里的糖糕。

很甜，真的很好吃。

小李子挨过不少打。

戏班的程班主说，角儿都是打过来的。可他怕疼，怕挨打。

他过去混在一摊烂泥里，压根就没想过成角儿的事，但他瞧见谢璟，忽然就自惭形秽起来。谢璟不唱戏，不用在台上装样子，他连在台下——在平时生活里都是这么好。

小李子说不出别的词儿，他没读过书，只死记硬背过几部戏词，一知半解。

他是真的羡慕谢璟。

就好像是他以前在戏班台毯下，藏在衣箱后头时在台上见过的那些被灯照得鲜衣夺目的少年英雄。

那日之后，小李子穿回自己的那些补丁衣裳，寇姥姥给他的那套谢璟以前穿的旧衣，他洗得干干净净的，叠好了放在一旁，只看看，不再穿。他没那么懒了，每日早起帮寇姥姥干活，手臂没力气，提不动一整桶水，他就半桶半桶的提到厨房水缸里，跟那日谢璟做的一般，厨房水缸再也没缺过水。

他还出去做了两天跑堂，只是一天下来只能换一碗剩饭，拿不回一分钱。

小李子把饭吃了，又去找了第二份活计，他去背煤球，但他身子骨弱，背不动多少，还远远地瞧见一个驼背男人好像是程班主，吓得平地里摔了一个跟头，连滚带爬地回来了。

他摔了竹筐，里头的煤球也碎了大半，还是寇姥姥给了他几个铜板，给他解了围。

小李子晚上格外沉默。

第二天一早，寇姥姥起来的时候，忽然发现人不见了。

寇姥姥等了半日，只当他又出去找差事干，但一直过了晌午也不见人回来。老太太疑惑了一会儿，突然想起什么又连忙进房间去打开带锁的樟木箱子，检查了一遍藏在木箱里的银元，但一个也没少，真是奇也怪哉。

寇姥姥出门给人送绣品时，还特意拐出去找了一趟，附近几个地方都找了但也没瞧见。

傍晚时候，寇姥姥正在想要不要同谢璟说一声，就听到外头有人敲了两声木门，推开一点走进来了。

小李子穿了自己的破衣裳，手里拿了根竹棍，只是膝上有土，身上也脏，带了几分狼狈。他站在门口脸上挂着笑，对老人道：“姥姥，我今天出去要了几个钱回来，你瞧，这些都给你。”

寇姥姥第一次脸上收了笑容，拧眉把钱退给他：“小李子，你平日里不管是偷懒也好，要小聪明也好，我知道，这不是你的错儿，因为你从小生活在那个地方，你没办法学好，但你千不该万不该，不该出去给人磕头。”

小李子愣在那儿，他下意识想藏起手中的竹棍，但眼神里又带着茫然。

寇姥姥坐在炕边，语气依旧冷硬：“我不管你在外头如何，但在这里，我们家的孩子第一件要做的事儿，就是挺直了腰杆做人。男儿膝下有黄金，跪天跪地跪父母，其余一概不许跪。

“你年纪轻轻的，记住骨头要硬，气要沉稳。”

小李子嗫嚅。

他站在那儿，脸上浮起一片红，一直红到了脖子，心里那阵说不清道不明的滋味蚂蚁一样啃噬着他。

他瞧见谢璟下跪过。

就年初那会儿，谢璟在路边磕头，求人给俩大子儿，他好找大夫给寇姥姥治病。

那时候他就想，得是多好的人，才能让谢璟弯下腰。

心里的蚂蚁终于一点点地把他那层厚厚的壳子啃开，咬在心尖上，血肉一片，疼，但从未这么清楚地感觉到礼义廉耻。

他好像是个人了。

他想跪下给老人磕个头，喊她一声，但是寇姥姥躲开了，只对他道：“以后不许再这么软骨头，快去收拾一下，一会儿吃饭了。”

小李子不管她已走，郑重地对着她坐过的方向磕了一个头，额头抵在地上，眼泪落在土里。

小李子缓了一下，回屋去收拾妥当。

他衣服虽旧，但收拾得干净，脸上油彩也洗净，之前眼角的淤青褪去瞧着是一个挺清秀的男孩儿，猛一瞧像是读书人。他坐下吃了两口饭，忽然开口道："我以后再也不下跪了，要是等以后您生了重病，我……我再去给人磕头，一定求到钱给您治病。"他把那个"也"字咽下去，知道谢璟不愿让老人知道，因此闭口不谈。

寇姥姥没往心里去，只道："我身子好着呢，没病，你快吃吧，一会儿饭就凉了。"

小李子答应一声，闷头吃饭。

寇姥姥见他做不了其他的活计，就顺手教了他一些针线，别的不说，小李子心细如发，做这些学得很快。

谢璟再回来的时候，也瞧出了他的变化，对他态度好了一点，没之前那样绷着了。

寇姥姥道："小李子这几天一直帮我去送绣品，跑腿好着呢，他还知道跟人家谈买卖，下了订金拿了图样回来给我做活儿，这几日比我之前一个月赚得都多。"

谢璟道："姥姥不用那么累，我能养家。"

"嗳，一点都不累，我如今也就是做一半活计，打个样子出来，细活儿都是他绣的。"寇姥姥拿了小桌上一个完成了大半的绣品给谢璟看，笑着道，"璟儿你瞧，是不是跟姥姥之前做得很像？我看着这针脚多细密，我上回教他把丝线劈成两股绣水纹，他都绣成了呢！"

小李子坐在一旁有些局促，他不知道谢璟会不会愿意听他和寇姥姥做的这些琐碎活计。

出乎他意料的是，谢璟听得很认真，还跟寇姥姥探讨了几句。

祖孙俩坐在那儿，各自讲着自己这两日做了什么工作，谢璟问寇姥姥的绣品，一个铜板的络子能面带微笑听上半天，寇姥姥也问谢璟去了哪里，听得他去了黑河酒厂，虽从未见过什么机器，但也愿意多听他讲。

小李子坐在那儿呆呆看着，和谢璟视线对上之后，连忙低下头。

寇姥姥道："璟儿，我跟你说，小李子不止绣得好，他算术也好，那天他陪我去卖绣品，那家丫头只开了半扇角门，一直催我们快些，数了一把铜板给我，要不是小李子手疾眼快拦着，我都没瞧出来少了七枚钱。”

谢璟看他一眼，问：“学过算术？”

小李子摇头：“没学过，我……我前几日去跑堂，现学的。”

谢璟有些惊讶，他略想了一下，从兜里拿了一个荷包出来，打开来哗啦啦把里头的银角子和铜钱都倒出来，钱刚刚落在桌上，声音尚还绕耳，他就抬头问了小李子：“这里有多少？”

小李子道：“银角子三枚，铜元四十二枚，还有两枚我没见过，说不好。”

谢璟从里头找出那两枚钱，果然是洋人国家的钱币，上头雕着鹰与蛇，是上回张虎威送给他玩儿的。

谢璟以前跟着南下逃难的时候，曾经遇到过一个留洋回来的博士。那位先生知道许多奇闻异事，他和谢璟一路南下，做伴几月，谢璟曾经听他提起过世上有这么一种人，或许其他地方不如常人，但唯独一双眼睛快且准，脑子想法也和常人不大一样，对数字极为敏感，一抬眼就能算出牌面上所有数字。

那位先生说过，这种人极为稀有，往往生活自理差，只能凭着在实验室里大量计算公式找到归属感。

谢璟神情复杂，看着他道：“你现在的衣服……”

小李子慌忙抬头：“我能洗！我现在洗衣服特别好，我力气也慢慢变大，我一天能挑三担水，水缸我都打满，我还能跑腿，能去送绣品，我还会烧火，过几日我就学做饭。”他一叠声地说了许多，后面的话声音越来越小，红着眼圈嗫嚅不敢多言。

谢璟看向寇姥姥，老太太跟他点点头。

小李子依旧提着一口气看他，像是全部希望都在他上下唇碰一下之间，脸上血色都没了。

谢璟顿了一下，道：“我不是要赶你走，不过你算术上有天分，这样有些可惜，我拿书给你，你自己在家多演算一下。”

“我……我不识字。”对面的人羞愧极了。

谢璟道：“每个人生下来都不识字，学就是了。”

他说得坦然，小李子也就不那么胆怯了，点头应下来。

晚上的时候，谢璟想去给寇姥姥打洗脚水，去了厨房就看到小李子已经烧了一大锅热水，瞧见他进来连忙站起身，想动又不敢动的。

谢璟已经习惯了他总是这副担惊受怕的样子，淡声道："没事，我打点热水就走。"

小李子忙拿了一个葫芦瓢过来帮他舀热水："是给姥姥泡脚的吧，我来，我来。"

他干活依旧不利索，但看得出，比之前好上许多，至少熟练了。

谢璟站在那儿看他，忽然开口："你身上有许多毛病。"

小李子舀水的动作僵了一下。

又听后面人说："以后得改。"

这一句话，就把他从地狱拉到天堂，小李子拿葫芦瓢的手微微抖着，哑声道："我一定改。"

谢璟端着热水走了，小李子蹲坐在炉火边痛痛快快哭了一场。

哭自己终于有了一个落脚地方，也哭自己还有一个能改的机会。

谢璟说出这话，言下之意是他能留在这里了。

真好。

他能留下，真好。

小李子自那日之后，精神面貌变了许多，虽然戏班里出来小步走路的样子暂时改不了，但人看着精神了些，胆子也大了点，偶尔能说能笑的，不再竖着一对耳朵听到点动静就缩回兔子洞。

他做粗活不行，但细活极好，寇姥姥也不是多刻板的人，既然小李子没什么力气，就干脆教他绣活儿一类。

沪市和苏州裁缝店里的老师傅，大多都是男人，手上功夫好着呢，那可都是百年老店，多少年的传承。

谢璟回家来的时候，就抽空教他一些算术，至于晦涩文章一概省略，这世道也不是人人都要考功名、做学问，有一技之长就能活下去。

小李子以前从未接触过算术，起初还有些担心，但慢慢发现谢璟说的他都懂，不少题目谢璟刚说完，他心里就已算出数字。谢璟给他的账本，他略扫一眼，也能立刻在心里有数，只是有些担心自己算错，总要默算上几遍，才小心说出那个数。

谢璟不知他自己拖了时间，听了几个心算，就夸他："算的都对，也很快，我原本想教你珠算，但现在看来你算得已足够快，用算盘反而要慢。"

小李子小心看着他，听出是夸奖，脸上慢慢露出一个笑。

他抠了抠手指，小声道:“谢璟，我想起个名字，你能帮我起一个吗?”

谢璟道:“你自己不是识字了？自己起一个就是。”

对面坐着的人想了想，试探道:“我想叫李元。”

“哪个字?”

小李子用手指沾了水，在桌上写给他看，一共四笔，很简单。

谢璟道:“黄先生讲过，天地初始，万物本元，这字取得挺好。”

寇姥姥笑道:“哪儿呀，前两天学写字，刚好写到银元的‘元’，他瞧着简单，练了好多遍。”

谢璟笑了一声。

李元也笑了。

他从此刻起有了姓名，不过不是寇姥姥说的那般，他从“梨园”来，总该知道自己的来处，记得扎根的污泥，才能拼命拔高了长，紧守着自己心里这一点善念，开出一朵花。

李元瞧着眼前的一老一少，眼里浸着温暖。

这是他心里最要紧的两个人，也是他善念之初。

第七章 族学听讲

开春之后，谢璟一直忙着和白容久去黑河酒厂那边，白容久之前受伤，现养得差不多，建厂的事儿也着手安排下去。

白家在黑河商号周围有三个酒厂，都不算太大，白容久这次来看过之后，圈了二百亩地，把它们合并到了一处。这样的大手笔，不只黑河，在附近几个县都引起了不少震动。

方玉柔因为在雪夜生产，伤了身子，疗养了大半年，她虽出面少，但黑河方家对建酒厂一事帮忙诸多。

方老爷本就和青河白家是姻亲，再加上白容久救了方老爷唯一的女儿和外孙，他这次更是全力支持。方老爷早年留洋见过世面，对购买机器十分赞同，他本人更是拿出十万银元投入酒厂，大力扶持女婿白明哲购买酒精酿造设备，发展酒厂。

青河白家拿了十余万银元，白九爷投资六十万银元。

酒厂请了德国专家来规划建造，厂区占地极广，竖起几十米高赤炼瓦造大烟囱，四面依地势筑起高墙，围墙四角造有七阶瞭望台，用于防范土匪劫掠。

几月后，厂房建成，大量机器源源不断地运来，高大的五层蒸馏室，数座气罐与机械室并立，右边是糖化室和火油罐室，居中为酒厂最核心的实验室。除了这些，院墙内有序分布了警卫室、宿舍、仓库、蒸馏车间，后面院子是马厩、磨坊、油坊和食堂，另有一个修理车间，可住百余人，完全不用担心供给不足。

因为机器购买的数量多，能酿酒的也不限于高粱小麦，还包含了薯类和一些其他原料，甚至还能生产不少的啤酒。酿造出来的除却烧酒一类，还有工业用、医用等多种酒精。

白容久想得长远，从一开始就没想只做酒水生意。

谢璟跟着白容久去酒厂忙了一段时日，再回来的时候，已到了夏初时节。

去时树叶刚抽条冒嫩芽，回来的时候，路边的槐花都结了花苞，槐米还未长开，一嘟噜挂在高高的树梢，迎风就能闻到浓郁香气。

东院已经有人捧着礼物等待拜访，白容久打从在黑河建厂开始，一波波前来的人就没断过。

有些是想入伙，而有一些是打探消息，想猜测白容久在这里下多少筹码，又该如何应对。

一水浅池里忽然来了条巨鳄，力气小的瑟瑟发抖不敢动，力气大些的总要扑腾点水花。

白容久让人把他们请到花厅，自己去卧室换了衣服。

谢璟跟着过去，帮他把外套脱了，又从柜中拿了一身新衣出来："爷，今儿穿这身?"

"都成。"

白容久的衣服大多浅色，刚近身伺候的人往往一眼看过去挑花了眼，只觉长得都差不多。但认真瞧了，就能看出其中细微差别，谢璟认得准，白容久也爱用他，慢慢地这些琐事都落在了谢璟身上。

东院的人都是从省府跟来伺候的，跟在九爷身边久了，人精一般，搁在外头都能独当一面。但就这些人以往瞧见九爷动怒，也吓得不敢吭声，后来他们发现小谢好使，九爷动怒的时候就去请小谢，往往把人找来送进去，一盏茶的时间，爷的脾气就消得差不多了。

九爷疼小谢，东院的人都瞧在眼里，他们对九爷忠心不二，自然对小谢也好上几分。

谢璟伺候白容久换了衣裳，又问："我陪您去?"

白容久想起那些人就头疼："不用，翻来覆去问的都是酒厂那一件事，我自己去就成了，你难得回来一趟，去瞧瞧姥姥，给你半日假，晚上记得回来。"

谢璟应了一声，等白容久走了，才返回家中。

寇姥姥把东厢房收拾得温馨整齐，几个月住下来，家里添置的东西比之前几年都多。

除了当初张虎威送的几样家具，薄被也添了两床，湛蓝的被面，里子是土布，浆洗得雪白微硬，看着干净又舒服。

谢璟和寇姥姥住一屋，隔壁单间依旧让给李元，他不常回来，东西都是寇姥姥在管，瞧见新被伸手摸了一下，被面软而暖，是刚晒过的。

“虽是入夏，但夜里依旧风凉，真要热起来怎么也要七八月。”寇姥姥拿了一小篮子槐花进来，笑着道，“家里留两床薄些的，你回来就能用。你在那边可有铺的盖的？”

谢璟点头：“都有。”九爷畏寒，身边从不缺这些。而且他不怕冷，裹个厚些的大衣都能睡得香。

篮子里的槐花新鲜，谢璟忍不住掐了两朵嚼着吃。

寇姥姥拍他手一下，不让他多吃：“这些还没洗，你去外头院里的小桌上，那边有刚早上刚摘下来洗过的，去吃那些去。”

谢璟答应一声，去了小院。

院子里收拾得整齐利落，他转了一圈，没什么能干的活，就坐在小桌旁边抓了一把槐花吃。

五月槐花刚开，嫩生生的，花瓣白得像象牙，没开的槐米是绿色的，嚼起来有点脆，谢璟尝着比花要甜一点，很快一把下肚，又抓了一把槐米吃。

寇姥姥去做饭，今天做了几道清淡小菜，主食是槐花饼和槐花麦饭。对面院子住着的黄明游是西北人，最爱吃这一口麦饭，尤其是刚入夏的时候，美美地吃一顿槐花麦饭，那简直比给他送什么礼都合心意。

寇姥姥知道黄先生教谢璟读书之后，用了心思做饭，如今黄先生在东院一人之下万人之上，但到了住处对寇姥姥反而赔着笑脸，经常买鸡鸭鱼肉送过来——一半是给他们祖孙吃，一半是为了让寇姥姥做给他吃，起初还会点菜，后来发现老太太做饭手艺实在高，就乐得在自己院里等着了，雷打不动三顿饭都是让李元送来。

谢璟吃东西不挑，但对生槐花格外喜欢，寇姥姥做饭的功夫，他已经吃了小半盆。姥姥出来的时候拦着没让他再吃：“小心吃多了积食，一会儿还得吃饭哪。”

谢璟瞧了时间，问道：“姥姥，李元呢？”

“帮我送绣品去了，这回有点远，带了俩饼说中午不用等他吃饭。”寇姥姥手脚利索，很快做好了饭，用三层木盒装了一份饭菜交给谢璟道，“这是给黄先生的，平时都是李元送，他今儿不在，你送一回吧。”

谢璟起身接过来，顺口问道：“李元这段时间在家里还好？”

“比之前好多啦，昨儿我问了下，兴许比你还小上一岁，逃荒过来的都不容易，打小就被卖了。”谢璟还要说话，寇姥姥上前给他整理了一下衣领，笑呵呵道，“我知道你担心什么，甭替我操心，姥姥这都是活了大半辈子的人了，别的不说，看人的眼光还是有一点的。他根上不坏，管教上两年就好了，到时候啊，我们璟儿也大了，咱们也攒下点钱，正好给你开个小铺子，李元就给你当伙计。好歹这么多年看着他长大，知根知底，姥姥也能放心啦。”

寇姥姥当初留下李元，她其实也有私心。她今年六十八，再过两年就能算高寿了。她唯一的盼头就是希望她的璟儿平平安安过完这一生，她年岁大了，陪不了这孩子太久，总得找个人帮他一把才能安心。

谢璟给黄明游送了饭。黄明游瞧见食盒里有一大碗槐花麦饭，特别高兴，临走的时候还送了谢璟一本书，叮嘱他好好念书。

谢璟路上打开翻了下，上头圈画了许多，像是要考的内容。

他把书收进怀里，放好。他这段时间都跟着九爷在黑河酒厂那里忙，回来之后还没进书房一次，黄先生这本书里圈画的想必就是明日要考校的。

谢璟只有半天假，陪了寇姥姥半日，姥姥做针线，他就在一旁看黄先生给的书。

临到傍晚的时候，谢璟回了东院。

今日小厨房里炖了新鲜鹿肉，白容久留了黄明游一起用饭，但黄明游五十来岁的年纪牙齿已经不太好，嫌鹿肉太柴，咬不动，回去喜滋滋地吃自己的槐花麦饭去了。

白容久吃饭不用其他人伺候，留了谢璟坐下陪他一同吃。

谢璟埋头吃肉，津津有味。

白容久原本没什么胃口，看他吃得香，也多用了小半碗饭。

鹿肉没有猪肉、羊肉那般细腻，因为瘦肉较多，吃起来有些柴，肉炖熟了之后颜色略深，倒是和野兔肉有几分像。谢璟不在乎这个，他觉得是肉就行，他挨过饿，吃什么都香，都不浪费。

饭后有人端了一只白玉小碗过来，里头盛着半盏半透明的膏状物，略微有些淡黄色泽，晶莹剔透的，散发着浓香。

谢璟好奇，看了一眼。

白容久慢慢吃了几勺，故意逗他："这个你吃不了，辣的。"

虽然这么说，但最后一勺还是喂到了谢璟嘴里。谢璟不疑有他，张口就吃了，那东西入口即化，顺着喉咙就咽下去，紧跟着一股滚烫酒气从胃里一直冲到脑门，谢璟脸一下就涨红了，连咳了好几声："好……好辣！"

旁边端了白玉碗过来的人也乐了："这是鹿血膏，今年新采的鹿茸血，拿上好的陈年老酒泡出膏脂，一大坛才只得上面拇指肚厚的一层……"他话还未说完，就看着谢璟目瞪口呆。

谢璟鼻子痒痒，抬手擦了一下，就擦出了两管血，连忙用手捂着了："爷……"

白容久笑着摆摆手："快去洗洗吧，想给你吃口好东西，谁知道你这么经不住补。"

谢璟洗干净了脸，有些燥得慌，脸上一阵阵发烫。晚上守夜的时候他忍不住掀开毯子把脚探出去两回，才恍然发现，他或许不是脸皮薄发热，而是喝了酒泡的鹿血膏，弄得浑身燥热。

床铺上的白容久安静睡着，隔着纱幔，呼吸平稳。

谢璟过了好久才入睡，梦里只觉山花绚烂，他好像被抛入带着冷香的绵软云端，又坠落下来。

黄明游留在青河县，完全是省府老爷子不放心，他自己闲着没什么事儿，除了平日里找几本书翻翻看，就是帮九爷管教小辈。

白家本家在北地，青河白家与九爷亲近，他们数十年来一直守着北边的边境线，除此之外还有东、西、南三家要紧商号，本家能把生意做到天南地北也是凭借于此。本家和分家拧成一股绳儿往一处使劲，自家铁桶一般，才能守住这份百年富贵。

白容久接手家里的生意，不过就是这一两年的事，省府白老爷子让他单枪匹马来黑河建酒厂，也是给他立下威信，总要做出些什么来，以后才好服众。

本家只有一位幼主，但分家尚在壮年的大掌柜不在少数。

黄明游一直替自己这位学生担忧，他觉得九爷这回来黑河建厂是走在刀尖上，每一步都需小心，每一步也要考虑全局。

黄明游发愁，九爷却一直神色淡然，瞧着跟往常一样，没什么特别。

黄明游学文，对建厂之类也帮不到什么，就逮着两个学生下手。

白明禹完全不知道自己为什么要上两份学堂。

白天在族学里念完书，晚上还要被抓过来再念一份，懵了两日之后，白二少就不干了！这日子没法过了，家里小厮每月都有一天假，他一天也没有！

白明禹不肯去东院，被自己大哥扯着耳朵带过来，顺带还送了一把新戒尺恭恭敬敬递给黄明游："黄先生，舍弟年幼，还不懂规矩，书本，茶水，还有这戒尺，我都给您备好了，您只管教导，我们全家都听您的。"

黄明游拈着自己那两撇小胡子，挺着微突的肚子道："我知道二少爷为什么不服气，因为平日只有我考他，他这是也要来考考我。"

白明禹抬头看他，完全没听懂，他要考先生什么了？

黄明游挺起胸膛，颔首道："行吧，左右没什么事，我明儿去学堂瞧瞧。"

白家大爷有些激动，但又不太确定道："黄先生，您这是要？"

"左右都是带学生，一两个和一群也无甚差别，你家既有族学，我在九爷这也闲着无事，去给孩子们上两天课，兴许能让他们学到点东西。"

白明哲是知道这位先生的，立刻千恩万谢，一直把黄先生送回家中。

白明禹站在东院院子里没走。他来的时候他爹发了话，不管先生在不在，进门不在东院待上一个时辰，回去就让他屁股开花。

白明禹依着一棵老树百无聊赖，躲在树影下看着东院进进出出的人，忽然瞧见一个熟悉的人影，眼睛盯准了，趁那人往这边走来的时候，一把将人扯到了树影下："谢璟……！"

谢璟听出是白二，往怀里摸到一半的手又收回来，心平气和跟他问好："二少晚上怎么还没回去？今天黄先生有事，已经提前回去了。"

白明禹："黄先生有什么事儿？"

谢璟："晚上订了票去看戏，还叫了德顺楼的羊肉锅子，就在九爷常用的那个戏院包厢里。"

白明禹："……"

黄先生也坑我！

什么我不服气，分明是他想偷溜出去吃羊肉锅！

二少爷气得磨牙，拽着谢璟不松手，谢璟不好当众打他，被纠缠了几次刚想走，就听到白明禹忽然道："你怀里什么东西，怎么硬邦邦的？"

谢璟退了一步："没什么。"

白明禹不肯信，伸手去抢，缠斗的时候谢璟身上掉了一本书。

白明禹弯腰捡起来，得意道："我就说有东西，不过是一本破书……嗳？谢璟，你这书怎么回事儿？"他举着书恨不得怼到谢璟脸上，愤怒道，"你这书上都划了线！这里，还有这里，还画了圈，怎么回事？啊?!"

谢璟顿了一下，道："哦，我看书喜欢划着看，方便记。"

"是方便记了，这是先生给你开的小灶吧？"白明禹冷笑，"你少给小爷扯谎，睁眼就编瞎话，这分明是黄先生的笔迹，这边还有他写的注解呢，你当小爷眼瞎了不成？"

谢璟看了一眼，确实是黄先生写的一行蝇头小字，这院里虽有灯笼，但光不太亮，二少爷眼神十分好使，他都差点没看到。

白明禹把书揣起来，用破案的语气道："我当为什么每回你都考得比我好，回答问题也每个都知道，原来你作弊。"

谢璟："……"

谢璟："二少爷说得对。"

白明禹得了这本书，得意极了，上下瞟了谢璟一眼冷笑道："明儿先生来学堂，肯定还要考校，这书小爷替你保管，你明天可要好好'考'啊。"最后一句磨牙似的，贴着谢璟耳边威胁他，"你给小爷等着，明天有种别跑。"

白明禹得了书，也不在院子里傻站着了，立刻就返回自己住的地方，他要连夜背重点。

谢璟瞧着人走远了，手放在靠近腰侧的地方，往下按了按，那里有一支枪，是九爷当初给了防身的。平时没有人会跟他这般近身打闹，也只有白明禹这么乱来，下回还是换个地方藏的好。

第二日，学堂。

白明禹熬了一夜，眼圈青黑一片，坐在那儿眼神木呆呆的，旁人喊他时他的反应都带了几分迟钝。

他想不明白，明明书上都圈画好了，他怎么还是看不懂、背不过呢？

一旁有学生刚坐下，就被白明禹踢了凳子一脚。

白明禹眉头紧皱，喊他："起来！"

那人懵了一下，小心问："二爷，怎么了？"

"你挪个地方，去后面……不，去前面！总之旁边的位置给我空出来。"

那人老老实实收拾书本挪走了。

一连赶走了两三个，最后白明禹干脆把自己书包搁在凳子上，摆明了这位置谁都甭想坐。没过片刻，学堂里的学生们就都知道，白家那位小霸王给人占了座，应当是关系非常要好的人——二少爷明目张胆地把桌子拽得特别近，两张恨不得并列在一处了。

白明禹没管周围人怎么瞧，他此刻心急如焚。

他心想，不成。这题他不会做，还是得想法子抄。

谢璟是跟着黄先生一起过来的。他站在黄先生身后，身上穿了件日常小厮穿的衣服，进来的时候抬头瞧了学堂里面一眼，白明禹拼命给他打眼色，谢璟垂眼只跟在黄先生身后，权当没看见。

族学里的老师看到黄先生过来，连忙站起身，客客气气地让出位置，脸上带了几分掩盖不住的激动。

黄明游倒是半点架子都没有，笑呵呵地摆摆手，走过去随意探头看了一眼道："我看看，讲到哪儿啦？"

那个老师道："正在讲诗，说到李白的《登高丘而望远》，刚讲了半首。"他声音有点抖，努力稳下来讲话，黄明游这样的大师可不是能轻易见着的，文人傲气，但遇到真正的大师心里只有敬慕。

"成，那我接着讲，你带小谢去找个座位，有劳。"

老师带着他身后的谢璟去入座，但整个学堂里所有的位置都满了，唯独白明禹那空着一张书桌。老师有点犹豫，还是谢璟先开口道："先生，我就坐在这里吧。"

谢璟坐下，白明禹瞅着老师一走，立刻凑过去套近乎，低声道："没带书吧，瞧我的？"

白明禹递过来一本书。谢璟看了一眼，是他昨日那本圈画过的"小抄书"，他抬眼看向白明禹。

白明禹脸皮厚，还在催他："你快看看，一会儿考试的时候要用。"

谢璟道："今日讲诗。"

白明禹急了："什么诗不诗的啊，这边老师不考诗，一会儿黄先生可真发试卷了！我跟你说，我这也是为你好，你赶紧的，趁着这堂课多看一点，记住多少算多少，少爷对你的好也得记住了，等黄先生考试的时候答案给我抄抄……"白二嘀嘀咕咕说上半天，见谢璟依旧只看他不说话，抬手挠了挠脸，难得低了一次头，压低了声儿道，“行了行了，昨天的事我跟你道歉还不成吗？我就是想吓唬吓唬你，也没想干别的，说白了咱俩都有错，各退一步，你行了啊，别跟少爷闹脾气。”

谢璟没觉得自己错哪儿了。他觉得二少脸皮真厚。

白明禹那边心思比他细腻得多，至今还记着仇，一半委屈一半羞恼，他当初可是实实在在哭了几场“丰儿”。

只是这事太丢人，他打死也不会告诉谢璟。

讲台上，黄明游接过书正站在那里翻看。

学堂里的所有学生都坐在课桌后仰头看他，上面新来的先生穿一身浆洗干净的半旧长袍，灰扑扑的颜色，人微胖且矮，挺着小肚子站在那儿看起来就像是一个普通账房先生，没有半点高明的样子。

黄明游已站着把书翻完，抬手摸了一下自己细长的小胡子，和气问道：“你们先生已讲了半首，诸位不介意的话，我接着那半首讲吧。不过我讲的方式不同，要想说文，需得解字。”他转过身在背后木质黑板上写了几个字，边写边道，“金文铭鼎，大篆刻于简，今天时间短，我便只讲这为首的一个字。”

黑板上，字迹苍劲雄浑。

秦皇汉武空相待。

黄先生写了这一行诗，却只单讲一个“秦”字。

台下学生蒙了，站在后头留下听讲的老师也愣了。

黄明游胸中藏有万卷书，精通政治与哲学等学科，史料更是信手拈来，讲得妙趣横生。学堂里的学生听得专注，只觉得比外头说书先生讲得还精彩，外头人讲个趣味，黄先生的课里却是巍巍大山，血性中华。

黄明游没带一本书，全程背着手讲下来，只一字便讲出了一部文化史。

一直讲到晌午，他才停顿下来，看了一眼外头等着的人笑道：“大家稍等片刻，我再说一句吧。”

族学外头等着的都是给家里少爷送饭的小厮管事，听到立刻往后退退，赔着笑只让先生多讲，他们多等不碍什么事。而学堂里，头一次如此安静，没有一人离席，连后排坐着的老师都一动不动，只努力坐好认真听先生讲话。

“史书是民族之魂，欲灭其族，必先去其史，史不正，族不存。”黄明游走了两步，又道，“吾辈今日读书当不为名利，不为强权，不违心妄论，你须知华夏文明发源之脉络，知自己起源之地，知何为华夏人。”

学堂肃静，半晌方有学生陆续站起作揖，话却是说得整齐洪亮：“谨遵先生教诲！”

黄明游说的解字，是为寻根。

谢璟跟着起身行礼，心里想的却是南下那些年遇到的那些教授。不论留洋抑或在国内的，那些颇有声望的文人在彼此争论起来的时候都面红耳赤，但遇到外敌，却立刻掉转了矛头，一致对外。

他们没人说过，但心里想的也是同样一件事。

他们是华夏人。

理应为华夏做些什么。

晌午，学堂里人走得差不多了，黄明游没急着走，他在隔壁教师的单间坐下吃午饭，顺便给两个学生考试。

今日是李元来送饭。寇姥姥做得丰盛，因黄明游喜爱吃面食，寇姥姥特意做了捞面，配了七八种小菜和一大碗炸酱卤子，酱肉香味儿碰鼻子香。

黄明游吃得开心，另剥了两瓣青蒜，一口面一口蒜，美得很。他一边吃饭一边监考，小眼睛看一眼房间里仅有的两个学生：“赶紧写啊，别耽误了下午上课。”

白明禹使出吃奶的劲儿写了几个字，脸都要憋红了，黄明游卷子上的题目他都模糊记得自己见过相仿的，但坐在这儿了，却一个字都想不起该怎么答。

趁着黄先生低头吃面的时候，白明禹抓紧时间凑过去看了邻座谢璟的卷子，但也只看了一眼，谢璟就拿手捂上了。

白明禹：“……”你个假正经！之前还替我写作业！翻脸不认人啊?!

谢璟不给白明禹抄，白明禹却不敢空着什么都不写，黄先生手里的戒尺可不是吃素的，尤其是这位哼一声，他爹和大哥就恨不得撸起袖子打他一顿给先生出气，白二少是不怕挨打，但也不想天天挨打啊。

白明禹眼睛偷偷看一眼黄先生，又借着大木桌上垂下的桌布遮掩，轻轻拿脚去碰谢璟，第一下只碰到一点，他伸长了脚又碰了下。

谢璟忽然站起来，淡声道：“少爷自重。”

白明禹：“……”

黄明游抬起头，嚼了两口面匆匆咽下：“嗳嗳，干什么哪?”

白明禹悄悄伸手拽了谢璟衣角，跟他求饶。

谢璟坐下来，没吭声。

黄明游吃完面，拿手绢擦了擦嘴过去巡查一遍，训斥道："做学问须得静心，尤其是在考场上更要时刻保持肃静知不知道？你们两个别搞小动作啊。"

白明禹小声嘀咕："那您昨天晚上还去听戏吃羊肉锅子呢……"

黄明游道："你说什么，大声些！"

白明禹吭哧两声，没敢说，埋头写题。

黄明游站在他们身后，一个人盯着两个学生毫无压力，前头坐着的白二少却浑身像是有小蚂蚁一样，痒痒地时不时动一下，背后监考老师用鼻子哼了一声，白明禹老实了一点，慢吞吞地答题。

谢璟很快就写完了，拿了试卷交过去，恭敬放在黄先生桌角："先生，我已答完。"放下之后又小声询问，"我可以提前一会儿走吗？九爷晌午的时候从黑河回来，我想回去整理下书房，熏熏香。"

黄明游方才站在他们身后监考的时候，基本已经把他们俩写的那些都看完了，谢璟写得尤其好，交代的功课都有认真完成，比旁边那个猢狲不知道好了多少倍。他笑呵呵摆摆手道："去吧，路上慢点，下午的课记得准时过来。"

谢璟应了一声，提前交卷走了。

谢璟给黄先生关上办公室的门，手还未放开门把手，就听到里头先生训斥白二的声音，嘴角扬起来一点。

白明禹大约是做不成以前那个威风八面的白掌柜了，不过比起当年阴沉着脸不爱说笑的白掌柜，他更喜欢现在这个。

二少人虽傻了点，但心眼挺实在。

是个好人。

谢璟回了东院，打扫整理完毕，燃香半柱，白容久便回来了。

黑河酒厂里的机器基本已安置完毕，这两月就要开始产出，周围不少豪绅望族都盯着这里。现如今留洋的少，真正见过机器的人更少，全线机械化投入生产的，不光是黑河，找遍北地三省也没有第二家。

白容久今日心情不错，进来之后换了平日在家穿的衣裳，谢璟问道："爷今日不出去了？"

"嗯，没有访客，偷得半日闲。"白容久伸手让他给整理了一下衣角，嘴角扬起，带了笑意问，"你今日如何，族学有趣吗？"

谢璟老实道:“族学比我之前念书的学堂大，黄先生讲得极好，他嘱咐我下午再去听讲。”

白容久赞同道:“黄先生的课是该听听。”

有人送了新下的瓜果进来，有几颗山莓色泽殷红，白容久拿帕子擦了手吃了一颗，又顺手喂了谢璟:“还算甜，你拿去吃吧。”

一旁的人就把那一小篮山莓递给谢璟，他们已经习惯了。九爷喂小谢吃东西就像是喂雏鸟一般，瞧见什么好的自己尝了，定然要给身边的小谢尝尝。

“酒厂事忙，我大约还要在这里待上一段时间，”九爷坐在主座，瞧着他道，“你若是喜欢，以后可以留在族学那边同他们一起念书。”

谢璟摇头:“我和他们不同。”

“是有些委屈你了。”白容久低头正在翻一本图纸，倒像是在聊家常，随意开了口道，“那边白日的课也没什么，还是跟我去黑河？若有什么不明白的，我在酒厂抽空教你就是，只回来晚上念黄先生的小课吧。”

“哎。”

两个人的谈话简单，说完白容久就招呼谢璟来看图，再谈的话，却是送瓜果的人听不懂的了。

那人小心关了门出去，实在是见得多了，都已开始慢慢适应。

隔日，谢璟跟着白容久去了黑河，酒厂里来了两位德国人，在调试酒厂的机器，一连几天都十分忙碌。

白容久有心要扶持身边的得力人手，他这次从省府带来不少人，也从青河白家挑了一些还算机敏的，原本以为会从这里头找到一两个出挑的人才，但他怎么都没想到第一个跳出来的是谢璟。

谢璟像是一张白纸，又像是一块海绵，把他扔在哪儿，就努力吸取周围营养，成长得比谁都快。

谢璟认真，踏实，少年人的灵动和一份与年龄不相符的沉稳融合在一起，加上他和白容久之间难以言说的那份默契，常常让白容久忍不住多瞧他几眼。

眼前的少年弯腰去跟人学调节蒸馏机器，黑发垂下来微微遮住一点眼睛，抬手擦一下额上的汗，再低头跟德国工程师商量的时候，已经可以偶尔说出一两个洋文单词，全是机器特有的词汇。

谢璟学得很好，比他想的还要好。

第八章 戏班风波

数日后，谢璟得了一天假，回青河县探望亲人。

他和其余轮值休假的几人一同骑马回来，这些人都是从省府而来，在这里没有家眷，在东院就停住了，谢璟没停，直接骑马回了家中。

只是家中大门紧锁，东厢房空无一人。

谢璟把马拴好，喂了它一些草料，正抓一把豆子给它添在马槽里的时候就听到小院门口“吱呀”一阵响动，抬头就瞧见了寇姥姥。寇姥姥看到他也惊喜极了，三步并作两步走过来，着急忙慌道：“璟儿，你可回来了，我昨日晌午就去找你，今儿早上也去了一趟，你要是再不回来，我就要求人找去黑河了……”

“姥姥慢些说，出什么事儿了？”

“李元丢了！”

谢璟抓着豆子的手一顿，皱眉：“丢了？什么时候的事，可求了东院的护院帮忙？”

“求了，之前来咱家吃过饭的俩小哥，我认得他们，他们昨天就帮着我找了一圈，可是一直找遍满青河县也没找见，跟平地消失了一样。”姥姥心急如焚，“他没拿钱，箱子里的银元也好，外头小钱匣里的铜板也罢，一枚也没少。可急死我了，他若是拿点钱跑了也就跑了，怎么好端端一个人就没了呢？”

谢璟略想片刻，道：“我知道他在哪儿，姥姥你先回家去，我去找。”

谢璟解开缰绳，起身上马，坐在马背上嘱咐老人道："您这两天就在家里，哪里也不要去，这院子里住着黄先生，九爷的护卫明里暗里都会多关照一些，我让人送些吃的过来，您在家等我。"

寇姥姥心口跳了一下，追出去两步问道："璟儿，你去哪里找啊？"

谢璟道："我先去趟东院，您放心，我心里有数。"

谢璟去了东院，找了张虎威那班护卫。

之前在黑河遇麻匪的时候，谢璟就和那班人一同出生入死，和张虎威更是有过命的交情，平日里关系一直不错。再加上谢璟虽是白容久面前的红人，但丝毫没有骄纵的架子，待人接物细心周到，他只说需要人陪自己走一趟，就有不少轮值的护卫站出来，要陪他同去。

谢璟挑了两三人，换了一身衣裳，和他们一同骑马去了东郊。

东郊穷困，但并非毫无人烟。恰恰相反，因为临河而居，码头上不少卸货工，这里有生意，便更是聚集了不少人，三教九流都有，看着脏乱又喧哗。

谢璟在这里住了多年，自然知道这里的环境，骑马前来，不过是作势。

他带人去了戏班。

程班主穿一身半旧的绸褂，天气刚热，解开了两颗扣子，正一只脚踩在太师椅上晃悠，另一只脚则踩扁了黑布鞋帮，趿拉着露出大半只脚。他一边吆喝周围半大孩子们练功，一边转着手上的两枚核桃，手边八仙桌上还有一把竹鞭子，已用得包浆发亮。

见谢璟找上门来，程班主微微坐起身，他驼背厉害，坐起来也并不直，只嘿嘿笑道："哟，小谢这是发达了，衣锦还乡啊！来来，坐下聊聊，我可是一直惦记着你呢，你姥姥的病好些没有？如今没有再咳嗽了吧？"

谢璟道："不劳烦您费心，这次来，是想跟您赎一个人。"

"谁？"

"小李子，李元。"

程班主吸一口烟，慢吞吞出了一口烟雾，脸上依旧笑着："他是我们戏班的人，早些年他爹娘一纸契书卖进来，黑纸白字可写得清楚，也没想到那小没良心的私下就跑了，我这也找了许久……"他留神瞧了谢璟的神情，见他神色未变，心里已有数，"你既来了，那我也明说了，人确实在我这里。只是戏班养了他这么多年，好不容易出科登台，你这会儿要买走一个大活人，可不是当初那半袋粮食的价儿了。”

谢璟点头：“一处有一处的规矩，您开。”

程班主掀掀眼皮，道：“三十块现大洋。”

谢璟从带着的白布袋里数出，放在他面前八仙桌上。

程班主手中核桃转了半圈，待他放下那一刻又道：“现在涨了，三百块大洋！”

谢璟手顿了下，又去怀里拿钞票，还未取出看清钞票面额是多少，对面的程班主又吆喝道：“现又涨了，三千现大洋！”

谢璟看向他。

程班主也抬眼瞧着他，皮笑肉不笑，他压根就没想做这场买卖。

谢璟拿脚勾了一把凳子，坐在程班主对面，用手敲了敲八仙桌面：“班主既然对价格不满意，那我们再多聊聊。”

“聊什么？”

“李元。”

程班主嗤笑一声，没接话。

谢璟道：“我听他说，他说错了话，又挨了罚，伤得太重，怕是也唱不了旦角了。”

程班主揣起手，哼了一声道：“是，之前出了篓子，打算让他接着演猴戏。”

谢璟摇头：“他年纪大了，演不了。”

“演不演得了，那就轮不到你来说了，得先问问我手中的竹鞭。我这戏班虽小，但也有几个孩子颇不错，他们天生也不会这些，谁从娘肚子里蹦出来的时候就会翻跟头呀？”程班主咂嘴，“还不是调教出来的，天天挨打，等打够了，就学会戏了。”

这话说得不错，但真要这么下去，别说戏如何，人肯定是废了。戏班里吃不了苦，逃出去的孩子也有，有些活着走出去，有些死在这里，并不是新鲜事。

程班主一手办了这个戏班，二十多年来一直都一言堂，他这里的人逃走的最少，不是不想走，而是不能。

程班主看着谢璟，忽然咧嘴笑出一口黄牙，啧了一声道：“我真是好奇，小李子到底给你灌了什么迷魂汤，你竟然舍得花这么多钱赎他？”他凑近一些压低声道，“我猜他准是说了自己被那位老太爷虐打的事儿吧，那他有没有跟你说，当初是他自己要去献的‘还元汤’？”

“还元汤？”

程班主大大咧咧拍了一下自己脐下三寸那儿，腰往前挺了挺："就是男人都有的东西，早上撒的尿。"

谢璟皱眉。

"他去献汤，却没想到那位老太爷要用自己嘴巴接着喝，一时吓软了，不干了。"程班主不屑哼笑一声，手里两颗老核桃来回滚动，骨碌碌作响，"他不干了，谁顶着？既是跟着进了房，就要想清楚，要受哪门子罪。"

"他身上的伤——"

"那日弄的也有，往日的也有，那位老太爷那儿银针多，鞭子带倒刺，打的地方见不得人，那小子的身子都快被打烂了。只他背上那几棍是我打的，这小子一受疼就张口胡说八道，还说是我儿子，让我拿戏班赚的钱赔老太爷，他也不瞧瞧自己几斤几两？想做我儿子，呸！"他说了一通，又对谢璟冷哼提点两句，"你别以为小李子就是好欺负的，他在戏班里也打别人，他欺负人的时候，不比他挨欺负的时候少，但凡他跟你诉的苦，我劝你别信太多，除了挨揍，都是假的。"

谢璟道："宁为太平犬，不做乱离人，现如今世道乱了，大家活得都艰难。"

程班主阴阳怪气，讽刺他："你倒是心善。"

谢璟道："不是心善，是我欠他。"

"他不过是一个穷小子，身上撑死能藏几枚铜板，欠他？你能欠他什么？"

"我欠他三个铜板。"

程班主气笑了："三个铜板就能让你做到如此？小谢，你莫不是在寻我开心，这话简直荒唐！"

谢璟摇头："不一样，那是救命钱。"不管如何，那三枚铜钱圆了他上一世的一个心结，那天三枚铜板的芝麻烧饼，此生再也买不到了。

程班主不知想到了什么，脸色突然变得难看起来："我倒是没瞧错你，重情重义啊，小谢。"这一句几乎是磨牙说出来。

谢璟坐在那儿又伸出手指敲了敲八仙桌，肯定道："班主要的不是钱。"

程班主手里核桃收拢，眼睛扫过谢璟身后自发站成左右的两个大汉，又抬起来瞧他："小谢说这话就没意思了，我一个唱戏营生的，不要钱，要什么？我就算要出气，可它也不当饭吃，你说对不对。"

谢璟眉毛动了一下，神色依旧平淡："程班主既不要钱，总要划出条道来，让我明白您要什么。我近日学了不少道理，我瞧着您这里，并不是正道。"

程班主冷笑："不是又如何？"

"不是，就得改。"

东郊戏班被砸了。

没有一个人出去报官，因为没人敢从这栋戏楼踏出去。

老旧戏台连毯子带木板一起被掀起，摆台的旧家具也被砸了个稀巴烂，程班主被绑在台柱上，嘴里塞了帕子呜呜直叫，也不知是被口中的抹布巾子熏的还是哪里绑得太狠，叫嚷了半日，眼泪都流出两行，只眼睛瞪大着，满是愤怒。

戏班里都是些半大孩子，平日里被程班主那一根竹鞭子吓唬长大，早就没了血性，只余畏惧。

程班主被绑了，他们挤挤挨挨地缩在一处半明半暗的墙角，小些的想哭，被稍大一点的连忙捂住嘴巴，生怕哭声会连累到他们。

如今这些人砸了戏班，谁知道这沙包大的拳头会不会落到自己身上？

他们挨饿挨打，已变得极为胆怯。

有一个跟在程班主身边跑腿的，站在被砸了的戏班庭院里，他身边的一口养了莲花、金鱼的水缸被一枪崩破了个大洞，此刻正半塌着，半截残瓦碎缸汩汩往外流水。

那跑腿的被拎过来的时候，两腿抖得筛糠一般，裤子都湿了，拎他的大汉一松手，他即刻"噗通"一下软了腿脚跪下来："爷爷饶命，饶命，我就是他雇来的，戏班的事儿我一概不知啊！"

谢璟收了枪，叫了个戏班的学徒过来，问清这人确实无关，就让他走了。

戏班砸得差不多，谢璟站起身走到程班主面前，没有取出他嘴里的东西，没松绑，看着他道："程班主，我也不想闹得这样，只是先礼后兵，我客气问了，您不卖，那我也只能再同您讲一讲道理。"

程班主在这一带纵横多年，地痞流氓都见过不少，但从未遇到这么横的主儿，也没吃过这样的瘪，一时气得身子直挺挺往上蹿了一下，眼泪都冒出来，呜呜咽咽喊个不住。

谢璟道："我动手打你，是因为你也打了李元，你把人藏起来不说，那我就只找你。"

程班主瞪他。

谢璟眼睛眯起来，拿了一枚银元硬生生顺着程班主塞嘴的那团布又慢慢按了进去，程班主憋得脸色通红，谢璟道："你打他，我就打你，很公平。

"明日这个时辰，还是在这儿，我要见到人。

"人若没了，我敢保证你永远出不了青河县。"

从戏班出来，谢璟留了一个护卫，让他换了身衣服悄悄跟着，他熟知程班主的秉性，这人老狐狸一样，记仇，但胆子小。

方才他砸戏班，一半也是为了引他出洞。

按程班主的性子，又贪又狠，人不会放，钱也不会少要，最好是把李元扣住了一次次问谢璟要钱。狠的怕愣的，愣的怕不要命的，程班主再狠，也惜命。

白天受了如此惊吓，他势必晚上要逃，只要跟着他，就能找到一些线索。

这也是最快找到李元的办法。

入夜，戏班匆匆出来一行人，高矮各有一些，走到路口等了一辆马车，有些坐上去，另一些则跟在后面。

夜色黑，他们又披着戏服斗篷一样的东西，也瞧不真切，白家的护卫远远瞧见，一直跟到了桥头，把他们拦下来。上了马车掀开布帘一看，却是一帮半大的孩子，有两个脖子上支棱着纸幡，抖着身子瞧见他，吓得话都说不出来。

护卫扫了一眼，拨开几个孩子又看了一遍，脸色急变："不好，给他跑了！"他拎起一个小孩问了程班主去向，对方只知道摇头，再问上几句，语气急躁了些，连着吓哭了两三个孩子也未能问出半点消息。

另一边，一个穿着黑色戏服斗篷的"矮个儿"走到巷子阴暗处，慢慢地，斗篷就被撑起来。若是仔细听，还能听到骨头轻微"噼啪"爆开的声响，很快就变成了一个驼背的成年人身形。

程班主能一手带着戏班混上这么多年，手头也是有些功夫在的，他并不会所谓的缩骨功，但他天生骨头软，除了背上有个罗锅没有办法，其余的骨头都能缩得十来岁大小，再加上他披着斗篷屈膝快速蹲行，老远瞧着跟小孩子没什么两样。

他出来之后，很是小心，绕了几次路，又换了一身衣裳，去了东郊林中一座破庙。

破庙另有机关，入内之后有几处厢房，外头看起来青苔遍布，残破久无人住，里头却拿破布帘子遮住了木床与桌椅，还放了不少粮食堆积在这里。

李元就在其中一间厢房里。

他被绑来破庙已有两天，一直在这里关着，饿了几顿，倒还是有点力气，瞧见有人影从窗户那经过就呜呜喊人。他嘴里塞着破布巾子，胳膊腿细得没什么力气，但依旧使出吃奶的劲儿想求救。

外头的人推门进来，李元瞪大眼睛看着他，声音堵在喉咙里戛然而止。

程班主白天被谢璟教训了一通，对方有枪又有人，全是练家子，不过三个人就把他们那儿砸了个稀巴烂，他反抗也不是，不反抗也不是，戏班里那帮半大孩子半点用处也不顶，耗子见了猫似的只知道抖。

程班主此次前来的目的是收拾金银细软跑路，他白天时候是贪心，想着先出气，后勒索些钱财，可谢璟不按套路出牌，上来就砸场子！

李元尽量缩起身子降低存在感，埋头不吭声，只垂下的一双眼睛和往日不同，不再是胆怯，而是乌沉沉的。

程班主捡了几样值钱的东西放进包袱里，他今日受了伤，气不打一处来，正好一颗珍珠滚到李元脚边，他去捡的时候抬脚就踹了李元两脚，骂道："你这个扫把星！一点好事都没给老子带来，招来的净是灾星！"

李元侧了侧身，发出一声闷哼。

程班主尤不解气，拽着他头发往墙上撞了两下，李元身体轻，调养了半年依旧瘦弱，被撞了几下头晕眼花，但口中布巾松动了几分。

"你可知道今天谁来了？"程班主冷笑，"你昨日嚷嚷着的那个谢璟，还真打上门来了。"

李元猛地抬头看向他，眼眶湿润。程班主瞧不得他这样子，抬手捏住了他下巴骂道："老子好好的一个戏班都被砸没了，人也散了，最后就剩下这么点家当，回头就先把你送去老太爷家中，你也算走了运气，那边竟然还出三百大洋买你这么一条烂命。"

戏班年前就已撑不下去，彻底落魄了。

程班主打骂那些孩子，规定每人必须要赚够多少铜板才行，不论偷抢还是别的，拿不到钱回来，得到的就是一顿打。

再后来，戏班又有了一点活路。

班主挑拣着好些的孩子，把他们卖了。

什么脏活都做过，连暗门子都不如。

他们连个歇脚的地方都没有，狗一样活着。

李元就是活下来的那条狗。他苟延残喘，拼尽一切办法让自己活下来，却浑浑噩噩，不知道什么是"活着"。

程班主:“你知不知道，我说你是自愿去老太爷家中献‘还元汤’，他是什么表情?”

李元发出一声呜咽，眼睛像兔子一般赤红着，呼哧呼哧喘粗气。

程班主嗤笑:“当初不是为了一口剩饭，什么都愿意做吗，怎么如今怕了?怕小谢瞧不起你，哈?你也配!”他抬手想打李元两巴掌，但肩膀还有白天的伤口，扯动一下就痛得龇牙咧嘴，因此住了手。没打，但那双阴毒的眼睛盯着李元,“你说，如果我告诉他当初寇姥姥生病，他去当铺拿来的那两块银元，是被你拿走了会怎么样?”

李元猛地抬起头，双目赤红，他没有!

他做过很多错事，并非纯善，依靠本能活着，但他纵有千般不是，也从未对谢璟和寇姥姥动过一分一毫的坏念头!

谢璟骨头硬，性子烈。

程班主要他进戏班，也只能使些不入流的手段。

程班主眼馋谢璟不是一两日，他身边不缺孩子伺候，唱戏多年，他眼睛最尖不过，一眼就瞧出来谢璟是块上好料子。捧出一个角儿来，那可是多少戏班梦寐以求的事儿，有这么一颗摇钱树在，他的戏班就能在北地立足，甚至可以开到北平去。只是寇姥姥把这孩子当眼珠子疼，比自己的命还看得重，平日里一点办法也没有，好不容易等到老太太病倒，程班主才算等来了时机。

那日不管谢璟当了什么，拿了多少银元，他都带不回家去。

程班主找了地痞流氓一路紧盯，截下那份救命钱。

老太太不能留下。

她在，谢璟就不可能投奔戏班。

而让谢璟这块璞玉能心甘情愿投入，不撞得个玉碎瓦全，也唯有“报恩”这一条路。

程班主准备了二十块银元。

他一直等着，北地冬日雪大，他算准了老太太熬不过这一关，打算去给谢璟送奔丧钱。谢璟是孝顺的，等到那时，他替谢璟葬了唯一的亲人，这份大恩，谢璟断然不会不报，留在戏班也是顺理成章的事。

但程班主怎么也没想到，寇姥姥竟然熬过了冬天。

老太太活着，谢璟守着她哪里也不去，再后来也不知道从哪里求到了白家的差事，程班主不是没想法，他曾去围着白家高大院墙转了好几日，他舍不得谢璟这块肥肉，想抢但不敢动手。

等不到谢璟出府，戏班里接连折了几个孩子，连小李子这个他往日看不上的狗东西也跑了。

程班主心里窝火，一口气憋了半年没能发作出来。

他后槽牙都快磨碎了，但一时半会儿抓不到李元，那小子缩头缩脑的，平日看着驯服，却最会藏身，兔子精似的跑得贼快。他一连几次在青河县里模糊瞧见一个影子像是李元，连片衣角都摸不到就被他溜了。

程班主带了李元多年，知道这人胆小，但真到了生死关头还有几分狠劲儿。

兔子急了蹬人，这李元，怕是会红着眼睛啃人的骨头，喝血吃肉。

但程班主能抓到李元，也是因为谢璟。

李元这兔子精拿寇姥姥祖孙俩的家，当成了自己窝，守在窝边不肯离去。

盯上一段时日，总能寻得机会把他绑来。

程班主觉得这事儿大快人心，他白天在谢璟那受了多少屈辱，如今就加倍发泄在李元身上，揪着他头发问："谢璟最在乎老太太，你给他的那三个铜板和老太太的命，你说哪个更重？若我说你抢了那两块银元，他能信几分？总归信上五六分，哈，到时候那可真是狗咬狗，一嘴毛。"

李元奋力在布团中挤出零星几个字，喉咙嘶哑："你……不怕……口舌业，下拔舌地狱……"

"拔舌地狱，老子现在就拔了你的舌头！"

程班主骂骂咧咧就要动手，拿了一把尖刀冲李元脸上比画，还未落刀，就听见门外有人砰砰敲门，喊他名字。

程班主吓了一跳，后听见声音熟悉，这才打开门。门外站着一个肩宽厚实的汉子，胸前有道愈合后的长疤痕，看着凹凸不平，脸上也满是横肉，那人扛了一个麻袋，麻袋里微微动上两下，像是装了小动物。

程班主认得他，皱眉道："三子，你来做什么？"

那人叫程三，没家没业，做的都是刀尖舔血的买卖，体面不体面的都干，早年间程班主给过他一碗饭，这人磕头喊了干爹，改名姓程，是蛇鼠一窝的货色。他咧嘴一笑，进门把背上麻袋卸下，从里头抖出来两个小女孩，瞧着不过九岁左右的年纪，穿着一身红袄长裤，被反绑着手，哭成一团。

"干爹，瞧瞧，这可是上好的货，倚红楼那边要给十块大洋一个，我没卖，又带回来了，想着养两年等大些了更值钱。"

程班主赶紧把门关上，压低声音训斥他：“我说了多少回！青河县总共就这么大，你若是胡来，我们落脚的地儿也没了！”

“干爹别急，是生面孔。”

程班主这才收声。

程三过去喝了口水，瞥眼瞧见他的小包袱，问道：“干爹这是做什么？”

程班主道：“没什么，找样东西。”

“什么东西？”

“一个黄铜的小佛，就是年前让你在当铺盯着赎回来那个。”

程三径直走过去，弯腰在木床上掀开程班主收拾了一半的小包袱，见里头散落出不少金银细软，光金戒指就四五枚，一时眼里放光，他一边装作无意翻看一边道：“哦，那黄铜小佛，我知道，我帮您找找……”话音未落，嘴里闷哼一声，人软了下去。

程班主手里拿着黄铜小金佛，神情阴毒地站在他背后，佛像上还沾着血。

程三顺着木床滑下，后脑勺上一大块骨头都塌了下去，大片的血染透了他的衣领和身下的泥地，铁锈似的血腥味儿和一股尿骚味混在一起。

程班主胸口怦怦直跳，发了狠扔下手里的小金佛，紧跟着就去搜程三身上的银钱，果然找得几块银元。

他迅速收了包袱，略一犹豫，还是擦擦那小金佛的血迹，也塞了进去。

东西收拾好了，人却没急着走。

他把程三拖出去埋了。

再回来的时候，屋里绑着的三个人缩在两处。

两个小姑娘吓成一团，脸色惨白，她们年纪还小没见过血，李元那边却是垂着头，看不清模样。

程班主手里旧锄头还带着泥，一不做二不休，黑着脸就走到李元跟前。

门后边的那俩小姑娘亲眼瞧过他杀人，看也知道他要做什么，年纪小的那个没忍住哭了一声，声音细而软，幼猫求救一般，声音传到程班主耳朵里，他脚步顿了下，又转到她们跟前。

他蹲下身去看，把那俩孩子吓得直躲，没想到伸手的时候倒是其中一个护住了另一个，挡在前头。

程班主捏起她们的脸逐一看了，嘿嘿乐道：“我说为什么值十块大洋，原来是一对姐妹花儿。”他左右看了，俩小姑娘模样一样，连脸上的痣都一样齐整，难得的一对双胞胎，调教好了可远不只十块大洋。程班主心里动了下，拿了旧衣服给她们换上，想一并带走，两个小女孩被绑着不好脱，衣服拽下来大半，半露不露的，程班主一双手摸摸这个又摸摸那个，忽然就变了味儿。

他今夜杀了人，除却恐惧，还有一股说不出的兴奋。

眼前的孩子小，又被绑着，让程班主内心的占有欲和控制欲无限膨胀。

他上前推倒一个，旁边一直闷不吭声的那个小姑娘忽然尖叫一声，疯了似的拿头去撞，拿牙去咬，不让他靠近，被压在身下那个小姑娘也在哭，一声声喊着“姐姐”。

程班主眼里带着血丝，隔着绳子去剥她衣裳。

忽然他闷哼一声，软倒下去。

李元站在他身后，手腕上渗着血，手里拿着半块砖头。

程班主教过他许多手段，他一向学得很好。

李元用仅剩的力气咬牙拖开程班主，给那对姐妹解开绳子，年纪小点的妹妹惊魂未定，脸上还挂着泪，那个姐姐却是在被解开绳子之后，立刻就捡起李元刚放下的砖头，双手捧住了照着程班主脑袋狠狠又砸了好几下，她力气小，但人脑袋也不经砸，很快就流了一地血。

李元冷眼看着，他手腕抖得不成样，强撑着墙柱勉强站立。他饿了几日又一直被捆着，这会儿手上没有力气，不然方才也不会只砸一下。

他胆小。

他得确保这人死了，才敢放心。

小姑娘抖着手连砸数下，李元见程班主彻底不动了，开口道：“够了。”那小姑娘这才扔开砖头，和妹妹抱在一处哭出声来，两人皆是一身狼狈。

地上满是血，是谁的已分不清，程班主躺在那儿额角开了一个洞，血融进地上泥土里。他的小包袱丢在一旁不远处，黄铜小佛露出一角，金佛莲花法座立在血泊中。

李元脸色青白，脸颊那儿溅了血，看起来也没好到哪里去。他喘了一声，努力让声音清楚一些：“这里并不安全，木床上有一个包袱，里头有几件黑袍，你们一边穿上一边听我说。”

那两个小姑娘也不傻，事发突然，但她们敢还手就已证明有几分胆量。

木床上果然和李元说的一样，有几件黑袍，程班主和程三几人在这里做了老巢，夜里出没的时候多，黑袍也多备了几件。

姐妹两个换上衣服，姐姐刚才拿砖头砸人的力气用完，此刻手有些发抖，盘扣系不好，妹妹过去给她一颗颗扣好，帮着穿戴好了，这才去换自己的。程班主这里的黑袍都是给男人穿的，小女孩穿着衣摆拖地，她们卷起来缠在腰上又拿绳子捆紧，裤脚和鞋子因为沾了泥土，颜色遮住了些，也不怎么显眼。

“抓你们的人叫程三，他还有几个帮手，那些人个子高大，若是来了我们绝对跑不了。”李元哑着嗓子道，“你们趁现在快走，顺着破庙后门出去，有一条下山的小路，顺着一直走就能瞧见河，藏好了，路上瞧见任何人也不要冒头。进城之后，运气好在城门口就能遇到官兵，遇不到也不要在码头停，一直走，如果记得自己家在哪儿，就回家去，如果不记得……就往西边去找青河白府，求一个叫谢璟的人帮忙。”

两姐妹认真听着，等他说完就道：“我们一起走。”

李元摇摇头：“我腿断了，走不了。”

他的腿从被抓来的时候就被打断了一条，现在能站着，完全是在硬撑着一口气，如果倒下，一时半会儿想再爬起来都够呛。

李元从怀里掏了一个火折子给她们，叮嘱道：“你们出去，把院子里的枯树点着，那里隔着一道青砖矮墙，一时半会儿烧不到这边，但多少有个动静，能让巡山的人看到去报个信。”

姐妹两个接过，还想扶他一起走。

李元额上冒出一层冷汗，又急又怒：“如果想救我，就赶紧走！”

姐妹两个这才放开手。姐姐咬唇道：“你等着，我们去报官！”

两人走了几步，其中一个又折返回来，看头发被抓乱的样子能辨认出是方才那个妹妹，她一言不发，给李元磕了一个头，这才跑去追赶姐姐。

李元稍稍愣神，他这辈子卑躬屈膝惯了，还是第一次有人这样感激他。

胸口那里有点热。

又有点酸。

外头院子里燃起了火，火星子沾到枯树上一时间蹿得老高，发出“噼里啪啦”的声响。

火光晃动，映得室内忽明忽暗，呛人的浓烟隔着墙传来，热得惊人。

李元被头发遮住的脸上肌肉抖动，扭曲几分，之后归于一种古怪的平静，他不再激烈挣扎，而是积攒力气，半垂着的眼眸遮住里面涌动的黑色。

他一点点往前挪，走近那个小包袱。

咬牙扛着剧痛去捡那个包袱，一只手腕上还缠着未完全散开的麻绳，血浸透麻绳，已经和伤口凝在一处——他攥着碎瓷片一点点磨开绳子，也磨开了相邻的血肉。

手快碰到包袱的时候，终是伤了的腿支撑不住，倒在了地上。

李元抖着手把小包袱抓过来，也不管里头的金银细软，只找那一尊黄铜小佛，小心擦去佛像身上的血污，宝贝似的拢在怀里。

外头火光四起。

李元躺在那儿，半晌没动。

外头忽然有人声喧哗。

有人救火，有人在大声喊着什么，逐一找过来。厢房木门陈旧失修，被撞了两三次就掉了半扇，紧跟着就有几道身影冲进来，为首的人举着火把往四下照了一圈，大步往这里来，喊了他名字。

李元耳中嗡鸣，听不真切他在说什么，只瞪大眼睛看着那人，热泪盈眶。

是谢璟。

谢璟来救他了！

一个时辰前他还在拼命向人求救，但凡看到一个人影都不肯放过，但现在见了谢璟，反而发不出声了。他喉咙哑了，被火气和干渴弄得只发出几声粗哑声音，连喊一声都艰难，只扑腾着往那边爬。

李元努力仰头看他，睁着眼睛流泪。

谢璟走近了，看了一眼程班主那边，跟身后跟来的人说了一句“请官府的人过来”，随即又蹲下身来去检查李元的情况，其余都是皮外伤，只腿伤得重，右小腿那被打断了骨头，整个都歪了，拖在地上。

谢璟拿树枝给他捆上，勉强固定，找了人背他出去。

李元被送到马车上，谢璟很快也上了车，外头有人打着火把，很快送了他们下山。

这次的火光没有再让李元害怕，他半躺在那儿，从怀里拿出黄铜小佛递给谢璟，他喉咙已经被熏哑了，说不出话。

谢璟给他递了水袋，车里暗，等到接过李元手里的东西，声音才带了几分惊讶：“这是我卖给当铺的小金佛？你从哪里找到的，程班主拿了？”

李元点点头，哑声道：“是。”

不用他再多讲什么，谢璟就已明白事情经过。

谢璟脸色沉下来，半晌没有讲话。

李元喝了水，抿了抿唇，颤着声音道：“我……我没有……害姥姥。那日你被打……不是我……”

谢璟道：“我知道不是你，若你够那么狠，也不会落得现在这个下场。”他拧着眉，面沉如水，“我只是怪自己没有早些想到。”

李元捏紧了自己的腿，借着痛楚给自己力气，努力问道：“我给你的那三个铜板，你做什么了？”

“买了一个芝麻烧饼。”

“你救了我，不只一回。”李元眼里含着热泪，忍住哽咽，“早就够那个饼子的恩情，谢璟，你不欠我什么。”

谢璟没说话。

李元又道：“我肩不能扛，手不能提，你留着我没什么用，这些天我也想过，这次回去之后，我就走。”

过了一阵，谢璟道：“不用对我有用，活着，对得起自己就足够了。”

李元被谢璟送回寇姥姥住处养伤，还是原本的那个小单间。

他这次伤得重，需要将养两三个月才能下床走动，原本大夫还怕他夜里发高烧落下什么毛病，给留了几服药，但李元命硬，硬是挺过来了。他身上的皮肉伤也好得很快，等几日脸上褪去淤青痕迹，又是之前那个细胳膊细腿的单薄模样。

谢璟这几日在外跑动，一直没能回家。

程班主的事儿闹得大，连白容久都惊动了，特意从黑河回来了一趟。

程班主的那个干儿子程三，同伙并不只一人，而是足有五六个。他们占了山上的破庙，从四处掠劫幼子，有些是乞儿，有些是好人家的孩子，被卖出去的不知有多少，光从破庙里挖出的尸骨就有十余具，其中包含程三本人的。

当地官员年初的时候就被省府督察发了电报，让他们黑河剿匪，如今兢兢业业在黑河围剿了小半年已颇见成效，谁承想青河县又出了这么一帮匪徒。

谢璟那日派人盯梢，一跟丢了人，转身就报了官。

青河县的官员一听是白家的人，哪里敢怠慢，连夜带兵上山剿匪，那伙人本就是些拐子，与打家劫舍的麻匪不同，很快都被拿下。

白容久去处理官面上的事，谢璟抽了点时间，回了趟家。

东边小厢房。

李元正在陪着寇姥姥一起打络子，瞧见谢璟进来抬头看着他，想说什么。

谢璟先开口："姥姥，您帮我做碗炝锅面，我早上跟着九爷去当差，出来得急，只喝了两口水。"

寇姥姥一听立刻就去了，谢璟最爱吃她做的白菜炝锅面。

等老人走了，谢璟道："程三死了，程班主倒是还活着，但搬下山之后神志不清，勉强吊着一口气罢了，估计也审问不出什么话。九爷说你的腿还伤着，让那边宽限两日，到时候找你去问话有什么就说什么，戏班里那些孩子也救出来了，说法都差不多，已做了笔录。"

李元点点头，开口想说话，谢璟递了一份东西给他，打断道："我知道你想说什么，但在我这儿账不是这么算的。人快饿死的时候，那一张饼是救命粮，你当初给我一张饼，我还你一份吃饭的本事，这样才公平。"

李元愣了下，低头去看谢璟递过来的，那是一套伙计穿的蓝色粗布褂子，还有一份契书，他只看了立契人就忍不住红了眼眶。

上头写的是寇姥姥。

谢璟道："姥姥是个闲不住的人，我也不想一直把她养在家里闷出病来，正好手里有点闲钱，打算做点小买卖。我雇你当伙计，或者叫账房也行，姥姥不识字，你多替她看着点，赚多赚少说不好，但总归不会饿着你，饭管饱。"说完又补充道，"若是有什么不会的尽管来问我。"

他跟在九爷身边多年，抽空帮着管理一间小铺子并不是什么难事，伙计、把式、账房，他当初都跑过，业务熟练。

李元傻愣愣地看了那张纸半天，抬手使劲抹了一把泛红的眼睛。

他按谢璟说的，在上头认真签了名字，按了手印。

直到此刻，他才觉得手腕一轻，往日那副束缚他的枷锁全部解开了。

他手腕上还缠着白纱布，很疼，但也很痛快。

他借着这份疼，敞开哭了一场。

这是他最后一次哭，往后的日子，再也不会哭了。

第九章 石虎之谜

那两个小女孩也被找到了。

她们那天穿了黑袍一路小跑下山，天色未亮，不敢进城。

两个人抱着取暖，瑟缩着等天亮之后才把这身黑袍子脱下，跑回城中。

姐妹俩姓林，并不是本地人，是随着父亲从天津来青河县探亲的，她们记性好，竟然凭着记忆顺原路找回了亲戚家中。她们的父亲是一位西医，只得她们两个孩子，家中没有其他亲人，姐妹俩丢了两日，林父已经找疯了。当地那家亲戚也算得上是有些名望的乡绅，在听得小姐妹两个的哭诉之后，一时间愤慨之极，闹去官府，一定要严惩匪徒。

不用他们说，青河官员也定要严惩。

年初的时候上头再三交代，剿匪要彻底。破庙这帮人往枪口上撞，自然死有余辜。

程班主被砸破了脑袋，有些痴傻，只能发出一点微弱声音，另外几个审问之后狗咬狗，交代出来的东西只多不少。这伙人很快就被判处枪决。

下午的时候林家父女到访，那位林医生一身长袍打扮，手里提着一个医药箱亲自登门拜访。

李元一直紧绷着身子，他不懂西医，不知道这位拿着稀奇古怪工具的林医生，能不能透过蛛丝马迹看到他身上那些难以启齿的伤。

林医生只是外科医生，显然并不具备透视能力，他仔细检查之后笑着道："康复得很好，你的腿比其他人的瞧着更结实，正骨也没有出差错。这样，我先帮你打石膏，之后拆了石膏就能慢慢用拐杖走路，几个月包好。”他一面开了消炎药，一面对李元宽慰道，“人的骨头自我修复能力很强大，打断之后的地方恢复好了，会比之前的更坚硬。”

李元有点惊奇：“是这样的吗，其他地方的骨头也是？”

林医生点头：“是啊，所以你不要有太大的心理负担，我会一直在这里给你治疗，等你康复为止。”

李元笑了一声，道：“那我肯定恢复得很快。”

林医生在看过李元之后，顺便给寇姥姥也诊治了身体。

寇姥姥身上除了一些老年人常有的小毛病，其余很健康，之前大病伤了的元气在这半年里将养过来不少，就是最近膝盖疼。林医生给她开了一点消炎药笑着道：“老太太身体很好，每天多出去晒晒太阳就好，其余也没什么要紧的，只是膝盖不能再背负重物，要多注意呀。”

“嗳，知道啦。”

谢璟站在一旁听着，添茶倒水。

林医生还有事，没有久留，很快就要走了。他去隔壁间找小姐妹的时候，隔着门板就听到那两个女孩在叽叽喳喳地跟李元说话，像是两只声音清脆的小黄莺。林医生敲敲门，微微推开一点门喊女儿：“知非，知意，咱们先回去吧，不要打扰病人休息。”

双胞胎姐妹一人手里拿着茶碗，另一人手里正在剥橘子，听到林医生这么说都放下来。其中一个把橘子放在李元手中，看着他笑道：“李元哥哥，我们先回家去，等明儿再来陪你解闷。”

李元道：“我不闷。”

另一个就脆生生地接口道：“那我们就照顾你，爸爸是医生，教了我们好多呢！”两个人也不管李元回答，一溜烟跑去门口，跟着林医生走了。

谢璟听着外头安静下来，才去了李元那屋，见小单间里都被收拾干净，挑眉道：“我以为她们跟着林医生只学了医术，别的并不擅长。”

“她们姐妹两个母亲早逝，被林医生一手带大，平日里林医生还要去诊所工作，家里都是她们打扫整理的。”李元把那枚剥好的橘子让给他，“你吃？”

谢璟摇头，李元就自己慢慢吃了。

谢璟问他：“甜吗？”

李元摇头，茫然道："青皮的，不算甜。你要吃甜的吗？我一会儿用热水去去涩，晚上能有甜一点的。"

谢璟倚在门口仔细想了半晌，他还从没被人伺候过吃穿。尤其是这样剥好的橘子，记忆里只有他给九爷剥过，有时候九爷还会故意拿没去皮的新鲜桂圆放他嘴里，谢璟那会儿刚在爷身边伺候，还摸不清九爷脾气，也不敢反抗，就心里堵着一口气带壳咬了一下，然后就被九爷用手指从嘴里挖出那颗带着牙印的桂圆，笑上半天。

谢璟一直都在琢磨九爷那会儿是什么心思。

难得李元有个剥开了的橘子，他就张口问了。

但李元还不如九爷。

谢璟心想，至少他剥的橘子九爷从来没说一声酸，都面不改色地吃掉了。

李元能拄着拐杖下床走动的时候，青河官府那儿张贴了告示。

从年初到现在，官兵一共抓了五十七名土匪，现公开枪决。人已痴傻的程班主也在其中，被押送刑场的时候还被人认出丢了菜叶烂鸡蛋，他瘦得皮包骨一般，若是还有一丝力气，定然不想活到如今，这段日子简直生不如死。

处刑那天，谢璟远远站在高处看了，并看不真切，只听得几声枪响。

谢璟勒马从山坡高处挪动几步，安抚受惊的马，他眼神盯了那个方向一会儿，待那处归于宁静，才调头回去。他从今日开始便和过去走的是两条路，前尘往事，再无瓜葛。

白府，东院。

白容久在屋里正在找书，坐在书桌前翻来覆去，眉头拧起，他瞧见谢璟进来招招手："你来得正好，我昨天看的那本书不见了，里头还夹着……"他话还没说完，就瞧见谢璟钻到他身前一弯腰的功夫，就从书桌下头缝隙里拾起一本线装书，看封面可不就是他要找的那本。

白容久抬手翻翻，从里头找出一张单子，笑道："我就找这东西，昨儿和账房先生核对了半天，就差它了。"

白容久又开口道："说点有趣的事儿吧，今天回家都做什么了？怕是肚子又吃得滚圆才回来。"

谢璟摇头："家里的小金佛失而复得，但是莲花座被磕坏了一个角，姥姥现在忙着到处找工匠呢，饭都没来得及做。"

九爷道："你信佛？"

谢璟认真想了一会儿，道："我以前不信，所以遇到神佛都拜，我写……我看过很多经书，跟它们都求过。以前教我的先生说'尽信等于不信'，但我还想试试，万一能被听到，或许就会再给我一点机会。"他那时求的不过是托梦而已，压根没想过会有今日。

白容久："现在信了？"

谢璟犹豫一下，还是摇头。

白容久笑了一声，问他："这也不信，那也不信，你到底信谁？"

"我以前听过一个故事，有人去观音大士座前求愿，却看到菩萨自己在拜自己，上前问道，观音大士道：'求人不如求己。'"谢璟讲完，顿了一下道，"爷，我信自己。"

白容久听说过寇姥姥当初病重的事儿，知道谢璟独自一人劈开一条生路，安抚地拍了拍他手："以后都会好的，你很勤奋，遇事儿也处理得很好，另外记住了，万事不可强求，量力而行。"

"嗯，要是我遇到自己也办不到的事，我就回来求人。"

"求谁？"

谢璟没说话，转头过去看他，黑亮的瞳仁里只倒映着白容久，答案呼之欲出。

白容久瞧着旁边坐着的少年眸子发亮，含着隐隐得意，大约这孩子觉得自己已够含蓄，在白容久瞧来，谢璟似有了依仗在炫耀什么一般，得意得尾巴都恨不得摇起来。

"过来。"

"爷？"

白容久没说话，低声笑着揉了他脑袋一把，把那软乎乎的头发都弄得蓬松，还翘起来一撮儿。半晌之后白容久对他道："不用买什么金箔，你不懂这些，过两日我和黄先生过去瞧瞧，他对古董一类颇为精通，让他给看看如何修复。"

谢璟有点惊讶："爷也去？"

白容久手指敲敲桌面，学他惊讶："怎么，就兴你每天来我的东院，不许我去看一眼你的小东厢？"

谢璟抓抓头，他那边比较简陋，家具都没几件，他一边嘴里答应下来，一边琢磨着趁今天不值夜，傍晚时候就要出府去买些木椅板凳才好。

两日后，白容久和黄明游一同拜访，随行还带了一位金匠，背了厚重的工具匣子，垂手站在一侧。

小东厢收拾得窗明几亮，堂屋八仙桌两侧放了两把崭新的木椅，桌上擦干净已摆好茶水和两盘干果，显然是精心为客人准备过。

白容久坐在一旁喝茶，而黄明游则客客气气地麻烦寇姥姥把那尊小金佛请出来。

寇姥姥抱着黄铜小佛出来，铺了干净的一层手绢儿，才把它小心放下，感激道:“有劳先生了。”

黄明游围着佛像转了两圈，手里捏着胡须，努力斟酌措辞:“这个……这个佛像，可是老夫人花重金购入?”

寇姥姥道:“当不得‘老夫人’三个字，不过是个庄户人家，先生喊我一声寇姥姥便是。”她看了那小佛，眼里带着慈爱，感叹了一声，“花了多少我也不大清楚，这是我曾经服侍过的一位小姐送的。小姐心善，送了好些东西呢，只可惜我带着璟儿一路奔波，好些都在路上变卖了，只剩下这一件，我舍不得卖，随身带了十多年啦。”

黄明游说话更小心了，一双小眼睛看看小佛，又看看寇姥姥，又问:“那敢问姥姥和那位小姐的感情如何啊?”

“小姐是天底下最好的人，她待我极好，说是恩深似海也不为过。”

黄明游沉默片刻后，咳了一声道:“这佛像做工精良，实数上乘佳作，不急，让我再瞧瞧。”

谢璟端了一盘刚切好的西瓜放在桌上，一边抬头去瞧黄先生，嘴角扬起来一点又很快恢复如常。

他昨天也仔细研究过那尊小佛，他幼年时经常陪着寇姥姥跪拜，倒是记得几分，但是这么多年过去还是头一回再握在手中，佛像已经和记忆里被香火烟气环绕的样子不太一样了。这小佛是仿宋的构造，但料是新的，并不值什么，只是一份念想寄托罢了。

白容久拿了一块递给谢璟:“给你吃。”

谢璟习惯性接过，捧在手里吃瓜，看黄先生怎么糊弄老太太。

黄明游经常吃寇姥姥做的菜，这会儿不好随意开口。如果是花钱买的也就罢了，他还能教寇姥姥如何分辨，以防下次上当受骗，但这偏偏是恩人送的。

黄明游犯了愁，可那小佛的工艺水平落在他眼里实在是太粗浅了，想夸都得使劲绕着圈找优点。

黄明游搜肠刮肚想了一番之后，终于挺着小肚子开口赞美道："老太太您看这边，佛像肉髻，额广颐圆，身后为形状少见的葫芦形背光，啧啧，依我翻看文献多年的经验来说，这是典型的北宋铜器。"

寇姥姥惊讶："北宋铜器？"

"对，但也不全对，这北宋佛像多为铜石瓷金木，而且儒佛糅合，风格独特。你再看这里啊，这材质用的也是新的，应当是集先人和当下之大成……"

谢璟嘴里的瓜差点喷出来，连咳几声。

黄明游谈古论今，背了一串书，也不等寇姥姥再问，立刻就喊了金匠过来："来来，这个金莲底座，瞧准了修，我看过了，没什么问题。"

那金匠只是干活的，刚才听到黄先生那一大段，已经对小佛肃然起敬，此刻顾虑重重，不敢上前："先生，我就是一个手艺人，可我从没修过这么贵重的宝贝，这万一要是给弄坏了，小人赔不起啊。"

黄明游吹胡子瞪眼："怎么会坏，它是个铜的，你平日里都修的什么？"

"回先生的话，小人平日里只修些金银首饰，那些都是俗物，即便坏了熔了再打就是，您这——"

"照着你以往的做就行，加补莲座也不是什么难事。"

金匠颤颤巍巍地走过去，捧着那小佛小心翼翼地修补。

修补的时间慢，寇姥姥看了一阵，也不懂这些，就去准备饭菜留九爷他们一行人吃饭。黄明游自然乐意，觍着脸还点了一道"铁锅炖大鹅"，他来的时候都准备好了，特意掐着饭点让人送了食材过来，如今雪白的大鹅刚好送到寇姥姥厨房中。

黄明游瞧了一眼匠人，看着还有一段时间才能修好，又转头问白容久："这边估摸还要等到晌午，不如我们杀一盘？"

白容久沉吟一下，道："下棋倒也无妨，就是我和先生棋逢对手，恐怕一时半会儿也下不完。前段时间我听小璟儿说他对棋道颇为向往……"

谢璟没等他说完，立刻提着半空的茶壶道："我去厨房帮姥姥做饭，看看鹅好了没有。"

白容久喊他一声，跑得更快了。

黄明游坐在椅子上看着谢璟背影，美滋滋道："你瞧，这孩子还害羞上了。小谢什么都好，就是太腼腆，他呀，太敬畏我了，跟我都不大亲近。"

白容久点头道："是，不过腼腆些也好，比季良好些，他一来就吵得我头疼。

季良是白明禹的字。

黄明游也呵呵直笑，一边喝茶一边摇头："一个性子跳脱，一个就太稳，要是两个人合在一处就好了。我瞧着二少爷也是棵好苗子，虽然读书不成，但心眼灵活，而且为人忠义，您是没瞧见他在学堂里一呼百应的架势，他要是哪天逃课，族学里得空了一大半，都跟着他跑呢！"

小厨房。

谢璟帮着寇姥姥择菜做饭，转悠来转悠去，就是不想回堂屋。

寇姥姥催他好几遍，不让他这么怠慢贵客，谢璟这才一步三挪地走回去，快到的时候还特意从窗户那边张望了一下，瞧见八仙桌上没有棋盘才进去，用手里刚提来的一壶热水给两位爷添水续茶。

八仙桌两侧，白容久已经把话题岔远了，谈到了宋代的佛教。

黄明游一肚子学问，知无不言，言无不尽，正史野史都颇为精通："说到这北宋佛像金身，那可就不一样了。传闻当年好些得道高僧圆寂的尸骨被封在其中，骨骼皮囊俱在，后世有人无意中得到，特意上报。明史中记载有例可查，只是上头写的不完全和民间传闻一样，金佛半残，可以窥见一二，皮囊尚在，却以经书为骨填充，一碰即为齑粉碎屑，只能勉强辨认得出上面几个字，因是金粉写得，故而再见天日的时候耀目如新……"

他这边说着，那边金匠也不知道碰了哪里，佛像金莲法座忽然松动，"哐啷啷"一声落到了桌上，紧跟着佛像内部掉落出石块大小的东西，滚在地上，被阳光照得刺眼。

那金匠吓了一跳，一下就冲着佛像跪下来，嘴里喊着"佛舍利"，不住地磕头。

黄明游立刻起身，三两步走了过去，先是看了一眼，接着就掏出一方手帕把那小石块捡起来，隔着手帕擦了几下，皱眉道："不是舍利，是涂了金粉。"

白容久和谢璟也走过去。谢璟不如他们二位懂得多，因此只陪在他们身边听着。

白容久和黄明游探讨几句，却只见黄明游压低了声音，沉吟片刻道："小谢，去取一碗清水、一碗糨糊、一把匕首来。"

这些小厨房都有，谢璟很快把东西拿来。

黄明游又从金匠的匣子里拿了细砂纸，小心一点点恢复原貌，上头不止有金粉，还有青苔，底下的东西被遮挡的原貌一点点显露出来，竟然是一只小石虎，昂首挺立，张口咆哮的模样都雕刻了出来。

黄明游拿着左右看了，皱眉道：“奇怪，这东西倒是上了年份的，你们看看。”他把东西连同手帕一起递过去，让白容久和谢璟一同看了，“佛像不是北宋的，但这石虎至少有一两百年的光景，我一时还看不出它的来历，需要再瞧瞧。”

谢璟看完之后，又转身去看佛像掉下来的莲花底座，上头空无一字，又拿起小佛仔细看了，严丝合缝，并没有其他印记。

白容久过去帮他看了一遍，道：“确实没有其他物件了，这地方应当是后来挖空从莲花底座塞进去的，”他指了痕迹给谢璟看，教他辨认，“这里有一道暗缝，但被莲台包裹住，除非破开莲台，否则是看不到里头的东西的。至于那枚石虎，如果你放心得过，就让黄先生拿去帮你再看上一阵。”

谢璟道：“当然信得过，还要多谢先生帮忙解谜。”

黄明游一连看了好一阵，啧啧称奇。他拿那只小石虎对着阳光瞧了片刻，除了摸着有些粗糙硌手，一时半会儿也没看出什么。

黄明游除了学术，就是对古董痴迷，因为揣着一个谜团一样的物件，一时半会儿吃饭也不香了。

寇姥姥听得佛像里头还有东西，有些惊讶，但在知道是一只小石虎的时候神色茫然，犹豫道：“这……就算是小姐放进去的，那璟儿属马，应该放只小马进去呀。”

黄明游听得她这么说，乐了：“九爷倒是属虎，但不是这么算的，我瞧着它模样总觉得有几分熟悉，还得再细细探访古籍。”

黄明游在寇姥姥这里用过午饭，就拿手帕包裹住那块小石虎，连同佛像一起带回去打算仔细研究。临走的时候黄明游还喊了金匠同行，对寇姥姥保证道：“待我研究完，一定完璧归赵，保准儿修得跟您以前拜的一个模样。”

金匠诚惶诚恐，肩上担子很重，苦着脸并不是很想跟黄明游同去，被拽着出门了。

白容久在这里吃过饭，便回去，谢璟随同一起离开。

路上的时候，白容久问他：“你对家里人可还记得什么？”

他说得委婉，但谢璟听得出，笑笑道：“爷不用担心我，我从小跟着姥姥，打从记事起就没有见过父母。姥姥很少提他们，偶尔说起我娘，说我娘是个大善人，性格好，人也聪明，我背书快是随了她。”他顿了一下，又低声道，“姥姥她从一开始就跟我说了，她说我在这个世上已没有亲人，但在我心里，姥姥就是我亲人。”

白容久见他低落，手中折扇晃了晃，轻轻敲了他脑袋一下。

谢璟愣了下，就被白容久牵过手，那把折扇落在他掌心。

“以后有我。”

白府到了，马车停落。

白容久先行一步，下了马车。

谢璟低头看着折扇。这是九爷的新宠——刚收来一段日子的名家折扇，扇坠是拇指大的橄榄核，上头雕了十六童子嬉戏图，只这一枚，千金难求。

他没看那枚核雕，只是握着感受上头前一位主人的温度，又抬头看看犹在晃动的车帘，心口发烫，那份热度一直蔓延往上，眼眶微微发热。

黄明游拿了小石虎回去边翻看古籍边研究，一时半会儿没什么进展。

另一边，黑河酒厂则进展顺利。

从初夏至今，新老厂房合并之后，原来那些伙计已经逐渐学会使用机器，开足了马力，最大的时候一昼夜可制造白酒三百余桶。

酒厂用的是大木桶，一桶白酒五十斤重，算下来便是一万五千余斤。

要是这样生产三个月，比之前整个黑河所有商号全年的酒加起来还要多，众人兴奋至极。

黑河本就是一条方便水路，上游左岸有小岛，可做停放船只的天然船坞，这一来不仅方便了酒厂原材料的进出，更是为对俄国销售产品提供了方便途径——这么多酒，也只有俄国人能全盘吃下，他们无酒不欢，尤其喜欢烈酒。

酒生产出来不难，难的是卖。

白家同边境港务局的官员熟悉，几番商谈之下，竟同意一同出发去对岸的俄国商贸小城访问。

这次出行不同平时，一切从简。白容久斟酌挑选随行的人员，除了带上包含张虎威在内的三名护卫以外，余下的只带了一名精通中俄两国语言的翻译，以及一位经营酒厂多年的管事。俄国人的贸易同其他国家不甚相同，他们交易只认人，不怎么认厂，白家在黑河的三家酒厂合并，名字自然也全用了省府的名号，带一位常年同洋人打交道的管事过去，也方便许多。尤其是这管事对交易诸事十分熟练，俄国话也会说上几句，忙起来也可充当翻译。

谢璟帮着收拾行李，有些不舍。

白容久瞧出些许，临走之前给谢璟找了个差事。

被带来的是一帮孩子，大约有十来个，最大的估摸着九岁，小的六七岁左右，穿着补丁衣裳，统一剃了光头，小和尚一样被推到谢璟面前。

白容久道："这些是破庙结案时救出来的几个孩子，我这次大约出去一个多月，想着你左右无事，就把他们托付给你。"

谢璟问："爷要留下他们吗？"

白容久看他一眼，不答反问："人是你救的，去留凭你。"

白容久带队远行，青河白家一切照旧。

只除了谢璟。

谢璟看着眼前一帮光头"小和尚"眼生得很，一个有印象的都没有，还是东院一个叫王肃的护卫过来给他解了惑。

"小谢你忘了？那天你让我留下在戏班门口盯着，说那个程班主要跑，我远远瞧见他们一帮人上了马车就追过去，结果掀开帘子只看见这帮小孩——就他，脖子后头插了两根竹竿，撑着一件黑袍一路小跑，跑得贼快，我还当是那班主，好家伙，给我追了一路！"王肃指了其中一个大点的孩子，那孩子听到吓了一跳，直往人堆里躲，看都不敢看王肃一眼。

谢璟这才记起："原来是他们。"

王肃道："之前官府送来一袋银元，九爷让给他们一人几块银元，拿去分了。这帮孩子们刚出府没一会儿，就有几个被人抢了钱，他们里头有人还算机灵，带着往府里跑，靠近大门之后果然没人敢再来，他们就在门口磕头，说什么也不肯走，就让他们先躲两天，给口饭吃。"

谢璟："九爷让的？"

王肃："哪儿啊，九爷那么忙，哪顾得上这些？是府里二少爷逃……那啥，提前了两个时辰从族学回来吃晌饭，刚好瞧见，就收进来了。"

谢璟："……"

提前两个时辰，那不叫逃课叫什么。哪有早上刚出门就绕回来吃饭的。

谢璟揉揉眉心，又问："他们现下住在哪里？"

王肃道："就住在杂役房，找了一个大通铺，现吃饭扣的是二少爷的月银。"

谢璟好奇："二少爷这么好心？"

王肃犹豫片刻，压低声音道："也不算，这帮小孩一进来就给二少爷磕头，手里头还有银元的全拿出来给二少爷了，说起来，二少还赚了十几块。”

谢璟：“……”

白二亏心不亏心，这钱都赚。

谢璟看了这群小孩，开口道：“你们大师哥是谁，站到第一个来，后面的依照高矮排序。”

一群小孩小声说话，但没一个站出来。

谢璟又道：“若大师哥不在，就选一个出来，把队排好，速度要快！”

大约是谢璟脸上没什么表情，这帮小萝卜头格外听话，很快就推了一个出来打头，其余一个挨着一个排排站好。

谢璟瞧了一眼，打头的刚好是王肃之前点名的那个机灵些的：“你叫什么？”

“白糖糕。”

“二少爷取的名儿？”

“嗯。”

谢璟问过去，清一色全是点心名，白糖糕、萝卜糕、海棠糕全出来了。

谢璟头疼，对他们道：“这名字太难记，我只取你们头一个字喊你们。”

一帮小孩纷纷点头，只白糖糕因为撞了府里的姓，被喊做“小糖”。

谢璟在他们跟前来回走了两趟，一帮小孩仰头看他，视线随着他来回移动。有两个年岁小些，两颗小光头“咚”地碰在一处，顿时两人都疼得皱起小脸，憋出两包眼泪在眼眶里转悠着不敢掉。

谢璟站定，视线落在他们身上：“今天上午集体上课，下午考试，不管是今天现学的，还是过去学到的，全拿出来给我瞧瞧，想留下，全凭你们自己本事。”

上午，谢璟先教了他们十个字以及最简单的算术，吃过晌饭也没让休息，让王肃帮着训了一下操，一套长拳打下来，竟然全跟上了。

谢璟给了他们一个钟头的休息时间，之后便是考试。

十个字，能记住一半的已是好的。算术，算下来正确的只有两三人。

那套长拳开始考试的时候，王肃站在前头刚想喊开始，就看到打头的那个小糖站了出来，颤颤巍巍地走到队伍前头中间的位置，然后蹲好了马步，准备起势。

王肃道：“开始，第一式！”

小糖站在前头，嘴里喊了一声，后面的孩子跟着他开始做。

从第一式，一直到整套长拳打完，小糖都没出错。

他动作没错，后头那些孩子便不会出错。

大约是怕惹恼了眼前的管教，小糖又带头翻了几个跟头，后头的孩子们别的不会，也唯独会这些，跟着也翻起来，还有做正反卧鱼的，都不惜工夫。他们在戏班的时候学了不少动作，每个人都被打了无数次，又是身骨软的年纪，这些动作最为灵活。

他们没有再像那天一样跪在白府门外苦苦哀求，谢璟指了一条路出来，他们就咬牙去拼。

谢璟看了那帮小光头，倒是莫名有些好感。

王肃一个粗壮汉子倒是比谢璟还容易感动，在一旁压低了声音求情道："小谢，要不然让他们过了吧？"

谢璟微微点头，冲那帮孩子们喊了停，一群小孩额头顶着细密汗珠，眼巴巴看过来，小糖退到他们当中，也抬头看着，他脸上滚了汗下来，和刚才在地上扑腾沾上的尘土混成了两道泥印子。

谢璟心里有数，对他们道："从明天开始，你们每天早上来东院找我，我带你们学本事，至于吃饭，依旧找二少爷院子里领。"

小糖鼓起勇气问道："我……我们可以留下了吗？"

谢璟摇头："现在还没定，一个月后再考一次，通过了才行。"

一帮小孩稍微松了口气，一个月，好歹这个月有地方住，有饱饭吃。

白府后头有一个闲着的戏园子，建在湖心亭子里，之前还在家中听堂会，因为白家老爷和大少爷都不怎么喜欢听戏，只喜寿日才在家中叫堂会，慢慢也就空出来了。现在大多在外头剧院订包厢，家里这处一向没什么人去，连二少爷逃学都知道往剧院包厢里跑，不会来这荒凉地儿。

谢璟带了李元过去，在戏园子里教那帮小孩排练猴戏。一帮小孩虽不知道为什么又开始排戏，但都很听话，给口饭吃，就认认真真翻跟头。

谢璟站在一旁看他们，李元坐在一边石头上，也在瞧着。

谢璟问他："里头有认识的吗？"

李元道："倒是能认出两个，但也叫不出名儿来。他们跟我不是同一班，应当是班主从其他戏班买来的，瞧着基本功还算扎实。"他点了其中几个，指给谢璟看，"这几个好一点。"

谢璟点点头："是不错。"

李元说完又有点犹豫："要不还是找个师傅来教吧，我之前唱旦角，水袖什么的倒是还行，猴戏不成。”

“已经找了。”

“谁？”

“玉成社尚玉楼，尚老板。”

李元吃惊不小，手里拐杖都握紧了：“省府那位尚玉楼，尚大家？你怎么认识他？不是，怎么还能请到那位真神？”但凡北地学戏的没有不认识这位的，尚玉楼戏好，是公认的数一数二的名角儿。

谢璟笑道：“我不认识他，不过他下个月要来白府，给白老爷子祝寿。”

李元恍然：“我懂了，你是要排一出戏，然后堂会那天拿去恭贺白老爷子，讨个彩头……也不对啊，那和尚大家有什么关系？”

谢璟道：“玉成社没有武生，尚玉楼唱老生和花脸拿手，武生全靠当地武行借人，这里有现成的一群小猴子，他不会不用。”

李元有些迟疑：“那若是尚老板他自己从省府那边租借了武生带来呢？”

谢璟果断否决：“不会。”

尚玉楼那人铁公鸡一只，一枚铜钱掉在地上都要扒开砖缝去找，从省城一路过来数日奔波，要他补贴武行那些银钱，他才不肯。当年他跑武生，去的最多的就是尚玉楼那边，那位恨不得掐着怀表算时间，只是尚玉楼对武生也算关照，知道武生们要卖力气演出，每餐都会特意加些肉。至于尚老板本人，则跟着一起吃大锅饭，米饭里有勺肉汤都美滋滋。

尚玉楼不抽不喝不嫖不赌，生怕坏一点嗓子，这位尚老板每日比其他人多的也只有开场前一碗粥，润润嗓子。

谢璟就没见过唱戏那么好，还能把自己唱那么穷的一位。

李元虽还有疑惑，但谢璟这么说了，他就没再多问，只坐在一旁指导那些小光头。到时候上了妆，带上猴儿帽，就瞧不出是小光头来了，如今这么一个个满地滚倒是还有几分活泼可爱。

过了一会儿，谢璟忽然开口问道：“现在让你看戏，行吗？”

李元反应片刻，眼睛瞧着谢璟猜着他的意思答话：“还行，其实唱戏也不是全部是苦的，我瞧见他们，就想起我小时候了，那会儿我还常溜出去找你摘榆钱。”

谢璟不擅长安慰人，拍了拍他肩膀道：“你命大，以后的好日子还长。”

李元只恨那半块砖头没早两年砸下去，听到谢璟安慰的话，小心藏起心里那一点锋利的爪子，跟着道："是，以后的好日子长着了，过去都过去了，现在和以后才是要紧的。"

谢璟对他这么快振作起来很满意，李元比他想的要坚强许多，能走出来才能享受当下，不委屈自己。

李元留神看着谢璟的反应，眼睛追着他，谢璟笑，他就跟着露出一排整齐的牙齿笑。

李元觉得这样可真好。

像是站在最前排——不，就蹲在戏台的一角，一边擦着细柱栏杆，一边抬头就能瞧见一身银甲的角儿站在正中央，心里有种说不出的满足。

他见过最好看的角色就是赵子龙，亮银枪，凤翅盔，一身白袍铠甲，少年英雄，战无不胜。谢璟就是他心里的"赵子龙"。

谢璟不便露出自己懂戏的模样，让李元留在这里指点，自己回去给黄明游送饭。

黄明游自从九爷一行离开青河县之后，更是待在家中，连东院都不来了。他从省府来的时候带了三辆马车，车上装的都是书，如今落脚之地只留了一张床铺和书桌的位置，其余地方全部安置了书架。之前书桌上还能供人喝茶对弈，此刻不论桌上还是铺着毯子的地上，全堆满了书。

黄明游就坐在这堆书里，一手拿着那只石虎，一手不住翻书，放下一本又立刻拿起另一本，他瞧见谢璟过来立刻道："小谢来得刚好，快，把门口那本《后鉴录》递给我！"

谢璟给他拿了书，想找一块地方放下食盒都找不到，只能把盒子暂且搁在床铺上："先生，先吃饭吧？"

黄明游拿着书一目十行，全然投入进去，压根就没听到谢璟说了什么，只答："啊，好。"

谢璟等了片刻，又轻声喊了一遍，这次黄明游已听不到其他声音了。

谢璟低头看了一眼，散落的书籍里摊开了竟有半数，离他最近的就是一本《鹿樵纪闻》，刚打开翻了几页的样子，黄先生用一支毛笔夹在书页权当做了记号，估计是得了灵感，又去翻看其他书了。

谢璟不便打扰他，把饭菜放下，出去问了伺候的小厮，叮嘱他道："你好好照看先生吃饭，若他现在不想吃，就先不要打扰他，饭菜凉了就去东厢找寇姥姥要一份，那边炉子上熬了肉粥，先生什么时候饿了，你就什么时候去端来给他吃。”

小厮答应了一声，又道：“九爷临走特意差人吩咐过，已留了银钱，不让晚上去打扰姥姥休息，嘱咐我们买些吃食，定不会饿着先生。”

黄明游查了将近一个月的时间，他足不出户，翻遍古籍，依旧没有找到关于石虎的线索，但不知为何，总觉得瞧着眼熟，只差一线就能参破秘密。

黄明游怅然走出院子，洗澡换了身衣服，打算去附近书店逛逛。

一个月废寝忘食，黄明游身上衣服都大了一圈儿，走在路上的时候习惯性摸摸小肚子，手感都不如之前，他心里忍不住叹了一声，石虎的事儿解不开，他饭吃起来都没以前香了。

青河县地界小，仅有的几家书店里也没什么好逛的，那些书黄明游要么已经看过，要么就是瞧不上，转了一圈又走了出来。他打算去东院看看，九爷虽不在家中，但东院的书也不少，而且九爷好收藏，或许能瞧见什么想起点端倪，对研究石虎有所帮助。

黄明游刚走到东院，就瞧见谢璟扛了一只木箱在往外走，好奇问道：“小谢，这是去哪里？”

谢璟放下木箱，跟他问好：“先生出来了？我去后面戏台那儿，白家老爷过两日大寿，家里搭堂会，我去帮忙。”

黄明游瞧他额上挂了薄汗，连忙伸手：“我帮你一起抬，你这一个人也……呃！”黄先生憋红了脸也只颤颤巍巍抬起一个角，试了两下又给放下了，悻悻道，“算了，你自己抬吧。”

谢璟利落扛起来，还在问他：“先生也去看看吗？今天戏台上排到猴戏，很热闹。”

黄明游左右没什么事儿，就答应下来，跟他一起过去了。

路过花园的时候，里头姹紫嫣红，一排排垂柳叶子油亮碧绿，叶片已全然舒展开。黄先生眼睛落在上头，忍不住感慨：“花都开了这么多了啊。”

谢璟笑了一声，道：“是，先生埋头读书已有二十七天。”

黄先生是在九爷离开之后，就没踏出房门。

他也有二十七天没见着九爷了。

后院，戏台上。

已经有一帮小猴子，在那儿热热闹闹大闹天宫了。

下头布置得基本妥当，谢璟放下箱子，取了里头的道具递给那帮孩子，又给黄先生搬了一把太师椅过来，找了最好的阴凉位置，让他舒舒服服地坐在那里看。

黄明游平时也爱看戏，瞧了一会儿问道："这演的是《白猿救母》？"

锣鼓声太响，谢璟俯身靠近："是，不过改了些地方，选了里头最热闹的一段来演，改叫《白猿献寿》了。"

黄明游点头笑呵呵道："改得不错，应景！"他拿手比在嘴边，大声问谢璟，"不过这猴戏太热闹，白家老爷爱看吗？"

谢璟："无碍，我打问过了，白老爷和二少爷同一天的寿辰——"老爷不爱看，二少和那些半大小孩肯定捧场。谢璟话还未说完，就听见身后有人喊他，他耳朵灵，听到一声就回了头，白明禹穿了一身崭新长袍，就站在他身后。

白明禹大约是刚跑过来，气息还不稳，脸也有些红，站在那儿吭哧半天道："你过来一下，我有话跟你说。"

"我这里还有些事没忙完……"

"赶紧的，别惹少爷发火啊！"

谢璟走过来，就看到二少爷抬头看着树梢，也不说什么，他要走，这位又不肯。

谢璟问："二少爷到底找我什么事儿？"

白明禹不拿眼睛看他，有点得意又故意绷着脸问道："我听说，你特意给我排了一场猴戏祝寿，是不是？"

谢璟："……是。"

白明禹看他一眼，又看看戏台上锣鼓喧天热闹的模样，嘴角的笑意是彻底压不住了，努力咳了一声，挑挑眉毛道："好好排，到时候少爷可要请好多人来看啊，别给小爷丢脸。"

第十章 白猿献寿

两日后，青河县又迎来一众从省府来的人。

来的人雇了驴车，总共两辆，前头那辆乌篷驴车里装了满满当当的家伙什儿，鼓鼓囊囊地露出来，都是些铜锣大鼓的边角，另还有几竿糊了银纸的长缨枪绑在一侧，枪尖冲天，枪杆子是半软的，随着驴车在路上一晃一晃地起伏颤动；后头那小驴车里则挤了四五人，一旁跟着骑毛驴的还有三四位，就这样一路颠簸来了青河县，递交拜帖之后，入了白府。

来的正是省府玉成社一行，老板尚玉楼二十来岁的年纪，个头不高不矮，头发抹了发油，往后梳成背头的模样，一张脸长得俊朗，尤其是眉眼透着精气神。尚老板见人先露三分笑，抱拳挨个跟人打了招呼，就开始热情询问道："劳驾，贵府戏台在哪儿？我们早来半日，有些布景要摆放下，人也想多熟悉熟悉，头一次来贵府宝地唱堂会，实是有些紧张。"

周管家连忙带他去了，被捧得高兴又客气回去："尚老板哪里话，我们老爷虽不怎么听戏，但也知道尚老板的名号，去年省府里的老太爷亲自点了您连唱三出堂会，大家伙儿都盼着您这真神也在我们青河亮亮相呢！"

尚玉楼一路跟他打太极，周管家得了一堆奉承话，尚玉楼也摸清了这青河白家的底细。

白家老爷不爱听戏，白家二少爷倒是喜欢，见天儿地跟一帮半大小子泡在剧院，对新式戏剧有些偏爱，喜欢搞艺术——周管家不好说自家二少爷逃学不上课，努力美化了一下，但也只能遮挡到这份上了。

尚玉楼一路上心里有了计较。

他琢磨着府里的老爷和大少爷听个一两出戏，就乏了要走，府里女眷们倒是也好应付，唱出拿手的《长坂坡》《湘江会》一类的，也能讨满堂彩，至于府里的二少爷，他怕是爱热闹些的。

尚老板一路走到戏台那儿，已经开始琢磨着怎么找武行借人了，就听到戏台上有锣鼓声，抬头就瞧见一帮小猴子勾了脸正在那儿满地打滚，基本功动作还说得过去，戏台上支了一张八仙桌，有几个小猴子在那儿叠罗汉，为首的那个一跟头翻身下去动作利索，落地无声，就地一滚又是一副猴相，抓耳挠腮，好不活泼。

尚玉楼站在那儿眼睛一边看，一边问道："这是？"

周管家道："这是二少爷之前救的一帮孩子们，二少爷心善，瞧着他们没吃没穿，带回来养了两天，听说是特意排了一出戏准备给二少爷贺寿呢！"

周管家上前去清场，尚玉楼这帮名角儿来了，戏台还是要给正主用，而且这帮小猴子们已经连着用了一个月，怕是连戏台上多少块砖都摸清了。

尚玉楼大家风范，站在一旁等他们退场，不多时就瞧见一个人领头带着一帮小孩走出来，排成一队，每个小孩手里都捧了些东西，有的两人搬着小木梯，有抱着戏服的，还有抱着一篮桃子一路小跑跟着的，为首那人瞧着是个十四五的少年，个头高些，头上顶了一张八仙桌，正一个人扛了桌子走，被半遮着看不清眉眼。

尚玉楼往一边让让，等他们过去。

抱一篮桃子的小孩跑得快了两步，脚下不稳绊了下，身子稳住了，但篮子里的桃子滚出来一个，骨碌碌一直滚到尚玉楼脚边。那小孩急急忙忙去捡，捡起来才瞧见眼前那双月白的鞋，小孩抬头，瞧见尚玉楼忽然带了几分腼腆，从篮子里翻捡出一个大桃子塞到尚玉楼手上，含糊说了一句"请您吃"，就顶着篮子一溜烟儿追前头队伍去了。

尚老板见惯了捧场的人，早年间送什么的都有，得了桃子徐徐揣进兜里，上台上布景去了。

尚玉楼会一手好工笔，加上又懂一点西洋绘画，布景样式十分新颖，摆好了之后，就让戏班里的人过来练了练，递了戏折子给周管家。他们常年跑堂会，即便不外出，也在剧院里演出，戏目十拿九稳。

周管家收了谢璟一个银元，这会儿自然帮着谢璟说话，咳了一声道："尚大家，可有准备猴戏？"

尚玉楼摇头："未曾准备，不过这剧目也是熟的，只给我半下午时间即可。"青河县地界里也有武行，找几个会翻跟头的不难。

周管家道："路上的时候，我不是同您聊起二少爷吗？我们这二少啊什么都好，就是太重感情，一听说这帮孩子们为报恩排了一出猴戏，就等着看呢，您瞧这？"

尚玉楼心领神会，但也不敢满口答应："还要劳烦管家把他们带过来，让我看一遍戏才可答应。玉成社是打我父亲那一辈成立的，唱好唱不好的也没什么，毕竟是孩子们一片心意，可这要一并加在戏折子上，玉楼一个人说了不算，就怕回去父亲知道了怪罪。"

周管家听到他这么说就已带了笑模样，连连点头："应当，应当，我这就去把他们叫来，尚大家稍等片刻！"

没一会儿，那群小猴子又排队走回来了。

最后头跟着的还是方才那位扛桌子的少年，尚玉楼这才瞧清他的模样，约莫十四岁上下的年纪，模样生得极好，但最出彩的却是那一双眼睛。不同旁人瞳孔颜色黑中发棕，这少年黑发黑眸，像被山上雪水洗过的墨丸，透着清凉，只看一眼就令人忘俗。尚玉楼见他小小年纪就已是拔尖的长相，忍不住多看了两眼，已经琢磨着这副相貌若是学上两年戏再拿出来亮个相，怕是省府又要出一位轰动一时的名角儿了。

只要不是个哑嗓，往那儿一站，便引得多少人来捧啊！

尚玉楼心里有些火热。周管家那边让一帮小孩上台去演猴戏，尚玉楼一边偷偷打量谢璟，一边抽空瞧一眼台上。

台上那帮小孩们说得过去就成，毕竟是府里二少爷亲自点的戏，只要二少捧场，大家就都捧场，而旁边站着的这位，尚玉楼越瞧心里越痒痒，看着他站姿如松、背手静立的模样，心里连给他安排什么角儿，勾什么脸都想好了。

台上孩子们演完，规矩地排成一排等尚玉楼点评。

谢璟也扭头看他，开口问："尚老板，如何？"

尚玉楼在他开口的那一刻，心都酥了。这嗓子，这么清亮，音色绕着耳边勾人似的，不唱戏多亏啊！

谢璟又问了一遍："尚老板？"

尚玉楼回神，看着谢璟热情道：“好好，我瞧着都好，我听周管家说你叫谢璟？这帮孩子是你在照管，那么，你对学戏有没有兴趣？”

谢璟笑了一声，道：“我？我没什么兴趣，您不妨瞧瞧这些孩子们，他们从小练功，每个人都有个小绝活儿。”他以前唱戏是为了吃饭，现在能吃饱，也就不想唱了。

尚玉楼魂不守舍地看完了孩子们表演小绝活，说实话挺好，但他心思已经不在这里了。

那个叫谢璟的小厮站在他身边一共跟他说了五句话，就这五句，他连给他定做什么颜色的戏衣都想好了。

贼老天害我，这么好的一棵苗子让他今日见到，却偏偏是个不爱戏的！

期间有丫头来泡茶，尚玉楼那一碗是他自己带来的茶包，里头放着些养嗓子的东西，丫头不知道他的习惯。想去端了倒掉，尚玉楼连忙拦住了道：“不可，不可，这胖大海要七冲七泡。”

丫头脸都红了，赶忙给他放下，续了热水在茶碗里恭恭敬敬请他喝，还只当是省府的习惯，瞧着茶碗里的那些东西都有些敬畏了，必定是金贵之物。

谢璟瞧了一眼，嘴角抽了抽。

尚玉楼这人果然还是一只铁公鸡，茶碗里放的胖大海都泡得没味儿了还能放嘴里吮着核吃上半天，论抠门，没人比得上这位了。

尚玉楼看完了戏，又问了《白猿献寿》是怎么改的。

谢璟同他讲了一下，尚玉楼一听见他的声音就觉得心情愉悦，再瞧瞧样貌就更喜欢了，谢璟说什么，他就跟着点头应是，统统答应下来。改编的那些倒不麻烦，是取了其中两出戏糅成一折，把那些唱词儿省了好些，光剩下热闹的，只是翻得累些，有些考验这帮小孩们的真本事。

谢璟抬头喊道：“小糖，过来！”

戏台上一个小孩立刻跑了下来，人也够机灵，跑过来先给他们二人作揖：“谢管事好，尚老板好！”

尚玉楼有些惊讶，看了谢璟问：“你是这里管事？”

谢璟摇头：“他们叫着好玩儿的。”

这帮小孩们吃过不少苦，为了讨生活格外会看人眼色，嘴巴也甜，谢璟让他们喊自己名字，这帮孩子没一个敢的，他们只知道“管事”是府里特别厉害的，因此就都这么喊起来。谢璟纠正两次，也就懒得管了，随他们去叫，反正东院的人连个喂马的都是管事，九爷从省府带来的好手，都是万里挑一，也不差他一个谢管事。

尚玉楼这才觉得自己刚刚冒昧了，跟谢璟说了几句软和话。谢璟倒是不在意，只道："尚大家瞧瞧他的身手，我琢磨着，后面八仙斗法，这孩子用得上。"

小糖是个机灵的，谢璟话音刚落他就利索地翻了两个跟头，落脚极轻，几个跟头下去半寸没挪地儿，脸不红气不喘，末了还搔了搔耳朵，左右瞧了一眼假装蹲下身大口吃桃，两腮一鼓一鼓，猴儿相十足。

尚玉楼被逗笑了，点头道："行，就他吧，一会儿让他们留下，我给他们说说戏，晚上若府里老爷少爷们点了，就一同上台。"

谢璟跟他道谢，略微鞠躬，转身走了。

尚玉楼瞧着他的背影心里还在叹息，多好一块璞玉，可惜有缘无分，只有眼巴巴瞧的份。

东院。

谢璟依旧按照九爷在的时候每日收拾整理，因为尚玉楼留在戏台那儿，他比平日还多出了几个时辰独处。

东院书房，黄明游正坐在躺椅上翻看书，手边一盘炒干果，一小壶清茶，瞧上几页书就顺手拿起旁边小茶壶对嘴儿喝上两口，悠闲惬意。

谢璟收拾好了卧室，来书房放新送来的账册，瞧见黄先生在那儿，就过去帮他添了茶水。

黄明游感慨："小谢，我这两日被你伺候的，都不舍得回我那边去了。我说九爷为何一天都离不开你，这饭来张口、衣来伸手，想要什么没等开口就全合着心意送来了，简直是神仙日子。"

谢璟道："先生，你要是需要什么书只管问我，九爷这里的书也是我在管。"

黄明游笑道："这差事都能管得了？九爷平日有两样离不开，一是茶，二是书，依我看这两样你都管了，那九爷可要离不开你喽！"他说完又跟谢璟要了两本书，谢璟一一找来，黄先生埋头沉浸书海，又继续翻看下去。

谢璟在东院待了一阵，就听到外头有人喊他，打开帘子出去，是寇沛丰找来了。

寇沛丰身上穿了一套夏日新做的学徒衣裳，崭新的长褂，只是探头望着的模样依旧粗笨憨厚，他瞧见谢璟立刻咧嘴笑了，迎上来："小谢，我找你好久，你们这东院可真不好进，一连通报了三声……”

谢璟问："你怎么来了，可是二少爷那边有什么动静？"

寇沛丰点头道："是，二少爷今天出门了，跟你说的一样，他去了外头连跑了好几户人家，叫了好些人来咱们家。"

谢璟道："是他一贯做派。"

寇沛丰道："还不只啊，二少爷把人都叫来，也不去戏台那边瞧热闹，都带去自己院里让那帮同学帮着他抄写单子，字那么老大一个，已经贴出去了！"

"贴什么东西，贴去哪儿了？"

"就戏单，全贴剧院去了！县城里两家大剧院门口的墙上都贴满了，听说这会儿天桥底下说书的摊子上都贴了，现在全青河县都知道尚玉楼要来，也知道有出新戏《白猿献寿》要演。"

"让他贴，不打紧。"

寇沛丰见谢璟不急，也就慢慢放松下来。他从黑河捡了一条命回来之后，就对谢璟佩服得五体投地，什么都听谢璟的。

谢璟瞧着时间差不多，去小厨房提了一篮子新鲜桃子出来，同寇沛丰一起出去，边走边问："你今日怎么有空，二少爷没带着你一起疯跑？"

寇沛丰道："二少今日忙，顾不上我，这才能溜出来喘口气。"

谢璟问："他为难你了？"

寇沛丰心有余悸，左右看了一眼，压低声音跟他耳语："小谢你不知道，二少爷疯起来可太吓人了，一会儿让我抄书，一会儿让我画图，开春那会儿不还下了两场雪吗，二少爷还让人抱了老大一个冰柱子过来让我磨成个冰灯，这我哪儿行呀！算账什么的倒是还可以，毕竟学徒房里都教这个，但是抄书我可真不会啊，我字儿都是刚学的，还没捂热乎呢！"

寇沛丰愁眉苦脸，谢璟在一旁却笑了。

临走前，谢璟往他兜里塞了一张纸，寇沛丰刚想拿出来看，就被谢璟压住了手："回去要是二少爷找你麻烦，就拿出来展开给他看。"

寇沛丰点点头，隔着口袋又小心压了压那张纸，匆匆小跑回去了。

谢璟在戏台帮忙，东院的人来这里的少，他那身衣服是省府的小厮衣裳，和青河白家的不同，看着有些打眼。也因为这份打眼，没人敢轻易使唤他。

谢璟找了假山旁的一块大石，躲开人群，坐在那儿闭目养神，手边一篮鲜桃，盖了红布，只隐约看到里头一只肥白的桃子尖儿上一抹红，娇嫩欲滴。

浓夏，日头渐落，一抹花影半遮假山，盈盈翠绿。

少年清澈如山泉，一尘不染。

尚玉楼瞧见谢璟的时候，就瞧见了这幅画面，像是立时可以入画一般，心尖上都颤了三颤。

他心头那个“把谢璟拐回去唱戏”的念头反反复复，终于稍稍占了上风，壮着胆子想去同这位谢管事谈一谈，刚迈出一步就听到对面一声棒喝：“谢璟，你又在这里躲着偷懒！”

尚玉楼脚尖还未落下，瞧见是府里的少爷，立刻半空转了一个方向头也不回大步朝戏台那边去了。不要了，不要了，这白府给银钱痛快，饭也好吃，唯独就一点，这府里的人也忒凶。

谢璟睁开眼，坐在石头上没动：“二少爷好。”

白明禹气色红润，穿了一身新衣，抬高了下巴左右看了一圈，立刻皱眉道：“怎么回事，东院就来了你一个？”

谢璟道：“还有两个管事，帮着周管家采买去了。”

白明禹不爽：“他们就让你一个人留下干活？谢璟，依我说你就别在东院待了，这不摆明了欺负人吗！”

谢璟只笑，不说话。

白明禹围着他绕了一圈，炫耀道：“瞧见小爷的新衣没有？”

谢璟点头，见他一副等着夸奖的模样就顺着道：“天香绢，花软缎，常贡送礼最为荣，以前能做贡品的料子，确实不同寻常衣物，少爷穿着很好看。”

白明禹心里高兴：“你要不要？”

谢璟摇头道：“不要。”

白明禹看了他身上那身东院的衣服，忍不住酸道：“怎么，东院开春以后就没给你准备新衣吗？少爷院子里一年四季各两身儿，要不你回来算了。”

“不劳烦少爷费心，我还有衣服穿。”

“行了，行了，明儿我让寇沛丰给你送去两身儿，少爷不图你什么，也不让你给抄书，这总可以了吧？”

“二少爷自己的功课，以后还是自己做的好，毕竟学来的东西是自己的。“

“你怎么老跟九爷爷学？说的话都一个样。”

谢璟嘴角上扬，很快收敛起来，恢复之前淡然神色。

白明禹不乐意道："你这人就是假正经，最爱装样子，以前也没少替我抄书啊，现在都不管我死活……我瞧你就是为了在九爷爷面前装样子，半点亏都不吃，上回黄先生考试的题目也不给抄。"

谢璟缓声道："九爷在的时候，不行。"

白明禹狐疑："那我九爷爷不在，就给我抄了？"

谢璟没点头，但也没否认。

白明禹道："你就这么想在我九爷爷面前表现？"

"是。"

谢璟回答得干脆。

对面站着的白明禹看了他一会儿，脸上倒也没有刚才那么大的怨气了，琢磨了一会儿开口问道："嗳，我问你，要是当初你没往酒厂去报信，咱俩一起被困在黑河商号，你会陪我一起守着吗？"

谢璟点头："当然会。"

白明禹："我回来的时候马车破了一个大洞，颠簸得厉害，最后弃车骑马……你也会一直护着我？"

谢璟又点点头，似乎在奇怪他为什么会明知故问。对他而言，白明禹是九爷的晚辈，那自然是他要照顾的小孩儿，若是九爷不在，他自然会守着，会替他遮风挡雨。

白明禹盯着他的眼睛看了一会儿，慢慢动了动嘴角，挑起来一点，眼睛里也恢复了神采，他笑嘻嘻地勾住谢璟的肩膀，亲热道："我就知道，你一定不会丢下我，走吧，咱们去看戏，我在前排给你留了好位置，还有你最爱吃的白糖糕，有那么老多，管饱！"

谢璟只来得及提了那篮桃子，就被白明禹拖着走了。

入夜，青河白府搭了堂会，热热闹闹吹奏起来。

戏台后面，尚玉楼勾了脸却没有穿戏服，只着一身雪白里衣，一双厚底皂靴，带着戏班的一众恭恭敬敬地给祖师爷上了两炷香。

尚玉楼这人穷归穷，但该讲究的一点都没落下。

他小心地瞧着香烛白烟袅袅升起，认真看了一阵，待香烛点燃之处火花四溅，传出极其响亮的两声"啪啪"声响，他松了口气笑道："吉兆，吉兆就好！"

旁边有人递了戏服过来，尚玉楼很快穿戴好，瞧着比刚才精神振奋许多。

玉成社的其他人也已习惯如此，每个人都迅速做好自己的装扮，就连刚被领来的那帮小猴子都有专人照看，让他们一字排开，等着入场。

前头锣鼓急促地敲了三声，紧接着有管事提着长袍衣摆跑过来，掀开布帘道："前头白老爷入座，可以开场了！"

尚玉楼已装扮好，答应一声，大步流星走了出去。

戏台前，来白府贺寿的人众多，挤挤攘攘竟坐下了几十人，女眷不便和外人接触，被安排在了不远处的二楼上，瞧着倒是比底下还要清净雅致些。外头人瞧不见府里的女孩子们，只偶尔听得二楼那传来一阵银铃笑声，引得年轻后生不时抬头去张望。

白老爷和白明禹都穿得一身喜气。因为是寿星公，白明禹也破例同长辈坐在了一桌，并拿到戏折子点戏，他翻都没翻，迫不及待地点了《白猿献寿》。

同桌坐着的一位老爷瞧见忍不住笑道："说起来，我今儿也想见识见识这出《白猿献寿》了。你家这位二少可是不得了，现在全青河县都知道府里请了名角儿要演新式戏，勾得我心里也直痒痒，想瞧瞧呢！"

白老爷客气两句，又对白明禹道："季良，大人在同你说话哪，快喊人。"

白明禹规规矩矩起来行礼，喊了一声"世伯"。那位笑着让人送了一个红木匣子，里头放着小孩巴掌大的一枚纯金钱币，颇为敦实，拿来给了白明禹。

白老爷推让道："使不得，他年纪还小，按理不该做寿，因和我一天才沾沾光罢了，不值得这些。"

"不过是枚花钱，拿去玩儿！"

推让几次，最后还是收下。

如此几次客套话讲下来，白明禹得了周围一圈好些贵重礼品，有些人和白老爷搭不上话，就借由家里儿子的手把礼物送上，好歹都是族学里一道念书的情谊，这样的日子，白明禹倒是全收了，摞在一旁，摆得半人高。

白明禹瞧着戏台上咿咿呀呀唱戏的人你来我往，平时还觉得挺热闹，但现在只想让他们再快些，就等着那群小猴子了。

一旁坐着的黄明游正在剥干果吃，笑呵呵地同邻座攀谈，一旁坐着来贺寿的也是位文人，大约是觉得能和黄明游说上几句话，十分振奋，不住地跟他聊之前去过的几处山水，想和黄先生多聊会儿。

戏台上，尚玉楼正在唱《石伏岩》。

尚玉楼擅唱此剧，声调高透，步履慷慨，只一开口便知是一副好歌喉，声音由浅入深，让人犹如身临其境，感受那天地苍茫，随着乐声时急时缓，直至尾音炸起，声碎玉壶。

顿时有人高声叫好，喝彩不断！

前台听戏的白老爷也被同桌恭维，夸赞道：“老弟找得好，今儿算是开了眼了，省府的名角儿果真不一般！”

黄明游爱听戏，此刻也在摇头晃脑，沉浸其中，跟着锣鼓声连连击掌：“妙极，妙极！这尚玉楼天生一副好嗓，非其他伶人可望其项背也。”待到戏台上又唱了几句，黄先生忽然神情古怪，一双小眼快速眨了几下，像是随着戏词记起了什么。

戏台上，尚玉楼饰演的刘璋取出西川印，唱：“宗兄，从今后你执掌锦绣春——”

黄明游猛地站起来，微凸的肚子都碰翻了那碟干果，他神情惊喜口中喃喃：“西川，西京，对了，可不就是正对上！”他来不及同其他人讲，立刻提起衣摆走了，腿脚虽短，但跑得飞快，生怕慢些就忘了什么似的。

黄明游走得匆忙，连句话都没同周围侍者交代，那些人连喊了几声“黄先生”都没叫住，只匆匆去找小厮，让他跟上照顾好先生。

来看堂会的人多，气氛热闹。

除了那些捧尚玉楼的，还有一些也在好奇白府二少爷贴出去的那份单子，想瞧瞧这新式戏剧《白猿献寿》是否真那般精彩。

这折猴戏讲的是天宫王母寿诞之际，白猿救母心切偷取八仙蟠桃，双方打斗之后被擒，王母感念白猿孝心恩赐蟠桃的故事。谢璟按着“灵猴献桃”改了一下，变成一群有灵气的仙猴，在天上王母的御用果园嬉戏玩耍，偷来了玉皇大帝的长生不老“蟠桃”，来献给做寿的老人，祝他长生不老，寿比南山。

从一开始就是顶热闹的场面，锣鼓声密密响起，玉成社演得自不必多说，尚玉楼这人自己有本事，带着的一帮师兄弟也没有一个吃干饭的，真本事都拿了出来，恨不得十八般兵器一气儿都亮出来，频出奇招；另一边一群灵动的小猴子们上蹿下跳，十分卖力，全场翻打扑跌，大小筋斗令人目不暇接，气氛十分火爆。

演到中场，只看见一只小猴子不知为何落了单，站在台上急得抓耳挠腮，两手空空，底下观戏的众人以为是这猴儿忘了东西，发出几声哄笑，正在这时忽然瞧见白府里一个小厮上前递送了一个篮子，那小猴子拎着就跑，翻了个跟头，篮子里满满的鲜桃愣是一个没掉，稳稳当当！

“好！”

一伙人叫好。

紧跟着就瞧见戏台顶上落下几根软缎，每条软缎不过一尺宽的大小，上头都有只小猴子倒挂下来，姿态各异，但每只小猴子接到拎篮子的那只猴儿扔过来的鲜桃后，立刻大嚼着啃上两口，随后口吐人言喊出一串儿吉祥话，每人皆不同，但毫无例外嗓门都够大够亮，脆生生地传遍整个戏园子。

前头几个小猴子说完吉祥话，最后那个小猴子挎着篮子从台上拽着那软缎就开始往上爬，竟把软缎当了爬梯，如履平地，这身手立时又引来一阵叫好声！

等爬到锦缎顶端，这小猴子拿腿勾住了缎子，抓耳挠腮几下从篮子里掏出一个鲜红大桃，鼓着腮儿口吞吃下去，一个倒仰下腰竟从口中咬出一条红底金字的横幅，上书：瑶池熟桃三千岁！

众人盯着他瞧，冷不丁听得“呼啦”一声，与那小猴子相对称的另一只小猴子也倒仰下腰口含横幅，那横幅上写了：海屋添筹春半百！

一群小猴子在软缎上猴儿样十足，却学着人双手作揖，齐声声喊道：“祝白家老爷康宁安乐，福寿延绵——”

旁边一众人一阵喝彩，观戏的有人认出来，立刻兴奋喊道：“是金猴献瑞！”

“好，好！好一个金猴献瑞！”白老爷乐得合不拢嘴，赞了两句，又去旁边寻周管家准备打赏。还未开口同周管家说上两句话，又听得前院有人带着一位锦衣管事小步跑来：“回老爷，九爷贺礼到！”

白老爷听见九爷名字立刻惊喜起身，问道：“九爷可是回来了？”

那锦衣管事回道：“现已进青河县城，九爷让小的快马加鞭先行一步，给老爷献上寿礼。”他面上带笑，声音也洪亮，开口唱诵道：“白家老爷五十华诞，九爷特送上贺礼，五谷百担，篷船五十艘——！

“九爷贺，俄罗斯国货轮一艘——！

“九爷再贺，黑河商号烧酒贸易单一十五万坛——！！

在场众人无一不是青河乃至黑河一带数一数二的商贾之家，这寿礼从第一份开始就引起议论，第二份更是震住了不少人，等最后那份巨额订单一喊出来，顿时引来一片哗然！

一个月前白九爷和当地官员一同前往俄国的事儿他们都曾听说，也有人大着胆子猜测过或许有些赚头，但从未想过会拿下十五万坛酒水订单！有反应快的，立刻起身前往白老爷这一桌向他祝贺，其余人也立时赶上。这么大一笔单子，眼热的不在少数，青河白家只从这一单略微松手漏出去一星半点，都够他们一年的盈利了。

白老爷站在那儿面上镇定，内心狂喜，他之前经营了黑河三家酒厂，这三家合起来一年也不过卖出去两万之数啊！九爷一回来，就给了他一个硕大的惊喜，白老爷强撑住未立时大笑出声，一一回了那些来祝贺的人，寒暄两句，就瞧见有一队人走过来，中间护着的正是多日未见的白九爷。

白老爷立刻上前去喊了一声“九叔”，满脸的笑容。

白容久点点头，道：“回来得有些急，总算赶得上寿辰。”

白老爷大为感动，请他入座。白容久走到前面抬头看了一眼戏台，上面的几只小猴子还趴在锦缎上没下来呢，左右两只拿了对联举得老高，红布喜庆，金字耀眼。白容久一眼就瞧出这字出自谁之手，轻笑一声道：“这联好，赏！”

白家老爷寿宴当天一时得了这么多东西，高兴地不能自已，听到九爷这般说立刻高声道：“对对，唱得好，重重有赏！周管家，你快去告诉戏班，让他们就按照今天这出‘白猿献寿’热热闹闹连演三天，哈哈哈！”

周管家领命小跑过去了。

白容久刚回来，路途疲乏，没跟白老爷等一众宾客多聊，尽了礼数就回东院去了。

谢璟随行，路过戏台的时候，有只小猴子跑出来两步瞧见谢璟身边人多立刻又躲了回去。

谢璟冲那只小猴子摆摆手，跟在九爷身后走了。

勾了倒栽桃脸谱、戴着毛头套的那只小猴子——小糖，手里还握着谢璟不久前递给他的竹篮，小孩心跳如擂鼓，额头上全是汗，若不是油彩，怕是已经被冲掉了。小家伙一张猴脸扭曲成一个笑模样，知道自己这回是成了！

第十一章 族学纷争

《白猿献寿》一炮而红！

他们先是在白府连唱三天，接着又被其他几家邀去堂会，因为人数太多，最后改为在青河县剧院里包了场子，一连唱了九场。

第十场的时候，尚玉楼不干了。

谢璟得了消息，去了剧院一趟，对外声称“嗓子坏了需要歇两天”的尚老板此刻正冷着脸坐在化妆间内，旁边玉成社一众人员面面相觑，只站在那儿，话都不敢说一句。

谢璟走过去跟他问好：“尚老板嗓子好些没有？我带了些秋梨膏来，润肺滋养，里头特意加了些罗汉果，您试试，好用再管我要。”

尚玉楼坐在那儿拿纸板扇风，冷笑道：“要不起。”

谢璟听得他话里有话，就干脆站在那儿等着他开口。

玉成班里有看眼色的，把周围一帮小子们都轰走了，自己出去的时候还带上了门。他们尚老板能发作数落人，可不代表他们就能在这儿听，何况还是白府里来的人哪！

尚玉楼正在气头上，特意晾了谢璟一会儿，到底还是惦记对方的好相貌，抬头先开了口：“我说，谢管事——”

“叫我小谢就成。”

“好，小谢，”尚玉楼深吸一口气，一口气把不满尽数说出来，“我刚开始可是什么都配合你，随着你们府里来，但也不能乱来对不对？这戏开场前你可不是这么跟我说的，好家伙，上来招呼都不打，又是抛锦缎，又是‘金猴献瑞’的，这是献成了，要是没献成呢？你这砸的可是我们玉成社的招牌！我知道这事儿跟你没关系，你不过就是个传话的，我这火气也不是冲你发，你把那人叫出来，我同他分辩清楚！”

谢璟没听明白：“谁？”

尚玉楼手头纸板“啪”的一声拍在桌上，扭头冷笑骂道：“我知道背后有高人指点，那人出手可是够狠的啊，敢情大老远从省府请我过来，就是为了让我给他养的一帮猴儿做配呢?!”

谢璟摸摸鼻尖，他还真交不出人来。

他站在那儿斟酌说辞，试探开口：“尚老板多虑了，其实真没有什么高人。”

尚玉楼也不是脾气多么软的人，旁的也就罢了，说到戏上没人比他更犟，也不等谢璟再说下去立刻道：“你甭在这里跟我说客气话，我打问过了，你不懂戏，你让后头那个懂的过来，我倒是要问问他是何居心！”

谢璟：“他们以前的班主死了，‘金猴献瑞’那段是我想的，找了一个朋友帮忙指点动作，用了一个月弄好，若您不信，我可以把他带来您问问。”

尚玉楼大吃一惊，不敢置信道：“你排的？”

谢璟点头：“以前吃过两年苦，四处讨饭吃，不过是些天桥杂耍的手段加进猴戏里去，头一回用大家好瞧个新鲜，不伦不类，让尚老板您笑话了。”

他这么一说，尚玉楼倒是也信了几分，现如今虽然流行新式戏剧，但和京剧这么结合的还真没有，像是个外行干的。但即便这样，尚玉楼也老大不高兴：“那你就没想过，万一砸了场子呢？”

谢璟笑道：“那日是白家堂会，又是寿宴，岂不说那些小孩儿是二少爷养着的，就算不是，白家在青河还有几分薄面，不会有人传话。”

尚玉楼端了盏茶水拿盖子挡了茶叶沫子，冷哼道：“是，这帮小子们命好，出事儿都有人兜着，我自是高攀不起。”

谢璟摇头：“尚老板，我这次来不是来同您赔不是，而是来给您送人。”

“谁？”

“唱《白猿献寿》的那十一个小孩儿，全给您。”

“你拿我逗乐是不是，他们不是府里二少爷养的吗？”

“二少爷只养了一个月，之前的事儿，我还未来得及同您提起。”

谢璟把破庙大火之事讲给尚玉楼听，待讲得程班主就地正法，白家暂时收留了那些孩子，尚玉楼神情已经变得凝重起来。

谢璟道："这是青河大案，尚老板若是不信，可以出门随便找人问一问，我不敢跟您说一句假话。九爷和二少爷心善，但这些孩子打小儿就练戏，也只会这个，我只能尽可能帮帮他们，所以才在您的台上闹了这么一出。"谢璟同他施礼，深鞠一躬又沉声道，"尚老板，之前是我对不住了。"

尚玉楼方才还有几分懊悔，但听谢璟这么一说又乐了："合着你从一开始就盯着我了，变着法儿地让我给他们做配呀？"

谢璟道："这些孩子们年幼，如果您这里不收，我总要替他们另做打算。"

即便是尚玉楼不收，借着这出"金猴献瑞"，这帮孩子们沾沾尚玉楼的名气和白家的好运，以后也能搏个出路。

这么摊开说，尚玉楼反而不生气了。

尚老板叹道："谁也不是一生下来就是好命，大伙儿谁没吃过苦呢？你既然这般磊落，那我也同你说声抱歉，我不知道他们过去还有这般遭遇。"

谢璟站在那儿等他回话。

尚玉楼道："敢问这是九爷的意思，还是二少爷的意思？"

谢璟道："九爷让我帮他们寻个好去处。"

尚玉楼沉吟片刻，慢慢放下茶杯，道："也罢，既是九爷抬举，那我就破例收下他们。只是玉成班也不是什么享福的去处，我有两个要求，一是立字为据，从此他们与白家无关，我也好放心教导，二是我要你答应我一件事。"

谢璟道："尚老板但说无妨，若在我能力之内，一定替您解忧。"

尚玉楼馋他这副嗓子和身段不是一日两日，但又怕吓跑了人，支支吾吾不肯明说，只道："我现在还没想好，反正你先写下来，我一定不会让你做什么过分的事就是了，也与白家无关，只是我们私下的交情。"

谢璟想了片刻，点头应了。

尚玉楼是个豪爽人，当即让人拿了纸笔来写了契纸，上书"自愿投在玉成社学习，七年期满，其间所进银钱俱归师傅收用"云云，尚玉楼这边写好递给谢璟看了，道："这帮孩子们已打了基础，只是尚不牢固，再加上他们这出'金猴献瑞'确实有几分彩头，因此减了三年，只按七年算，若你看着还成，就让他们过来签字画押吧。"

谢璟跟他道谢，喊了那帮孩子们过来按了手印。

孩子们还小，知道自己以后要跟着一位大师学艺，眼睛里都带着光，透着希望。

谢璟等他们全部按好手印，对他们道："去吧，从今天开始，就跟着尚大家，好生学习，不可懈怠。"

小糖站在最前头，他带头给谢璟磕了一个头，其余小孩们也跟着学，也不等谢璟反应过来纷纷跑了。谢管事不让他们磕头，最多只鞠躬，可他们觉得不够——胸腔里一股热血在涌动，那是找到活路的高兴劲儿，他们感激谢管事，但现在什么也拿不出，只能这样才可表达万一。

东院。

黄明游正托着那只小石虎同白容久说话，瞧见谢璟进来，忙招手让他过来："小谢来得正好，来来，我这两日终于找到这石虎的出处！你瞧这处，像不像星斗？"

谢璟伸手接过，托在手心左右看了黄明游指着的花纹，石虎有些粗糙，若不是黄先生指出，他还以为是之前在小佛里的磨损："先生，这是什么？"

"依我看，这是一幅星图，又或许是半幅，石虎应当是和旁的凑成一对，才可看到全貌。"黄明游点了点他手心那只小石虎，将它背上的花纹印记比做星斗，念了几处，但谢璟对此不懂，一脸茫然。

白容久开口解释道："先生说的是西方星宿，方位所指，应为蓉城。"

谢璟："蓉城？"

黄明游哈哈一笑："对，就是蓉城！我就说瞧着这石虎眼熟，原来是它！"他摸了摸唇上细长两撇胡子，念道，"石龙对石虎，金银万万五，谁人识得破，买下蓉城府。"

谢璟不懂："先生，这是？"

"是'寻银诀'。"

黄明游志得意满，像是破了一个谜，笑眯眯道："你不识得也正常，这是彭山流传数百年的一句童谣，说的是张献忠沉银的事儿。此人当年带兵攻入蜀地抢得无数宝物，彭山江口激战，张献忠溃不成军，和部分官兵逃回蓉城府，而满载金银的船只却因战乱沉入江中。也有人说他是有意沉宝，将蜀府金银铸饼藏匿江腹，若有人能解开石龙石虎之谜，便可取得宝物。要不是寿宴上唱的那段，我也没能想起来，巧了，那天刚好唱的就是西川，当年张献忠曾改蓉城为西京，真是天意……”

谢璟看看自己手心那只丑巴巴的石头小老虎，不太相信：“先生你是说，它身上的星图就是藏宝图？”

这藏宝图也未免太过简陋，实在难以让人信服。

黄明游道：“岷江有宝物，确有其事，《彭山县志》记载‘乾隆五十九年，当地官员曾上奏，渔者所得刀鞘一具’，有案可查。但两百年间想找寻宝物的人那可多了去了，民间藏宝图一说众多，能找到的人，至今还没影儿呢！”

他坐下喝了一杯茶，心里舒坦极了，见谢璟还在看那石虎，劝道：“小谢，你可别跟那帮人一样，去找什么劳什子宝物。我跟你说，岷江风高浪急，水又深，除非你请了天兵天将来截断江流，挖空河道才可找见。这岷江那么长，河道里的淤泥两百多年来得多厚？咱可不犯那份傻啊。”

谢璟道：“先生放心，我不去。”

他留在九爷身边就已心满意足，银钱再多，也买不到这些。

白容久招手让谢璟过来，问道：“璟儿，你家中可还有什么人在蓉城？或许是族中长辈传给你的也未可知。”

谢璟想了片刻，迟疑摇头：“我也不知道，姥姥没同我说过。”

白容久：“你想找吗？”

谢璟摇头，寇姥姥说过，他已经没有亲人了。既然没有人惦记他，那再找寻过往已毫无意义。

白容久摘下手上的一串赤血珊瑚珠，套在谢璟手上，顺手揉了一把他的脑袋：“拿去玩儿，那帮孩子的事处理得好，爷赏你的。”

谢璟手腕细，缠了三四圈还有一截宽松。一旁的黄明游眼馋得不行，问道：“小谢，你戴是不是大？让我帮你改改，取下几颗你戴着刚好！”

谢璟拿手捂着，往上推了藏进袖口里，看都不给黄先生看了，跑出去泡茶。

黄明游叉腰站在那儿嚷嚷：“你这小财迷，我又不多要，不过拿你一两颗珊瑚珠而已……小谢，你要去岷江河里寻宝，你那石虎背上的星图还要不要我帮你看啦？”

谢璟权当没听到，一溜烟跑得更快了。

手腕上珊瑚手串碰撞发出碎响，谢璟心情也跟着好起来，眼睛微微弯起。

岷江河里的暂且别惦记了，他有一个小箱子，里头放着的那些“宝物”已快攒满整箱——那都是九爷平日里给他的，别说星图，万金不换。

七月末，尚玉楼把那些孩子们带走，离开了青河县。

东院恢复如常，白容久依旧坐镇青河。

白家大少爷白明哲在青河县城和黑河两处奔波忙碌，黑河酒厂得了那笔天价订单，此刻正忙得不可开交，工厂里工人遇到事儿都要跑来跟白容久汇报一声，等瞧见白容久点头了，这才交代下去，兢兢业业，生怕做错了一丁点儿。

白容久坐在那儿喝茶看书，瞧见白明哲过来，提点道："你是黑河商号的大掌柜，那边有什么事，你只管放开了做就是了，这让别人瞧见还以为你是个传话的伙计，有损颜面。你做事妥帖，我一向放心，加之来回往返太过辛苦，以后不必如此。"

白明哲站在一旁笑道："我倒是想当您身边的一个小伙计，跟着学上一年，胜读十年书哪。"

白容久听他这么说，忽然想起来问道："说起读书，我听说族学里这两天闹了点事？"

白明哲略微犹豫，很快道："也不是什么大事，就是小孩子们闹着玩儿呢，您不必挂心。总归是我家老二不懂事，和另一家的小子拌了几句嘴，两边推搡几下，已经让先生都罚了。"

白容久手里的书放下，微微皱眉："既然是小孩儿的事，就让他们自己解决吧。"

白明哲答应一声，正准备要走，就听见白容久道："省府今日来信，要在年底挑几个好苗子送去留洋，让璟儿和你同去，在族学替我盯着些。"

白明哲又惊又喜，连声应是。

谢璟去族学，最高兴的莫过于白明禹。他让那帮小弟给自己把书桌搬过来，和谢璟做了同桌，大方地分了书给谢璟看，没一会儿就一口一个"小谢"地喊他，亲昵极了。

混在一处的时间长了，族学里的那点事也都打问清楚了。原来被白明禹掀了书桌的人是方家的孩子，叫方继武，是方玉柔的表弟。

"还不是因为寿礼闹的。"白明禹道，"前些日子九爷不是当众送了寿礼，那帮人被那十五万坛子酒水的订单给馋得转了圈，自己咬不到肉，就在家里乱嚼舌头。这方家的孩子在自己家里头听自己老子瞎说就算了，竟敢跑到学堂当我面儿说。"

谢璟冷了脸："有人说九爷了？"

白明禹摇头："那倒没有，给他们一百个胆儿也不敢，说我大嫂方玉柔。"

黑河方家有独门酿酒手艺，方家老爷早年留洋归来，又改良了家中秘方，也不管族里那些陈旧迂腐的规矩，愣是把一腔心血创建而成的酒厂和秘方都交给了女儿方玉柔。等到女儿结婚嫁入白家，白方两家更是亲如一家，一起兴办黑河酒厂，把生意越做越大。

黑河酒厂盈利颇丰，让方家族里其他人看得眼热，如今更是不得了，十五万坛酒水的订单一出，眼热就变成了明晃晃的嫉妒。

这其中，以方老爷的弟弟方吉安为最。

方吉安正是方继武的父亲，他心里不舒坦，在家里没少喝闷酒说丧气话，直念叨当年分家偏心，把酿酒的秘方尽数给了主家，他什么都没落下，如今全便宜了外人。

说的多了，他家里的孩子就信了，跑去学堂嚼舌头。

白明禹憋着气，还在愤愤不平："我大嫂嘱咐了，让我在族学多照应他们，这也就我大嫂发话，换了旁人我早上手打一顿了！方家那帮子亲戚当初还是托了我大嫂的关系才能进族学呢，吃里扒外的东西。"

谢璟想了想，又问："方继武这人怎么样？"

白明禹虽然霸道了些，但讲话也公平，皱眉道："读书挺好，书呆子一个，平日里话都没半句。"二少爷老大不情愿，但还是拖长了音道，"我打听过了，这回嚼舌头里的人没他，可那都是他弟弟妹妹，我掀翻他一张桌子也不亏吧？"

"那你怎么把榜首王敬秋的书桌也掀了？"

"还不是王敬秋护着他！"

谢璟眨眨眼："就这么简单？"

白二被看得有点心虚："这……这不是新仇加旧恨吗？"

白家族学和其他家有所不同，族学门前庭院里立了方柱，上面刻了历年成绩最优学生的名字，之前一排清一色的都姓白，后头才轮到其他家的孩子落在二、三等位。而到了白明禹读书的这两年，却赶上王敬秋这么一个擅读书的人，一连刻了几年"王敬秋"三字于榜首。

白家的孩子为此没少挨训。学生里逐渐形成两个小团体，一个是以王敬秋和方继武为首的外来学生，另一个就是白家的那帮子弟，两方几乎水火不容。

孩子们在学堂闹他们的成绩，大人们在外闹他们的利益。

在哪儿都一样。

黑河。

方吉安坐在家中，花厅极小，是一间房子隔开分成，只摆了一张八仙桌并几把高背红松木椅子。

此刻八仙桌上堆放了不少礼物，三大包水果，三大包桃酥点心，另外还有两瓶好酒和堆放在一处的三张旱獭皮毛料子。旱獭皮毛蓬松柔软，全是一整张的上好皮货。

桌上放了两杯茶水，已凉透。

客人走了有一阵，但方吉安却还未缓过来，他喘了几口气，终于还是忍不了心里那口怨气，抓起桌上的茶杯砸在地上摔了个粉碎！

方吉安坐在自己家中破口大骂："白家仗着自己有钱有势，办个族学就了不起了，我儿子就这么被白白欺负了……那个方玉柔也不是好人，拿几块旧货羞辱我，亏继武还喊她一声堂姐，什么玩意儿！"

方继武背着行囊进门，老远听到父亲在家中咒骂，握了握拳，忍下，低头走回后院卧室，闷头读书。

方继武在家中住了一夜，第二天一早就回了族学，临走的时候背了一口袋粮食，高粱米居多，混了其他粮食。

方继武他娘给他准备的时候有些羞愧，又拿小口袋装了七八个三合面馒头放进去，让儿子带去学堂吃，她瞧着大儿子只窜个头不长肉，也是心疼的。

方继武带着去了族学。背了半日书，顺手从小口袋里拿馒头吃的时候，却摸到了一块桃酥饼，打开瞧了，果然是他娘偷偷放进去了几块，生怕他瞧见不让，没作声。

不多时，王敬秋也来了族学，他换了一身新衣，剪了头发，看起来精神了不少。王敬秋径直走到方继武身边坐下，他身上有股傲气兼读书人特有的清高，学堂里除了老师和黄明游先生，其余他都不怎么看得上，也不结交旁人，只闷头读书，沉浸在书本知识里。

他唯一能说得上几句话的就是方继武，两人做同桌已有三年。

王敬秋坐下跟他聊了几句，问："你吃的什么？"

方继武大大方方给他看小口袋，拿了馒头递过去："我娘给带的，尝尝？"

馒头背了一路，已经碎成几块，王敬秋毫不嫌弃，接过吃了，等吃完他就拿出自己的食盒，取了里面的烤鸭、烧肉和方继武分着吃：“你也吃我的。”

方继武拿了一块烤鸭，王敬秋却夹了鸭腿给他，这才埋头吃饭。

方继武无奈道：“你家中离族学不远，不必每次都特意留下。”

“我是来读书。”王敬秋含糊道，“这次没考好，我爹虽然没说，但我知道他失望，我得赶上去。”

方继武笑了一声：“新加了英文课，大家都一样。”

王敬秋问他：“你也打算去北平吧，要抓紧些。”

方继武无奈道：“我没敢想留洋的事，只是盼着有一技之长，多学总没有坏处。”

王敬秋拧眉道：“你不用怕他。”

方继武愣了下，才反应过来同桌说的是白明禹，立刻摇头道：“没有，没有，和白二少爷没关系，我知道自己的成绩，那几个名额我没敢想过。”

“那你上回去东郊不是被诓骗……”

“不是，是我自己要去的。”

王敬秋奇怪道：“你去那里做什么？”

“学医。”方继武翻了一页书，目光慢慢变得坚定。

他去东郊，没有被任何人诓骗。白家子弟虽然对他看不过眼，但也从未动过粗，无非是跟去东郊堵着路训斥几句出出气罢了。他一连多日，每天放学之后都去东郊去寻找一位林医生，跟在林医生身边帮忙做些事，起初林医生嫌他碍手碍脚，但时间长了，他学得快，手脚也利索，竟然也得了林医生几分好感，慢慢地能跟在一旁做个助手了。

林医生在东郊做义诊，并不收码头上穷苦人一分钱，是一个好人。

但方继武不是那么纯粹的好人。

他有自己的主意。

他家中败落，弟妹年幼，即便是成绩再好也无法继续深造。白家出钱留洋的事儿虽好，但他并未看得太重，那是几辈子烧了高香才能求来的，离他太远。他现在想做的，就是留在林医生身边，以后做个助手也好，学些本事也好，总归学医都能用到。

他也曾有过雄心壮志要考医科大学，要去北平或者沪市念书，搏一个远大前程。但大学学费昂贵，医科更是费钱，一年没有个几百块的学费是念不下来的。方继武这些天跟在林医生身边也听了许多，林医生在天津开了一家西医诊所，只开业时节各项设备就是一笔很大的数目，他即便侥幸念完医学院，也负担不起这些。

林医生给了他一线希望。

他在族学听人提起，这位林医生来这里访亲拜友，同时也托了关系去省府的一家医学院任教。他跟在林医生身边，即便只是做个助手，也可以学到很多，还省去学费。

这就是方继武的想法，也是他即便明知被堵，也一定要去东郊的原因。

方继武无奈，但也知道只自己一人现在无法改变家中情况。他家里已经没什么银钱，当年分家之后留下的酿酒作坊虽然还有些盈利，但进项每年都是固定的，生产的酒水也远不如黑河酒厂的好，能支撑多年，也是堂姐方玉柔关照之后才有的。他父亲不知足，他做人子的无法管教当爹的，能做的也就只有管好自己。

心思百转，到了嘴边化为一句叹息。

好在王敬秋也只问这一句，不再追问其他，方继武也沉默下来，认认真真吃完了那只鸭腿。

王敬秋每回都先吃他带来的一部分食物，好像这样就可以不用去想任何借口，和同桌分享自己的饭菜。打从他们认识的第一天起，王敬秋就一向如此，尤其不擅长和人打交道，连做好人都是硬邦邦的，只对读书一事拿出全部耐心和专注。

饭后午休，竟然破天荒瞧见了白明禹带人过来诵读。

白明禹自然是不读书的，但他负责监督，而被他监督的正是这段时间成绩突飞猛进的那几个白家子弟，全是被临时抓来的，苦着脸在背题。

两边划了界限一般，互看一眼，自己学自己的去了。

谢璟在一旁静静观察，心里也已有了留洋人选。

白容久看了名单，笑道："怎么没季良，我当你同他玩的最好，会先选他。"

谢璟摇头："二少爷性子太急，不适合读书，倒是适合做买卖。"

白容久道："我也这么想，他有几分小聪明，我想等这里酒厂的事忙完了，就带他去省府。"

外头有人打帘子进来，递了一份名单，是族学送来的最新的成绩，各个学生都记录在册。白容久翻了几下，和谢璟说的基本一致，前五人名字都在谢璟话里。

谢璟忙碌几日，也得了封赏。

白容久提拔他做了谢管事，跟院子里其他管事一样，月银涨了十块。

谢璟拿着钱的时候，脸上表情有点惊讶，白容久最瞧不得他这般表情，像是被宠得措手不及的小奶狗，越发想多疼疼他。

白容久问他："有什么想要的没有？"

谢璟道："爷，我想跟张叔学些拳脚功夫。"

白容久略微有些惊讶，不过还是点头应了，放他去院子里找张虎威。

谢璟前脚走，白明哲后脚便到了书房，白容久瞧着和往日一样，但白明哲已经有些急了，话都说得有些快。

"……已经不只一家了，我听着人来报，说是黑河几家上了年份的老酿酒作坊都有日本商人去拜访，有些是白天提了礼物上门拜访，也有些晚上才去，说了些什么不得而知，但肯定签了合同——长山酒厂的孙掌柜，已经同那个日本人合伙酿酒，现在他们的厂子里添了三套机器设备，好些人都在等着看出酒情况，怕是都动了心思。"

白容久略微皱眉："就在长山酒厂里开了机器？"

"是，听说光蒸馏设备就三套。"

白容久想了片刻，还是觉得不对："这说不通，只三套设备，他们是想做什么？"

白明哲猜测："许是要卖机器？我听说那个日本商人有艘货轮，还有酿酒机器进货的渠道。"

白容久摇摇头："不可能，我手里这些机器他们弄不到。"

"可是听说他认识德国中间商，或许是德国生产的机器……"

白容久道："酒厂最要紧的并不是机器。"

白明哲茫然，忽然心念一转，愕然道："您……您是说？"

白容久沉吟片刻，道："我把张虎威派给你，这些天让他带人陪着你和夫人进出，酒厂那边也看护起来。你记得，不管发生什么事，人比机器重要。"

白明哲答应一声，匆匆去了。

方吉安日子过得艰苦。

他的酿酒小作坊里只雇了一个人，自打几年前从最繁华的一条街道搬出来后，就已经开始落魄了。哪怕当初搬了新地方特意放了四万响的鞭炮，也没能驱散晦气，生意越来越差。

雇的伙计疲懒，也不怎么在意掌柜脾气，被骂了就起来随意干点活——这酿酒小作坊实在没什么能做的。

这日有人来拜访，提了好些名贵礼物。

方吉安一边请人进来，一边跟对方寒暄："孙掌柜，好久不见，近日可好？"

来人是黑河这边另一家酿酒坊的孙掌柜，也搭手跟方吉安客套了几句。他身边还跟着一个穿着西装的中年男人，面白无须，戴着一副金丝边眼镜，与此处人不大相同。

方吉安把人让进来，打发伙计去买了茶点。

伙计进来跟他拿钱的时候，听到屋内几人说笑声，那西装革履的中年男人口音古怪，竟是个日本人，不由得多看了一眼。

方吉安给了他一角钱，催他快去，又对客人道："伊藤先生坐，来来，尝尝这茶。"

名叫伊藤的日本商人笑呵呵的，颔首坐下，喝了一口茶开口道："我对茶艺只略懂皮毛，不过说起酒，倒是知道许多，一直很佩服方先生的酿酒工艺，想来拜访一下。"

这人带了不少礼物，上来又是一阵吹嘘，方吉安被捧着带了得意，加上他祖上确实有几分真本事在，想当年在黑河那可是独一份的上好烧酒，旁人拍马不及。

但他依旧留了心眼，车轱辘客套话说了许多，对于酿酒并未多说一个字。

他骨子里还有傲气，但这傲气多年挫折之下，又生出点不甘，听伊藤提起黑河酒厂的时候难免带了酸意。

伊藤前来，就是冲着方家的酿酒秘方来的，只是他并不清楚方家老爷的规矩，以为方吉安这里也有一份。

方吉安听见对方说起想学习酿酒，又沉默着不说话了，只闷头抽烟，瞥一眼介绍人孙掌柜："孙兄这是来作保的？"

"只是介绍认识，大家都对酒情有独钟嘛，互相了解一下，了解一下。"孙掌柜打圆场，讲了几句场面话。

方吉安人不傻，冷笑道："那怎么不先跟你们孙家'互相了解'一下，你们家的长山酒也不错啊，上好的烈酒！"

孙掌柜静了一瞬，忽然开口道:“已了解过了，我家中酿造秘方现下已交给了伊藤先生。”

方吉安愣了下，拧眉不解。各家酿酒方子秘不外传，这可是酒厂最后的根基，他想不通孙掌柜为何要将自己家中基业连根撅起，送给这个日本商人。

孙掌柜叹了口气道:“方掌柜，时代不同了，伊藤先生带了一艘船来，上面有三套完整的酿酒设备，同白家商号现在使用的一样。”

方吉安眼睛顿时睁大了。

一个月后。

省府白家的车队离开不过月余，青河县一切如常，黑河却变了样。

方继武再次从族学放假回到家中的时候，家里已不同往日。

虽然住的还是以前住的那个院子，但花厅里多了几件红松木家具，都是新打而成，家里的弟妹也穿了新衣，连一向贪吃的幼妹兜里都存了几块糖果。

不只是家里变了样，家中以前赖以为生的那个酿酒小作坊也换了地址，不再是偏僻之处，而是搬回了几年前热闹的街道上，盘下了那里一处最大的绸缎店，硬是改成了卖酒的店铺，颇有几分财大气粗向周边人宣告方家又阔起来的气势。

方吉安也换了一个模样，身上穿了绸缎长袍，料子走起来簌簌作响，体面又气派。

他平日里就在新店里走动，使唤手下的三个伙计，晚上回家还是老样子，多喝几杯酒之后又开始骂骂咧咧地说对方玉柔和白家的不满，从机器到钱庄，骂个不休。

不多时，店铺有人拜访，进来的正是日本商人伊藤。

伊藤笑道:“方掌柜，我只能先给你这一套了，至于其他追加的还要再等等，过几日就能运到，不瞒你说，这些天已订购出去数十套了。”

方吉安跟他道喜，对方却摆摆手道:“你觉得这些蒸馏设备能酿造出多少酒水?”也不等方吉安开口，伊藤手指在桌面上敲了敲，暗示道，“投资酒厂，可大可小。比如选择相应机器设备投资一个小型酒厂，所需不过两三万银元，当然也有投入五万银元的，总投入上限一般不会超过十万银元……方先生可再斟酌一二。”

方吉安哼道:“隔行如隔山，你不过是卖机器的，对酿酒还是不懂，我们要做的酿酒预算可不只是机器，你打问过今年粮食价格没有？又想过贩卖到哪里去，这些都弄清楚了吗？”

伊藤道：“是，我从未酿过酒，一直对能学到真正的酿酒技术十分神往，我厂的技师们也盼想在您这里亲自体验操作酿酒过程。”

方吉安抬眼看他，心里咯噔一下。

伊藤脸上依旧挂着初见时的微笑，但多了几分运筹帷幄：“钱和设备上您不用担心，我们有自己的大型酒厂正在准备筹建，至于机器则是从德国运来，全套的蒸馏设备，完全可以满足需求，我想我们可以合作。只是，如果按照你和孙掌柜给的配方，大批量酿造出来之后，您觉得这酒卖得如何？”

方吉安额头冒了冷汗，他这才听出来，对方有备而来，扔出来的是块肉，但肉上挂着钩子，手里攥着长线，就等着人张口咬下去。

伊藤道：“我听说您和黑河酒厂的方玉柔女士是至亲，那她酒厂里的……”

方吉安忽然回头呵斥道：“继武，你先出去！把门带上，我有话同伊藤先生讲。”

酒坊一角，正在低头搬东西的方继武脚步略顿一下，又被骂了一句，转身出去给他们带上房门。关门的那一瞬，他只看到阴影处被渐渐遮掩的父亲和他们越来越浅的交谈声。

方吉安看到饵料，也看到那条牵在日本商人手里的鱼线，犹豫再三，咬钩不实。

但他全副身家已搀和进去，对方并不担心他能逃掉。

入夜，伊藤又独自前来拜访，在方家门前盘桓多时，终是踏入了方吉安的家门。

之后几天，孙掌柜带了其他几个面生的人来方家，接触频繁。

第十二章 长山酒厂

黑河酒厂。

北地夏季短暂，盛夏之后几场雨水落下，八月初便开始凉了。

白容久带了人在这里住了几日，品尝方玉柔新酿出来的酒。

此次除了第一批交付的酒水以外，还分了一部分烧酒送去省府，另外剩下的几只木箱里放着的则是医用酒精。

方玉柔按照九爷的吩咐，特意定制了一批透明玻璃瓶，不拘工艺如何，一定是清澈透亮的，装好了放进去。她酿酒多年，但这种西医用的东西还是第一次制作，总担心哪里出错，待九爷一来，就迫不及待拿了样品过去。

白容久正在厂子里查看机器，同那位德国工程师说话，谢璟跟在后面拿了一件薄披风。

方玉柔站在不远处等着，她虽在厂子里忙活，但不大同洋人说话，瞧着九爷在忙就招招手叫了谢璟过来，笑着同他讲话："小谢，好些时候没见你，还以为九爷真舍得把你送族学里去念书了呢，听说那边请了一位洋人当老师？"

谢璟道："是，省府那边送来的一位英文老师，有几位学生功课很好，留下加了课。"

方玉柔道："哟，那可真是稀罕，你没再跟着多学些日子？"

谢璟道："去旁听了几天，也没听懂多少。"

方玉柔拿手绢遮在嘴边笑，轻声道："依我说，你跟在九爷身边学得更多。"

她顿了一下，又小声打问道，“听说九爷要去省府，这次要走多长时间？”

谢璟道：“还未定下，或许几日就回。”

两人正说着，就看到那个德国工程师满面笑容地走了，路过的时候还摘了帽子冲方玉柔行礼，他离得太近，方玉柔吓了一跳连连往后退了两步。

白容久在后面道：“不碍事，他同你开玩笑。”

方玉柔在酒厂工作多年，比其他待在家中相夫教子的女子更大方爽利一些，笑着道：“是我还没习惯，这冷不丁瞧见他眼珠子是蓝的，心口就发慌。”她往前走了几步，让身边的人捧了托盘过来，上头放着几种酒水，最边上则是一瓶大肚小口的玻璃瓶，用软橡皮塞堵了封口，“九爷，按您的吩咐，这月的酒水已装箱送上货船，这是第二宗准备酿造的烧酒，还有您要的医用酒精。”

白容久先拿起那瓶医用酒精打开闻了闻，又观察了一下成色，对她道：“派人送两瓶去给林医生，他是西医，应当懂这些，若是他点头了再装箱送往省府。”

方玉柔这才想起还有一位现成的西医在，答应一声，喊伙计去送。

伙计来取那两玻璃瓶的医用酒精的时候，地上有些滑，他手里拿着东西转身没走稳，差点摔倒，还是谢璟手疾眼快托了瓶子一把，又扶住了人。

方玉柔训斥了伙计两句：“也不仔细些，整日毛手毛脚！”

谢璟道：“我送他去门口。”

方玉柔答应了，又问九爷：“这里都是机器，人多路也滑，九爷不如去二楼办公室，坐着歇一会儿也好。”

白容久道：“没事，我瞧瞧机器。”他视线落在一旁人举着的托盘上，问道，“这是新酿的酒？”

“是。”方玉柔知道他时间紧，拿小杯倒了四五杯出来一字排开，“九爷尝尝看？这里头有新学的方子。”

白容久拿起开头一杯，放在鼻尖闻了下，又浅尝一口，是黑河酒厂一贯的水准，用了上好的原料和优质泉水，酒香醇正，入口醇厚，余味回甜。余下几杯也不错，浅尝之后口感层次略微不同，但香气都是一样的，带着独特悠长的风味，是方家不传秘方里的一大特色，待喝到最后一杯的时候，刚一入口，就觉性烈。

方玉柔问道：“九爷觉得这酒如何？”

白容久慢慢咽下那一杯，道：“威士忌。不是酿造酒，应当算是蒸馏而成，洋人的配方和我们有些不同，口感尚可。”

方玉柔道:“这是孙家的酒。”

“长山酒厂的孙家?”

“嗯，这孙家倒是有点意思，知道烧酒和咱们拼不过，换了新式的酒水。孙掌柜前段时间进了好些日本机器，大约拼不过想换条路，也算是个办法。”

“恐怕没那么简单。”

方玉柔笑道:“是，什么都瞒不过您。前些日子孙掌柜请了好些人来，说是要开什么业界讨论会，大家共同商讨，也不是什么新鲜事儿，就是互相来车间瞧瞧，我按您吩咐的，让他们看过了机器，那孙掌柜还不知足，连陶储缸都远远瞧了，恨不得盯着咱们手把手酿一遍。我当然也不肯吃亏，让厂里的大师傅带着几个徒弟去孙家那个酿酒厂里也转了一圈，反正他自己说的，这叫‘参观’！您猜怎么着，孙掌柜那些日本机器跟我们的相仿，但也不太一样，多是蒸馏设备，造的叫什么‘威士忌’酒，工序简单着呢，咱们厂的大师傅看一眼就记在心里，这不，已经学回来了。”

白容久是商人，对酿造并不精通，只问她需不需要人手多加戒备。

“您派来的人已够用，现如今酒厂和铁桶一般，外人轻易进不来。”方玉柔解释道,“爷不必担心，我方家在北地酿酒也不是一日两日，用的原料和工序并不怕他们瞧见，即便他们学了一模一样的，也酿不出我手里的味道。”

“这是为何?”

“皆因曲母不同。”

方玉柔手里最大的依仗，就是曲母。

洋酒不发酵，多用配制、蒸馏，华国的白酒却要加入酒曲，这一来是为了酿造出更好的白酒，二来是加速酿酒的过程。黑河诸家酒厂都懂这份道理，各家酒曲配方大同小异，无非就是粮食、曲母和水，十分简单。

但最关键的就是这曲母。

方玉柔手中的曲母是家中传下来的，经过多年筛选优化，里头加了药草，但不仅尝不出一星半点的药味，酿出的酒还带了特殊香味，也正是因为这秘传手艺，才让黑河酒厂独占鳌头。这种风味的烧酒，也只有此处才有，称得上是北地三省一绝。

九爷拿了杯子细品之后，点头道:“确实不错，年份成色，还需细调。”喝完又问,“上回说的啤酒如何?”

“还算顺利，九爷有空不如一同去看看?”

“也好。”

谢璟送完伙计，瞧着他仔细把那两瓶医用酒精装好带走，这才小跑回了厂房里。

只是找了一圈，也没瞧见白九爷的身影，连着问了几个人之后，才问到一个知情的，对他道：“九爷？九爷刚才同方掌柜去品酒，咱们这位爷可真是海量啊，舌头也是数一数二的挑剔，一星半点的不同都能品出来，咱们厂里酿酒的大师傅都服了，现在陪着去品尝啤酒原浆了。”

谢璟心里咯噔一下：“爷又喝了啤酒？”

“是啊，那么大一杯呢，小谢你是没见着，之前喝烧酒的时候杯虽小，但品类多，咱们这最善饮的大师傅也不敢一气儿尝过来，换了旁人早醉倒了，九爷没事儿人一样，喝完了还能看机器上的洋文呢！”

谢璟也不听他继续说，连忙起身去找。

厂房里机器多，隔间宽敞且大，最后是在一处机器和砖墙的夹角里找到了白容久。

白容久正站在那儿看机器上的洋文，视线专注，若不是单手扶着那一缸酒水，没人知道他需要借力而站。

谢璟靠近，小声喊他。

白容久转头看了他一眼，并未讲话。

谢璟过去拉着他手，想带他上楼，对方双脚却像灌了铅，稳稳站在那儿没有动，反而施力把谢璟拽了回来，皱眉问道：“不是说上楼，怎么不走？”

谢璟：“……爷？”

白容久皱眉，动了动手，却依旧把人抓得牢牢的，他垂眼看向握着谢璟的手腕，怎么都不明白想的和做的为何相反。

谢璟用力，但九爷力气更大，纹丝不动。

谢璟心想，这位是真喝醉了。

白容久安静站在那里，　身白色长袍，头发略微垂下遮住半扇长睫，鼻梁高挺，薄唇微抿。

谢璟过去扶着他，白容久瞧了他一阵，慢慢松开撑在酒缸上的那只手，落在了谢璟肩上，谢璟未想过醉酒的人这般重，一时未能撑住，白容久那只手就滑落在他腰上，紧跟着人也踉跄一步，坐在了地上。

谢璟低呼一声，又连忙左右看了，尽量替他挡着：“爷？您醒醒，我扶您回楼上歇着。”

白容久坐在那里，眯着眼睛，声音同平时一样沉着：“好。”

话虽这么说，却抱着谢璟的腰没起来，手劲儿不小，半寸未挪。

白容久疑惑：“怎么不走？”

谢璟哭笑不得，他倒是想拖着人起来，但他现在比九爷矮上一头，力气也没这位大，压根拖不动。

白家九爷什么都好，就是不能饮混酒。

若只是白酒，几斤都无妨，但只一点，绝不能掺着喝，这也是谢璟跟了九爷几年后才知道的一个小秘密。那一回是中秋，九爷高兴，带他去山上小住几日，没留神喝了许多混酒，大约是仗着自己千杯不醉，并未放在心上，但也是那次，谢璟头一回见识了喝醉的九爷。

九爷喝醉了也同别人不一样，猛一看谈话行事如常，有些事却反着来。平日里性子冷，那天却带着他去爬山，背诗给他听。

起先是古诗，后来九爷看他一眼，又背了两首英文诗。

谢璟听不懂那些，却识得他瞧过来的目光。

九爷倚靠在一株云杉树干上，还给他吹了一首口琴曲，调子缠绵悠远，和方才诵读时的嗓音一样低低的，落在耳中。

那晚月色已记不清，只记得云杉树下的人。

皎皎君子，清朗如月。

……

外头有脚步声走来，那人老远喊了谢璟名字。

谢璟开口道：“何事？”

对方道：“方掌柜找您呢，说想问问过几天出行的事儿，做些准备。”

谢璟道：“让掌柜的找张虎威，这事他都清楚。”

那人热情道：“哎，行！谢管事怎么一个人在这里，要不要帮忙？我叫两个人来跟着你四处走走……”

谢璟不让他靠近，隔着机器道：“不用，我来看看设备情况，自己就行。”

对方答应一声走了。

谢璟手放在腰上，轻轻按了对方环抱着的手，他肩上披着薄披风，遮住了此刻席地而坐、倚靠在他胸前闭眼休息的白容久。

几天后，白容久带队去接应一批货物，留了张虎威和谢璟在酒厂。

黑河一带地广人稀，骑马走上不远就是白桦林，张虎威分派人十人一队分三班巡视，自己得空就带谢璟去练枪。他路子野，都是搏命的手段，长短枪都使得好，尤其擅长马上作战。

谢璟跟着学了不少，一连几日过得充实，梦里都是如何对战。

黑河不大，孙掌柜又邀请了不少人去他厂子里看，用他学的那个舶来词，管这叫“参观”。

参观的人多了，日本客商手里能购买机器的事很快就传开，据说那日本商人接连拜访了几家，不少人动了心。

白家可是置办了机器之后，才如此红火，这每日轰隆隆的机器声音大家都听在耳朵里，艳羡不已。

白明哲也应邀去参观了长山酒厂，回来之后却紧锁眉头。

方家有和他交好的人，来打探消息的时候，白明哲第一次开口直劝：“如果你肯听我的，这批机器先不要买。我家这批机器设备用了几个月，省府那边还特意请人来调试，直到现在也不敢说完全上手，那日本商人的机器，未免也太容易操作，我这心里总觉得不踏实。”

那人听了白明哲的话，虽羡慕，但还是多了几分谨慎，没有跟着下单。

有些人听说了白明哲说了这些话，却不以为然，嗤笑道：“这是怕我们挡着他的道儿，甭理他。日本人不也说了吗，虽然不能派技术人员过来，但能让我们厂子里的工人去学上一段时间，价钱也划算，依我说他们白家就是心眼多，故意这么放话出来。”

有两家当日就订购了日本机器，只是在安装的时候就出了不大不小的岔子，险些绞了一个工人的手。

这一下弄得其他人颇为顾忌起来，有人又提起白明哲当初说的话，隐约觉得日本商人这批机器里有些不对，但很快，日本商人那边派了几个孙掌柜那边的人过来，帮着组装好，更是言明已在长山酒厂入了股。有孙掌柜这个保人在，加上对方服务周到，上门道歉并全程负责维修，慢慢的那两家也就没一开始那么大怨气了，接受了这批机器。

七八万银元的机器，生产两三年，即可翻上一倍，这买卖就算有些风险，但利润也大，值得冒险。

他们可是听说了，白家的酒厂投了近百万银元哪！

白明哲在黑河经营多年，所售卖的不止是烧酒，还有好些其他南北货物，认识的人也多，从别处要了份邀请函打算再去孙掌柜那参观一回。这次他多了个心眼，带上了谢璟和厂里的德国工程师。

谢璟不懂他们生意上的这些，但是能用德语勉强交流上几句，白明哲让他去做个翻译。

谢璟道:“我只会几句，怕是翻不好。”

白明哲道:“无妨，也不是翻译给外人听，带着咱们的人去瞧一眼我也能放心。”他又压低声音嘱咐,“你到时候机灵些，找机会再多看看。”

谢璟答应一声。

商定过后，一行人动身去了长山酒厂。

谢璟在门口看到牌匾的时候，却对这个牌子的酒毫无印象。如果说早几年他在戏班学艺吃苦，没有时间喝酒的话，成名之后却是被带着跑了不少酒席，跟在九爷身边的那些年也见过不少的酒，没理由上一世从未听过“长山”这个牌子。

正想着，就看到一个富态中年男人带着一个伙计走了过来，男人穿一身绸缎长袍马褂，迎面抬手拱起打了招呼:“白掌柜，好久不见，近来可好?”

谢璟视线落在他身上，眼睛微微眯起。

孙大江，这个人怎么会在这里?

眼前这个人真的是孙大江，那他几年后会在满洲里投靠日本人，搞出不少的事之后，卷了钱财一路南下，投奔了九爷的一个对头。谢璟会记得他是因为这人难缠得很，面上看着忠厚，心底贪婪，出了名的只认银钱不认人，卖妻卖女卖祖宗，背了不少卖国罪名，至死不知悔改。

白明哲同孙掌柜客气几句，两人携手进去。长山酒厂如今成了展示的试点一般，每日都有不少人来，但卖出去的机器不算多，一来开价贵，二来就是孙掌柜和那个日本人还有额外的附加条件，不是所有商家都能承受的。

白明哲带那个德国工程人一同来，孙掌柜只看了一眼，笑笑没说什么。

白明哲近日劝了不少商家，但大家都不听他的——或者说他越是劝，旁人越是疑心。

孙掌柜心里有数，并不阻碍他们看机器。

那个德国工程人在车间转了一圈之后，低头对谢璟说了几句，比画的动作得有些大，一会儿点头一会儿摇头的。

白明哲咳了一声，问道："小谢，约翰先生说什么了？"

孙掌柜斜眼留神看他们这边，也在竖着耳朵想听一点。

德国工程师连着说了几句，句子极长，叽里呱啦又是一大串。

谢璟闭眼睛编："他说还没看明白，想再瞧瞧。"

孙掌柜："……"

孙掌柜："他说的可不只一句吧？"

谢璟："是，都是些机器的专用名词。"他仗着自己记性好，凭空背了一句刚才德国工程师刚说过的话，发音都一样，"我怕翻译了孙掌柜也听不懂。"

孙掌柜见他说洋文，心里信了几分，但总觉得这一脸老实的半大小子在骂人，只是谢璟神情认真，他一时也发作不出来。

一旁的德国工程师听到谢璟重复那段话，却是有些激动，继续用德语寻找盟友："是不是？小谢你也这样认为的对吧，他们厂子里的机器都只是样品，这种根本就没有办法生产，这到底是加工车间，还是展示间？如果只是展示，能不能请他们带我们去下一个地方，我想看看真的机器。"

谢璟重复："我想看真的机器。"

约翰先生："……"

谢璟冲德国工程师点点头，又抬头对身边两人翻译："约翰先生今天早上吃了些凉东西，肠胃不太舒服，想请孙掌柜行个方便，他去去就来。"

孙掌柜不疑有他，让人带他们去了。

谢璟叫上约翰，说了最流利的一句"走"，对方以为是去看机器，高高兴兴跟谢璟走了。

这一去，就是半天未回。

孙掌柜站起来两次，还是忍不住叫了身边的其他两个伙计去找，人是找回来了，但那个德国工程师一脸生气，比画着要走。

孙掌柜道："这是怎么了？"

一旁跟来的伙计连忙上前在他耳边嘀咕几句，眼睛看看谢璟和那个德国工程师，又很快垂下去。

孙掌柜重重哼了一声，看了谢璟又看了看坐在一旁的白明哲，冷笑道："白掌柜，这就没意思了吧？你让手下的伙计带了个洋人在我厂子里四处乱转是什么意思？"

白明哲坐在一旁喝茶，一脸惊讶，转头问："小谢，这怎么回事？"

谢璟道：“约翰先生自己要走，我拦不住。”

德国工程师在一旁听到提他名字，又愤怒地嚷嚷几句。

孙掌柜狐疑：“为何又生气了？”

谢璟道：“洋人习惯不同，我也不懂，许是孙掌柜这里风水不好冲撞了。”

孙掌柜：“你！”

白明哲先发制人，开口道：“小谢，怎么说话的？快给孙掌柜赔个不是。”他这么说着，却自己先站起来，也没给谢璟开口的机会就一脸歉意拱手道，“孙兄，你看这次来弄了这么一出事，但你也知道，这洋人是省府那边送来的，我一时半会儿还真管不到他头上，唉，给你添麻烦了，我们先行告辞，孙兄忙，不必远送。”

从长山酒厂出来，一上马车，白明哲就立刻问道：“小谢，探查得如何？”

谢璟道：“约翰先生说机器是样品，不能投入生产。”

白明哲不解：“不对啊，我亲眼瞧见出了好多酒……”

“我也是不敢确定，才找了借口带着约翰先生去长山酒厂外头转了一圈，别的我不懂，但我知道要酿酒，库房里定然是要存下粮食，长山酒厂小，我转了片刻就找到他们的粮仓，里头是空的。”谢璟顿了一下，道，“孙掌柜那些酒并不是这些机器酿造的，怕是从别处运来。”

白明哲脸色凝重，眉头紧皱。

白明哲回去之后，找了几家相熟的客商，问过之后才知道那批日本机器要了高价，而且还明里暗里讨要其他酿酒坊的独家配方。

白明哲连夜写了信，将探查到的情况写明，让人快马加鞭给九爷送去。

另一边，黑河忽然有流言传开。

说是省府白家以前做的买卖，是用了洋人的钱，伙同洋人在国内赚了不少银子，如今回来是吃了甜头，想再用洋人机器在北地赚上一大笔；也有人说白九爷从省府带来的百万银元里，有一大半是洋人的，是在替洋人做事赚钱。

自庚子以来，华国人对洋人又惧又恨，和洋人一同赚国人的钱这样的事，激起不少怨愤，一时间黑河酒厂被人扔了砖头，所幸未伤到人。

黑河酒厂加强巡护，白天夜里都有人轮值。

这一日，有方家的一位亲戚前来拜访，点名要见方玉柔。

恰巧方玉柔出门不在，对方支支吾吾，也不肯离开，因为有方家长辈身份的依仗，他在酒厂里多绕了小半圈，也没有人敢管。

谢璟早上自己在山上骑马跑了一圈，骑的依旧是白十四，他偏爱白马，这会儿正在马厩里弯腰抓黄豆，偷着给它加餐。

白马温顺地站在一旁，只偶尔晃一下尾巴，用身形遮挡着谢璟。

黑河酒厂这边马厩是新盖的，极宽敞，一侧堆放了好些草料，还有几袋黄豆精料。谢璟拖了一袋过来，挑颗粒大又饱满的捧在手心给白十四吃，一人一马默默无声，只有咀嚼的轻微声响。

忽然听到草料堆那儿有些声响，谢璟身形未动，抬眼望过去，远远瞧见一个人过来匆匆在怀里掏出点什么东西放下，慌张看了四周，又走了。

谢璟动作轻，猫腰过去翻看了一下，却是一个小孩手臂粗的炮仗筒，信子很长。

他眼神暗了下，捡起那枚东西，跟着前头的人放轻脚步追上去。

白明哲在办公室忙碌半日，刚坐下喝杯茶的功夫，谢璟就来了。

白明哲对他和气，问道："小谢，什么事儿?"

谢璟关了门，走近了从怀里拿出一个炮仗筒，放在桌面上对他道："掌柜的，你看。"

白明哲拿起看了下，这是年下放烟花礼炮用的那种，分量极大，瞧着比往常用的足足大了两圈："这是哪儿来的?"

谢璟道："有人放在马房那边的草料堆里，拿草遮住，除了马房还有放酒的仓库附近，我仔细查了，一共五枚。"

白明哲猛地站起身："其他几枚在哪儿?"

"我全找出来，拿着'还'回去了。"

谢璟不认识放炮仗的人，把衣着外貌跟白明哲形容了一下，白明哲细想了一下，就认出这是方吉安，一时脸色难看起来："你接着说。"

谢璟道："我跟着那人一路摸到地方，尽数拿了，然后跟着他找到长山酒厂那边，剩下那几枚都埋在长山酒厂外院树下了。"谢璟想了想又道，"他们厂房白天有门岗，进出检查严格，我一时半会儿进不去。"

白明哲惊讶道："你还能再去?"

谢璟点头："他们院墙矮，不难进，而且上次掌柜的带着我去了一趟，我记得路。"

白明哲沉默片刻，就有了主意，冷笑道："原来是孙大江，我说为什么今天一早就有人来拜访，不是打秋风，是打黑河酒厂的主意!"他捏着手指节上的扳指转动两下，抬手让谢璟靠近两步，低声密语。

长山酒厂既然敢做初一，那他就敢做十五！

长山酒厂。

第二天，孙大江还未动身，白明哲一早就已递了帖子，前来拜访。

孙大江有些犹豫，但还是很快让人去请白明哲进来，另一边又低声嘱咐了身边人去找方吉安。

白明哲来得很快，一脸笑意地上前跟他问好，攀谈置办机器的事。

孙大江隐隐觉得哪里不太对劲，但一时也说不出来，坐在那儿给他倒茶问道:“白掌柜还要买机器？你们酒厂，已经是全黑河最好的了吧？”

白明哲笑容未变:“哪里，哪里，不过是托了孙掌柜的福，最近生意太好，多买些机器有备无患。”

“白掌柜打算要多少？”

“这个嘛，还没定下，前几日看了报纸，上头有好些孙兄打出去的广告，看得白某是心驰神往。对了，那家报社还想采访我，若有机会，不如我为孙兄引荐一下？”

“这个就不必了。”

“也是，孙兄近来忙碌，我听说你现如今给日本人跑腿了？”

孙大江心里不痛快，但脸上也只能赔着笑:“不过混碗饭吃，不比白老弟你好手段啊，年纪轻轻厂子已有了如今的规模，实在让孙某佩服不已。我听说省府白家当年在国外的时候做过一笔大买卖，跟着洋人赚得盆满钵满……”

白明哲笑意收敛:“孙掌柜慎言。”

孙大江道:“孙某说错了话？其实不管是你们跟着西洋人，还是如今我跟着东洋人，咱们做生意，不过是为了赚钱，不必把事情搞得那么……”话音未落，就听得一声巨响，紧跟着又是几声，厂房人声马声混成一片，孙大江撑着桌子站起来，惊恐未定，“什么声音！”

白明哲比他快上一步，推开窗户大声喊道:“快去瞧瞧仓库，一群蠢货，厂子里什么最要紧都不知道！”

孙大江猛地想起什么，连声阻止，但白明哲比他快上一步，加上后头仓库已有火烧起来，那些伙计慌手慌脚地都听了白明哲的话，提着水桶冲了过去。

跑在前头的一个伙计半路撞到一个少年，对方二话不说把他手里的水桶抢过来，瞪着一双黑亮的眼睛呵斥道："还愣着干什么，再去拿水，救火啊！"

伙计蒙了一瞬，几乎是下意识答应了一声，又回去提水去了。

谢璟手里提着水桶，也不急着往前冲，混在人群里慢慢遮去身形，绕了两处在不起眼的拐角地方脱下身上麻布外套，拿火折子烧了。他衣服上沾了一处黑乎乎的东西，遇火就着，很快烧了起来，连同挨着的谷仓也点燃。谢璟看到众人都往仓库那边跑，没人留意这边，待谷仓陈旧木门烧起白烟，悄悄跑了。

白明哲对着火的事比孙大江还上心，带人跑去前头探查看了，孙大江几次拦不住，眼神忽明忽暗，隐隐透着狠色。

正在这时，不知为何厂房门口来了几个记者，拿着照相机就往里跑，要抢第一手新闻。

孙大江也顾不上库房了，连声喊人去拦着那些记者，他脸上出了汗又沾染了飞灰，伸手去擦了两下顿时狼狈不堪："为何会有记者？"

白明哲懊恼道："怪我，怪我！你看刚才光顾着叙旧，忘了同你说，这是日报的记者，他们前两日说要来采访我，我一直没能抽出空，就想今日让他们过来一起采访我们，毕竟长山酒厂也是老牌子，咱们兄弟厂子，共同繁荣。"

孙大江心里骂了几回祖宗，但面上愣是没敢回一个字，又急又气！

记者几步跑过来，一个跑去拍火场，另一个过来访问，孙大江一点心情都没有，只想赶他们走，但刚一抬手就被闪光灯晃了一下眼，拍下了狼狈的样子。他想发怒，却被白明哲拦住道："孙兄，不要这般，记者也只是想知道实情。"

记者瞧见他好说话，便转头问道："白先生，您是民族企业家，我想问下您对这次的火灾有什么想法，这是突发事件吗？在厂子里的工人能不能得到足够的安全保障？还有您觉得本地振兴工业之路还有多远？"

白明哲道："我也是今日凑巧前来拜访孙兄，唉，谁知道遇到这样的事，不过万幸火很小，已经快扑灭了。"他看了后面仓库一样，感叹道，"幸好孙兄仓库里没有放酒，我们酒厂最怕的就是明火，孙兄下次千万小心。"

记者立刻追问："孙先生，长山酒厂之前报道说出产酒量一日有三吨之巨，为何库房里没有酒？"

"这，这自然是卖出去了。"

"卖去了哪里？"

……

孙大江讲了几句客套话，勉强招架住了，但是紧跟着就听到粮仓那边有人大呼小叫。厚重的木门虽然结实，但已陈旧，被火烧得整张门摇摇欲坠，紧跟着“轰”的一声摔倒砸下，露出黑洞洞的粮仓内部。

粮仓是空的。

长山酒厂着火一事，被报纸大篇幅报道出来，标题铅字印得大且醒目，一时间引发巨大争议。

黑河商户甚至有些等不及立刻找去了长山酒厂，想当面问清粮仓和存酒之事，他们经商多年，当然知道这事的严重性，等到去了长山酒厂门口瞧见一把冷冰冰的锁头的时候，一时间冷汗都下来了！

不知有谁忽然喊了一声：“我们被骗了！没粮食怎么酿酒，机器是假的！”

他这么一喊，其他人顿时也反应过来，大声拍打厂房门让里面的伙计开门，也有人哭喊出声，一时间乱成一片。

而此刻，长山酒厂的掌柜孙大江已被扣在了黑河辖区的巡警局。

“孙大江，我再问你一次，你酒厂到底有没有粮食和存酒？为何捏造日产三吨的虚假消息，收受的几笔卖机器的银元又藏在哪里？！”警员已审问一夜，耐性全无，“你最好老实一点，长山酒厂着火一案，我们势必要重查！”

孙大江几次三番改了证词，十分不配合，此刻只说自己也是上当受骗。

“全是那些日本人害我，我现在身无分文，厂房也被烧了，那可是我一辈子的心血啊！”孙大江脸上还沾着昨日的灰尘，显得狼狈，花白的头发和满是痛楚的神情很能博得同情，“我只求你们先让我回去看一下厂里的工人，把厂房变卖之后，好歹先赔偿了他们。”

他说的好听，但没过一会儿，看到被提来的证人就微微变了脸色。

被带来的人是方吉安，在瞧见巡警的那一刻就开始软了骨头，他抽鸦片把骨气都抽没了，明明脸色蜡黄身子很虚却格外怕死，被扔在大厅的那一刻就没能站起来，半跪在那里什么都说了。尤其是孙大江嘱托自己要办的事，他更是一字不漏，竹筒倒豆子般吐露了个干净，只求宽大处理，饶自己一命。

孙大江上前踢了他一脚，立刻就被警员按住，他不顾几个人按着肩膀胳膊梗着脖子喊道：“冤枉，这方吉安一定是记恨在心！”

“他为何恨你？”

“因为之前我帮日本人买了他的酿酒方子，而且他的酒坊也收归我所用，我……我也是一时鬼迷了心窍才去帮日本人，说来惭愧……”

孙大江一副羞愧模样，真真假假，说了一些，越是这样混着越诈不出半句真话。

警员质问:“既然你承认勾结外人，那么我再问你，你厂房为何昨日起火?”

孙大江跪坐在那儿，过了一会儿，口中喃喃道:“我的厂房为何起火?”

他视线落在前头搜寻来的一堆“证物”上，一旁甚至还有一个瑟瑟发抖的证人方吉安。

孙大江眼神变化几次，心里想了几种拖白家下水的计谋，但还未来得及开口，就看到有人呈上来新的证物——是几枚爆竹筒，和市面上的不同，这几枚显然更粗大一些，上头还浇了一层黑褐色焦油，稍微遇到一点明火就着。

警员确认之后，让人拿去放在孙大江面前:“这是在你厂房四周发现的，里头火药剂量远超市面上的炮竹，遇明火就爆炸，还会发生火灾，极其危险，你为何还在这上头泼洒焦油?”

孙大江心里已快要吐血，这炮竹是他让人特制的没错，里头塞了少量炸药，但这焦油可不是他弄的啊！而且他又不是傻子，怎么会把这种东西安插在自己厂子四周，他活腻了不成?！他心里已经确定是谁的手笔了，但此刻却是有苦难言，他若提白明哲那边一个字，势必还要扯出更多……孙大江咽下喉头的血腥味，一个苦主还要强撑着勉强答道:“这，自然是为了调试机器所用。”

“满口胡言!”

另一边，白明哲去做了笔录，被巡警客客气气送了出来。

外头路边已有马车在等，赶车的是一个身强体壮的护卫，谢璟正依靠在路边一棵大树上等，瞧见白明哲出来立刻上前。

白明哲上了马车，谢璟紧跟着蹿上去。马车走动之后，白明哲才发现车后远远还跟着一个骑马的人，穿了普通衣裳戴着斗笠，瞧不出模样。

白明哲坐在车上道:“小谢，巡警局还算安全，不必如此。”

谢璟看着窗外，压低声音:“九爷临走的时候交代过，一定要护您周全，我师傅不在，人多一点才放心。”

白明哲:“张虎威去了哪里?”

“还留在长山酒厂外守着。”谢璟收回视线，放下车帘，“昨天长山酒厂着火之后，孙大江没有离开厂房，被巡警带走之前一直待在那里。”

白明哲略想一下，道:“这不对劲，他这人爱财如命，酒厂出事，他这么聪明必定会立刻卷钱逃窜，怎么还会坐以待毙？前两日他就收了几家商号十余万银元，黑河用银钞少，现洋多，这么多银元暂时带不走，他留在厂子里要么是为了藏钱，要么就是还有更重要的事。”

谢璟道：“是，师傅也这么说，所以他去盯着。”

张虎威跟在白容久身边历练多年，外表莽撞粗糙，但其实心细如发。他隐约觉得这事有不对劲的地方，孙大江像是故意被抓，跟巡警局的人耗时间，这种连自己都豁出去的狠劲之下，埋藏的肯定是一件极为重要的东西。

谢璟掀开马车毯子一角，露出压着的一把枪，拿起来反手递给白明哲：“掌柜的，师傅临走的时候让我转交给你，拿着防身。”

白明哲没有犹豫，接过收在袖中。

两日后，张虎威单枪匹马抓回来一个长山酒厂的伙计，那人换了挖参人的衣服打扮，身上都沾了松林里的土，已跑得很远，但依旧没能逃脱身后紧随的张虎威。

白明哲上前看了一眼，就认出这是孙大江的一个侄子，平日里是长山酒厂的一个小管事，搜了这人身上一遍之后，就找到了一块压得紧实的“土”饼子。

白明哲在黑河酒厂多年，一闻就闻出来这是什么，脸色变得难看：“是我们酒厂的曲母。”他用手抠了两下，露出那块“土”饼子边角的一片红印。孙大江不知那是什么，得到之后生怕也是有用的东西，就这么压好让人带着走，殊不知这是黑河酒厂的曲母坯块的记号，每四块可合成一个完整印记。

张虎威一路风霜，眼睛里布满血丝，瞧着几日未合眼，但精神还好：“我跟了他一路，这人要往满洲里去，我见半路再无人和他接应，就直接抓回来了，路上只瞧见他抓着这么一块东西，再无其他。”

白明哲给他施了一礼，张虎威躲开道：“白掌柜不必如此，我是九爷的人，九爷临走有吩咐，这些是我该做的。”

白明哲沉声道：“此事对我青河白家至关重要，你一路辛苦，且先去休息，剩下的事儿有白某在。”

曲母从酒厂被偷，只能是内贼，且是未发现的内贼。

但唯一庆幸的是，偷曲母的人并不知道这东西会打上印记，那么就可以排除一众核心酿酒师傅，也算不幸中的万幸。

白明哲严查之后，很快就弄清了事情由来。

方玉柔带着几个厂里的大师傅，酿酒之事一概不让生人插手，能进曲母温室的也就那几位，十余年不曾变过。但前几日温室房的窗户坏了，找了一位厂里的木工来修理，掉下去的工具砸碎了一块曲母坯子，手忙脚乱之下，并未察觉少了一块碎料。

白明哲雷霆手段，当天抓了七八人，他也不细分，但凡有些嫌疑的就一并赶出去——外头的人想一点点渗入，绝不会只开一个口子，尤其是孙大江这样的老狐狸，一旦找到机会就会使阴招，明面上用方吉安，谁能想到他私下已经找了内贼，甚至偷到曲母?!

白家清理内贼的时候，巡警局也发生了一件大事，孙大江逃了。

孙大江被关了几日，一直还算配合，这天开口还吐露了一笔藏起的银元，想将功赎罪。巡警局的人按他说的还真找到了几箱子银元，就信了他的话，但没想到孙大江趁他们防备变弱，连夜逃窜，一路奔去了边境，若不是有巡逻的守备军，怕是他已搭乘小船过了河。

巡警局。

几个警员严阵以待，一旁还站了数名边境巡逻的持枪军人，而孙大江被捆着扔在大厅。他身上捆了绳子，也没再穿绫罗绸缎，而是一身粗布衣服，顶着一头花白凌乱的头发半跪半坐在大厅中央，不过一夜，苍老许多。

警员审问半日，孙大江一字不答，但即便如此，也足以定下罪名——昨天夜里孙大江携带金银想越过国界逃窜，在找到的那只小船上，搜到几十根金条和数张上好皮料，分量十足。

孙大江被关进大牢，两日后，突然暴毙而亡。

巡警局的人立刻处理了，但不承想，和他待在同一个牢房里的人一连死了三个，隔着最近的那个方吉安也死了。巡警队的人这才慌了，连忙找了医生来，医生检查之后瞧着这些人皮肤泛紫的样子就连连后退:“是霍乱!”

北地几年前爆发过一次霍乱，此次再有发生，人心惶惶。

俄罗斯国领事馆一得到消息，立刻施加压力把境内的华国人驱赶回黑河，边境互市也迅速关闭，划清界限。

而另一边，日本商队里也死了几人，几乎和孙大江在同一时间死亡。

这事情蹊跷，但疫情要紧，一时也没有人再追查下去，只切断了黑河周围交通要道，找了医生来迅速搭建就诊棚。

白家在黑河酒厂的人都被隔离，但不知是厂房干净还是平日车间里就做好了消毒的原因，暂时并未有人感染。但因他们这些人都去过巡警局，因此上头有人专门过来送了药，等他们吃下又观察一阵，确定无事才离开。

不过一夜之间，黑河又接连死亡五人。

里头有原长山酒厂的两个工人和一个账房，他们之前跟孙大江接触密切，另外两人却出人意料，是方吉安家中的两个男孩。

黑河一带医生少，从青河县及其他县郡借调了许多医生，不拘什么专业，能治病救人的全请了来。林医生接到信函匆匆赶来，他身后就是提着药箱的方继武。方继武和林医生一样的长袖衣裤，戴着药棉口罩，他是跟着林医生做助理的，但万万没想到来到这里的第一件事就是送走家中几位亲人。

方继武咬咬牙，没有听从其他亲戚的话大办葬礼，只订了三副薄棺材把父亲和弟弟安葬了。

这个季节黑河土层还未上冻，能挖得深一些，他问过林医生，要想不再成为传染源，一个是深埋，另一个就是焚烧。

他人微言轻，焚烧一事只要开口就犯了众怒，只能深埋。

方继武身上没钱，家中仅有破房一所，万般无奈求到了谢璟这里。

谢璟听到厂房门卫来通传的话，他身上还有些银元，打算拿给方继武，刚走两步就被张虎威叫住了："小谢，你别去。"

谢璟道："师傅，我还有钱。"

张虎威刚去置办米面，手上还扛着一袋米，放下之后三两步过去："我知道你有钱，但你还小，没听医生说吗，这病最容易传给老人和小孩儿了，得躲着些，你别去，我出去给他。"他从谢璟手里接过钱袋颠了颠，又从自己腰包里拿了两块大洋放进去，"我给你凑二十块整钱，一起给他，你在厂房里等着，哪儿都别去，这街上都没人了！"

谢璟点头答应了。

过了一阵，张虎威回来递了一张纸给他："钱给了，你那同学人还不错，写了一张字据，说借两年一定还。"

谢璟不太在意这个，瞧着张虎威又去搬米，就弯腰也去帮忙："师傅我来。"

"哎，不用，我这是往外搬，不是咱们厂里的厨房。"

谢璟走了两步又绕回来，肩上的米袋未放下，抬眼看着张虎威。

张虎威乐了："傻小子，快放下，我是去给九爷送米。九爷车队回来了，现如今黑河进不来，驻扎在外头。"

谢璟眼睛都亮了，张虎威喊他放下米袋的时候，他都有些依依不舍，但还是听话放下。

张虎威走了两步，又听见小徒弟在后面喊他："师傅，你等下，帮我带封信给九爷吧。"

"成，你快去，我在这儿等你一会儿。"

谢璟拔腿跑回房间，他在这边住的是员工宿舍，分在二楼的一个双人间，因为平日里九爷身边的护卫都是分成两批跟着来黑河，这会儿房间是他一个人住的。谢璟在里头转了两圈，抓了桌面上之前抄写的几篇字胡乱塞进去，这是九爷临走时候给他留的功课，他都认真写完了。

谢璟跑下来把那封厚厚的信交给张虎威，张虎威吓了一跳："这么会儿工夫，写了这么多啊？"

"是之前练的字，我字不好，爷吩咐要多写。"

张虎威笑呵呵接过："咱们整个东院儿，也就你心眼最实在，行，我帮你一起送去。"

等他走了，谢璟也没闲着，爬到厂房最高的塔楼上去，远远眺望，隐约能瞧见不远处的一排帐篷。

他一直待在那儿守着看，等到吃晚饭了才下来。

张虎威带了九爷的回信给他，比起谢璟那厚厚的一封，九爷的信要简单得多。薄薄一页纸上写了两个字：尚可。

谢璟收到高兴了半天，小心收起，放到自己那个匣子里去，跟其他宝贝放在一块，那枚被寇姥姥看得极重的小石虎，歪歪压在那一张信纸上。

等到半夜，谢璟忽然身上一阵发冷又一阵发热，他经历过一次霍乱，知道疫情的严重性，自己穿戴严实了，又戴了药棉口罩，心里想着要去医院，但刚一动就滚到床下，摔得站不起来。

他这屋动静大，惊动了旁边住的张虎威，披了衣裳出来敲了几次门，扯着嗓子喊："小谢？没事吧，小谢？"

谢璟额头上滚烫烫的，身上却冷得发抖，张口说话声音发不出去。

门外张虎威已等不及，喊了几声没见回应，就踹开门进去。

谢璟感觉被背了起来，突然的高烧让他陷入一阵昏迷，恍惚间好像瞧见了一双月白的靴子。

第十三章 北地商会

谢璟做了一个很长的梦。

梦里，他回到刚认识九爷那会儿。

他那时是省府最红的大武生，因长相俊美，和其他武生不同，扮相上格外加分，尤其善演赵子龙，少年英雄手持一杆银枪，击鼓而出，百战百胜。只是台上的常胜将军不比现实，回到台下，他依旧是那个每日奔波忙碌，只为填饱肚子的谢璟。

后来班主把他卖给省府的曹家，曹家少爷对他很好，开了戏院专门捧他，但曹家老爷子眼里不容沙子，坚持不许儿孙做捧戏子的事儿，曹少爷无奈，只能暂时把他托付给了白九爷。

曹少爷说:“阿璟，白九是我最好的朋友，他人品好，你先在他那里住两年，等过两年我就去接你。”

曹少爷又说:“你一定要等我留洋回来，我学了新式戏剧给你写剧本，京剧是国粹，你有天赋，应当继续唱下去。”

谢璟不想唱戏，但他知道曹少爷是好人，点头答应了。

就这样，曹少爷把他日常穿的那些戏服和日用品零零碎碎打包了几大箱，连同谢璟本人一起送到了白家。

白家比曹公馆大了一倍有余，谢璟站在门厅仰头往上看，就瞧见扶着红木扶梯缓步走下来的白九爷。

九爷看看他，又看看他身后那一堆行李，平静地给他安排了住处。

谢璟其实记得对方，他知道九爷和曹少爷经常一同来听戏，但九爷面上冷淡，他也不敢去说些什么，再加上刚换了环境不熟悉，只闷在房间不出去。

后来，省府暴发疫情，一时间好多人都病倒了，原本照顾九爷的人也病了两个，医生怕传染，让其余有接触的用人隔离治疗。谢璟因为一直在家中没有染上，管家找到他给了一袋大洋，想他去照顾九爷，谢璟接过钱又要契纸。

管家道:“我怎么会有你的契纸？你是曹家送来的，应当还在曹家吧。”

谢璟坚持:“我瞧见曹少爷给你了。”

管家最后妥协，只说事后再给。

谢璟衣不解带照顾了九爷将近一个月，他身体好，也提前吃了药，并没有染病，他还跟西医学了注射药物，每天拿滚水煮沸了注射器，给九爷打针。

疫情太厉害，医生根本不够用，能弄到药物已经是万幸。

起初效果甚微，九爷夜里冻得发抖，谢璟咬咬牙，为了契纸脱了大衣抱着他一起睡，拿体温给他暖着，一连大半个月，好歹是把人救回来了。

九爷病情一点点好转，谢璟还是跟他一个房间住着，他刚开始是睡在床边的脚踏上，后来瞧见九爷只是看他，不吭声，就慢慢爬到床脚去睡，九爷的床大，他团起来只占了很小一片，偶尔还能扯一点对方的被子盖。

他的这些小动作，不敢说都隐蔽，有些偷偷做了也胆战心惊地去瞧九爷的神情，对方却只是看他，偶尔皱眉，但很快就恢复了往日的样子。

那一个月，谢璟能明显感觉到九爷对他好了许多，也亲近了许多。

但谢璟还是想走。他想要自己的契纸，想出去痛痛快快地活。

管家不提这事，他去问九爷，得到的不是一块羊脂玉佩就是一把金瓜子，对方拿他当小孩儿似的哄着玩，硬是把他留在了身边。

哪怕两年后，曹少爷兴冲冲来接人了，白九爷也挡在门前，冷着眉眼道:“没有，这里没什么谢晚舟，只有小璟儿。”

曹少爷愣了片刻，紧跟着气急败坏要挤进门去:“白九，你要脸不要，阿璟明明同我说好的，你起开，让我进去!”

“也没有阿璟，我仔细想过，你照顾不好，不如给我。”

“你还讲不讲道理!”

“不讲，来人送客。”

……

谢晚舟是他在戏班的名字，取的是“兴尽晚回舟”中的两字。

他入白家之后，九爷只问了他一次本名。

从此再无人喊他谢晚舟。

他是谢璟，是被白九爷护着的谢璟。

记忆有些模糊，有些记得清楚，有些却又模糊不清，像是隔了一层雾，断断续续，只能瞧见一些片段。但这些记忆里，唯独没有被模糊的，就是九爷的眉眼，还有一声顺着视线一同传来的“小璟儿”。

他起初想走，几次三番找了机会，可慢慢地，又不想走了。

他想留下来，守着这个人。

拿命守着都愿意。

谢璟觉得身上刺痛，闷哼一声，恢复了一点知觉。

紧跟着有一杯温水抵在唇边，轻轻喂他喝了两口，杯子拿开之后传来熟悉的声音：“如何，好些了没有？”

谢璟努力睁开些眼睛去寻找声音，微弱道：“爷？”

白容久坐在一旁握住他的手：“我在。”感觉到对方往里缩，低声说了什么，凑近才听到一句“怕传染”，宽慰道，“不会，你是出水痘了，不是霍乱，刚才已经给你打了针，养上几日就好了。”

谢璟道：“我去医院……”

白容久摇头：“现在医院住满了病人，病房里每日都要死上几个，你又出了水痘，这样住进去不要命了？”他给谢璟盖上一点薄被，在他的脖子和耳垂涂抹了一点药膏，凉丝丝的触感让谢璟舒服了一些，“你在我这里先住着，药还能撑个几天，我已经让人再去准备了，放心，一定能治好。”

“医生……”

“医生过两天到，我先给你打针，你放松些，还有最后半支药。”

谢璟趴在那儿，觉得下面一凉，被酒精棉球擦过的地方忍不住绷紧了，白容久的手也凉，几乎和药棉不相上下，谢璟越是紧张，针打得越慢，再加上药物的作用，谢璟疼得额头上沁出一层细密汗珠。

白容久打完，给他盖好薄毯，拿纱布一边擦他额上的汗一边道：“睡吧，我守着你。”

“不用，我自己行。”

旁边的人笑了一声，道："你行什么，人不大脾气倒是挺倔，我小时候出过水痘，天花不会传染给我，你快睡。"

谢璟打了针，药效上来，含糊回了几句，支撑不住慢慢睡去。

大概身边有人，心里安稳了许多，这次睡得沉并没有再梦到其他画面。

谢璟的病情出现反复，三天后才开始慢慢退烧，只是出水痘的地方痒得厉害，他白天忍着没挠，但是晚上睡觉的时候不小心蹭破了一点，耳垂那里被抹了厚厚一层药膏，用纱布包起来。

这几天都是白容久给他打针、上药，看谢璟拘束，把擦身子的活儿也接过来："你既然怕别人瞧见，不如都由我来。"

谢璟还想躲，退到床头不大愿意。

白容久抬手护着他脑袋，下一刻谢璟才察觉撞到床头那儿，只是隔着掌心并未觉察出疼，人愣在那里。

白容久笑了一声："撞傻了？别动，我给你擦背，其余你自己来，动作轻点，小心碰破了留疤。"

谢璟被照顾了几天，病情逐渐好转，等到医生赶来，已经好得差不多了。

医生仔细看了，只说已无大碍，拿了一些药膏给谢璟叮嘱道："你身上的水痘都退了，只是耳朵破了的那处还是小心些好，要是发炎了疼得很。"说完给谢璟换了药又教了一遍使用方法，留了一盒去疤痕的药膏让他自己涂抹。

白容久在一旁听着，等医生说完又问了几句，拧眉道："他之前烧了三天，身上一直滚烫，好像比旁人严重些。"

医生道："正常，府上小公子出痘时间晚，发热时间长些也常见，只要这几日别见风，好吃好喝养上一段时间就好了。"他见九爷担心，又上前捏了捏谢璟的胳膊，"可有酸痛感？这里呢，疼不疼？"

谢璟摇头。

医生点点头，对白容久道："大可放心，他身体挺好。"

晚上的时候，医生给谢璟打针，容易注射的地方都已经有了针眼，就往靠近腰的那一块打了一针。

谢璟别的不怕，就有点怵打针，医生拔针的时候他背上汗都下来了。

医生有些惊奇："怎么这么怕打针？刚才很疼吗？"

谢璟摇头。

医生道："一定要说实话啊，有些人对药物过敏，若是有什么不舒服的一定要说出来，我好开别的药给你。”

谢璟有点犹豫，但还是老实道：“不过敏，就是怕针头。”

医生宽慰他道：“没事，好些人都怕，我们认识的一个医生自己都怕呢，一瞧见针就开始晕，但用手术刀就不怕了，就是怕这些尖尖细细的。”他说完又饶有兴趣问道，“要不要我留个注射器给你？兴许多看看能好一些。”

谢璟连连摇头，他一点都不想看到。

白容久掀开帐篷走进来，正好碰到医生，让人去送了一程，自己留下。

谢璟趴在床上，还没缓过来，抬头看他喊了一声爷。

白容久坐在一旁，给他擦了额上的汗：“还疼？”

谢璟摇头：“不疼了。”

白容久不放心，略微掀开衣摆看了一眼，不用褪下单裤就能瞧见蔓延上来的一小片青色，谢璟皮肤白，打完针有点淤血就看起来格外严重。

白容久眉头拧起来，给他盖好。

隔天打针就换成了白容久，下手稳且快，没有之前那样青一片了。

谢璟有点不好意思麻烦他，想找医生，白容久只当他不想打针，收了注射器放在一旁弹了他脑门一下，淡声道：“太娇气了些，忍几天就好。我问过医生说还要打三次针，之后就吃药，不用再打了。”

白容久掀开帐篷送了药箱出去消毒，谢璟揉揉脑门，觉得上面还有一抹微凉触感和一点点消毒酒精的气味。

半月之后，谢璟身体痊愈。

他哪里都没落疤，只耳垂留了一个小坑，米粒大小，不细看瞧不真切。

白容久盯着瞧了很久，抬手叫他过来，还摸了他耳垂一下，谢璟脸都涨红了，被捏着耳朵一时也不知道看哪里。

白容久仔细瞧过，逗他道：“当留了个记号，以后丢了，也好找。”

谢璟心道，他才丢不了。除了九爷身边，他哪里也不去。

白容久照顾谢璟半个月，也觉察出一点不同，如果说以前谢璟是听话，那现在就是格外喜欢跟在他身边。

有些时候白容久看书抬头瞧一眼小孩，对方总是能第一时间发现，视线对上一次，小谢管事手里不管在忙什么活计都会停下来；视线对上第二次，不用他开口喊人，谢璟就大步走过来，问他是不是有事吩咐。

白容久沉吟片刻，他并没有什么事，可人都走过来了，只好随手安排一点哄一下。

无论做什么谢璟都挺乐意，哪怕只是添茶倒水、剥莲子这样的小事儿，一点都没有不耐烦过。

谢璟身体没好的那段时间也是如此，白容久去瞧他，躺在病床上的少年一点都没觉得自己需要额外照顾，打针再疼也听不见他喊一声。好些时候都是白容久自己心疼了，拿了糕点去给他，那傻小子也不看糕点，只顾着抬头看他，高高兴兴地想坐起来跟他说话。

白容久不知道怎么，忽然想起幼年时候曾养过的一条小猎犬，皮毛乌黑油亮，一双眼睛清澈到能映出人影，有一次去林子里抓猎物受了伤，他和祖父把小狗抱回家，破例让它睡在沙发边的藤篮中。只要他低头看一眼，小家伙尾巴就摇得飞快，身上的伤都忘了，只顾着开心。

白容久让人煮了一碗甜汤圆，端给谢璟的时候，果然瞧见小孩双手接过吃得香甜。

九爷不喜欢吃太甜的东西，但喜欢瞧着谢璟吃，看他吃一会儿，就觉得自己胃口也不错。

黑河的疫情因为反应及时，加上前几年也暴发过一次疫情，北地已有应对措施，及时进行了消毒和大规模捕鼠，很快就被压下来，没有大规模流传开。

即便如此，也死了许多人。巡警局一路追查病因，一直查到了旱獭皮料。

那是从海拉尔一带运来的几块料子。海拉尔一处地广人稀，原本只有一些当地猎人去草原捕捉旱獭，此次却多了一些新来的闯关东的人。那些新人并不知道旱獭习性，也不知旱獭若是生病便会行动迟缓，瞧见了之后不管三七二十一尽数捉了，剥了皮拿去贩卖。

白家商号有经验，收皮料的时候听说有这样的事情，再加上掌柜仔细查探，并没有收带病的皮料。

其他小商铺却没有这么多讲究，也不管毛色如何，图便宜收了许多。

这其中就有日本商人送给方吉安的。方吉安早些时候因为儿子方继武在族学被人欺负，心生不满，再加上白家送来赔罪的旱獭皮是陈年皮料，一度怨恨对方，日本商人送来的皮料正好合了他的心意，但万万没想到，几条旱獭皮害得自己命也丢了。

方家一同死了的那两个男孩，也是因为方吉安格外宠溺一些，一人分了一条旱獭皮围脖，两个小孩在家中戴了两次，也因此染了病，未能救回来。再之后方吉安抽上福寿膏，皮料当出去，又引发了之后当铺掌柜和两名伙计死亡，黑河一带疫情才蔓延开来，枉死许多人。

方家其余女眷命大，都还活了下来，尤其是方夫人，即便是怀孕也一直在家中做活计，挑水劈柴，因此身体硬朗，没有被传染上。

巡警局查到源头，在询问过日本商人那边也有数人暴毙，且死状相同之后，基本已确定。

接下来一连下达数条禁令，销毁旱獭皮料，又消毒分发药片，总算让疫情得以控制。

疫情处理了两月时间，笼罩在人们头上的阴云才慢慢散开。

但这之后，又是新的一阵惨淡。

黑河众多商家，损失惨重。

那些日本商人在染病之后迅速丢下死伤的同伴，离开北地，而那些被他们卖掉的机器也陆续出现问题，只是日本商人已走，留下的通讯联系方式都是假的，已无证可查。

没有购买机器的商家还在庆幸，那些交了定金和已经购买了机器的商户捶胸顿足，但已没有任何办法。

黑河一家老字号的酒坊，甚至还有一位正当壮年的掌柜上吊自杀，若不是伙计路过，被及时救下，怕是又要再死一人。

白家商号发了请帖，尽数邀请北地各大酒坊掌柜齐聚。

发出请帖三十余份，来的人只多不少，有些家中长辈身体微恙不能前来，就让子侄替自己前往，无一不回应。

北地一带酒厂众多，若说之前还有能和白家酒厂旗鼓相当的对手，到了现在却都急了——他们不急不行，北地三省的酒内部消耗有限，销量最关键的还是运到外面，尤其是俄罗斯国，那里才是大客源，但通往那边的咽喉之地就是黑河，黑河出事，众人无不担忧，心急如焚。

白明哲作为黑河白家商号的大掌柜，先出来和众人打了招呼，并安顿他们入座。

瞧见白明哲的时候，有些人脸上无光，低头喝茶不语；也有些脾气直的，直接嘿嘿笑了两声，斜眼看着对方呛道："之前白掌柜劝着不让买机器，好嘛，一个个跟挖了自家祖坟一样，恨不得蹦起来骂人家，现在后悔了吧？"

"老弟何苦如此，大家都是一同经历磨难，唉，是我识人不清。"

“您何止识人不清，我瞧着是钻进钱眼里了，之前您带日本人去我那儿的时候怎么说的？还劝我交出自家的配方，我呸！”

有些人憋了一肚子火，加上疫情之后本就穷困潦倒，怨气冲头，若不是顾虑白家的面子，这会儿已经捋袖子打起来。

忽然，地皮一阵轻颤，有些胆小的按了桌子，惊道：“茶水在震，莫不是地震了？”

另一些人也慌忙站起身，白明哲连喊了几声，见压不住干脆笑道：“诸位，诸位！我家九爷是个急脾气，怕是这会儿大家也没什么闲心听我唠叨下去，东西都已在后院备好，还请大家随我们一同前去！”

见他带头起身，后面众人互相看了对方，也跟了上去。他们此刻酒坊都快支撑不下去，生意也没了，除了仅存的一丝颜面，别的也没什么了。

后院。

八匹马在前，后面拖来一座被防水油皮布包裹严实的东西，马车车轮压不住，用的是滚木轮，卸下来放在院中的时候还发出一阵轰响。跟着搬货的也不是白家的伙计，而是一队穿着军服的士兵，白家九爷跟在后面踱步而来，陪同在他身侧的是一位军人，军衔因逆光看不清，但那一身笔挺毛料军装不容小觑。

省府白家，手眼通天，旁的不说，他们在北地最大的依仗还是掌管三省军政大权的总督——白西梁。白西梁是为数不多的清廉人物，性情刚正，挺立无所依，从不结交任何派系。

跟来后院的众商户低声议论，有消息灵通的小声传话给了相熟的人。还有些商户看着那些荷枪实弹的大兵，忍不住畏怯地往后退了几步。

“这，这白家为何会有官兵？之前请帖里并未提及啊！”

“怕不是白家要仗势欺人……”

“慎言，慎言！白总督不是这样的人，他雷霆手段从不对内，而是对外。”

“我家中确实和日本人做了点交易，但买的机器都是假的啊，而且这买机器的事儿，又不只白家可以买，对吧？”

“这白家要是用强，难道要堵住我们全部人的出路不成？！”

有之前做了亏心事的，还想拉大家下水，但此刻没有人去辩驳，所有人视线都集中在那一队士兵和白家人身上，在等他们说话。

等着最后一车东西卸下之后，白九爷走上前一步，众人顿时安静下来。

白容久看了他们，开口道："诸位，白某不善言辞，今日请诸位来，是有一笔生意同诸位商谈。"他拉下一旁捆着防水油布的绳子，顿时布匹"哗"的一声滑落，露出里面的一台冒着寒光的大型机器。像是得了他的首肯，士兵也将其他货物拆开，露出各式机器，全是崭新的。

有人认出，发出一声低呼："这，这是白家酒厂用的机器，怎会有这么多?!"当初日本商人那些机器他也曾去看过，不过是几台的规模，而且比这些要小，对方要价不高也是因为如此。但现在白家放在后院的这一批，是和白家酒厂一模一样的机器，数量远超日本商人船上那些！

"第一桩生意，是机器，和白家酒厂所用一般无二，若有任何问题，三年之内可退还白某，不取分文。"

白容久说完第一句，已有不少人动摇，视线黏在机器上。

白容久略顿一下，开口又道："这第二桩生意，是十万件烧酒订单——"

这句话实在太过震撼，一时众人视线尽数落在白九爷身上，有吸气震惊的，也有不敢置信的，还有人直接开口问道："九爷此话可当真，那不是白家自己的订单吗？为何会突然拿出来这么大一笔?"

也有人持着怀疑态度但实在没有退路，咬牙道："白爷，你只管说还有什么条件，我们家老爷子发了话，宁可便宜自己人，也绝对不和日本人做生意！只要我们酒坊承担得起，我们愿做这笔生意！"

"白家商号我们信得过，只要能渡过难关，我们上青林家拿出三成干股！"

"我王家亦然，还请白爷明示！"

"北地同气连枝，黑河突遭疫情，白家商号根基在此理应互相帮扶。"白容久开口一瞬，周围人都安静下来，他环视一周，道，"谈不上条件，只是白某受家中长辈嘱托，有几句话还要带到。"

白容久身后那个年轻军官往前站了一步，抬手略微掀了点军帽，一双凌厉视线扫过众人，高声喝道："这话有些不体面，还是由董某代言，也说得清楚些！我跟随白将军平乱两次，老将军为人清廉，但并不代表他老脾气好。老将军有几句话让我带到，这第一句就是'甭管是俄罗斯人还是日本人，都不准给老子弯腰，但凡卖国的，一律枪毙'！"

众商户当着白家的面或许还敢争上几句，面对一众官兵却一句话都不敢说了。对方手里有枪，又有当家话事的人，白老将军话糙理不糙，话中带着一股怒气，冲得众人不敢言语。

“这第二句，是听了白掌柜的话，决定效仿北平，实行北地商人自救，也成立一个商会。”董军官说完来回踱步几下，语气略缓，“北地三省商会兴建的目的，一来支应地方，调配粮资，二来就是挂个牌。诸位，世道不稳，做生意艰难，可越是这样越应当互相帮扶，今日白家之举当为表率。”

白明哲也出来打了圆场，笑着拱手道：“各位掌柜，我们白家有意成立商会，但并不是一定要加入才可购买机器和商谈合作，十万坛烧酒的生意我们是诚心诚意拿出来，想和在座各位一起渡过难关。咱们北地丰饶，谁都有过不去的坎儿，但过个几年光景肯定能好起来，只是而今疫情刚过，百废待兴，若有掌柜对商会一事感兴趣可参与一二，多谢，多谢！”

这二人一个唱红脸，一个唱白脸，配合得天衣无缝。

周围一众商户听完之后各有思量，总归是觉得好的多，当即有不少人站出来表示要一同出资建立商会。

“白家老先生为人刚正，我们信得过，这事儿算我们林家一份！”

“还有我们王家，我们世代读书，绝不做卖国奴，愿一同补救！”

“我是粗人，酒坊上下百余号人等着吃饭，白九爷仁心仁义，你一句话，我们酒坊跟你干了！”

众人纷纷开口，后院还有机器，挪不开脚，白明哲在询问白容久之后，带着他们去前厅商谈细节去了。

白家商号在北地百年老字号，招牌很硬，说的话也从无虚言。

白容久这些机器，是被当成军需物资一般严密保护运送而来，一路上没有任何闪失。而他开口说要送出的那些订单，也会在衡量各商家资产能力之后，分给各家一同督办，实打实地让利出去。瞧这架势，当真要凭一己之力把北地大小酒坊救回来。

也有些人瞧出些端倪。白家这些机器，断不可能是一两月之内就能造好，只看着白家不断登记售卖的情况，怕是他们在省府有制造机器的工厂。

有和白明哲相熟的人，凑近问了几句，白明哲点头道：“确是如此，九爷从一开始就打的这主意。”

对方愣了片刻，追问：“一开始就这主意，你是说，这机器从一开始就准备下了？你们白家不是想卖酒？”

“自然是卖酒，但九爷更看重你们。”

“这是为何？”

白明哲笑道："九爷不过是拿我们黑河酒厂做个测试。实话跟你说了吧，这批机器是一早就备下的，即便没有这场疫情，九爷也会在准备周全之后拿出来，咱们北地能吃下多少酒水，他心里有数，大头在那边呢！"

白明哲抬手指了指在排队登记的那些人，那都是想要俄罗斯国烧酒订单的大小酒坊掌柜，对方顺着他的手看了一眼，一时惊呆在原地。

"我们九爷，从不说一字诓言妄语，他今日敢让出十万坛烧酒，那他接下来必然还有十万、二十万的订单。"白明哲自信道。

对方听到之后，喉结滚动，艰难咽了一下，不知为何眼眶忽然涌出热意。

白家九爷，压根就没瞧上北地酒坊的小打小闹。

他从一开始就是想卖机器。

这位，想赚的是洋人的钱。

今时今刻他才串联起所有关键，对方把他们各家酒坊都算到了一处，成了他一盘棋上的棋子，但他们心中涌起一阵澎湃，像是聚集在一处的浪头，慢慢凝成一股新的力量，只为成为这其中力量之一而感到振奋不已。

——去赚洋人的钱！

——对，去赚洋人的钱！

……

陆续登记了数家商户，但并不是所有人都能再留在议事厅，还有几人被守卫的士兵拦下，核查了姓名之后，被带到了门口。

那个董姓军官走过来，拿了手里的单子看过之后，道："这两个赶出去，以后不许踏足商会一步，另外一个送去巡警局，让他们调查。"

那两个被赶走的商户还未呼喊反驳，另一个已被拖走的商户掌柜却连声大喊起来，吓得脸色都白了，一边挣扎一边道："你们为何如此，我都是按规章流程办事，还有没有王法？"

一时其余排队签字的众商户也停下动作，看着这里，茫然不知发生了什么，但只看着无一人议论。

董军官让那两个兵停下，当着众人的面问道："你是不是叫仇志民？"

"是啊。"

"我问你，八月二十三日，你儿子去给日本商人当了翻译，明知道货船上是不能用的破烂机器，依旧帮着卖给其他商家，从日本人手里得利银三千块银元，是不是？"

"这，这我并不知情啊！那孽子已经逃了一段时间，生死不知，我自己都联系不上他啊长官……"

"你不知情?"董军官把那单子拍在他脸上，丝毫没有因为他的年纪而像旁人一样给他脸面，他在军中见惯生死，对这种人尤为不齿，"那为何你今日还有银钱来购买机器，这里全套机器可是要三万六千银元，我问你，之前你家酒坊已经周转不开，这几万现大洋哪里来的?"

这人张张口，哆嗦半天说不成话。

排队签字的一个商户掌柜站出来，狠狠啐了那人一口，骂道："他自然是有钱，我们家老掌柜就因为跟他是多年交情，才拿了七万现大洋去买了机器，当时说得好好的，但回头就压断了一个工人的手，机器现如今都成了破烂，堆在我们酒坊，老掌柜气得大病一场，正赶上疫情，人……人就没了！"他说着又忍不住狠狠踹了对方一脚，也不管对方反应，自己号啕大哭起来。

那个被捉住的人灰头土脸，埋头一言不发，很快被士兵带走了。

从这日起，白家商号购置旁边的一处院子，另置办了北地三省商会。

董军官带了一队士兵亲自守着，他心里似是有一份名单一般，但凡之前和那些日本商人有勾连的，一个都逃脱不了他那双眼睛，全被捉了出来，送去巡警局审问。有些仗着在巡警局有些关系，去了之后当天就放出来，但很快，巡警局的办案人员就被撤了，换了新人上来，这一次没有一个人敢轻视这件事，兢兢业业，认真审问。

抓了几人，判了几年牢狱，另外还收缴了部分银元，退还给部分受损商户，钱虽少了些，但多少也算有了点补偿。

又到一年腊月，白容久已来此地一年，其间往返省府数趟，终于在白西梁老将军的帮助下完成机器置厂一事。

北地商会里最先冒头的就是众酒坊商家，先是定了行业准则，后又在白、方二家带领之下统一评选了酒水品级，对出口烧酒的总量做了一个统筹，价格上也更为明晰。其次带动的则是意料之外的一些生意，像是布匹、茶砖一类也跟着有了相应涨幅，原本难熬的一个冬天，在那十万烧酒的订单之下竟是比以往过得都好，让黑河一带的边境商人都过了一个肥年。

黑河商会理事人写了白容久的名字，但依旧交给白明哲去打理，青河白家一脉壮大许多。

同年底，青河白家选了天资出众的少年五人，送去北平学习洋文，由公中出资，送他们留洋深造。

五人里，有白家子弟三人，另有别家少年二人，一位是勤奋刻苦后来赶上成绩的杜姓少年，另一位则是榜首王敬秋。

谢璟拿了名单给他们，在学堂里瞧着那几人欢呼雀跃的模样，心里也替他们高兴，等他们乐完了，又道："走吧，黄先生还在东院书房等你们，他有话要对你们说。"

几个人激动地跟出去，有个白家的孩子还不小心同手同脚，出门的时候撞了门框一下，引得课堂内众人哄笑起来，他自己也摸摸头，忍不住嘿嘿直笑。

王敬秋在他们里面算是沉稳的，但手脚此刻也是麻的，走在地上都觉得不稳，只捏紧了手心攥出一把汗，努力让自己看起来镇定些。

东院书房。黄明游个子矮小，此刻背着手在一众少年面前踱步。这些少年都是北地人，十四五岁已经有一个高挑的个子，即便是王敬秋这样瘦弱单薄些的，一年来身条也拔高了些许，大家视线都认认真真跟着先生来回游走。

黄明游脚步停下，站在他们面前点头道："你们很不错，这一年的努力，我都看在眼中，做学问是一辈子的事，你们一定要记得自己从何而来，要遵守信条，但求无愧。"

众学生行礼说是。

黄明游道："当年我在出洋局学习一年中文、英文，同届甄选三十名渡洋深造，我因年龄小，排在三十一位。虽未出洋，却也听归国的师兄讲起许多，师兄同我说得最多的是当年送他们上船的一位老先生讲的话，如今背诵赠予你们。"黄先生停顿片刻，声音缓慢，一字一句道，"'此去西洋，深知华国自强之计，舍此无所他求。背负国家之未来，取尽洋人之科学，赴七万里长途，别祖国父母之邦，奋然无悔'，你们也要走上我们当年的征途，不管进选与否，都应同我们当年一样，克己复礼，不拘大小，尽己所能。"

说罢，他向面前五位学生深施一礼。

几个学生还礼，久久弓腰未起，声音带着青涩，却比往常更洪亮几分："学生，谨遵先生教诲——！"

谢璟手里捧着五封银元，这是他们的学费，逐一发到他们手中。

另一边，白府大房院中，方继武也来跟堂姐方玉柔辞行。

方玉柔瞧见他忍不住叹气，日本商人来了不久，方继武就写了一封信亲手交给她，再三言明其中利害。可还没等她把信交给白容久那边，黑河就暴发了疫情，之后更是断了两个月联系，等再联系上的时候，方吉安已经死了。不管如何，方继武能写出这封信，她都觉得这孩子不容易，夹在缝里也不知怎么熬过来的，才带着血落下笔。

她犹豫再三，还是劝道："继武，你爹做的那些事与你没有关系……"

方继武道："堂姐，我之前就已经想好了，我想跟着林医生学医，他在省府给我回了信，也希望我去做他的助手。"

方玉柔问："你这一走，家中可有安排？"

方继武点头道："都已安排妥当，当时我以为父亲……会在狱中数年，所以已经盘算过。现如今家中房屋已典卖出去，林医生也预支给我半年薪水，我买了临街一处不大的小院，我娘和弟妹们挤挤住在一间，剩下的可以租给过往行商，尚能维持几年家用。"他顿了一下，又道，"等到那时，我也能够独当一面，堂姐不必太过忧心，我能养家。"

方玉柔叹了口气，应下了，只对他道："你家中大妹依旧可以来白家族学念书，费用全免，供一餐晌饭，同你一样，以后其余弟妹都按此例。"

方继武给她行了一个大礼，再三感谢。

等出了院子，走到白府大门那里，正好碰上刚从东院出来的那五人。

方继武停了脚步，笑着等他们过去，嘴里说着恭喜。

王敬秋走在最后，他停在方继武面前，却不知道如何开口。

黑河董姓军官手里的名单，是他父亲写的。他家中世代读书，名声好，父亲常与人做中人，只他们家和日本人有仇，唯独没有替日本人说过半个字。待白西梁将军人马到了之后，也是他父亲带头写了事情经过，并撰写名单，找了众人签字画押，提交上去——这名单中就有方继武的亡父方吉安。

王敬秋站在那里，内心挣扎。

方继武走过来，轻轻揽肩抱了他一下："去了北平，一定要用功，我在北地也会努力，不要让我失望啊。"

"嗯！"

王敬秋用力回抱了他一下，眼圈泛红："你……你也不要让我失望！"

方继武笑了一声，点头应下。

第十四章 贵客到访

时光荏苒。

又是一年转瞬即逝。

白容久从省府而来，亲自督办黑河酒厂已两年有余。

头一年经历太多，又赶上疫情，着实让人捏了一把汗，但万幸都只是虚惊一场，逢凶化吉。

第二年自建立北地三省商会以后，事情都顺利了许多，白容久推了白明哲在外头出面应对诸多事宜，自己坐镇青河，足不出户却已慢慢安置妥当下一步棋子，逐步把位子坐稳。

腊月里事情繁多，一到年关，青河白府也跟着热闹起来，陆陆续续不断有人前来拜访。白明哲在黑河商号那边忙碌，家中由白老爷和二少爷白明禹接待周旋，这才刚入腊月，门槛就差点被人踏破。

好些都是外地来的客商，大多受过白容久那十万烧酒订单的恩情，来白家也不求见白容久，只送下礼物就走。

白老爷带着白明禹连着接待数日，白明禹已然有些撑不下去。他走到窗边，看一眼窗外，眼里都是对自由的渴望。昨日刚下了好大的雪，外头银装素裹的，还能听到院子里扫雪的沙沙声响，光想就知道竹扫把能堆起多厚的一片雪，若是能骑马疯跑上一阵，那才叫痛快呢。

白老爷给他叫了早点，一边吃一边叮嘱他道："你如今也大了，有些事儿爹得教给你。你大哥当初去黑河的时候也不过跟你这般大，从学徒做起，昨日他托人来信，我想了想觉得吧……”

白明禹抬起头来，眼睛发亮。

白老爷千回百转，叹了口气：“我还是舍不得。当初咱们家那是没办法，我在青河抽不开身，只能让你大哥去，可这会儿你大哥本事了，我同他商量着都舍不得你去吃这份苦，你呀，就老老实实在我跟前，先学会待人接物，把这说话的本事学会三成，以后出去我也就放心了。”

白明禹咽下嘴里的大饼油条，嘀咕说了一句。他声音轻，但白老爷依旧听得一清二楚，拿筷子敲了臭小子脑袋一下，气乐了：“翅膀还没长齐就想飞！还出省府，你怎么不满世界跑啊？”

白明禹不服：“不过就是卖酒，大哥能卖到伊尔库茨克，我怎就不能卖得更远些？”

白老爷有点惊讶，很快又笑起来，点头道：“行，你小子这点还不错，快吃，吃完了爹带你去见几个客商，今日也该我们走动一二了，你若是表现得好，爹就送你一匹马。”

一提这个白明禹就来劲儿了，把手里最后那点饼吃了，掰碎了油条泡在面汤里，端起碗来扒拉了几口吃了个干净。

白老爷耐心教子，而另一边白容久也在养小孩。

东院。

主卧是一个套间，外头连着一个花厅和下棋的罗汉榻，上头的棋盘未撤，还摆着半盘残棋，一旁小碟上还有一只剥开的橘子。

卧房里烧了地龙，暖意如春。尽管已足够暖，但还是铺了厚厚一层羊毛毯，脚踏边上摆了两双鞋，都是规规矩矩的。

守夜的人这会儿正睡在床尾，一头黑发柔顺乖巧，垂落下来和浓密眼睫落在一处，偶尔随着呼吸微微动一下。人也乖得很，蜷缩在大床一角，盖了一点薄被，抱着一只靠枕，脸都埋了小半进去，只露出鼻梁和棱角分明的唇，透着健康的红润。

冬日天亮得晚，加上昨夜陪着下了半宿的围棋，谢璟还在沉沉睡着。

白容久浅眠，忽然听见床尾那儿闷哼了一声，略微坐起，果然瞧见谢璟小腿微抖。他伸手过去给顺了一下，刚捏上小腿肚，谢璟就疼得闷哼一声，没两下谢璟就受不了，伸手过去按住道："爷别弄，疼，让我缓缓。"

白容久手上略停，但没挪开，慢慢给他揉捏。

谢璟眼里都湿润了，眨眨眼，好不容易才吐出一口气。

"又抽筋了？"

"嗯。"

"回头让小厨房给你炖点骨头汤，若还是疼得厉害，就让医生来瞧瞧。"

谢璟自己揉了两下，摇头道："不用看医生，多吃两碗饭就好了。"他以前在戏班的时候就这样，那会儿吃得还不好，比这疼多了，不过也是这两年蹿了个子，忍忍就过去了。

白容久敲他脑袋一下，气笑了："怎么，在我这儿饿着你了？起来，带你吃饭去。"

白容久畏寒，早上起得略慢几分，等他下床的时候，谢璟已经洗漱好了换了一身日常穿的衣服，捧着热手帕在等他。

谢璟给他擦脸，一边问道："爷，今日穿什么？"

"厚实些的吧。"

"爷要出门？"

"倒也不是远门，就在前厅，今日有贵客到访。"

谢璟答应了一声，去准备了衣服，服侍白容久穿戴好又一同用过早点，去了前厅。

在前厅等了不多时，黄明游就来了，他一过来就要拽着谢璟他们回卧房："走走，昨日那盘棋我想了半夜，终于想到了应对方法！小谢，你做个见证，瞧我今天非扳回一城不可！"

谢璟一听就头大，反手拽住黄先生。他如今已十五，长高了不少，和黄先生个头相仿，已能拽住对方了："先生，爷今天要等一位客人，不如，不如——"他这边也说不出口"我陪您下棋"五个字，吭哧了半天，忽然听到后院一阵锣鼓声，立刻道，"不如我陪您去看戏。"

黄明游平日爱好不多，除了看书下棋，也就喜欢看戏了，听到他这么说感兴趣问道："哦？府里又请了戏班吗，哪儿的呀？"

白容久不着痕迹地跟他点点头。

谢璟就挽着黄先生的手，把人带出去，边走边道："外头来的戏班，今儿早上刚到。上回白家老爷寿诞那会儿请了尚玉楼尚老板，这会儿换了一位，听说是北平有名的角儿，您去瞧瞧，我也看不出来，好像叫柴雪什么——”

“柴雪河！”黄明游转眼就把下棋扔在脑后，拽着谢璟的手高高兴兴往后面戏园走，“快快，我一早就听说过，这两年在北地一直没能亲眼去瞧瞧，听说他唱的《借东风》好极了！”

黄先生什么都好，唯独棋艺差了些，而且还不肯轻易认输。

这会儿只要不谈棋，谢璟陪他去听一天一宿的戏都愿意。

白家戏园这两年戏园又翻修过一回，比之前气派了许多，戏台高出些许，石栏上雕了山水花鸟，十分富贵。

黄明游带着谢璟到了的时候，台上的柴雪河正在亮嗓，穿了一身大褂，也未施妆，瞧着是个二十七八岁非常和善的男人，相貌堂堂，颇有英姿。他瞧见有人来，也未停下，唱完几句之后，得了黄先生一句喝彩：“好！”

柴雪河朝这边略略躬身施礼，十分和气。

黄明游兴致勃勃，上前几步，谢璟跟上去帮着介绍道：“这位是黄明游，黄先生。”

柴雪河显然听过黄先生大名，连忙又是躬身一礼：“久仰久仰！这次能来北地，一直就想见先生一面，上次托尚老板的福，得了先生手书墨宝一幅，实在欢喜，理应亲自道谢。”

黄明游写得一手好字，又是极出名的文人，墨宝千金难求。他送字画也不拘对方是什么身份，觉得投缘了，就送，不喜欢的哪怕是坐在高位也懒得搭理。

黄明游对柴雪河也只是听过，这是第一次见面，就觉颇为投缘：“柴老板客气了，我之前一直听尚玉楼说起你，听说你‘诸葛亮’演得极好！”

柴雪河笑笑道：“哪里，比起尚老板还差上两分，若黄先生不嫌弃，我待会儿给您唱一段？”

“哎呀，那可真是好极了！”

黄明游携他手一同过去，边走边研讨戏曲腔调。

柴雪河为人恭谨，说话也总是和和气气的，还教了黄明游几个起势和亮相。黄明游学得高兴，竖起大拇指夸他道：“你比尚玉楼大方得多，上回他过来，唱了一段倒也中规中矩，只那一手‘连珠炮’实在好极了，火彩次次不落，足足亮了几十回，把青河众人都给看呆了！我怎么追问他都不说，可真急坏了我。”

柴雪河只笑，点头说是。

黄明游摸了摸唇上细长胡须，嘿嘿乐道：“后来我让小谢去偷瞧了，原来是香粉，他倒也用心调配了，难怪能有今日这般地位，听他一场戏不亏。”

柴雪河见他说破有些惊讶，回头看了他身后站着的少年，却看愣了片刻，紧跟着恍然道：“你就是谢璟？”

谢璟点点头。

柴雪河连声道：“难怪，难怪！”

谢璟疑惑，看向他也没开口。

柴雪河却是盯着人不放，从眉眼一直打量到身段，又跟着落回那一双黑亮得出奇的眸子上，赞叹道：“怪不得玉楼每年回去都要赞上许久，我之前只当他吹牛，原来还真有这么俊俏的人。”

谢璟不太爱听别人夸他俊俏，猛一听，像是在说女孩。

柴雪河却是忍不住走过来，一边看他一边伸手比画，让人拿了一顶头巾和一件银丝纱团的白衫领过来，给谢璟扮上之后眼睛都亮了：“合适，太合适了！”

谢璟没提防他来这么一下，这两年尚玉楼来了几趟，但都是游说为主，还真没上过手。

黄明游按住谢璟要脱下团领的手，也点头称赞：“小谢不急，让我瞧瞧，确实有点儿意思啊。”

谢璟看了一眼黄先生，忽然就不动了。

他宁可唱戏，也不想回去陪黄先生下完那盘棋。

柴雪河问道：“小谢会翻跟头吗？”

谢璟原本想说“不会”，但转眼看见黄先生已经露出有些心满意足的样子，打算挪步离开，立刻开口道：“会！”说着还给他们翻了一个，大约是身上棉袍轻薄，又系了腰带，少年人的身条抽长纤细，脖领上一团雪白银纱，翻起来格外吸引人目光，连着翻了三个之后，脚尖落地，悄无声息，漂亮极了。

柴雪河夸赞不已，连黄明游都被吸引过来：“哟，小谢，你还会这手啊？真不错！”

谢璟其实会的还挺多。

他上一世刚到省府的时候，除了谢晚舟这个名字以外，众人还喊一声小月山。因为身姿形似杨月山大师，落了这么一个名号。

算起来那时他也是这几年开始崭露头角，比柴雪河小上一旬，却算是同一批人。当时尚玉楼成名已早，但极会做公关，外头说的“赏月”“赏雪”“赏梅”之类的趣话，都是尚玉楼放出去的。“赏”不必多说就是尚玉楼自己，“月”是指谢璟这位小月山，“雪”就是柴雪河。

尚老板一分钱不花，连蹭了好几位正当红的人的名气，美滋滋。

柴雪河此时喜不自禁，一来喜爱谢璟外貌出众，二来是看中了他的身手，没聊几句竟然也学着尚玉楼一般开始游说起来，只是话说得有水平得多：

“小谢，年后省府有场赈灾演出，我等义演筹粮，你若有空我让人来接你，不需唱腔，演个武生怎么样？或者你就亮个相？这不难，我可亲自教你，我瞧着浪子燕青就正合适，你同我一起唱《三盗令》如何？”

谢璟：“……”

黄明游疑惑道：“《三盗令》里燕青不是许多唱词吗？”

谢璟也看向柴雪河。

柴老板脸色不变，和善笑道：“不多，不多，就几句。”

谢璟心想，那可不是几句的事儿，这人瞧着老好人一般，怎么拐不走还连蒙带骗。

谢璟摇头：“不了，我上台紧张，平时就爱翻跟头。”

白容久在东院等贵客，一时半会儿来不了，那他就要陪着黄先生下一天棋，还不如在戏台上翻跟头来得轻松。

柴雪河连叹可惜，但也没耽误夸奖谢璟：“小谢年龄正合适，我一瞧见他就忍不住想起书上写的那几句，唇若涂朱，睛如点漆，面似堆琼，有出人英武，凌云志气……瞧瞧，这可不是活脱脱一个小燕青吗？”

黄明游也笑呵呵点头，道：“外形俊俏，身姿风流，膀子倒是没那么宽，这腰却是够细，确实像！”

谢璟被劝了半日，一点都不为所动。他吹拉弹唱是会不少，但并不想做风月丛中第一名——若他没记错，浪子燕青的批注上就是这么写的，有这工夫，他还不如去看几册账本，替爷做点事。

谢璟陪着黄先生在戏台上观摩一阵，瞧见柴雪河开始唱戏给黄先生听，抽空找机会开溜。

他绕过台面，从侧边栏杆翻身而下，还没跑上几步，拐过树丛一头撞进了人怀里。

白容久把人按住，揉了脑袋一把：“这么急，这是想去哪儿躲懒？”

谢璟揉着鼻尖抬头，还未回答，就瞧见白容久身边还有一个人，那人穿了一身西装和厚呢大衣，忽然凑过来，笑着道：“他没躲懒，我刚才瞧得清楚，那几个跟头翻得可真是漂亮，哎，你叫什么?”

谢璟看着对方愣了片刻。

白容久等了半日的贵宾，竟然是曹云昭，曹少爷。

曹云昭是个戏痴，平日里兴致上来自己还要扮上唱一曲，他家世显赫，请来配戏的都是名角儿，可谓是终极票友了。他见谢璟只呆愣愣看着自己，也不回话，觉得有趣，伸手刚要碰一下就被白容久将人揽在身后，急道:“白九，你这是做什么?”

白容久淡淡看他:“我还未问你想做什么。”

曹云昭道:“不过想同他说上几句话，怎么，说话也不行?”

白容久没放人，边走边道:“不过是家里养的一个小孩儿，没见过外人，有些怕生，你想知道什么问我就是。”

曹云昭还想回头去找谢璟，却被白容久岔开话题，忽然问起他父兄的事。

曹云昭叹了一声:“还能如何，我父亲身体还好，就是大哥怕我去北平，防着呢，我也不想同他们争，每天陪着一帮老头子们打太极，明明背后都骂祖宗了，见面儿还赔笑——这种日子我是受不住，不如待在北地，空了就听听戏、排排戏，多好? 等年后我还组织了一场赈灾义演呢，票都卖光了。”他说着又想起来，两眼发光道,“白九，你身后这小孩借我用用，我……”

白容久打断他道:“此事甚好，算我一个，捐你一批粮食。”

曹云昭:“啊，那多谢! 还有你身边这个……”

白容久摇头:“人不借。”

曹云昭跟他关系极好，认识多年，印象里的白九对什么都不太在乎，到手的文玩古物，把玩一阵他们互相交换也是常有的事儿，他要是看上什么问白九讨要，也一准能行，这还是头一回没要到。

越是这样，曹少爷越发好奇了，拿视线打量了白九身后的那个少年，除了模样出挑了些，其余好像也没什么特别。

白容久陪着贵客来找黄明游，只因曹云昭身上带了一封书信，要亲手交给黄先生。

曹云昭一瞧见黄明游，先过去问好:“先生好，两年没见，您身体还好? 我带了好些辽参，一会儿送去小厨房，做您最爱的辽参小米粥。”

黄明游当初教过曹、白两家的少爷，是后来才去了白容久身边，因此曹云昭也喊他一声先生。黄明游瞧见自己学生也是笑容满面，笑呵呵道:“难为你还记得，不过这里的厨师没有全德斋的好，恐怕做不出那样的好味道。”

曹云昭笑道：“我也是这么想，来的时候特意把全德斋的大厨一同带来了，先生好久没吃他做的菜了吧？中午让他露一手，好好做几道您老爱吃的菜。”

黄明游听了有些惊喜，连连点头。

白容久在一旁道：“光亭这次来费了不少心思，柴雪河也是他特意从北平请来的。”

“哦？”黄明游看向学生欣慰道，“光亭有心了。”

曹云昭客气道：“哪里的话，先生喜欢就好。”

白容久又道：“光亭路上还说，怀念读书那会儿陪您下棋的时候。”

曹云昭：“……”

黄明游果然来了兴趣：“巧了，我这还真有昨夜没下完的半盘棋呢，走走，你这么一说我就忍不住技痒了，你陪我去下完那半局！”

曹云昭面上笑容扭了一下，但勉强维持住了，看了旁边一个劲儿使眼色，白容久当没看见。

曹云昭开始拖人下水：“白九也去吧？你下得比我好，坐在旁边当裁判。”

黄明游摆摆手：“不要他，他下棋路子不正统，落子都不按棋谱来，光亭啊，咱们下棋去。”

曹少爷苦着一张脸跟着老师去了。

谢璟在一旁看着，一直没吭声，只是等人走了忍不住视线又追着背影看了一阵，回过头来正好被白容久抓了个正着，心里莫名发虚。

白容久拧眉，问道：“你也想回去下棋？”

谢璟使劲儿摇头，他不想。

白容久难得出来在园子里逛一趟，同谢璟一边走一边欣赏雪景。

路边的一丛树上结了红朱果，一嘟噜一串儿，豆粒大的小果子，红彤彤的，顶着一点雪，一只长尾巴山雀飞过来踩在细树枝上，扑簌簌弄下好多落雪。

谢璟折了两枝最鲜亮的，打算捧回去，探头回来的时候白容久伸手替他挡了低处树枝，叮嘱道：“弯腰。”

谢璟身手灵巧，猫腰退出来，拿了手里的红果给他：“爷，这些拿回去摆在书房，我瞧了，这些最漂亮。”

白容久笑了一声，点头应了，又抬手给他整理了一下被树枝勾得翘起来的一撮儿头发，随口问道：“刚才怎么一直盯着客人瞧，好像认识一样。”

谢璟“唔”了一声，低头看红果：“不认识，就是想看看爷等了一上午的人是什么样的。”

白容久：“现在看到了，觉得如何？”

谢璟揣摩着他的心思，试探道：“也就还行？没爷好。”

白容久抬手轻轻给他拍掉肩上落雪，道：“你不知他厉害，等过段日子回了省府，接触多了就知道了。”

白容久冬日不常出门，转了一圈，赏完雪就回去了。

谢璟跟在他身后。他对白容久的情绪感知敏锐，刚才在他说那句话的时候，能感觉到爷挺高兴的。

谢璟仰头看他背影，眼睛微微弯了一下，现在的白容久也是他以前没瞧过的，原来这位也有过争强好胜的时候，嘴上说着曹云昭厉害，但如果他刚才真顺着夸，估计就要被弹脑门了。

东院。

曹云昭确实有几分本事，硬是拖着没下棋，而是跟黄先生谈起了公务。

谢璟陪着白容久进去的时候，曹云昭正在当说客，劝黄先生去北平一所大学当职。

曹云昭：“先生，蔡校长也是求到了我这里，新式学校刚刚兴办，院系都不齐全呢，实在缺人。”

黄明游手里拿了一封信，已经拆开看过了，他那位老朋友在信里苦苦哀求，只求黄明游移步北平，差点要亲自跑来接一趟了。这事儿也不是一天两天，早在半年前，北平新建大学的时候对方就开始找他了，三番五次写信来请他去讲课，黄明游只推辞了，送字送书送学生，就是不肯离开北地一步。

黄明游此刻也是一样的说辞，笑呵呵道：“你回去帮我同他说，我在这里还有更重要的事要做。”

曹云昭摸摸鼻尖，笑了一声：“蔡校长也猜您会这么说，他让我带了第二封信。”

第二封信送过来，黄明游拆开一瞧都乐了，对方邮寄了一张戏票，上书三个大字：《空城计》。

这是哀兵之计唱不成，又开始想其他招数，知道黄明游喜欢看戏，特意找了最好的一张票子想让他动一动恻隐之心，再则也是表明自己这边已唱起了“空城计”，向他求援。

黄先生看着戏票确有几分动心，青河这边什么都好，民风淳朴，白容久提供的书也充足，只是剧院太少，名角儿也不来这儿走动，想听场戏实在是难。

白容久进来时刚好听到这句，道："不如我让张虎威送先生去北平待些日子？"

黄明游摇头道："那不成，我来这里是帮你，岂能为了这点小事就走，那还像个什么话。"

曹云昭打了圆场，做出一副羡慕样子，叹气道："白九，我真要嫉妒你了，家里给钱给机器，随着你折腾，这会儿连老师也帮着你，嗳，也不知道我什么时候才有这样的福分。"

白容久唇角微微扬起一点，不理他贫嘴，坐下又问了北平大学的事。曹云昭身上没有职务，闲人一个，到处游玩，对北平的事儿清楚，就同他大概讲了一下。

黄明游问："可是要送二少爷去念大学？"

白容久摇头："我对他另有安排，年后随我去省府。我记得去年留洋落选的一人，姓杜，学习刻苦人也机灵，让他去考一下试试，或许是条出路。"

黄明游："那孩子我记得，底子不错，应当没什么问题。"

白容久喝了一口茶，又吩咐了身边人道："此外再拿一万银元，以先生名义捐赠北平名校，就说黄先生事务繁忙，委实抽不开身，略表心意。"

旁边黄明游还没开口，曹云昭已经替北平的老教授作揖，笑容满面冲白九拜了拜，道："那敢情好，我先替蔡校长谢过你，这可当真解了燃眉之急，眼下处处用钱，蔡校长还兼了一份公职，两边跑呢。"

谢璟端了一盘海棠果和酥糖放在那儿，白容久顺手捡了两颗色泽红润的海棠果塞他手里，谢璟低头接了，站在后面默默啃着吃。

曹云昭视线忍不住瞟过去两次，看久了，倒是觉得这小孩挺耐看。对方吃果子，他视线又忍不住落在那一双手上，顺着一路看到微微张开的唇和咔嚓啃果子的小声，一时也分不清是海棠果红些，还是这少年的唇更甚。

白容久在那边说话，曹云昭听在耳中字字清晰，却一时反应不过来是什么意思，对方喊了他名字，才晃神道："啊？哦哦，对。"

白容久微微靠后，招手让身边小孩凑过来，略压低了一点声音吩咐："曹公子吃不惯海棠果，去小厨房另拿些果子。"

谢璟端着要走，曹云昭舍不得他走，忙叫住道："哎哎，我能吃，拿一个来我尝尝。”

谢璟有些疑惑，伸手递过去。

曹云昭随便拿了一口，刚放进口中咬了一下，就酸得口水都出来了，一口果肉都没能咬下来就悻悻地放了回去：“我这牙不太好，算了，不吃了。”他看了谢璟几次，忍不住问，“不酸?”

谢璟摇头，他觉得挺甜的。

白容久在后面又喊了他一声，谢璟转身出去了，厚布帘落下发出轻响，脚步渐渐远了。

曹云昭厚着脸皮道：“白九，你这人当真不能借我？我就用两天，义演结束之后立刻还你。”

白容久道：“他不会演也不会唱，你确定两天就能上台?”

曹云昭笑嘻嘻道：“那就多借我一段时日，说真的，我票戏这么多年，阅人无数，你身边这个小谢确实是个好苗子，放在你身边也不过就是端茶递水，你留着也无用，不如让给我吧，我送你一百亩茶园如何？或者上回你看中的那座山?”

白容久放下茶杯，脸色微冷：“你来我这儿没打够秋风吗?”

曹云昭不怕他，站在那儿正气凛然道：“这是哪里的话，什么打秋风，我是来拜财神的。”

小厨房里，谢璟正在认真挑果子，压根不知道花厅那边为他差点要吵起来。

中午吃饭的时候，谢璟给送了一回热黄酒，就没再进去了。

小厨房里的大厨今日有些憋屈，因为中午的菜肴没让他动一点手，全是曹云昭带来的那位大师傅亲手烹饪。对方眼高于顶，这边小厨房里的也不遑多让，不过做个中饭的时间，已硝烟弥漫。

谢璟过去帮了一会儿忙，被那位大师傅客气劝回来，对方还带了自己的徒弟，一点都不用他们操心。

小厨房里的人拽着谢璟坐在一旁，愤愤道：“小谢甭管他，我这是两年没回省府了，坠了名头，当初谁不知道我‘张一刀’的名号!”张师傅最擅刀工，结果对方不让他摸案板，实在气不过。

另一个人凑过来低声道：“我瞧见他们带了调味包，趁他们没注意的时候闻了一下，里头至少有五六种香料。”

“不对，我也闻了，不止那么点，好像还有桂花陈皮……”

谢璟端了一碗饭，夹了些菜，竖起耳朵一边听一边大口吃饭。他正在长身体，吃什么都香。

没一会儿，又有人过来传话，让小厨房的张师傅给做骨头汤。

张师傅得意起身，拎着菜刀和牛骨就过去了。

全德斋的大师傅刚想接过，张师傅就拦了下，抬高了下巴道：“你知道这是给谁做的吗？起开，用多少盐和料酒都不知道，别耽误我做事！”

他气势太足，对方犹豫一下，愣是没敢拦着。

小厨房里的师傅大刀阔斧剁骨头，下了十成的功夫做了一碗浓香骨头汤，拿托盘高高兴兴端去给谢璟，一边看他小口喝一边问：“怎么样，咸淡如何？”

谢璟点头，只说好。

张师傅立刻就得意起来。

别的不好说，这骨头汤他可是足足做了半年，小谢喜欢什么口味儿，他一清二楚！

青河白府在腊月提前摆了席，只因白容久要离开青河县，回省府过年。

这次的堂会也格外热闹，有曹云昭特意从北平带来的柴雪河坐镇，当红的角儿一亮嗓，果真非同凡响，引得众人一片叫好声。

天气冷，飘了小雪，细雪里一边喝着温酒一边听戏，实在是一种享受。

白容久坐在二楼，手边放着暖炉，把玩一阵又抬眼去看外头戏台。

庭院中爆竹响起来的时候，孩童的惊叫和笑声融成一片。

白雪映碎红。

过年了。

白容久当初一支车队从省府来到青河，走的时候，队伍里多了三辆马车。

一辆是白容久专门吩咐下去给寇姥姥准备的，另外两辆马车，是给青河白家的二少爷白明禹准备的。

白明禹此刻坐在一辆马车上，也蜷缩着腿脚，双手抱膝，心里却难过极了。

他走的时候，他爹和他大哥明明万般不舍，但还是把他的蛐蛐儿“大将军”和“白牙青”给留下，连葫芦都没收没让带。

尽管如此，白明禹还是带了两大车的东西，这些都是他娘和嫂子给收拾的行李，生怕他离了青河地界用不惯外头的东西，什么都多多地带了，连衣服都备了七八套。

马车颠簸一下，白明禹腿脚发麻，被震得龇牙咧嘴，用手撑着勉强换了一个姿势坐着。

谢璟骑马路过，被白明禹喊了几声。这位声音太大，想装听不见都不成。

谢璟骑马跟在一旁，转头问道："二少爷有事?"

"你还带着白十四呢？十四脚程可真稳当，"白明禹趴在窗户边羡慕地看他的马，然后仰头看他期盼道，"给我骑一程?"

谢璟点头应了。

白明禹都没等车夫停稳，立刻从车上蹦下来，活动了几下手脚就要跟谢璟换："我这一路可憋坏了，我本来也想带马，可惜没找到好的。"

谢璟看他一眼，懒得拆穿。

白二少爷要带葫芦蛐蛐儿去省府，早上走的时候白老爷一听到声音就气得够呛，连摔了好几个油葫芦，把二少爷的马也扣下了。

队里其他人的马多少性子都烈，又拿不准二少爷脾性，不敢给他骑。也只有谢璟养的白十四性情温和，敢偶尔让二少骑着放放风。

谢璟把马缰绳递给白明禹，等他上去之后又喂了十四一块糖，抚了抚它鼻梁："稳一点，好好带少爷回来。"

白明禹好不容易得了马，怎么也要小半个钟头才尽兴，谢璟干脆回了白容久车上。

白明禹骑马疯了一圈，脸上都冻得发红，但精神好极了，他找了一圈没在外头瞧见谢璟，问了人之后又驱马去了白容久车厢那儿，倒是也不敢造次，慢吞吞跟了一会儿之后，小声喊里头的人："小谢，哎，小谢?"

谢璟没应声。

白明禹还想再喊，忽然瞧见一只素白的手掀开厚布车帘，里面坐着的白容久侧头瞧过来，淡声问道："何事?"

白明禹规规矩矩问了好，小声道："我来还小谢的马。"

白容久低头跟车里人说了什么，白明禹好奇，也探头往里看，但也只看到一角。白容久的马车极大，像是搬了一个缩小版的卧房安置在其中一样，除了床榻还有一小排书架和棋盘，边角处的厚毛绒毯子上，隐约瞧见小谢和另一人坐在那儿正在说话，声音很小，听不清谈的是什么。没等他再多看，白容久就转头吩咐道："十四交给后面的张虎威即可。"说罢，就放了车帘。

白明禹也不敢多问，答应了一声就去后头了。

马车上，谢璟正在摆棋盘。

曹云昭双手揣在毛绒暖袖里，正斜眼看看车窗那边，嘴里道："白九，甭找借口啊，今天不陪我下完三局不准走。"

白容久回头看他，视线落在谢璟收拾棋子的手上一眼，淡声道："你这棋路不对。"

"哪儿不对了？"

"都不对，自寻死路。"

曹云昭皮笑肉不笑："是吗？可能我棋艺精进了吧，那天跟黄先生下棋的时候他就是这么下的。"

白容久："……"

谢璟又端了一盘海棠果切好放在一边，这次还拿了一小碟糖粉。

白容久看他一眼，曹云昭已经迫不及待想先发制人，等白容久落子的时候，他立刻拿起来又换了一个地方："刚下错了。"

白容久将黑子捏在指尖，静了片刻："你作弊。"

曹云昭道："也不算吧，你把我当成先生就好。"

"可你不是。"

"你那天推我出去跟先生下棋的时候怎么……"

话音未落，白容久抬手把棋盘掀翻了，棋子噼里啪啦落了曹云昭满衣摆。

曹少爷气坏了，站起身又"咚"的一声被马车撞了脑袋，疼得捂着脑袋："白九，你多大了，还玩儿这手？以前读书的时候你就老这样……嘶，你这什么破马车，撞得我脑袋生疼！"

白容久道："你换辆车坐，在这儿吵得我头疼。"

"白九，你玩赖还有理了？我就不该跟你一路走，要是坐火车，也没这么多事儿了。"

"现在去还来得及，我让人骑马送你去。"

曹云昭吵不过，气呼呼换马车去了。

谢璟收拾了残局，不过刚开局，棋盘倒是好收拾，就是旁边放着的那碟海棠果殃及池鱼，糖粉也撒了。

谢璟擦了一会儿，偷偷去看白容久。

白容久也在斜眼瞧他，视线对上之后，谢璟略略移开，又忍不住好奇转回来："爷，你以前读书时，也这样吗？"

白容久道:“什么样?”

谢璟用手指挠挠脸颊，没敢问。

白容久抬头看他:“觉得爷脾气不好?”

谢璟支吾两声:“也不是，我就是没见过，想象不出爷还是这样……性情中人。”

白容久捏他脸一下，低声轻笑:“你没见过的多着了，我又不是神仙，不过也是个吃五谷杂粮，会生闲气的普通人。”

白容久逗弄小孩一下，很快就放开他，趁着车厢里有几分清闲，拿了本书翻看。

谢璟也想看书，但几次三番静不下心，看着书页走神。

第十五章 一枝独秀

几日行程后，到了省府。

曹云昭后两日一直待在自己车厢醒酒，到了省府就被人接回曹公馆，白家车队一行人也回了老宅。

白家老宅修建得并不显山露水，和其他大户人家一样，高墙红铁门，上面有铜狮门环，只门户极高，象征着以前的荣耀。

车队在正门停下，送了白容久下车，其余人则从旁门进入。

谢璟跟寇姥姥他们没有进去，而是跟张虎威去了不远处的一条小巷，拐出去走了一阵，到了一家独门独户的小院。

张虎威把马车交给他，道："九爷说这边院子闲着也没用，暂时交给你和姥姥打理。这边从小南门出去，刚好临街，略改一下可做铺面，也不知道你们想做什么生意，就没改动，你们自己瞧着来。"

谢璟答应了一声。

张虎威帮着搬了几件家具下来，瞧见一旁李元这个瘦小伶仃的半大小子自己扛了箱子，不再是当初那个扭扭捏捏的样子，对他印象好了许多。

张虎威刚回省府，还有其他差事忙，搬完东西就匆匆走了。

谢璟给寇姥姥搬了椅子放在堂厅，自己和李元一起收拾了房子，只让姥姥动嘴，连扫把都不许她碰一下。

寇姥姥被按下几次，心里着急："我又不是纸糊的，怎么就不能干活了呀！"

谢璟道："您晚上做饭，做饭才累。"

李元跟着点头，点完头又跟着道："姥姥，我一会儿去买菜，刚才在路上的时候我就瞧见有卖菜的小摊。"

寇姥姥无奈，只能答应下来。

几人合力，等到收拾完新家，吃上饭的时候，已经快要晚上九点。

寇姥姥在桌上点了蜡烛，借着一点光亮吃晚饭，谢璟道："省府有电，等明日我去问问，能不能接个电灯。"

寇姥姥道："电灯太贵了，要那个做什么呀？"

李元好奇："电灯很贵吗？姥姥以前用过电灯没有，是什么样的呀？"

寇姥姥忽然含糊起来，低头喝汤装作听不见，李元又问一遍才开口道："也就那样，按一下就亮了嘛！要擦的也多，一颗一颗小小的，又娇气又麻烦，而且还要挂得老高……反正我觉得没什么用。"

谢璟听她说，忍不住看了一眼，烛光暗淡，寇姥姥没有察觉。

李元是真的没用过电灯，听得神往："那么多啊，要是亮起来，人家肯定以为挂了一串儿夜明珠！"

寇姥姥道："咱们晚上又不做针线，要那么亮做什么？"说着给谢璟夹了一筷鱼肉，叮嘱道，"璟儿慢些吃，别卡了鱼刺。"

谢璟慢慢吃鱼，低头没说话。

初来省府，虽然家里还存有几百银元，但寇姥姥不想坐吃山空，趁着谢璟还有两日假，全家聚在一起想做什么小买卖好。

谢璟道："开个小饭馆吧，也不拘什么时间开门，省府人多，姥姥做点新鲜的小吃，闲了就开着，若累了就关门休息。"

寇姥姥笑道："做生意哪儿能三天打鱼两天晒网，这样客人不都跑了呀。"

谢璟："跑了就跑了，我能赚钱，我养您。"

寇姥姥摸他脑袋一下，满眼都是笑："姥姥没做过生意，你也没做过，心里总是没底。"

"不碍事，姥姥还记得张叔吗？他手下那么多护卫，吃腻了府里的东西，总要出来打打牙祭，您以前在青河的时候做什么他们都爱吃，就照着那个来。"

"这，能行吗？"

"怎么不行？姥姥做什么都好吃。"

寇姥姥略微犹豫一下就点头道："那行，听你的。"

谢璟在家中休整一两日，顺便找了木工和泥瓦匠来，把临街的铺面给定下来。总体也未大动，只是加宽了门窗，新做了厚布帘，另外在外头院里的高炉上蒸了几笼屉包子，反正炉子一整天都烧着供暖，闲着也是闲着，热气腾腾的包子一放在那儿，即便不认识招牌上的字，也知道这家是卖吃食的小店。

李元抱了一卷红底厚布跑回来，展开给谢璟瞧新做的布旗："小谢，咱们店叫啥？"

谢璟想了片刻，道："你去拿笔墨。"

李元答应一声，进去拿了笔墨过来，谢璟接过提笔写了"一枝独秀"四个字，字迹俊逸，一气呵成。他跟在白容久身边两年，手把手地学了书法，比之前笔力要深，白容久的字游云惊龙，自带傲气，谢璟学不全，他写出来几分意气风发，字迹带着少年人特有的骄傲。

李元把幌子挂上去，美滋滋看了半天："小谢，我刚才在路上来的时候看了一路，其他家的幌子都没咱们家的鲜亮、好看。"

谢璟笑了一声，也抬头看，小饭馆前面的幌子迎风吹动，发出猎猎声响。

谢璟两日休假完毕，交代了李元帮忙看着小店改装，自己先返回白容久身边当差。

白家老宅规矩繁多，谢璟现在的差事是在护卫队里，由张虎威安排，他去了之后先找了张虎威报道。张虎威正好手头有些事，先把他带去护卫队那边，边走边交代道："九爷回来之后就一直没歇着，昨夜和老太爷一同去了白将军那儿，那边规矩更大，一府上下都是兵，脾气个顶个的不好惹，爷临走的时候交代你要回来了就先在家等他，最迟今天下午他就回来。"

谢璟应了一声。

张虎威摸了一把脸，又道："得亏你这两天没在，你都不知道爷身边的人喝倒了多少个。"

谢璟怔了一下："爷也喝了许多？"

张虎威道："可不是，咱们九爷离开省府两年，一回来那些老朋友自然来请，还有白将军那样的长辈，总归年前是别想歇着啦。这也就是咱们爷千杯不醉，换了其他人，昨儿一天就趴下了，白将军那儿可是一帮狼崽子，没一个省油的灯，喝酒都是拍开泥封按坛喝的。"

谢璟模糊记得以前好像也是如此，九爷酒量极好，他也只有那年赏月时候见过他醉了一回。

张虎威见他没吭声，还当他担心，安抚道："没事，我就没见九爷醉过，他是老太爷泡在酒坛里长大的，不用担心。"

谢璟："……"好像还真就他见过爷喝醉的样子。

张虎威还要去给九爷送东西，匆匆把谢璟带到护卫休息的一个茶水间里，就走了。

谢璟进去之后，才发现这茶水间极宽大，和隔壁打通了，有桌椅板凳，中央放了小炉子烧水煮茶，靠墙还有几排兵器，一个个瞧着用了有年头，手柄包浆锃亮，软鞭长棍都有；另一架靠墙柜子上放了几杆长枪，上头还刻了编号，另有七八人正在擦拭自己的武器，瞧见谢璟进来，俱是一脸好奇。

有人在窗边扒头看了一眼，小声道："师傅走了！"

跟一声暗号似的，呼啦啦其余人都围了过来，清一色肌肉扎实的壮汉，有些头发剃得极短，一层青茬儿，也有的纹了花臂和前胸，不管腊月寒冷全撸起袖子，大大咧咧露出半只张牙舞爪的黑龙，以及各式各样的文身，唯一相同的是他们的个头，都足以俯视谢璟。

谢璟站在那儿，略有些拘谨，跟他们问好："师兄好。"

一帮人在那儿你看我，我瞅你的，忽然有人挠着脑袋笑起来，其余人也嘿嘿直乐，谢璟刚开始还能绷着，但很快就撑不住，也笑了。

为首的一个师兄道："你就是小谢，对吧？师傅跟我们说过，我们都知道你这两天要来，但没想到你长得这么好看，刚才一进门，我们还以为师傅给找了个小师妹回来哪！"

谢璟道："师兄，我是男的。"

"知道，知道！"旁边另一人兴冲冲地接话道，"王肃从青河一回来就跟我们说了，我们准备了点小礼物，也不值什么钱，给你拿去玩儿！"

谢璟以前在戏班的时候知道一些江湖规矩，这些师兄们给，他就大大方方收下，挨个道谢："师兄们有空去我家吃饭，我姥姥开了一家小饭馆，都是些家常口味，我请大家。"

那些人都挺高兴，问起是新开的店之后，纷纷表示要去捧场。

谢璟被众多师兄围着坐在小炉子边，大约是看他身形纤细，师兄们就觉得他会冷，特意留了最暖和的位置，还给他倒了一大杯热茶，拿了几个烤熟的山芋给他吃。

师兄们都是习武粗人，又是出生入死的兄弟们，什么话都聊，一帮人关系极好。谢璟被张虎威带进来，是他们的小师弟，自然也被接纳了。

谢璟一边吃烤山芋，一边抬眼慢慢去看这些人，已认出几个当年熟悉的面孔，都是对白容久极忠心的人。只是当时他入府晚，又闹了几次逃跑，他和护卫队的人关系可没如今这般好。

谢璟眯着眼看了外头靠近后院高墙的一株百年老树，他曾经成功翻墙跑出去过一回，踩的就是这棵树。一口气跑了三个镇才被抓回来，之后白容久冷着脸让人把树砍了，改种了西府海棠，再就是柿子——外头人说白容久有孝心，说的是“五世（柿）同堂（棠）”，但谢璟知道，这两种树枝干软，又矮过高墙，是用来防止他偷跑的。

谢璟捧着热茶低声笑了，茶水清澈，倒映出一点他现在的样子，嘴角扬起来看着心情颇好。

当时别别扭扭地闹情绪，一个跑，一个追，哪里能想得到，后来数年相依为命。

白容久将人遣散，只留他一人在病榻前。

是他送了爷最后一程。

也是他，独活于世。

……

有师兄拍了谢璟肩膀一下，谢璟晃神，抬头看向对方。

对方笑呵呵道：“没事，就看你一个人发呆，小谢有什么烦心事？说出来咱们替你想法子。”

谢璟笑笑，摇头道：“没有，就是性子比较闷，一时也不知道说什么好，我听师兄们聊天。”

茶水间里热热闹闹，茶杯里眼神落寞的少年身形被一圈圈水波纹路震碎，很快消失不见。

另一边，总督府邸。

白容久喝了好些酒，在走廊上透气，这里不比白家老宅，一切都是隐而不露的，对面小花园里除了小假山，其余尽是松柏，三步一岗，进出全是军人。

外头空气新鲜，但也冷。

白容久略站片刻，就忍不住想起谢璟。

他向来怕冷，冬日里有了谢璟暖床，借着少年人身上的热气，总算能睡上一个好觉。他失笑一声，心想自己这两年被照顾得太好，当真是离了一刻都无法适应了。

一直到中午宴席才散，回到家中。

白容久在省府住的也是东院，只是比青河白家那一处要大上许多，一路走来院子里都有人见到行礼，问好声不断。白容久也没理会，大步走进卧室，走了两步又顿了下，折返回去褪去大氅，又拿温水洗了手，让掌心温度略微回升，这才去了卧室。

房内空无一人。白容久略微拧眉，转身问道："小谢人呢？"

身后跟来的人愣了片刻，道："您说谁？"

白容久又问："上午张虎威没送人过来？"

那人摇头，不过立刻道："我这就去找，这是刚煮好的茶，加了牛乳，您喝一盏暖暖胃，等您喝完人就给您送来了。"

东院个个都是人才，果然不过一盏茶的功夫，就把谢璟带到。谢璟手里还拿着半个烤山芋，有些茫然，瞧见白容久之后才笑道："爷，您回来了？"

白容久坐在那儿放下茶盏，淡声道："我回来了，你又去了哪里？"

谢璟道："去了护卫队那边，张叔说我以后都在那儿。"

白容久失笑，招手让他过来："张虎威也是胡来，我让他去接你，谁说把你送去他那边了？"他拿了手帕给谢璟擦手，谢璟微窘，想往后退，但手还是被捉住了一点点擦干净上面烤山芋的煤灰，"你下次直接过来，还跟之前一样，跟在我身边，不许再乱跑了。"

谢璟点头应了，垂眼看着白容久给自己擦手，有种想躲的冲动。

白容久倒未觉察，拉着他的手哄道："别乱动，一上午没瞧见，脏得泥猴儿一样。"

周围的人送了奶茶之后，一早就下去。

谢璟乖乖让白容久给自己擦干净手，抬眼去瞧周围的摆设，和他记忆里的一样，白容久习惯一向如此，认定了什么就一直用手头的这些，不会轻易变化。这让谢璟多了几分安全感，他好像真的回到东院了，回到爷身边。

白容久把人擦干净，心满意足。

谢璟服侍他更衣，又陪着睡了个午觉。

白容久昨夜没睡好，又喝了许多酒，很快就睡着了。谢璟原本以为自己睡不着，但一沾床榻，听着身边白容久轻浅均匀的呼吸声，很快也合眼睡去。

这一觉，一直睡到傍晚才醒。

白容久让人送了清粥小菜过来，让谢璟一起坐下吃，问了他这两日都做了什么。听到谢璟写了小饭馆的招牌之后忍不住笑了一声，道："这名儿是不错，但不响亮，怕是去的人少。"

谢璟挠了鼻尖："本就是开着玩儿的，姥姥身体不好，我想着多少有个生意，给她打发时间就行。"

白容久点头："这也是个办法，若是需要什么，尽管跟我说。"

谢璟答应了，喝了两碗粥放下筷子，白容久奇怪道："怎的吃这么少？"

谢璟："中午的时候跟着吃了好多，不饿。"

白容久有些不信，这和谢璟平日不太一样，他放下碗筷，抬手摸了谢璟肚子，才点头道："是饱着，去吧，院子里玩儿一会儿，晚上我教你记账。"

正好有人送了茶水过来，瞧见之后好奇地打量一眼谢璟，谢璟倒是不觉得有什么，反倒是白容久先察觉，等谢璟出去之后，叫了东院管事过来。

谢璟在院子里溜达一圈，瞧见两棵海棠树，上头落了雪，压得枝头弯弯的，他拍开雪，有些期待这里的海棠结果之后的滋味了。以前在东院住的时候，他光顾着赌气，一颗都没吃上。现在想想，真是可惜。

如果是甜的就好了，不过酸的也无妨，可以把冰糖融化了给海棠果裹上糖衣，串成糖葫芦一样，甩出长长的糖风——最好薄薄的一片，咬起来嘎吱响，又脆又酸甜。

谢璟把两棵海棠树上的落雪都清理好了，这才回去上课。

回去之后，不知道是不是错觉，好像周围的人都对他热情了不少。

之前在青河县住在白家东院的那些人热情，谢璟还能适应，毕竟一起生活两年，但省府东院的人突然如此，谢璟觉得怪异极了，十分不自在。

给白容久送茶的管事给他也倒了一杯牛乳，还在小托盘里放了两块冰糖。

谢璟站起来接，对方还一直劝他坐着，趁白容久不注意还小声问："小谢是吧，你喊我孙叔就成。你要是喝不惯，我就让小厨房给你做点别的夜宵，对了，那边还热了一碗汤，说等你消消食，晚点吃……"

谢璟被他慈爱的目光看得头皮发麻，他还从未被东院管事这么和蔼地对待过，以前这位只会声嘶力竭喊着"忠言逆耳"，坚持要把他赶出去，还趁白容久出远门的时候关了他一次柴房。

那次也是他故意为之，半夜偷着从柴房溜了，爬树翻墙跑出去，运气不好火车没开，要不然早跑远了。他还记得东院管事带着护卫队的人把他抓回来，路上管事抹眼泪，像极了不情愿但不得不回去的自己。

后来关系好一些，但也只是客气，从未如此亲切。

谢璟却不知，白容久早就跟东院众人打过招呼，说谢璟是他的救命恩人。

管事一连进来送了三次茶点，都放在一边没出声打扰白容久教学生，在一旁略站一下，见白容久没别的吩咐，就下去了。

谢璟写完一页题，白容久拿了一块萨其玛奖励他。他拿着放在嘴里咬着吃，抬眼瞧瞧白容久，又看看旁边满满当当的茶点盘子，心里觉得东院既熟悉又陌生，这次真的不一样了。

“一枝独秀”开张那日，白容久让人送了些鞭炮过去，都是五万响的，放起来震得整条街都能听到。张虎威带了护卫队的人几乎把场子包圆，连院子里都摆了几张小木桌，热热闹闹地一起吃了顿饭。

寇姥姥坚持要请他们吃，这帮人也没跟老太太客气，来吃饭的时候买了十几麻袋精米、白面送来，还有十来只他们打下的野兔和野鸡，串起来都堆在厨房里。

李元做了跑堂的伙计，他心细，记性又好，按桌号能背过所有人要的东西和忌口，寇姥姥那边有谢璟帮忙，做菜也利落，饭菜端出来之后香气扑鼻，引得众人一阵夸奖。

一席饭毕，宾主尽欢。

李元会算成本，寇姥姥每日都蒸上许多包子放在外头，香味儿飘出去，还引来不少新客，月底结算之后，竟然还赚了十块银元。

寇姥姥开心极了，给李元发了三块工钱，一个劲儿地跟谢璟夸道：“李元记菜名没弄混过一次，所有人都记着呢，早上还起来跟我一起蒸包子，能赚这么多钱，他功劳可不小！”

谢璟笑着看李元一眼，问他：“累不累？若是辛苦，我就再请个伙计。”

李元头摇成拨浪鼓，跟寇姥姥一样这会儿都钻到钱眼里去，嘿嘿笑道：“不用！我一个人能行，我现在可能干了，你问姥姥，我什么活都能做！”言语里透着自豪。

寇姥姥跟着点头，连连称是：“比以前可强多了，回头我再把裁衣也教给你。李元哪，你好好学习，以后璟儿开铺子，你给他当账房，人得有一技之长才能立足，知道吗？”

李元认真点头。

寇姥姥又对谢璟笑道："璟儿，我如今也能放心了，等过两年你从府里出来，也有片瓦遮身，多少算条后路。"

谢璟答应一声，东院事情多，他在家略待了片刻就回去了。刚进府门，就瞧见了孙管事。

孙管事名叫孙福，平日里掌管东院诸多大小事宜，算得上是白容久身边的红人。此人与其他院里的管家不同，除了能管理院子，还帮白容久运营在省府的多家商铺，腰间别了一串铜钥匙，里里外外一把抓。白容久喊他一声管事，而不是管家，正是因为他这一身的本事，若不然也不会把他留下照看东院，放心在黑河酒厂两年。

孙管事已经等了一阵了，瞧见谢璟回来忙道："小谢，快跟我走吧，九爷正找你呢。"

谢璟跟在他身后，去了东院。

一路上孙管事走得快，腰间铜钥匙相互碰撞叮叮当当地响。

谢璟稳稳跟着，眼睛落在那串钥匙上。他没记错的话，这钥匙里头还有一把柴房的，孙管事当年用了一把好大的锁头，他费了半天事也打不开，后来拿一根木头撬开了窗户才翻墙跑出去……都是很久以前的事了，但他一直挺好奇，孙管事身上这些钥匙都是干什么的。

孙管事停下脚步，谢璟没留意，差点撞到对方，连忙后退两步。

孙管事回头看他，笑道："是我没留神，下回提醒你，咱们九爷卧房里晚上不留人，守夜的都在外间哪，里头我也不方便进去，你自己去吧。"

谢璟答应一声，走了两步又回头看孙管事，好奇道："孙叔，你腰上这些钥匙都是真的吗？"

孙管事没听明白："什么？"

谢璟："他们说你管着九爷的私库，还有好些店铺，光当铺就三家，这钥匙能开金库吗？"

孙管事笑道："这都谁传的，哪儿有什么金库，就是几把府里常用的钥匙，我嫌找来找去的麻烦，挂身上罢了。"

谢璟视线落在他腰间钥匙那儿，问道："有柴房的吗？"

"没有，柴房归小厨房那边管，"孙管事和善道，"你要柴房钥匙？回头给你一把。"

谢璟摇头："不要，我就是好奇。"

孙管事笑呵呵的，只当他少年心性，宽容极了。

谢璟走进卧房，这边卧房大上许多，外头还有几排书架，走进去临近床铺才铺了厚毛绒毯，赤脚踩上去，毛毯被地龙烘得暖和，十分舒适。

白容久半躺在床上正在看书，瞧见他进来，招呼他走近了反手先弹了他脑门一下："又跑去哪儿玩了？孙管事找你半天，吓得让人先来回了我两趟。"

谢璟爬上床，盘腿坐在白容久对面，不答反问："爷，你知道孙管事那一串钥匙都是做什么的吗？里面真没有柴房的钥匙？"

"柴房？应当没有。"

"那真是奇怪，我见……好像见到孙管事让人去搬了些木头，都是他亲自开门的，那锁有那么大。"

谢璟给白容久比画了一下，又凭借记忆大概说了一下位置地点，他记得不是太清楚了，但现在也刚好初来省府白家，路不熟也是应当，反倒多了几分可信。白容久听他说完，想了片刻，失笑道："哪是什么柴房，那是从南边运来的金丝楠木，留着打家具用的，攒了一两年了想等凑起来打套整的。"他抬手揉了谢璟额头，刚才弹得很轻，但还是微微留了一点印子，这会儿自己反倒心疼了。

"原来不是柴房啊。"

"当然不是，那里头放着的可是爷心尖上的宝贝。"

谢璟张了张嘴，一字未说。

白容久瞧着他脸颊有些发红，拧眉道："怎么这么热，在外头受了风寒？"

谢璟摇头，垂眸不敢看他。

这在白容久眼里，像极了小孩做了错事不敢认的模样，心虚有愧。但打也打不得，说也说不得，白容久只能揉了揉他脑袋，把被子分了大半给他裹上："暖一会儿就好了。"

谢璟并不冷，但依旧听话盖好，白容久不善多言，继续翻书看下去。

谢璟抱着膝盖围着被子坐在那儿，偷偷看他一眼，小声问："爷，我晚上还睡在这儿？"

白容久点头："嗯，等我看完这两页就睡。"

谢璟下巴放在手臂那儿，歪头没再问。

第十六章 曹家宴席

省府的日子过得比在青河时要忙碌，谢璟虽是护卫队的人，但在东院的时间更多。

白容久把白明禹带在身边，悉心教导，还让孙管事拿了一间铺子交给白明禹打理。

谢璟在东院遇到白明禹的时候变多，眼瞧着青河白家的小霸王一日日变成当年稳重的白掌柜，尤其是开春之后，白明禹身高又蹿了一截，已经和他记忆里的有七八分相似了。

白容久教导白明禹的时候，并没有避着谢璟。

谢璟在书房给白容久研墨，听白容久讲话，书房里安静，燃了提神的香料，还有壁炉里一点火声。

这两日倒春寒，有几分冷意。

谢璟换了一身薄衫新衣，白明禹也是火气旺盛，同他一般，只是衣料更华丽鲜艳一些，只有白容久依旧穿着厚衣，偶尔咳上几声。

谢璟听见，端了一小碗汤药放在一旁："爷，先吃药。"

白容久正说到要紧处，也未回头，单手接过喝了药，又继续同白明禹讲下去。

白明禹刚接手铺子，忙得焦头烂额，他之前也跟大哥去过黑河商号几日，但一切有大哥打理照应，他只是跟着做事，从不知道还有这么多麻烦事儿。

白容久："若再遇到，就按此例处理。你回去也要跟账房师爷多学着些，铺子不是一人能撑起来，不可意气用事。”

白明禹：“是。”

白容久又问：“上次同你讲的那些可记住了？”

白明禹恭敬道：“记住了，我回去找了马先生又讲了两遍，他还特意开了库房，带我认了一遍，不敢说全部记住，七成有的。”

白容久检查几项，见他记得清楚，点头道：“尚可，下去忙吧。明日我有事外出，不必过来请安，有什么急事可找孙掌柜商量。”

白明禹答应一声，挺想问一声九爷去哪儿，但又不太敢，犹豫一下走了。

谢璟在书房收拾了药碗，也端着送出去。

白明禹站在外面院子里，老远瞧见就冲谢璟使眼色，见谢璟不过来，干脆开口喊人：“嗳，小谢！”

谢璟站住，跟他问好：“二少爷好。”

白明禹踢了脚边一枚小石子，有些不高兴道：“什么二少爷，这又不是在咱们青河，在省府不用这么喊我，你叫我名字就是了。”

“这不太好。”

“有什么不好的啊，我在这儿也就认识你了。”

白明禹脸上有几分落寞，好像刚才书房里才是他装作长大的模样，心里依旧是青河小霸王，没长大的小子。

他站得近，谢璟能闻到他衣服上浅淡的味道，是书房里用惯的香料，落在衣服上就沾染上和白容久同样的气味。

白容久对白明禹，确实是小辈里最好的，不光给钱给人脉，还亲自带在身边悉心教导。

谢璟半垂眼眸，规规矩矩站在那儿，全东院的人都知道他是爷身边最老实的一个人，但此刻老实的小谢，有点儿嫉妒二少爷。

白明禹丝毫没有感觉出来，他还有点酸谢璟，拿肩膀轻轻撞他一下，低声问道：“明天九爷去哪儿啊，你也跟着吗？你是不是天天都能出去玩啊，真好，我昨日看了快有半人高的账本，饭都只随便扒了两口。”

谢璟道：“九爷看重你，拿了最好的当铺给二少爷练手，累些也是应当的。”

白明禹叹了一声：“可不是，孙管事带我去的时候，说是一家小铺子，我去了一看，嚯，上下三层，又是中央大街最好的街面上，你知道一天进出多少吗？说出来吓死你，大几千银元哪！”

谢璟："……"

白明禹："我当时腿都软了，生怕把好好的生意给做砸了，咬牙使劲儿学。"

谢璟："二少爷受累了。"

"倒也不是特别累，活不多，就是操心事儿太多，十几个伙计我现在名字都喊不准，老叫错。"白明禹勾着他肩膀，言语里不自觉带了点委屈，"小谢，我昨儿半夜饿了也只找到几块芸豆糕，又腻又噎人，喝了半壶凉茶才冲下去。"

谢璟："是吗，我以前只有三合面馒头和窝头，没尝过芸豆糕的滋味。"

白明禹略微挑眉，看向他道："你今儿心情不好？怎么老跟我抬杠。"

谢璟看向他，没说话。

白明禹不乐意道："你看二傻子啊，我听得出来你有情绪，是不是东院有人欺负你了？你跟我说，我帮你出头。"

谢璟道："东院没有。"

白明禹立刻道："那就是外头？"

谢璟看他一眼，或许是白明禹此刻想"出去打架"的兴奋太过明显，把他心里那点微酸都冲散了，略想片刻轻轻点头道："算是吧，家里有点事，不过已经解决了。"

白明禹一脸失望，叮嘱他道："下回有事儿记得跟我说啊，少爷虽然忙，但咱俩感情这么好，肯定帮你。"

谢璟笑了一下，点头说好。

等白明禹走了之后，东院的孙管事还特意过来找了谢璟，低声问他受欺负了没有。

谢璟惊讶："我？没有，二少爷不欺负我。"也欺负不过。

孙管事松了口气，叮嘱道："这位青河来的二少脾气有些直，人秉性还是不错的，我听说你们之前就认识，有过一点矛盾，不过以后总归要共事多年，若有什么事儿你就来找我，我多少能帮着说上两句话。"

谢璟愣了片刻，点点头："谢谢孙叔。"

以前他性子傲，二少爷也够莽，两人凑在一处一言不合就动手。他唱武生，身上有些拳脚功夫，二少爷全凭力气大，真动上手一时半会儿停不了。那时候孙管家可是谁也不护着，一门心思喊人把房里博古架上那些宝贝全部搬走，声嘶力竭，还被气哭过两回。

孙管事笑容可掬，一张圆脸极为富态，大约觉得谢璟人老实，刚才受了气也不告状，心里更喜欢几分，从兜里掏出一枚银瓜子给他，哄小孩似的道："拿去玩儿吧，过年时候多打了几枚。"

银瓜子小小一枚，做得惟妙惟肖，上面还刻了一个小小的"福"字。谢璟握在手心，笑道："那我就沾沾孙叔的福气。"

孙管事名字里就带了一个"福"字，听到他这么说跟着笑起来。

最后一场雪化了之后，府里的树开始抽芽，冒出绿叶。

省府的夏天也和青河不太相同，青河在极北，夏日也短暂，像是花草急着抽条开花结果，然后完成使命安稳过冬，从九月末就偶见落雪。但这边夏日要长一些，天阳挂在天上，明晃晃的热，晒得人都懒散起来。

天气炎热，小饭馆客人也少了些，家里人正好清闲几日。

谢璟道："姥姥，天儿太热，你和李元去山上住几日吧。上回张叔他们跟我说过一次，说那边有庙，上香的人多，素斋也好吃。"

寇姥姥道："你和李元去玩儿吧，姥姥年纪大啦，爬不动山。"

"不高，马车能上去，我明天一早雇马车来接你们。"谢璟擦了一把汗，衣领解开扣子，尽管是薄衣也汗湿了一片。

寇姥姥拿手帕给他擦了额头，心疼道："你也去吧？你从小儿最怕热，瞧瞧，这还吃着瓜呢，怎的又出一身汗。"

谢璟摇头："我不去了，曹公馆下了帖子，明日九爷要出门，我得跟着。"

寇姥姥道："那好吧，我们出去几日，这边钥匙还放在东边院墙第三块砖下面，你要是忘了带钥匙，就去那边拿。"

中午简单吃了顿凉面，谢璟胃口也不是特别好，吃了大半碗就停了筷子。

饭后，寇姥姥去午休，李元则高高兴兴去房间里收拾行李。他还没出去玩儿过，平时寇姥姥给他放假，他也只在周边街道上溜达，不肯离开家太远。不过这次姥姥跟着一起去就不同了，李元心里踏实，也愿意出远门。

这边小院子比他们以前住的厢房宽敞些，谢璟也有一间单独的房间，但他躺了一会儿还是热得难受，干脆起来去院子里打了一桶井水，脱了小褂，一桶水从头顶浇下来，小狗似的甩甩湿漉漉的头发，这才痛快几分。

谢璟贪凉，又打了大半桶井水，在院子里冲凉水。

他冲水声太大，院门敲响都没听到，等对方走进来喊了他一声"小璟儿"，这才慌张回头，脚下打滑差点摔倒。

白容久上前几步扶住他，少年手腕上还带着井水的凉意，有水珠从发梢落下，滴在他腕上，白容久垂眼笑道："怎么跟小狗似的，还会甩头，我在后头喊你几声才听到。"

谢璟微窘："爷，我不知道您要来。"

"明日赴宴，带你去买几件新衣。"白容久视线落在他身上，很快转向别处，"别贪凉，快进去擦擦，加件衣裳。"

谢璟答应一声，小跑进去了。

白容久在外等了一阵，谢璟换了一身薄衫出来，一边小跑一边系纽扣。白容久招手让他过来，给他正了一下衣领，道："今日带你去定做两身衣裳，曹云昭介绍了一个好去处。"

白容久说什么，谢璟点头都答应，跟着一同出去了。

曹云昭是个极新派的人，平日里花样也多，这次介绍的裁缝店是一家西式洋服馆，尤其擅长定做手工衬衫，据说许多洋人也从这里专门定制，不过缝制衣衫的师傅人手有限，都是限量定做。

白容久今日包场，坐在那里一边喝茶一边看谢璟试新衣。

谢璟这个年纪正是最朝气蓬勃的时候，穿什么都特别鲜亮，白容久也不拘什么款式，只问他穿在身上舒服不舒服。谢璟说舒服的，他就都买下来，其余不管款式如何新颖，都搁置在一旁。

外头停了一辆汽车，司机站在门口等着。

省府里汽车极少，仅有的几辆都排得上号，只看车就认得出是哪家的人在此处。

不多时，衣店的门被人推开，门口小铃铛撞了一下发出清脆声响。

衣店的学徒立刻小步走过去，低声想跟对方解释今日被包场，但还未开口，推门进来的女孩就往白容久这边走过来，老远就亲热道："九叔，我老远就看到车停在门口，一猜就是您，不请自来，九叔万勿见怪。"

走过来的女孩儿不过十八九岁的年纪，烫了一头时兴的鬈发，用一根红色缎带拢在脑后，其余垂在肩上，看起来既活泼又俏丽，鹅蛋脸，白皙皮肤，未语先笑，看着让人十分有亲近感。她走过来又双手合拢放在身前，行了个礼，笑道："九叔好兴致，买了这么多新衣，不如也给我一个孝敬的机会，今日这些都算我的吧？"

白容久瞧她一眼，坐在那儿未动，只问："你怎么来了？"

“今日学堂里放假呢，九叔放心，我没有逃课。”

白容久这才点头，让她坐下，随意交谈几句：“家里可还好？”

女孩笑盈盈道：“都好，祖母常念叨您，想您呢！每次家里做了八宝酱鸭她都要念叨一句，说您最爱吃这道菜，要不是现在离着远了些，都想让人给送些过去，又怕路上冷了不好吃，还嘱咐我下次去见您的时候带上大厨……”她正说着，忽然听到有人从试衣间出来，白容久的视线随之转过去，她心里好奇，也跟着转过去看了一眼，只一眼就愣在那儿。

从试衣间出来的是一个十五六岁的少年，一张脸漂亮得不像话，头发乌黑，眼珠也格外黑亮，鼻梁高挺，薄唇棱角分明，瞧着年岁不大，攻击性却很强。只是此刻套了一身衬衫和西式长裤在身上，多了几分文明，那点混合起来的矛盾更是吸引得人移不开视线。

谢璟也瞧见坐在白容久下手边的人，只看了一眼，并未多瞧。

白容久招手让他过来，看了片刻，道：“把袖子卷起来试试，明日骑马，看看顺不顺手。”

谢璟一个口令一个动作，单手卷袖口的样子十分乖巧。

一旁的女孩问道：“九叔，这是？”

白容久道：“这是谢璟，你喊他小谢就是了，这两年我一直在黑河没带他回来过，你不认识也正常。”他转头又对谢璟道，“这是白虹起，算起来喊我一声九叔，自家人。”

能让白容久喊一声自家人的并不多。省府白家这一脉人丁单薄，白老太爷只得一子一女，长子夫妇二人因一场意外事故去世，剩下一个女儿，身边无夫，膝下无子，自立女户。

白虹起是白家这位姑母收养来的弃儿，姑母性子刚强，把“弃”字改成了“起”，给了当年路边的那个小丫头这么一个名字。

小丫头也争气，十几年来学什么都像样，人聪颖也孝顺。姑母年纪大，收她做了孙女儿，跟着姓了白。因为姑母对白容九这个唯一的侄儿极好，因此白虹起也从小就对这个年纪跟自己差不了几岁的小九叔十分尊敬，见了面总是规规矩矩问好，凡事要表态的，只要她在场，永远都第一个站在白家九爷身后。

省府白家，人虽少，但从不内斗。

谢璟试好衣服，白容久把一旁堆放着的都买下，又点了几件谢璟之前说舒服的衬衫，让裁缝加做了几身大些的自用，这才起身离开。

白虹起已让人去付过钱，笑吟吟地送了白容久出去："九叔，曹公馆的帖子我也接了，明日我去你桌上讨杯酒吃，你可别笑话我。"

白容久点头："你来就是，我自当帮你。"

两人打哑谜一般，谢璟听不太懂，但他对白虹起感触十分复杂，一路都没怎么说话。

白容久坐在车上，问道："晕车?"

谢璟想摇头，但略微顿了一下，还是轻轻点头："有点不舒服。"

白容久揉了他脑袋一把，哄道："就快到了，下回不坐车了。"

谢璟其实不晕车，他只是心里有些不舒服。

他记得白虹起这个人。

九爷认可的亲人只有为数不多的几个，白家也并不完全是铁板一块，谢璟当年一直怀疑九爷身边有人做了手脚，且是最亲近的人才可如此。他怀疑过白虹起，甚至还怀疑过白明禹，那几年他谁也不信……可九爷走了十年，唯独他们二人，袒露了一颗真心。

那些年白明禹疯狗一样见谁咬谁，把北地搅了个天翻地覆，任谁说九爷一句不是，他都不顾生死要跟人拼命；而白虹起前几年隐忍不发，只拼命吞入九爷之前留下的铺面，待成了气候立刻死死咬住西北大掌柜，杀敌一千自损八百，摆明了是报复。

谢璟为此特意奔走西北一趟，他留在那里查了一年，只查到些许疑点，时局震荡，在战乱面前，不管再风光的人家，也变得脆弱不堪一击。

大家都成了流民，开始逃难，他也只来得及护住九爷的牌位，随身背着，颠簸了大半个华国。

"还不舒服?"白容久摸他额头，略微拧眉，"怎么脸色这么难看。"

谢璟抿了下唇，慢慢趴下埋头在那儿，闷声说了一句什么。

白容久没听清，弯腰问道："什么?"

这回听清了，却是一小声"疼"。

白容久笑了一声："今日怎的如此爱撒娇?躺一会儿吧，我让司机开慢些，一会儿就到了。"一边说着，一边揉了几下谢璟的太阳穴，"好点没有?"

谢璟点点头，依旧趴在白容久膝头未动。

白容久很少见他如此蔫头耷脑的小模样，谢璟平日里都是精神百倍，骑马打枪，无所不能的模样，冷不丁瞧见现在这样还真有点心疼，好歹带在身边两年多，手把手带大，总是最容易心软。

谢璟趴了一路，等下车之后，就好了许多。

晚上值夜，白容久没让他出去乱跑，喊进来给了他一碗甜汤圆。谢璟吃了两口，看着胃口也一般。

白容久道："明日让张虎威备马车出行。"

谢璟摇头："爷，我没事儿，多坐几次汽车就好了。"

"无妨，和你没有太大关系，曹云昭改了地方，去灵泉山。"

曹云昭请客，即便突然改了地址，来的人依旧很多。

白容久到了之后，就被曹云昭亲自迎到了二楼包厢里，这里头已经等了许多人，白容久一进来，立刻就有不少人站起来笑着同他问好。

曹云昭揽着白容久肩膀，对众人道："哎，你们大伙儿评评理，我明明安排好了吃大餐，又去剧院听新式戏剧，这个白九简直不讲道理——"他用手指了指白容久，气愤溢于言表，"说太吵，要找个清静地方聚聚，选到这么一个山上来，我说白九，聚会哪里有清静的？"

白容久坐下道："环境清静即可。"

曹云昭道："前几年叫你来这里，也从未见你点头，怎么今年就来了？"

白容久："今年天热。"

今年夏日天气确实热，即便是山上也蝉鸣阵阵，不过树木多也去了几分暑气，坐在树荫下吹吹风颇为舒服。但也有更好的去处。

白明禹趁人不注意，卷起衣袖三两下爬到了一棵最粗壮的大树上，找了根树荫浓密的枝干爬上去乘凉，他早就听见山风吹动树叶的沙沙声了，心痒痒得很。可等他爬上去之后，才发现树上已经坐了一个人。

谢璟安稳坐在那儿，点头问好："二少爷好。"

白明禹爬了一半，不上不下的特别难受，最后还是厚着脸皮爬上来，同他一起坐着："我就是琢磨着，上头风大，肯定更凉快。"

谢璟道："嗯，确实凉快些。"

两人就那么坐着，也没说话，过了一会儿还是白明禹好奇，探头往谢璟那边看，问道："你在看什么呢？那边有什么好看的吗。"

谢璟道："我看人。"

白明禹："谁？"

谢璟："喝酒的人。"

白明禹凑过去，顺着他视线看了一眼，瞧见曹家木楼二层上一个包厢里正有不少人坐在其中，觥筹交错，祝酒声隔着老远也能听到一点。

白明禹撇嘴："全是车轱辘话，一点意思都没有。"他跑出来就为了躲这个，没劲儿透了，还没有在黑河做生意真金白银的痛快。

谢璟没说话，一直看着，白明禹也有一搭没一搭往那边看，嘴里也闲不住，在那儿跟谢璟聊天："哎，小谢，你瞧那人像不像九爷，就是衣服不太像，你那边看得清楚不，就那个红色酒坛和黑坛旁边坐着的……"话音未落，就瞧见谢璟身手利落地顺着树干跳下去，白明禹吓了一跳，趴在树上喊他，"谢璟！你没事儿吧？怎么就掉下去了啊！"

"我有点事儿，先走一步！"谢璟说着，已经跑远了。

白明禹喊不住，只觉得莫名其妙。

另一边，包厢里，曹云昭已经开始玩赖了。他不肯再和白容久喝下去，坚持把自己带来的红酒加上桌："我不管，我喝不过你，你是老太爷泡在酒坛子里长大的，又做酒水生意，那我比不过，你喝白的，我喝红的，要不你跟我一起喝红酒也成，反正我是不喝白酒了……"

旁边有打圆场的，想替一杯。曹云昭挥手道："起开，这是我俩的事儿，你过来干什么！"他推开那人，又喊人斟酒，这回倒的两杯都是红酒。

白容久看了杯子一眼，没接。

门外有人敲了敲门，一个女孩推开门走进来，正是白虹起。

她今天穿了一身骑马装，头发束起来，看起来英姿飒爽，走进来之后先跟主人打了招呼："曹公子好兴致，跟我们九叔品酒呢？"

曹云昭喜欢美人，但不喜欢熟人家的小丫头，太过熟稔，反而没有男女之情。不过在瞧见她身后跟着的人之后，眼睛立刻亮了。

"小谢也来了？"他转头对白容久控诉，"你不是说送他去了北平的学堂，好几个月都不回来的吗！"

白容久坐在那儿道："我何时说过？"

曹云昭："之前我找你喝酒的时候啊！"

白容久道："哦，许是喝多了，说的醉话。"

曹云昭："……"

谢璟进来之后，规规矩矩问好。

曹云昭对他极为热情："我这几日正想去找你，原本还以为要跑趟北平，既然你在，那再好不过了，我排了新戏，你要不要一起去看？"

谢璟只摇头。

曹云昭劝不动他，借着几分酒意去问白容久要人。席间也有人起哄，视线好奇地不断在三人身上转来转去，有人问道："这位小谢是？"

白容久淡声道："是我的人。"

谢璟规规矩矩地站在白容久身后，并不多话。

刚才进来的白虹起接了话茬儿，笑盈盈地要替白容久一杯："我们九叔平日常提起曹公子总是满口的称赞，说您这里有趣的朋友多，好酒也多，今儿我来得巧，不如让我也尝尝这红酒吧？"

曹云昭本就是跟白容久闹着玩儿，转头就把那杯红酒给了白虹起这丫头，一起喝了一杯。

白虹起一杯红酒喝得涓滴不剩，脸色未见变化，依旧带着笑。

旁边有人赞道："不愧是白家的人，果然酒量非凡。"

白虹起客客气气道谢，站在前头保驾护航。

白容久道："既来了，就坐下聊聊。"

白虹起听话，在九叔手边坐下，她身份不同，席间没有人敢拿她逗趣儿，说话也比方才规矩了许多。

曹家这个宴席，汇聚了省府各方势力，曹云昭喜欢结交朋友，哪儿来的都有，但能坐在这里的，都是有头有脸的人。

曹家主政，在北平占据一席之地，不说曹父，单单曹云昭的大哥，那也是跺跺脚整个北平城都要震三震的人物；白家人商脉延续百年，已不是明面上那一位北地三省总督那么简单，比起曹家，根基更深。

这二位都是平日里难得见上一面的人，曹云昭这场饭局上，这些人随意交谈的话都是外头千金难求的信息。

白容久有意带白虹起一起入局，曹云昭自然乐得捧一捧，饭后又约了人一起打牌九。用人送了一副象牙骨牌上来，入局人少，周围旁观的不少。

曹云昭身边就坐了两个人，一个红衣女郎想靠近些，还未倾身坐下曹云昭就被她身上的香水熏得打了个喷嚏，挥手道："不用你，换个人来替我看牌。"

他抬头看了一圈，刚想叫谢璟，就见白容久已伸手把人拽到自己身后。

白容久今日穿了衬衫长裤，一身装扮略显休闲，抬手略微松了下衣领纽扣轻声对后面的谢璟说了句什么，谢璟就听话倾身向前，伸了手指了指牌面。

曹云昭羡慕极了："白九，你还用别人在后头看？"

白容久淡声道："你带来的酒不错，多喝了两杯，看不太清。"

曹云昭只能悻悻放弃，他往四周看了下，怕冷落了白虹起，喊她道："虹儿，你过来替我看着点，赢了钱分你。"他和白容久同辈，虽只比白虹起大上几岁，但也拿她当自己侄女。

白虹起笑道："曹公子还是自己看吧，我替九叔瞧着点。"

白容久身旁坐了一男一女，男孩弯腰在沙发后面低声指点牌面，女孩儿则拿一把香扇不时替他扇几下，白虹起话不多，大部分时候都在听着。

白容久手气不错，连赢两把，曹云昭却已经输急了眼，衬衫袖子都卷到手肘那儿，有人劝他换个位置他也不肯。

白容久手指拿了牌在桌面轻轻敲了两下，白虹起瞧见心领神会，抬头对曹云昭笑道："曹公子，这么下也没意思，不如来点赌注？"

曹云昭道："哦，你想赌什么？"

白虹起道："我在外头瞧见曹公子的汽车好气派，我还从没见过那样款式的呢，这局我替九叔看牌，若是赢了，不如借我开几天？"

曹云昭朗声笑道："我还当什么，你要是赢了，那车送你就是。"

白虹起高高兴兴坐在那儿看牌，出的每一张都特别认真，不过她的运气看起来没有前面谢璟的好，曹云昭吃了几张牌，高兴得合不拢嘴。

但白虹起牌运好，最后自摸，又赢了一把。

曹云昭让人拿了车钥匙来，白容久拦住了，道："小孩子不懂事胡闹着玩儿，不必当真。"

旁边一起打牌的人问道："白小姐对车感兴趣？我和上海车行的人有些来往，若白小姐有意，可以帮你置办一辆新车。"

白虹起一边洗牌，一边问道："都有些什么车？"

对方道："以美国车居多，像是雪佛兰、道济、福特等，另外还有欧斯比、底少托、爱赛斯也不错，沪市车行规模大，林林总总有数十种牌子的车了。"

白虹起笑道："难怪人家叫'万国车'，听着就够热闹，只是我不想要那么贵的，可还有别的？"

"那也是有的，我一个表弟就是做这行生意，他在北平认识的人多，又认识些领事馆人员，那些洋人回国的时候，车子带不走，就托他转卖，价格要低上许多。"

白虹起很感兴趣，问了不少汽车的事。

这时节的汽车，可是实打实的金贵玩意儿，一辆崭新的外国汽车能卖一万银元。对方也是闻弦歌而知雅意，听出白虹起所需数量不是一个小数目，沉吟片刻，开口道："若是自用，自然是新车为好，若商用的话，我可为白小姐引荐，北平美丰车行有我的股份，价格好商量。"

曹云昭不解："你一个小丫头，买那么多车做什么？"

白虹起笑道："自然是做生意，前几日九叔带我去了总督府，听说省府要新修四十八条马路，原有的拓宽，没有的改造，这路况好了，路上多些车才热闹呢。"

曹云昭略想一下，道："你要开租车行？就跟之前租赁马车一样吗？不过你可要想清楚了，这汽车和马车不同，修一次费用可不小。"这话换了别人，可能还不觉得什么，但若是出自曹云昭口中，那绝对不是一个小数目了，他的车子前几日发动机出了些问题，修一次就要一根金条。

白容久倒是没考虑这个，瞧她一眼道："此事倒是没有先例，值得一试，若开业我入一成股。"

白虹起露出一个腼腆笑容，眼睛亮晶晶的，像是被家长夸奖了的小朋友。

有了白容久这句话，周围人心思都活络起来，借着打牌的机会，谈论起来。"出租车"全国还未见过，对汽车好奇的人可是不少，若真开起来，别的不说，绝对是开了先河，独一份的生意。

那位沪市车行的人也多了几分热情，还想拿些钱来入股。白虹起道："先生不若入干股，北地一切我这里都可打点，只购车渠道还是沪市要更便利些。"

对方点头称是，几圈下来，商谈的价格已降了许多，一辆二手福特汽车不过五千块，车况差些的只要两千块。这价格让白虹起心里都有些惊喜，她面上不显，依旧沉稳，只洗牌的时候小拇指微微抬起，瞧得出心情极好。

白容久替她在这里撑腰，见聊得差不多了，把牌面推给白虹起，让她替自己："你先打一会儿，赢了拿去买些胭脂，输了记在我账上就是。"

白虹起答应一声，她已经谈拢了车行的生意，意气风发，手气都顺了不少，一套牌打得风生水起。

白容久去楼上找了一处安静地方醒酒。

山里安静，夜幕将近，余晖要落未落之时光线都柔和许多，太阳也没有了白日那般耀眼，只在山风中带着暖洋洋的气息吹拂过来。

三楼阳台宽敞，白容久坐在一处边角隐蔽处和谢璟说话。

他中午喝了些酒，此刻酒意未散，单手托着脸颊懒洋洋问道："你去找的虹儿？"

谢璟蹲下身抬头看他，应了一声。

"为何？"

"怕爷喝太多。"

"你就不怕她喝多了？"

谢璟怔愣片刻，他是知道白虹起的酒量，这姑娘看着不显，却是唯一能和九爷喝成平手的人，若真要兑换，那就是十个白明禹，说是酒缸里泡出来的也不为过。但谢璟不能直说，他张张嘴，又抿紧了，额头出了一层薄汗。

白容久一直看着他，忽然抬手碰了谢璟脸颊一下，手指沿着滑动，最后落在下巴，挠了挠，像在逗小狗，自己先低声笑了。

"你是不是……"

谢璟等他说完。

白容久却只看着他，没有说出那半句话，和谢璟如出一辙的黑眸里含了一丝笑意，像是寒潭初化，人都收起往日的锐气："我没事，即便是混酒也无妨，我知道在做什么，以后不必太过担心。"

不远处有脚步声走来，白容久抬眼看了前面道："你怎么来了？"

曹云昭衬衫开了两颗纽扣，头发拢在后面，惬意享受凉爽山风："就许你来乘凉，我就不能过来了？"

白容久低声吩咐谢璟："你去找张虎威，我让他给你找了个学本事的师傅，去吧。"谢璟答应一声，去了。

曹云昭这次没拦着，只双手插兜看了谢璟背影一眼，又走到好友旁边坐下，慢吞吞道："你方才什么意思？"

白容久端茶喝了一口，淡声道："你说租车行？"

"……白九，你少拿这些话来糊弄我，你知道我在问什么。"曹云昭微微拧眉，"嗳，我问你，你也会偏心什么人的吗？"

白容久笑了一声："你这话好没意思，我是石头里蹦出来的不成。"

曹云昭一副陷入无解谜题的模样:“我真的想象不出,你也有还俗的时候。”

白容久淡声道:“你是不是老毛病又犯了,若是犯了,我替你给北平打通电话。”

曹云昭连连摆手,有些懊恼道:“你怎么还告状,我不过就是多看两眼,这叫欣赏美,搞艺术的,懂不懂?”

“不懂,只觉得你小公馆里人多了些。”

“各有千秋嘛!”曹云昭倒是很想得开,手指在藤椅扶手上轻轻敲了两下,眯眼笑道,“你听过南朝高僧支道林的故事没有?”

白容久看着前面,轻轻哼了一声。

曹云昭毫不介意,笑道:“支道林常年养着几匹马,不骑也不放,就养着,有人劝他,说你一个出家人,养这些玩物不是什么雅事。你猜他怎么回答?他说‘贫僧重其神骏’——”他伸手点了点自己胸前,微笑道,“你信不信,小公馆里那些人我从未动过一根手指,我只是欣赏她们,就如支道林养马,未必要骑乘,也未必要致千里,只需见到生命本身的锋锐,便令人神悦。”

“我亦然。”

曹云昭停顿片刻,忽然轻轻踢他一脚,笑骂道:“我同你讲掏心窝子的话,你却又打太极拳,少拿这些场面话糊弄我。打从刚才推牌的时候你和虹儿就联手给我挖坑,真当我没看出来?你这人不老实,半句真话都没有。”

白容久道:“租车行的事,我也是打牌时才知道,虹儿这两年开始接手姑母那边的生意,她年纪小,不过眼光和魄力倒是有一些,历练一下也无妨。”

曹云昭问:“上回听说你家老太爷让你身边带个人,你这是要选她?我以为你从黑河带回来的那个叫白明禹的才是要培养的学生,怎么弄了半天,又转回虹儿身上了?”

白容久笑道:“虹儿确实不错,但姑母那边更需要她,我不过是举手之劳。”

曹云昭啧了一声,道:“你对这小丫头可真够好的,我说你为何一口就答应来聚会,原来是专程替她撑场子的。”

白容久仰头躺在藤椅上,闭着眼睛道:“白家有家规。”他顿了一下,缓声道,“凡我族人,以孝悌忠信为本,敬宗尊祖,式好无尤,庶可振家声。”

曹云昭:“所以?”

白容久:“所以白家不会一条路走到黑,我帮的不是姑母,也不是虹儿,是白家。”

曹云昭话多，嘀咕半天："你这话我可不爱听，张口闭口家族为重，我就最烦你们白家这点，一点人性都没有。你现在还好好儿的呢，怎么跟又找了一位继承人似的。"

白容久在一旁笑了一声，没说话。

曹云昭心里没底，仔细打量了老朋友的模样，也没瞧出来他哪里患有重病的样子，不过皮肤比常人白一些，也畏寒一些，其余再正常不过。曹云昭凑近一点，试探道："你家老太爷就你这么一个孙子，总不能对你也是这样？"

白容久闭眼轻笑："对我也是如此。"

曹云昭心急："不能吧，白九，咱俩兄弟这么多年，小时候可是穿一条裤子的交情，你老实跟我说，你这么早就找下一任接班的，该不会是……不行？"他说着眼神往下看，满是忧虑。

白容久眼睛睁开些许，踢他一脚："滚，你才不行。"

三楼阳台上，曹云昭半真半假地套白容久的话，但除了得到两脚之外，别无所获。

另一边，谢璟去后面找了张虎威。张虎威一早就等着，见谢璟来了，也没多啰唆，带着他去半山腰那边见了一位武馆的老师傅。

这位武馆的老师傅姓王，叫王春江，瞧着五十来岁的年纪，头发胡须花白，普通身高。猛一看并没有其他武馆师傅那般精壮，但薄衫袖子卷起，露出的一截古铜色胳膊看着精瘦结实，十分有力气。

张虎威给他们介绍了彼此，又对谢璟道："打从年初开始，九爷就吩咐我去找合适的人教你，省府能人不少，但我思来想去，还是只有王师傅最合适。他擅用一手软鞭，其他小玩意儿也会一些，你跟着他先学几日，彼此熟悉一下，若有缘分，以后就让王师傅来教你功夫，枪法还是跟着我学。"

谢璟答应一声，又跟王春江行礼，喊了一声师傅。

王春江年纪大些，但耳不聋眼不花，站在那儿先上下打量了谢璟，瞧他身上穿戴一时也猜不透来路。若说是府上的小公子，没见过这么谦逊的，但若说是普通人，断没有穿戴这般好的，只这一身西洋衬衫和长裤，就和他们穿短打的不同。

王春江心里有些顾虑，因此对谢璟也多了几分客气，教导起来并没有把全部家底拿出。他虽是一手软武器，但用的力气可不小，真想学会了那可是要下功夫吃苦头，眼前这位漂亮的"小少爷"瞧着不像是能吃苦的模样。

谢璟不管王春江心里如何想，他喊了一声师傅，就实打实地想学本事，学什么都不喊一声累，像是一根被压弯的韧竹，眼瞧着已经弯到底，但就是不肯倒下。只要给一点空隙休息，立刻就能再扳回挺立起来，像是怎么都打不倒、压不折一般。

王春江慢慢加重训练难度，想探探谢璟底细。

他让谢璟卷起核桃去敲打十米远的一面铜锣，锣响为记，不设上限。

但要不是他眼尖瞧见谢璟手臂已不受控制微微发抖，喊谢璟停下，这孩子估计还会继续练下去。

王春江黑了脸，高声道："把鞭子放下，休息一刻钟！"

谢璟这才坐在一旁的树桩上，抹了一把脸上的汗，但依旧有汗水顺着下巴滴落。

王春江原本的那点怒气都变成了心疼，给他拿了一个水壶过去，问道："你这傻孩子，累了怎么也不喊一声？我是教你学本事，又不是要你的命，这么拼下去，你这手还要不要了？"

谢璟慢慢抬手扯了扯衣领，哑声道："王叔，没事，我就是太热了，还能练。"

严苛如王春江，此刻也忍不住道："你歇着来，不急在一时。"

谢璟手臂酸软，身上出了汗，但心里痛快，擦了汗道："没事，我心里有数，若真撑不住了，我就跟您说。"

王春江不解："你这也太拼了。"

谢璟笑了一下，道："大概是怕死。"

"怕死？"

"嗯，想多学一点保命的本事，总有能用到的时候。"

谢璟嘴角依旧弯着，但笑意未达眼底，他看着前面地面，草皮这两日已被他踩倒了一片，露出黑褐色的土地来，汗水滴在上面，只一瞬就隐没不见。

像他的努力一样，微弱，但不肯有半分松懈。

白家屹立百年，只因先祖一句话。

白家的家规翻译过来，也不过就是告诉后人，不可把希望寄托于一人身上。所以，即便是惊才绝艳的白家九爷，也不会是唯一那个。

白容久心中一直都知道，所以病重时依旧冷静安排，他同外敌周旋，也庇护族人，但无人瞧见深夜绢帕上咳出的血。

白九可以死，但白家必须保住根基。换一位掌舵人，让这个家族在风雨飘摇中，继续走下去，仍可顽强冲出另一条生路。

谢璟擦干额头上的汗，站起身，活动一下手臂又继续练习。

他现在能做的不多，但每一件都是在心里计划安排过的，过去会的、不会的，他都要学，一点一滴，慢慢积累，这一次他要做九爷的臂膀，做爷的依仗。

在山中小住几日，其余人休息的时候，谢璟都在埋头练功。

白明禹找了他两日，倒也问到了地方，但是还未走近，老远就被甩了一枚核桃，吓了一大跳。他远远跟谢璟喊话，但谢璟忙着，十句回不了一句，核桃、石子倒是丢过来不少，跟暗器似的，没个准头，白明禹站在那儿心惊肉跳，喊道："小谢——我先走了啊——你记得！回去！给我庆生！听到没有!!"

待听得谢璟远远答应一声，这才放心走了。

谢璟在山上又陪着白容久住了几天，这才回到东院。

回来之后要忙碌许多，白日里白容久都找不到他人影，不是跟王春江学功夫，就是跟着张虎威去练枪，一直到晚上才回来。

谢璟皮肤白，晒了一日也不见黑，只有些发红，脸颊还有轻微脱皮。白容久晚上瞧见之后，就让人送了药膏过来，给谢璟擦上。

药膏带了一点蜂蜜甜甜的味道，谢璟动了动鼻尖，低头去看药盒，里面的药膏是半透明的，像是一大块软软的蜜糖。

白容久拿棉球沾了水给他擦另一侧，谢璟轻轻"嘶"了一声。

白容久看他："疼了？"

谢璟点头，眼巴巴看他。

白容久继续擦拭，淡声道："也该长个教训，你这几日撒手就没，疯跑了几日，可玩儿够了？"

谢璟轻轻摇头，讨好道："爷，你改天去看我打枪好不好？我今天猎了三只野兔和一只锦鸡，野兔可肥了，足有十几斤……"他瞧着白容久神情，立刻加了一句，"兔子皮也好，我明日剥了，给爷做围领，攒多了就给爷做冬衣。"

白容久捏他鼻尖："小嘴挺甜，也会哄人，就是心思不纯。"

"啊？

"一心想跑出去玩儿，该罚。"

白容久松开手，看了他片刻，道："罚你明日在书房抄书，哪儿都不准去，我亲自盯着你，别想偷懒。"

谢璟答应了一声，倒是也没再讨饶。

第十七章 曹家送美

白虹起的租车行风风火火地办了起来，因为是全国头一家，还上了报纸头条，连广告费都没有出，就引了许多记者跑来采访。

这边经营得热热闹闹，白容久的另一个学生却不太让人省心。

白家东院，书房。

白容久坐在书桌前，眉头紧皱，忍不住摔了手中的账册，抬头看向白明禹斥责道："送你去当铺不是一日两日，规矩都贴在墙上，你日日看着，还瞧不见、看不懂吗！"

白明禹支吾两声，想要反驳："我知道不可拆看，但那人账房也提醒过几回，他家中并无资产，拿来抵押的东西说是传家宝，但封在盒子中，要万一是假的……"

白容久把另一本账册摔他身上，怒道："既有怀疑，那就不收，收了又拆开是何意？现如今对方找来，赔钱事小，铺子信誉你当如何弥补？"

"是账房先生他……"

"你自己没长脑子？只听别人说、别人做，不会自己管事吗！"

白明禹被骂了一顿，蔫头耷脑，白容久让他在书房背诵规矩，他就站在墙角那一边看着墙壁一边开口背诵："东家吩咐规矩，断期物品一概不得私自拆看。神袍戏衣不当，旗罗伞扇不当，皮货无衬不当——"他正背着，有人走进来，立刻小了声音。

白容久看他一眼，冷声道："大声些，加背二十遍！"

白明禹立刻高声："低潮首饰不当——！！"

他喊了这一句，把进门的人冷不丁吓了一跳，不过很快又扑哧一声笑出来，声音清脆悦耳，正是白虹起。

白明禹面朝墙壁，看不清楚来人，但他耳朵好使，听见那一声轻笑，脸都涨红了，心里带了些懊恼。虽恼了，但依旧不敢停下，大声背当铺规矩。

白虹起好奇看了一眼，很快就收回视线，走进书房里面找了白容久，亲热道："九叔，车行忙碌，我今日才抽了空子跑来见您，带了份小礼物给您。"

她递过来的是个小盒子，蓝色丝绒盒子外头还缠了缎带，里头放了一枚车钥匙。

白虹起道："前几日从沪市港口那边弄来一辆轿车，做得结实又耐看，内里空间比其他车大一些，又有隔板，我一瞧见就想起您了，我这儿留着也没什么用，九叔平日谈生意多些，用这辆车正好。"

白容久收下，点头道："有心了。"

白虹起笑道："哪里的话，孝敬您是应该的，就是您可别笑话我没见过好东西，什么都往外拿就行啦……"

墙角那边传来一声笑，带了点上扬语调，不大正经。

白虹起笑意僵在脸上。

她觉得墙角背规矩的那位在笑话她，这里头敌意太明显，简直跟讽刺她上赶着讨好似的，姑娘家脸皮薄，到底还是红了脸，只是气恼占了多数——他怎么敢笑话她?！九叔之前带她学经商的时候，白二还不知道在哪儿闯祸呢，如今连当铺规矩都背不全，竟然还敢笑她！

白虹起送下车，也不多打扰白容久，起身离开了。

白明禹在书房里扯着嗓子背完了二十遍规矩，也终于被放出来了。

白明禹走到院子外，没几步就瞧见路旁站了一位穿骑装马靴的女孩儿，虽是这身打扮，但面容娇憨，烫了一头鬈发，用红丝绒缎带束起，正抬高了下巴看他。

白明禹略一想，就知道她是谁了，也用鼻孔瞧她，嗤笑道："你就是刚才送礼的?"

"那是谢礼，你青河白家不会连这规矩都不知道吧?"对面的姑娘睁大了眼睛，一副惊讶之色，随后又点头道，"小地方出来的，不懂也能理解，日后要好好学习，不可再把九叔气成那样。”

“你——！”

“我如何？我比你懂规矩得多，九叔收你做学生，你连学都学不会。”白虹起用鼻尖哼了一声，咬唇带了不甘，“你若是不中用，就回你青河白家，这里自有我，少来这里碍事。九叔身体不好，若我再看到一次你犯蠢气他，我就用鞭子抽你一次。”

白明禹虽然鲁莽，但从不打女人，这会儿被气得脸红脖子粗，梗着脖子喊道：“又不是我犯的错，账房私下做错了事，我刚回来就撞在枪口上……”

白虹起冷笑：“你这掌柜是吃白饭的吗，一个账房都管不住，要你何用？”

白明禹出了东院又被骂了一顿，心里憋了一肚子气，偏偏一句话都反驳不了，只能愤愤回了自己院里。

他在省府白家住的院子也小，因不是自己家，也不敢随意砸东西发脾气，他已比在青河时成长了一些，只是阅历尚浅，被账房先生欺他年纪小，拿来顶包。这会儿白二少受了夹层气，趴在枕头上半晌没抬头，闷闷的，不吭声。

房门被敲了几声，白明禹也没理。

外头的人倒是锲而不舍，又敲了两次，最后自己推门进来了。

谢璟进来就瞧见白二那么高个子一个人趴在床上生闷气，因高了一些，看起来没有小时候那么让人容易起同情心，反而觉得傻得可怜。

谢璟站在床边，听他抽鼻子，过了一会儿琢磨着差不多哭完了，问道：“二少爷，今日你生辰……”

床上又一阵响亮的抽鼻子声音，白明禹简直委屈极了。

谢璟顿了一下，又道：“二少爷今日生辰，要不要吃一碗长寿面？”

白明禹坐起来，那么高的一个人，却是满脸的委屈：“小谢，我今儿可太倒霉了，九爷骂我就算了，我没办好事，我认，但那臭丫头堵在东院门口路边又骂我一顿，她算老几，这要是在青河，在青河……”他说不下去，想起过去风光日子，悲从中来。

谢璟也不会安慰人，就在一旁站着，等他自己缓好了，带着去吃了一碗长寿面。

白明禹原本以为只是在小厨房做一碗面而已，没想到谢璟带他去了小饭馆。

谢璟带他去了里面小院，亲手给他下了一碗面。白明禹十分感动，捧着碗吃得呼噜作响。

谢璟又端了些小菜过来，放在一旁："慢些吃，看看这些合不合胃口，我自己随便做的，要吃不惯我去前头再拿些来。"

白明禹摇摇头，夹菜大口吃着，他也是真的饿了，上午站在白容久书房里可是扯着嗓子背了好久规矩。

谢璟等他吃完，问道："二少爷还想吃点别的吗？"

白明禹摇头："不用了，小谢，我就知道还是你跟我最好。"

谢璟眼神移开一些，低声问道："二少爷知道今天堵在路边说你的人是谁吗？"

白明禹老大不高兴："不知道，我也是头一回瞧见，那丑丫头是谁啊？"

"白虹起，九爷以前带过的学生，最好的一个。"

白二少摇头："没听说过。"

谢璟心里忍不住赞了一句。难怪上一世这两位一见面就掐得你死我活，就白二少刚才这一句，若是让白虹起听见，那又得斗上一场。白二少羞辱人丝毫不觉，白虹起那边要被气死了这位主儿都不知道哪句话说错了。

谢璟道："二少爷听过合顺租车行没有？最近刚开业不久，生意特别好的那家，那就是白虹起的公司。"

白二少摸了摸下巴，勉为其难点头道："那我倒是听说过，现在路面上到处都是合顺的出租汽车，确实做得不错。"

谢璟旁敲侧击："二少爷就没想过做些其他的事，也证明一下自己？"

白明禹道："我倒是想，但是当铺能玩儿出什么花样，九爷还让我背规矩，我现在每天都被规矩框死了。"

谢璟道："这里是和青河不一样。"

白明禹跟着叹了一声："可不是，我都想家了，也不知道大哥在黑河商号怎么样了，前一阵我娘和嫂子倒是写信来，说我小侄子长大了点儿，还邮寄了一张照片，我好想他们。"

谢璟道："我最近倒是听人说起黑河一些事。"

白明禹好奇道："哦，那边有什么新鲜事？"

"黑河酒商多了两成，而且都在往俄罗斯国跑，边境那里船也多，听说货轮都增加了好些。"谢璟说得半真半假，这些是他上一世知道的。当年这个时候黑河商号的当家人已不是青河白家，而是为虎作伥帮日本人捞钱的孙掌柜，借着俄罗斯国内的禁酒令，在边境倒腾烧酒，足足赚了一大笔——只是孙掌柜现如今已因鼠疫死在黑河，边境倒卖烈酒的事，成了未知之事。

但俄罗斯国的禁酒令就在这几年，这是断然不会改变的。

只这一条，不管谁抓住了机会，只要胆子够大，就能赚上一大笔真金白银。

当年孙掌柜凭借此举一跃成为新贵，出手阔绰，手中银钱丰厚，谢璟猜想他至少赚回小几十万的家私。

孙掌柜没了，但这笔钱还在。

谢璟动了几分心思，他练枪和学功夫是为了保护九爷，但若能有赚钱的机会，他也不愿放过。

他一人不成，那就拉上白二。反正白二有钱，就等于九爷有钱，这一次即便落难，有这么一笔钱支撑，也能让九爷坚持多一点时间，找到翻身机会。

白明禹在省府畏首畏尾的，但提起青河，胆子大了许多。

那是他从小长大的地方，谢璟又是他同乡，两人低声谈了一阵，白明禹心里就开始痒痒，他早就不耐烦被拘在当铺里跟老先生学那些规矩，少年人正是锋芒毕露的时候，哪里关得住。

白明禹跟谢璟商量一阵，问道:“你消息当真，来源可靠吗?”

谢璟点头:“我认识的人虽没二少爷富贵，但朋友多些，跑码头的那些人最清楚不过，二少若不信，不如写封信回家中再问问，不过不要提太多——”

白明禹道:“我懂，事情没办成之前，说出去就没意思了。你看那个白虹起，租车行一炮打响之后才跑来东院耀武扬威，等咱们成事儿了，我也把她叫来，当她面给九爷送条船。”

谢璟问道:“她今日找九爷说什么了?”

“还能说什么，上来就送辆车，当着九爷的面小嘴叭叭的，一回头在路边堵我的时候拿俩鼻孔看人。”白明禹不服气，坐在那儿颠脚，晃了几下道,“小爷记住她了，等我发财了，绑也要把她绑到我船上!”

谢璟怔愣:“你绑她做什么?”

白明禹手指在下巴摩挲几下，冷笑道:“当然是让她看看我的船好，还是她的破汽车好。”

谢璟:“……”

管了一顿饭，把白二少这尊佛送回去之后，谢璟又去了东院。

白容久下午外出，不在院里，谢璟也没去茶水间，就帮着收拾整理了一下书房，他做惯了这些，也知道白容久的习惯，加上这两日一直都在外头忙碌，心里也有些挂念。

收拾书桌的时候，果然瞧见桌面上那个放着车钥匙的丝绒盒子。

谢璟多看了两眼，心里想的却是白二说的话。他也想送份比汽车还好的东西给白容久，想把自己的心意摆在桌面上，捧到白容久面前。

谢璟手指拨弄了一下那个小盒子，把它弹到一边角落，又继续去打扫其他地方了。

傍晚的时候，谢璟听到院子里有人说话，他只当是白容久回来了，起身出去看的时候，却看到院子里站了五六个美人，男女都有。其中一个二十岁出头的年轻女子容貌极为出众，怀里抱着一把琵琶，微微攒眉，带了几分忧虑，即便是这样也无损她的美貌，只想让人上前轻声抚慰。

东院管事不在，场面一时有些乱。

谢璟上前问道："这都是什么人？"

带他们进来的人擦了擦额头上的汗，焦虑道："还能是哪儿来的，曹公馆送来的。小谢你不知道，曹家老爷今日从北平回来探亲，瞧见曹少爷小公馆里莺莺燕燕的，发了好大的火，跟抄家似的，都给赶出来啦！"

谢璟："……"

这事儿他听着实在耳熟。

谢璟抬眼看了院子里那些人，果真各有风姿。

若是没记错，当年被送来白家的一批人里，也就留了一个，当初留下的是他，至于现在，那可就说不准了。

谢璟看了一圈，视线最后落在怀抱琵琶的女人身。无他，这个姑娘长得实在太漂亮，说一句眉目如画也不为过，尤其是那一双眼睛，像是蒙了一层雾气一般，湿漉漉的眼神，整个人怯生生站在那儿，瞧着就让人忍不住想去轻声安抚几句。

曹云昭被教训了一顿，这会儿正焦头烂额，脱不开身，只让小公馆的一个管家跑了一趟。管家又要跟白家东院的人讨好说话，又要应付院中的美人，也是分身乏术，没片刻就急出一脑门汗。

东院的孙福管事姗姗来迟，瞧着这么一帮人也是头疼得厉害，但曹云昭这人不说家世，只说和白容久的交情，他就惹不起，只能硬着头皮喊了人过来，把这一帮莺莺燕燕送去了小花厅，让先坐着等，好歹院子里没那么乱了。

谢璟主动过去帮忙，给小花厅那边送了两次茶，又送了一次点心。

小花厅一角，抱着琵琶的女子坐在圆凳上，身形玲珑有致，一身素白绸缎旗袍，像是在陌生环境里紧张，手指把琵琶抱得紧，指尖都隐隐泛出青白色。

旁边有人端了茶点放在一旁小桌，琵琶女点头道谢，又小声问能不能要一盏热茶。

谢璟提了茶壶过去给她续水，凑近瞧了，果真是冰肌雪肤的美人，尤其是一双手，细白修长，若是放在书房研磨也能称得上红袖添香，一桩美事。

谢璟低头看她手，大约看得太专注，对方察觉，抬头去看的时候，谢璟已移开视线提着茶壶走了。

白容久事情繁忙，一直到华灯初上才回府。

孙管事亦步亦趋跟在白容久身后，跟他汇报了下午的事。白容久一边走一边道："曹云昭亲自送来的？"

孙管事道："那倒也没有，曹公子忙得厉害，这两日怕是分身乏术，只让小公馆的管家送来的。"

"还说什么了？"

"爷问曹公子还是那些人？曹公子自然说了一车的好话，想求咱们这匀个一砖半瓦，好歹让这些人避避风头，过几日再接回去。那些人倒是还算识趣，小谢下午去看了两趟，没有闹事儿的……"

白容久拧眉："他当我这里是什么，谁都能往这里塞不成？让马房备车，全给送出去，曹云昭不懂事，你们也不懂规矩了？"

孙管事连声应下，额上冒了细汗："爷别生气，是我老糊涂了，我这就去派车！"

白容久回到东院的时候，神情还是不太好，等一进院里瞧见谢璟从小花厅出来，脸都冷下来。

谢璟手里拿了一个托盘，瞧见白容久，连忙站在原地问好。

白容久看他一眼，转身进了屋里。

谢璟想了片刻，跟了进去。

白容久背对他站着，身上外出的长袍未换，瞧着不大高兴。谢璟走上前，帮他换了衣裳，又拿湿手巾给他擦了脸，略解乏之后，小声问道："爷，可要再用些点心？小厨房今日煮了燕窝，凉了之后，还算爽口。"

白容久抬眼看他片刻，开口道："今日倒是乖，平日骑马跑出去半日都抓不回来，怎么还知道炖汤给人送去？”

谢璟：“没有别人，只给爷留了一份，我都只得了一勺尝尝，真的。”

白容久这才点头应了，让他去端来，味道清淡，是他喜欢的口味，但也只吃了小半碗就放下勺子。

谢璟给他捏肩，手刚落在肩上，没捏几下，就听白容久淡声道：“我教你那么多，几时教过你伺候人？”

“我愿意的。”谢璟又捏了几下，道，“爷，我自己愿意伺候你。”

白容久面上神情松了几分，显然被哄得松动，但依旧口气不快道：“你帮我是一回事，给别人端茶倒水是另外一回事。”

谢璟这才反应过来，这位是不痛快他去小花厅。

谢璟心里也有点儿别扭，毕竟有他这个先例在，实在拿不准这次到底还会不会有人留下，手上力气都卸下去几分。

白容久顿了下，又道：“我也不是斥责你，只是你……你不一样，你还有许多事情要做，我知你年少好奇，但切记不可贪玩懈怠，知道吗？”

谢璟在身后答应一声，手指揉肩，几下之后又落在白容久领口那儿。

白容久笑了一声，拍他手背：“又怎么了？”

谢璟手指拨弄他领口上的纽扣，问道：“爷，这衣服的扣子是什么做的？晚上看会发光。”

“不过是几枚母贝，衣柜里应当还有，你自己去拿一件，送你就是。”

白容久身上穿着居家的长衫，轻薄而软，领口衣襟上几枚小巧母贝内扣，只露出边角一点光泽，含蓄隐忍，光华内敛，一如他人。

谢璟从衣柜里找出一件相仿的，他这半年虽然长高了点，但依旧只到白容久的肩膀，穿上白容久的衣服像是小孩儿穿大人衣衫，衣袖都卷起两下，露出一截手腕，低头系纽扣。

谢璟弄了半日，依旧有些笨拙。白容久招手让他过来：“刚才不是还帮我弄，怎么反过来，自己穿不上了？”

谢璟走过去，长衫略长，踩在脚下踉跄两步差点绊倒。

白容久扶住人，笑了一声，干脆抬手给他系了纽扣：“别动，我给你扣好。”

谢璟微微仰头：“领口不舒服。”

白容久道：“太紧？那解开一颗扣子。”

北地晚上的暑气已退，外头传来琵琶声，如泣如诉，声音清脆如玉珠落盘。

白容久下意识扭头去看窗外，还未反应过来，就听得“啪嗒”一声，谢璟手边一枚母贝扣子蹦落地上，骨碌碌滚了几下，不知去了哪个角落。

白容久揉他脑袋一下，低声轻笑：“学了几天功夫，别的不见长进，力气倒是大了不少，手上这般没个轻重，还好爷养得起。”他喊了孙管事过来，吩咐道，“去外头交代一声，我素来喜静，东院夜里不要弄出声响。还有，车来了之后，先送几人出去，会使乐器的、唱戏的送远些，太吵。”

曹公馆里刚送来的那些莺莺燕燕，来了白府不到半日，又被一辆马车尽数给送了出去。

白容久发话要送远，孙福管事就老老实实找了最远的一个小宅子，把人都安顿在那边。这些人住在了井水巷，离着曹云昭的小公馆斜对角跑出去三五条胡同，说远不远，说近不近的，但凡一出门正对着的方向就是曹公馆那边。

好歹先让他们安置下来。

曹云昭打了两次电话过来，最后一次是从津市打来，听着声音甚至疲惫，托孤一样，说了许多的话：“白九，这事儿确是我没打招呼，可我也不知道会闹成这般……”

白容久问道：“何时回来？”

“反正一时半会儿是回不来了，家中意思是要送我去留洋，具体归期也说不准。家里老爷子脾气实在太大，身体又不好，我不想气着他。”曹云昭叹了口气道，“还要劳烦你帮忙照看一二，若是有人要走，就给封银元，让他走吧。”

白容久反问：“你就不担心他们等你回来的时候，都跑了？”

曹云昭笑了一声：“跑了也好，我原本就没打算拘着她们，由她们去吧。”

曹云昭不缺钱，送来的这些人实在是家里容不下，打过电话之后，又让曹公馆的管家给送了两趟钱，数目足够让这些人踏踏实实住上几年。

东院恢复往日平静。

今年三伏过去之后，秋老虎依旧够热。

天热，白容久吃得就少，小厨房为此伤透了脑筋，但每回送去的都剩了大半回来。

谢璟去小厨房转了一圈，跟大师傅要一团面筋。

大师傅手头上没这个，拿了点面粉现给他洗了些面筋出来，凑近了小声问道：“嗳，小谢，可是九爷这两日念叨什么想吃的了？”

谢璟摇头："没，我自己要来有用。"

大师傅有些沮丧，但还是给他弄了不少面筋，装好了给他。

生面筋湿乎乎的，粘手，谢璟拿一块手帕包了，又去找了一根竹竿，把竹竿斜插在身后背着一起爬到树上。

白容久中午回东院，身后跟着白明禹。白二几乎是一路小跑跟着，白容久路上说什么，他都点头应下。

白容久走到院中，忽然停在树下，抬头眯眼道："下来。"

两人合抱的粗壮大树上，浓密树冠忽然抖动一下，谢璟从树上蹦下来，手里还拿着一根沾知了的杆子，额头带了一层细汗，脸都晒红了些。

白容久看他一眼，吩咐道："去小厨房喝些冰镇绿豆汤，天气热，别攀高。"

白明禹站在后面冲谢璟挤眉弄眼，白容久回头瞧见，皱眉训斥道："像个什么样子，进来，把这月账目报给我听。"

白明禹跟着进去了，上了台阶故意咳了一声，比画着让谢璟等他。

谢璟收了竹竿，去小厨房喝汤。

书房里。

白明禹这次办事麻利，上一回吃了亏，这次不只防范于未然，竟然还找补了一点回来。

白容久赏罚分明，他做得好，就不吝啬夸奖。

白明禹反倒是不好意思起来，挠挠头道："也不是我一人的功劳，您一直都手把手教我，而且这里安静，能静下心好好学本事。"他不过随口夸的一句话，却让白容久心里忽然一动。

白容久抬头去看窗外院子里的那棵大树，和往年一样的绿荫苍翠，但比以前安静了许多，上头夏蝉好像一下都被抓了个干净似的，只剩下零星一两点的叫声，幽静安谧，去了暑气的躁动。

谢璟从小厨房喝了两小碗冰镇绿豆汤，又端了一盏走进书房。

白明禹出来的时候刚好跟他错身，脚步微停，低声道："我收到家中回音，边境烧酒的事儿……你晚上来我房里，详谈。"

谢璟点点头，还未开口，就听书房里白容久在喊他。

谢璟压低声音："熄灯后去找你。"说完就匆匆掀开珠帘走进去。

谢璟端了绿豆汤放在一旁，一抬头，就和白容久的视线撞了个正着，他也没躲，就那么任由白容久看，小声问："爷，绿豆百合，您用一点？"

白容久伸手，不过没接那碗绿豆百合汤，只握了谢璟的一只手，汤碗拿开，清晰可见谢璟指腹上多了一层薄茧。

白容久问他："最近累不累？过几日空了，带你去山上住两天。"

谢璟收回手，背在身后摇头："不累，我每天都睡得好。"

白容久失笑，抬手轻轻敲他额头一记："傻小子，不是睡不着才去山上找清静。"

谢璟看他，不解。

"……权当作奖励吧。"

"奖励？"

"嗯，奖你这几日听话，没乱跑。"

白容久下午没有外出，让谢璟给他研墨，难得来了兴致，提笔画了一幅工笔。他画的是人物，但一时也瞧不出是什么人，一旁的芭蕉叶倒是挺细致，遮挡了大半人像，越是云里雾里，越是让人想看清楚是谁。

点睛之处，白容久手中的笔忽然停住，迟迟未能落下。

谢璟好奇，偷偷去看，他也看不出是谁。

白容久放下笔，等墨干了，让谢璟卷起来放在玻璃书柜最顶上，吩咐道："收好，改日再画。"

谢璟还是头一回见白容久做事半途而止，虽奇怪，但还是听话地把画收起来。他方才研墨没留神，手指上沾了点墨滴，拿画的时候，在一旁歪歪斜斜印了半枚拇指印，一时有些慌了神，拿着那画去找白容久："爷，我不是故意的，这可怎么办？"

白容久看了片刻，忽然笑道："就这样，去放在书柜东边的格子里。"

书柜东边格子存放的都是白容久写好的字和画完的水墨丹青，都盖了章，分门别类放好，唯独这幅画，上头空了大半，还被谢璟弄脏了一小角。

谢璟把它放进去的时候，心里微微一动，像是有什么一闪而过，但转念又想不起来了，只心脏凭空跳快了几下，得用手按下去，才能让它听话些。

第十八章 波澜再起

几日后，井水巷那边出了事。

也不知谁泄露了风声，说这里一座小宅院里住了几位美人，引得好些流氓无赖围着小宅院绕圈，有大胆些的，还半夜偷偷爬到墙上往里头看。

这宅子里住的毕竟是曹公馆里搬出来的人，白容久虽不见她们，但总归要给曹云昭一个交代，吩咐了护卫队拨了一班人去巡视。当天抓了一个试图爬墙的，教训了一顿，这才略好些。

护卫队的人轮值时，都聚在茶水间闲聊，谢璟路过的时候听到几句，被引得走进来，问道："井水巷又出事了？那个弹琵琶的，怎么了？"

"她和同屋住的另一个女的打起来啦，啧，你不知道，都见血了！"

"她打人？"

"哪儿呀，她拿簪子比在自己脖子上，划了好长一道口子，若不是力气小，啧，怕是救不回来了。"

谢璟有些惊讶："为何打架？"

护卫道："还不清楚，问了也不说，都在那儿寻死觅活的，闹得不可开交。"

谢璟略想一下，起身道："我陪你一同去看看，我之前跟林医生学了包扎，能帮上点忙。"

谢璟和护卫队的人一同过去，还在半路请了一位大夫。

一行人到了小宅院，谢璟进去之后打量四周，小院不大，四方院子，有人站在庭院里看，有人则关了房门，待在屋里不出声。

正屋隔成两间，一边住着柳如意，一边住着同她打架的女学生。

柳如意一身素白绸缎旗袍，头发梳理整齐，面容如以往一样精致，只唇色发白，脖颈上缠了一圈纱布；女学生哭喊着要去找曹公子。

柳如意依旧一言不发。

她挺直脊背坐在那里，安静让大夫治伤，待纱布解开才发现她脖颈上伤得极重。柳如意佩戴的银簪钝，并未见血，但也没比见血轻到哪里去——红肿血痕横在雪颈，像是一道蜈蚣疤痕趴在上头，殷红可怖。

大夫吸了口气，不自觉下手都轻了些，她也配合治伤，低声道谢，只嗓音哑得厉害。

谢璟瞳孔缩了一下，他能看得出，柳如意当时下手没留余地，若不是银簪钝重，人大概已经没了。

女学生还在哭嚷，谢璟拿了茶碗，"砰"的一声放在木桌上，震得房间安静了一瞬。

谢璟淡声道："这里不是曹公馆，是白家产业，还望两位自重。至于找人，想必两位也见过曹公馆的管家了吧？若要找曹公子，可让管家代为通传。"

女学生咽了一下，低头不敢再说话

护卫问了半日，又叫了院子里其他人过来做了旁证，好半天才弄明白是怎么回事。

这边院子里住的女学生家道中落，因兄长曾和曹云昭一同读过两年大学，就把妹妹暂且托付给了曹云昭，自己跑去东洋博前程去了。曹云昭倒是有情有义，出手也大方，依旧出钱供她念书，学画。

那女学生一直被兄长保护得很好，性子天真，一心扑在绘画上。如今没有人体模特，她对着镜子画自己还不够，趁柳如意沐浴时不备，偷偷画了几张。柳如意发现之后，先是撕了画，后又拿银簪子寻死，闹得不可开交。

柳如意坐在那里，脸色苍白，柔弱无骨一般，只等一棵大树，好傍身依靠。

谢璟瞧她，觉得这藤萝并不算脆弱。他等大夫留了药膏离开，站在那处对柳如意道："下次若要动簪子，别对着自己。"

柳如意抬眼看他，目光平淡。

谢璟也未多言，起身离开。

白容久忙碌一天，省府近些日子颁布了新政，虽还未定，但听着意思要开水陆贸易章程。

北近俄罗斯国，东靠朝国，都是山水相依之地。若两国间海禁废除，各方面都对民商极为有利。北地商会特意找人前来询问，白容久陪同商议，一天听下来，各方面消息都极为积极，让商会的人精神振奋。

白容久忙完公事，掌灯时分才回府。

进了东院，又叫了几位管事来谈事，连饭都是在书房用的。

一直等忙完了，白容久才察觉有些安静，问了身旁人道："璟儿去哪里了？"

孙福管事躬身道："小谢去外头忙了。"

"忙？他能有什么忙的。"

"井水巷那边出了点事，小谢跟王肃一同过去……"

孙福还未说完，就见白容久将手上绢帕扔到桌上，不悦道："那些人倒是事多，备车，我去看看。"

白容久没有开车，只带了张虎威几人赶过去。

离着偏远，赶过去时已点了灯笼，挂在马车一旁。

同行的护卫身穿暗色服饰，脚步也轻，跟在马车一旁不易被人瞧见。

快到井水巷的时候，众人忽然听到前面一阵骚乱，马车未停，行了不过几步，忽然有一个陶土花盆从墙头砸到马车跟前，"砰"的一声碎了一地，惹得马匹受惊，嘶鸣一声。车夫立刻勒住缰绳："吁，吁——"

砸了花盆、拦住马车的人还没等去找，自己冲了过来，挡在马车前叫嚣："下来，下来！今儿不管谁来，都不准从这里过，知道前头办事的是哪家的人吗……"还未等他说完，就被包抄过来的白家护卫一个个反剪双手按在地上，前头那个放狠话的也不例外，张虎威亲自出手，反剪双手之后，还踢了他膝窝一脚，顿时让人跪在前头。

那人还想叫嚷，却听得太阳穴那儿"咔哒"一声响，紧跟着冷冰冰的枪管抵在脑袋上。他认得手枪，顿时喉咙里像是被挤过一般，声音戛然而止，额上冷汗都滚下来。

马车里伸出一只手，掀开车帘一角，轻咳一声问道："你们是哪家的人？"

跪在那儿的人一听声音心里就咯噔一下，心知不好，支吾两声，被张虎威拿枪磕了脑袋一下，斥问道："爷在问你话，还不快说！"

那人被枪指着也不敢撒谎，只能硬着头皮道："是……是黑虎帮的二当家，好汉饶命，我们不是拦着您家的这位爷，只是天黑认错了马车。"

白容久又问:“你们来这里做什么?”

“是……是为了,来看人。”那人还是挂念自己小命,飞快地全说了,“我们当家无意间看到里头一位小娘子,觉得颇为投缘,就想着多来探望几趟,而且这几日好些人围在这儿不走,也是担心,所以才半夜过来看看。”

张虎威伸手就给了他后脑勺一巴掌,冷哼道:“爷爷的差事,还轮不到你来做,要你多管闲事来‘巡逻’?知道这是谁家的宅子吗?瞎了你的狗眼,也敢跑来这撒野!”

白容久不过眨眼工夫就弄明白是怎么回事,略有些不耐烦:“这些人全部送官。驾车,去井水巷里头。”

张虎威领命,分了几人把抓到的人送官,敢出声或者想跑的,全部一巴掌打晕,拖走。

前头来办事的是个矮个儿黑胖子,这会儿半天没爬过院墙,还被白家护卫队的人照着脸打了几拳,鼻青脸肿的,正在仗着人多叫嚷。

张虎威平日带着跟在白容久身边的,都是以一当十的好手,这会儿瞧见如此阵仗,上前过去帮着捆成一串,一同送去官府。

井水巷,小宅。

白容久坐在上座,一旁站着的是柳如意。

这里的人把问到的事一股脑全说给白容久听,等汇报完,又小声问:“爷,柳如意人在这儿了,可要去叫那个女学生?”

“不必了。”白容久又问,“璟儿可还在这里,去把他喊过来。”

那护卫小心道:“回爷的话,小谢管事他一炷香前刚走。”

“去了哪里?”

“这我们也不知道,是白二少爷亲自来接的他。”

白容久点头,道:“我知道了,你下去吧。”

摒退护卫和周围伺候的人,白容久就那么坐着,良久没有说话。

柳如意站在他右手边略下方的位置,低眉垂眼,刚上了药,只是她站得久了,脚步也有些软,略略抬起一点眼睛去看,却和白容久对了个正着。

白容久视线太冷,柳如意心里颤了一下,连忙低下头。

房间里安静,从外头只能看到点了蜡烛的灯影,隐约透过纸窗能看到两道影子。不过片刻,房间里就传出一阵琵琶声。

护卫队的人面面相觑，站在院子里没敢动，闹不清这是什么情况。

有一个小声问："咱们爷今天不是来审案子，是来听曲儿的吗？"

"老实听着，别吭声，九爷的心思你也敢猜！"

几个护卫守在外头听琵琶，他们不懂曲子，屋里的人懂。

白容久坐在主座，脸上没什么表情，也不知在想什么，只偶尔在琴声微颤的时候，抬眼看一眼坐在五步开外对面的柳如意。

柳如意被看得如芒在背，手指按弦，低头小声道："九爷，我又弹错了，您说的曲子我实是不熟，也只瞧见过一两回谱子，下回我仔细学过再弹给您。"

白容久道："弹一曲浔阳。"

柳如意："这……这我也不会。"

白容久又道："那捡着鞠世林、陈子敬的弹两首听听。"

柳如意没接触过那么多曲子，她会的都是楼里妈妈找了琴师来教的几首，白容久说的这些，她名字都没听过。她抱着琵琶坐在对面，咬紧下唇："我只会一些家乡小曲儿，不如……"

白容久淡声道："不过如此。"

柳如意脸色发白，脖颈上还缠着一圈纱布，但坐在那里没有起身离开。

"我已询问过，那女学生确实画了你，但她画了那么久，你当真一点都不曾察觉？你打她尚有几分道理，但划伤自己，闹出这般大动静，不过是为了见我。"白容久看着她，目光平静，"你费尽心机，所求何事？"

柳如意忽然抱着琵琶跪在他面前，带着哭腔道："九爷，您和曹公子平日要好，如意不求别的，只求您转告他一声儿，让他来见见我吧。"

白容久看她片刻，摇头道："这事我做不了主。"

柳如意哀求道："不求您说别的，只一通电话也好，求您让我跟曹公子说上一句话，就一句。"

白容久道："他临走的时候，倒是留了话。"

柳如意抬头，满眼期盼看过去："敢问曹公子说了什么？"

白容久道："他留了些钱，说如果你们中的谁不想在这里待了，可领一封银元，自行离去。"

柳如意脸色苍白，只一双眼睛通红，眨眨眼就落下泪来，哑声道："他……他当真这么说？"

"是。"

“一句话都没有交代于我？”

“没有。”

柳如意跪在那儿愣了半晌，略咬唇一下才下定决心般问道：“敢问曹公子何日启程，归期何时？”

白容久依旧摇头：“这我不知。”

柳如意张张嘴想说什么，但是很快又闭上了，怀抱琵琶垂首道谢，不再纠缠下去。

门外有人轻敲两下木门，随后走进来一个贴身护卫，小步跑到白容久跟前弯腰低声说了几句。白容久眉头略松开些，淡声问：“当真回去了？”

护卫道：“是，孙福管事一得了消息就让我来跟您说一声，眼下快要进东院角门了，二少爷陪了一路，两人还去留香斋买了一匣子点心。”

谢璟喜欢吃肉，白明禹也是无肉不欢的主儿，若说起留香斋口味清淡的点心，这两人平日里买来也只会送到一个去处，那就是东院书房，给他配茶。

白容久脸色缓和许多，起身带人回去。

他路过厅堂，和跪在那儿的柳如意擦身而过，柳如意跪在那里，一直等人都走了还是一动不动。

只可惜白容久并非怜香惜玉之人，一丝一毫希望都没给她就走了。

东院，角门。

谢璟捧着点心匣子，一路走一路应付白明禹，他被白明禹吵得头疼。

白明禹兴奋道：“小谢，我跟你说，你猜的那些都应验了！你道上那些朋友倒是有点儿本事啊，当然你也不错，听到芝麻绿豆大的消息，竟然能理出头绪，找出这么一桩大买卖！”他凑近谢璟耳边，压低声道，“我按你说的写信了，连着应了几件事，酒水数目都对上，我大哥现在已经信了七八分，他还以为我有幕后高人指点，就是之后要再怎么做啊？我大哥说想见那人一面。”

谢璟道：“你就回信给他，不要多说，只写八个字。”

白明禹：“啥？”

谢璟：“远在天边，近在眼前。”

白明禹眨眨眼，不过片刻猛然顿悟过来，瞪大了眼睛看着谢璟吃惊道：“你是说，让我用——”那两个字在喉咙里咕哝一句，没敢说出来，仿佛喊一声都让人敬畏。

谢璟点头。

他从一开始就没打算徐徐图之，这一锤子买卖，要快且准，那必然要下狠劲儿。

若是瞻前顾后，给省府这位爷通知，给黑河那位爷报备的，事情说通了，但肉也被那些闻着味儿来的人啃了大半，剩下的骨头，不够塞牙缝。

黑河白家商号离着边境最近，也是最快听到风吹草动的人，他们既这么回话，那么就确定有利可图，动了心思。这时顶着白容久名号，再合适不过，黑河那里可都是爷的人。

白明禹有些犹豫："九爷知道了怎么办？"

谢璟拍了拍他肩膀，安抚道："你怕什么，又不是什么坏事。这趟我算过，不会亏钱，再说你大哥不是写信来说愿意你历练一番，即便亏些钱也无妨吗？"

白明禹总觉得哪里不太对，但一时也反驳不了。

谢璟心里明镜儿一般。

这趟绝不会亏钱，白明禹这人看着脾气冲，但聪明劲儿还是有几分，若不然白容久当初和现在也不会独独都选中了他。

白容久拿白明禹当作接班人培养，谢璟也愿意扶他一把，记忆里大约是年后，白明禹就博了满堂彩，替白容久赢下一家老字号牌匾，也是从那之后，被人尊称一声大掌柜。

谢璟不过把时间提前半年，送了一份大礼给白明禹。

说是给白二，也是给白容久。

"我大哥以为高人是九爷，那九爷这边也不知道我要去大干一票，若他俩对上，那可怎么办啊？"人高马大的白二爷这会儿也没有在外头的霸道劲儿了，愁眉苦脸地跟谢璟商量对策，"不成，我不能一个人回青河，小谢，你跟我一起吧？九爷最疼你，要真碰上了，你得替我求情，这主意大半都是你出的啊！"

谢璟还未回话，就看有人往这边来了，是护卫队的人从外头回来。谢璟看着有些奇怪，问道："你们这是去哪儿了？"

回来的是工肃，擦了脑门上跑出来的汗，对他道："还能干什么，刚从井水巷那边回来，嗳，我可算知道什么叫'红颜祸水'了，那边宅子里自己打就算了，还引了外头的地痞流氓过来闹事，这不，还冲撞了九爷的马车，爷吩咐把那帮人都送官，刚回来……"

谢璟打断他道："爷没事吧？"

王肃道："当然没事，爷身边有人跟着，不过是惊了马，不碍事。"

谢璟又问："爷去井水巷了？"

王肃："对啊，去了有一阵了，你刚走没一会儿咱们爷就去了，还让柳如意弹了好一会儿琵琶听。"

谢璟脸色难看。

白明禹凑过来，好奇道："柳如意是谁？"

王肃："是井水巷一个小宅院里住着的女人。"

白明禹更好奇了："九爷在外头养了女人吗？漂亮不漂亮，是什么时候的事啊？"

谢璟黑脸道："别胡说，压根没有的事儿。"

王肃也道："跟咱们爷没什么关系，是曹公子家中送来的。"他把曹公馆被抄的事大概讲了下，顺道吐了苦水。

白明禹在一旁听得倒是津津有味，还追问柳如意的事儿："你说她今天晚上弹琵琶了，还不止一曲？"

"是啊。"

"她以前弹琵琶的？"

"唔，这个，也算是吧，二少爷莫要多问了，我也不是很清楚。"

谢璟一声不吭，紧抿双唇，只一双眸子黑亮，努力隐了里头锋利光芒。

白明禹在一旁还想跟谢璟商量烧酒的事儿，但谢璟已有些心不在焉，对白明禹说的话都没有之前那般上心。他如此反应，倒是让白明禹有些紧张起来，问道："小谢，你这是怎么了，气不顺还是怎么着，一脸的不耐烦，我可没招惹你啊。"他看了谢璟，有些迟疑，"怎么了，我刚才说错了哪里？"

谢璟摇头。

白明禹越发无措："那是出什么大事了？你可别吓我，我还是头一回见你这样。"

谢璟拧眉道："我先不去黑河，二少爷自己回去一趟，多则一月，少则半月，我一定过去找你。"

"好。"

白明禹答应一声，又问："你的事儿不方便说我就不问，只问你一句，要不要用钱？"他也不等谢璟摇头，从兜里掏出几张钞票，"这钱你拿去，我来了之后也没什么花销，攒了几百银元，多了也没有了，只这些，你先拿去应急。"

谢璟想说自己不缺钱，但又想了片刻，接过来道："那我先拿着，以备不时之需。"

送走白明禹，谢璟捧着点心匣子去了书房。

东院书房里照旧摆着白容久日常要用的那些东西，只书换了一本新的，谢璟拿小碟装了几样清淡口味的点心，给白容久放在桌上，又倒了热茶，书也翻到白容久看的那一页，放了一枚绞丝金鸾书签夹在那里。书签做得精致，金鸾鸟喙正卡在页面上，仿若叼着纸页一般。

谢璟看着发愣，没一会儿，就听到外头有脚步声，白容久回来了。

白容久进门之后看了书房桌上摆着的点心和热茶，心里的气已散了大半，缓步过去坐下，低头看到翻开的书页，最后那一点气儿也没了："还记得我看到第几页了？"

谢璟点头："记得，昨日爷在床上看得困了，是我合上的书。"

谢璟去拿茶点，白容久却把他拽过来，问道："你心思还是这么细，但我总觉得，璟儿和往日不同。"

谢璟视线避开，看向一边。

白容久淡声道："像是长大了些，知道去看女人了。"

谢璟："……！"

白容久盯他片刻，松开手道："知慕少艾，人之常情，我知道你平日没见过那么多人，冷不丁瞧见了，对宅子里头一两个有几分好奇，也没什么。只是璟儿你需知道，那些人，并非良人，旁的不说，花样一个比一个多，你不是她们对手，以后也不要再去井水巷。"

谢璟看了他片刻，忽然道："爷今日听了琵琶，好听吗？"

白容久拧眉，脸色略沉。

井水巷宅子里面，最出众的也不过就是一个弹琵琶的。

他就知道那个柳如意留不得！

谢璟没有移开视线，等他一个回答。

白容久道："琵琶弹得不如何。"

谢璟又问："那人呢？"

白容久神色发冷，道："也不如何。"

谢璟点点头，又垂眼去伺候，端了茶点过来放在一旁，也给刚喝了没两口的茶续了一点热水，站在一旁，双手合拢放在身前，一如往日。

白容久等他服软认错，但等了半日，一个字都没等到。

晚上守夜，谢璟也没过去陪着，只抱了一卷薄毯，睡在床的脚踏上。

白容久在床上躺着，书也看不下去，有心想冷落这小崽子一段时间，但低头瞧见谢璟裹着毯子蜷缩在那儿，心仿佛被狠狠揪了一下似的，一时也不知道是气他还是气自己。

两人一夜没说一句话。

白容久起来的时候，神色瞧不出异常，只是看着更冷了几分，谢璟服侍他换衣服，他就伸手等着，谢璟绕到他身前系长袍上的盘扣，一颗一颗，手指一直落在白容久领口位置。

白容久微微垂眸，看着眼前认真做事的少年。

十五六岁的年纪，已经不小了。

之前黄先生说过，他老家一个侄儿也同谢璟这般大，正是最叛逆的时候，动不动就要顶撞几句，越是管教，关系越疏远。

谢璟扣好纽扣，又伸手抚平了领口，这才退开一步。

白容久站在那儿还在看他，微微拧眉，道:“这段时间比较忙，总督府里在拟新的章程，我一时脱不开身，等过几日空了，我带你去山上住两天。”昨儿教训了一顿，今日还是心软，先开口给了一颗糖。

谢璟点头，低声应了。

白容久仔细打量了他的神情，见他没什么异常才略微放心，哄道:“别跟爷闹脾气，你年纪小，拿不准分寸，我说这些是为你好。”说完顿了一下，好笑道,“这么看我做什么？没诓你。”

谢璟慢吞吞道:“爷要留下柳如意吗?”

白容久最近听不得这三个字，一听到就头疼，但他刚哄了两句，实在不想再因这人和谢璟起争执，略想了一下道:“她是曹云昭的人。”

谢璟心想，他当初也是曹云昭送来的人。

白容久本想留谢璟在身边，但一上午来来往往的人太多，总督府拟定新章程的事儿透了风声，不只是北地三省，北平的大商人也有前来拜访商议的，加上还有总督府那边引荐来的青岛布商、粮商。衣食住行里头，衣食总是最先占了头筹的两样，白将军重视他们，白容久自然也不敢怠慢，客客气气请到书房议事。

谢璟今日没什么精神，被张虎威叫去山上打枪的时候，状态也不太好，枪法倒是还准，但比起往日的劲头差了许多，抬枪都慢，半晌才猎到了一只野兔。

张虎威勒马停下，担心道："小谢，今儿怎么了，可是身体不舒服？"

谢璟捡回兔子，沉默片刻道："是有些不舒服。"

"怎么了？"

"许是昨天夜里守夜，受了点风寒。"

张虎威认识谢璟这么久，还没见过他生病，他知道谢璟不是那种装病偷懒的人，只当他确实病了，忙先送了他回去，路上还念叨个不住："你这傻孩子，若是身子不爽利，说就是了，我又不是逼着你学这些，往后咱们守着九爷的日子还长，慢慢学，不必急在一时。"

谢璟笑了一声，点头道："嗯，不急。"

谢璟骑马在外头转悠了一圈，才回了东院。

东院的访客还在，谢璟没去书房，去了卧室收拾衣服，白容久日常起居所用，现在都是他在打理。

收拾完毕，谢璟回了自己房间。

他在东院有一个小单间，紧挨着白容久的卧房，说是单独出来，却也能从大卧房推开一道小门走进来，这原本就是连在一处的。小单间就一张床，一面西洋镜，地上一个偌大的木箱上头挂着小锁，平日当作桌子用。

谢璟站在镜子前，端量自己。他现在还未长成最吸引人的模样，瞧着略显青涩。他照镜子看了又看，微微拧眉。他觉得那个琵琶女长得才好。

谢璟伸手，低头瞧自己手指。

和柳如意的不同，他是男孩儿的手，比柳如意的手要大上一圈，手指看起来也更骨节分明，手指倒是足够长，长得也不错，但反过来碰到指腹和虎口那儿，就能摸到一层薄茧，不是女子那般柔弱无骨的细软双手。

他以前也不会什么，白容久教了他许多，也曾有人认出他是唱戏的谢晚舟，想让他再开口唱一曲，但都被白容久拦下来。

白容久不爱听他唱戏，或者说，不喜欢在人前听他唱戏。

私下里偶尔唱一两段给白容久听的时候，也未见他说什么，第二日还会送来一些枇杷膏，让他保护好嗓子。

白容久好像更喜欢安静看书，闲了会下棋，偶尔也会画些水墨白描，对西洋画态度一般，以前在书房的时候，手把手教他最多的就是写字。

那会儿他刚到白府，性子还有点别扭，不吭声。白容久追问了许多遍，他才说想要一碗甜汤圆。那时候他吃东西都不大敢，白容久盯着他吃，他也就慢吞吞地吃了一小碗，连人都看起来特别软，应当是白容久喜欢的顺从模样。

他以前惹白容久生气了，也会如此，低头垂眼，好歹先糊弄过去再说。

谢璟越想越觉得，爷就是喜欢这样的。

那个柳如意，比他还会做出低眉顺眼的姿态，说话柔声柔气的，半点不惹人生气。

镜子中的少年抿唇，一张小脸都皱在一起，认真思索。

白容久回来之后，谢璟依旧去守夜，不过这次白容久开口咳了一声，他就利落爬上床角，裹着薄毯睡在那处不挪窝了。

白容久想了半日的说辞未能说出口，以拳抵在唇边，轻笑着摇头。

第十九章 返回黑河

九月初三，白明禹跟白容久辞行，带了七八人商队回了一趟黑河探亲。

白容久准了，另按他说的修书一封，准其带去北地商会，也方便行宿。书信不过是介绍了一下白明禹，给了他一个省府掌柜的身份，说出去以后做事也方便。白明禹欢欢喜喜收了，贴身放好，手在胸口拍了拍道："爷，您放心，我一定放好，有您这一封信，那可比什么都好使！"

谢璟站在白容久身后给他打眼色，生怕白明禹多说话。

白明禹领悟，只捡着好听的说了几句，很快就离开了。

白容久手边的茶没喝完，但也没再多饮的意思，扭头去看谢璟问道："你这两日一直去找白二，你是不是……"

谢璟心跳如擂鼓，但面上不显，只看着白容久等他说完。

白容久沉吟一下，轻声问道："你是不是也想出去了？"

谢璟被他握着手腕，脉搏都尽数被握在掌心，一时间也不知道被抓得太紧还是如何，只觉得血液都往脸上涌，视线移开些许，摇头道："爷，我不想出去。"

"真不想？"

"不想，我就想在家里，顶多去山上骑马跑两圈……"

白容久敲他脑袋一下，笑道："还说不想，我就知道，关不了几日你就满心想疯跑出去玩儿。下午裁缝铺送衣裳过来，你挑几身方便的带上，再牵上白十四，我陪你去。"

谢璟茫然："去哪儿？"

白容久道："还能是哪里，前两日不是答应你，要带你去山上住几天。"

白容久难得有两天空闲，加上刚入秋，省府不算太冷，去山上赏景刚好。

马车摇晃半日，慢悠悠到了山脚。

外面下了小雨，尚还绿荫苍翠的山上蒙了一层薄纱，连空气都带着雨水和泥土的气息。披着蓑衣的车夫牵马，小声呼喝，惊动不远处一棵大树上的小松鼠，小东西机灵，听到人声飞快地爬上树隐藏在浓密树叶中。

谢璟叼着一根长草，挂在嘴边一晃一晃，托着下巴看马车窗外的景色。白容久唤他两声，才转过头来应了一声："爷？"

"喊你坐进来些，别贪凉。"白容久瞧他还在犹豫，又道，"这次要是病了，我就给你打针。"

谢璟僵硬了一下。

白容久又道："这次没有小针，针头比之前粗上许多，你想好。"

白容久看一眼谢璟，又看向车窗外，嘴角含了笑意，又咳了一声压下去。

这处山上的宅子原是曹云昭的，曹公子现不在省府，也就让管家一并送来给白九照管。山上的宅子颇大，附近还有一处天然温泉，引了水到后院池子里可以泡着解乏，没人又幽静，确实是一个好去处。

下雨天，天气微凉，正适合不过。

温泉池子分了两间，白容久单独占了一间大的，略泡一会儿就听见外头有人敲门，隔着纸门问道："爷，小厨房准备了一些点心，还温了一壶黄酒，问您要不要吃一些？"

白容久泡在池中，懒洋洋道："不必，送去给璟儿。"

门外那人答应一声，捧着托盘过去了。

半夜，宅院里忽然闹腾起来，却是谢璟不知道吃了什么，上吐下泻，全身发热，难以消退。

院子里跪了十来个人，尽数是曹家的仆人。

大半个时辰后，白容久从谢璟房中推门出来。他脸色依旧不大好，面沉如水，背负一只手在身后，抬眼看着院子里的众人一一扫过，开口问道："今日送茶点和黄酒去浴池的，是何人？"

院子里好些人都在摇头，曹家是新贵，远没有白家规矩多，一出了事难免有些慌乱，好一会儿才推了一个人出来，是厨房的管事。厨房那人脸色惨白，抖着手作揖，颤声道："回……回白爷的话，是小的在负责，但东西不是我准备的，是厨下一个丫头做的……"

一个扯一个，把厨房里那个丫头抓来问话的时候，对方倒是没有否认，只双目痴痴看向前方，带了些许期盼问道："曹公子今日是不是来了？我看到车里还有人，一定是他对不对？"

白容久闭了闭眼，心里暗骂曹云昭。

那丫头不肯相信曹云昭要去留洋，人都有些癔症了，嘴里念叨着要给曹公子做茶点，还要绣鸳鸯对枕给他，说是之前就说好的。

这边看管院子的人都有些看不下去，站起来斥责道："你胡说八道什么，曹公子何时跟你约定这些，他见都没见过你两次，连你叫什么都不知道！"

丫头愣怔看他，忽然上前扯着对方衣服哭喊："你骗我，你们都骗我！"

正在撕扯，护卫队的人骑马冲进内院，翻身下马，又伸手夹了一个胡子花白的大夫一同下来，几乎是扛着跑到白容久面前："爷，大夫请来了！"

白容久吩咐人处理曹家这些事，只带着大夫进了卧房。

大夫年纪大，倒也见多识广，只开了一副汤剂让人给谢璟喝，宽慰道："无碍，不过是年轻人体热，又吃了些上火的药材，都是大补的东西，难免受不住。吃两副药，败败火，就无事了。"

白容久亲自问了，又让人去煎药，喂了谢璟，还守了他一夜才放心。

第二日。

白容久一夜浅眠，合衣坐起身，过了好一会儿才哑声喊了人进来。

东院的人进来，小声请安："爷，可要沐浴用膳？"

白容久未答，只问道："璟儿去哪里了？"

对方躬身道："小谢管事一早就出去了，留了一封书信。"说着从袖中掏出来一封薄信递过去，送到白容久手边，眼睛都未敢抬起看一眼。

白容久伸手接过，打开看了，才知道谢璟已经下山离开，只说替寇姥姥回青河县探亲，几日后再回来。

白容久闭了闭眼，想去抓人的话到了嘴边几次才咽下去，没有讲出口。他脸色不好，在一旁伺候的人脑袋恨不得垂到胸前，大气不敢出。

外头有风，吹得窗户晃动，发出吱扭声响。

那人扭头看了一眼，见窗户大开，习惯性想去关。

白容久道:“别动。”

“啊，是。”伺候的人手伸了一半又收回来，早上的山风有些凉意，那人想了想还是小声道,“可是爷您不怕冷吗……”

白容久抬头看向敞开了半扇的窗户。

谢璟早上走的时候开了窗，散了气味，只能闻到一点淡淡的草药气息。白容久视线扫过，略微抬起问道:“璟儿几时走的?”

“小谢管事一早就出去了，去马房领了白十四之后，一路骑马出的城。爷，可要我寻他回来?”

白容久拧眉，半晌未说话。

另一边，回黑河的路上。

山雨蒙蒙，草木含翠。

一场入秋的小雨落下，山林树木洗过一般清新亮眼，少年骑马经过，轻喝一声，鞭子在空中打了个旋儿，发出一声脆响，白马跑得越发卖力，长长的鬃毛在空中散开起伏。

谢璟穿了一身藏蓝新衣，收拾得利落，漆黑如墨的眼中一片清明，未有丝毫迷茫。他此刻心情畅快极了，胸中闷气一吐而空，嘴角忍不住上扬。

白容久昨夜照顾他亲力亲为，他若留下，反而有些不自在，不如跑出去几天，躲过这阵风头之后，回来继续留在爷身边办事。

谢璟骑马很快，缩短了路程，沿途留宿吃饭，都在白家商号附近，写了东院护卫队的名号，有意让他们报给白容久看，也让白容久安心。

等谢璟到了青河县，白明禹早已在城门处等着，瞧见他来立刻迎上前。

谢璟风尘仆仆，连口水都未喝，下马来只扭头交代人喂好白十四，转头上了白明禹的马车，又奔赴黑河。

白明禹已给他准备了饭菜，一边让谢璟吃，一边同他讲了近几日的事态，兴奋道:“小谢，果然和你算的一样，黑河来了好些外地商人，他们要租船，我大哥没答应，现在黑河上游小船不算，只货轮一半在咱们白家手里。”

谢璟点头:“足够了。”他大口吃着东西，路上只顾着跑，确实有些饿了。

白明禹又同他说了现在的情况，商议道:“我觉得这生意太大，只我们一家的船，还是不够，小谢你觉得算上商会怎么样?”

“商会?”

白明禹沉吟之后，对他道:“对，北地三省商会，九爷挂了名号，现是我大哥在打理。白家的船有一半，但若是商会出面，黑河所有的船只便都是我们的。九爷之前不是说了吗，钱一家是赚不完的，尤其是洋人的钱，不如我们捞笔大的。”他说到一半，顿了一下，又低声继续同谢璟讲起来，“我打算亲自去对岸一趟，大哥给了我两个好手，同俄罗斯国那边商人有些来往，那边几个城市的酒价各不相同，越往北价格越高，能差上十倍不止。”

这事谢璟并未听过，在他之前的记忆里，也不过是日本商人在黑河折腾了一些事，低价买入烧酒，然后高价卖到对岸，除了已故孙掌柜，他也只记得那个日本商人的名字，原本计划不过是盯着对方，一有什么举动就取而代之，但白明禹说的，远比这个要深入。

白明禹打算亲自去一趟俄罗斯国，做一笔大生意，他跟在白容久身边已快三年，耳濡目染，已非昔日吴下阿蒙。除了莽劲儿，还多了才学见识。

白明禹原本就是大胆的人，如今仗着白容久撑腰，在黑河胆子越发膨胀起来，讲到后面，两眼放光。

谢璟咬了一口馒头，抬眼看向白明禹，大约知道白容久为何选定这人。

白容久要顾全大局，万事周全，而白明禹却横冲直撞，是造势之人。也只有这般大胆之人，才能在乱世闯出一片新天下。

白容久选他带去省府，不是为了管束，只不过借给他更多一份胆量。

白明禹说完，谢璟就点头道：“二少爷比我想得长远，我听你的，只是我不通俄语，不便跟你前往，我在黑河等候消息。”他不便说出日本商人之事，总要留下注意一二，才可放心。

白明禹道：“好，那你就和大哥一起留下，有什么事我好找你。”

谢璟：“如何找？”

白明禹：“我已提前让人探查好了，黑河下游有一处弯道狭窄的地方，若没有雾气，可看到两岸人行走。那边荒凉，平日没什么人在，我找了精通旗语的人守在那儿，到时打旗语为信号，你等我消息就是。”

谢璟：“好。”

白明禹心满意足，他也不知为何，见谢璟点头同意就直觉这事儿已成了一半，信心倍增。

到了黑河的时候，白明禹带谢璟去找了大哥白明哲，也不多言，只含糊说是九爷派来的人。

白明禹胆子大，敢骗他大哥，谢璟胆子也不小，背手站立在那儿，面不改色就认了身份。

这两人一个仗着自己大哥心疼自己，另一个仗着九爷宠爱，一点都没客气。

白明哲信以为真，给谢璟安排留宿。

省府，白家东院。

白容久收到沿途递上来的消息，一句话在喉咙中辗转几遍，最终还是改了主意，垂眸道："算了，让他出去几天，想清楚了，就回来了。"

与此同时，井水巷的人被叫到白府东院，原来那处小宅子被贴了封条，东西也尽数搬过来，全部堆积在院中。

东院没有安顿下他们的意思，只让人站在院中等。

一行人神情略有不安，他们大多都是温室娇养的花朵，未经历什么波折，即便有些人从低处攀附上曹云昭这棵大树，时间长了，也过惯了安稳日子，今日突然连人带行李一起扔在院中，内心越发惶恐。

一直等到将近晌午，院子的门被推开，白容久走了进来。

院子里说话的声音都消失了，这帮人知道谁不能得罪，低眉顺眼，只低头看自己的鞋尖。唯独柳如意站在那儿，和白容久平视。

白容久换了一身衣服，依旧是长袍打扮，衣领纽扣系得高，半遮住喉结。他神色淡漠地环视四周，视线最后落在柳如意身上，看着她道："曹云昭托付我照顾你们，但他临走时也留了话，若有谁不愿意待下去，可领银钱一封，自行离去。"

院子里的众人一阵小声惊呼，显然从未听起过这样的说辞，一时声音有些慌乱。

孙福管事拧眉上前一步，高声道："都安静！"

柳如意是其中最为镇定的一个，她等白容久说完，出乎意料地躬身行礼，开口辞行："这些日子承蒙九爷照顾，如意请准离府。"

她这话说完，周围顿时安静下来。

曹公馆被送来的一行人里，如果说谁在小公馆时间最久，对曹云昭感情最深，恐怕也只有柳如意。

柳如意出身烟花之地，那时恰逢曹云昭跟着父兄在北平做事，谋了一个海关的差事，柳如意是有人专门送给曹云昭的一份礼物。一同送来的还有金银财物，曹云昭不乐意受人辖制，东西尽数退了回去，但柳如意在门外跪了一夜求他收留，曹公子心软，自己出钱把她赎回来。

也因为如此，曹云昭被外界传了闲话，丢了第一份差事。

曹公馆众人从未想过，第一个开口辞行的人会是柳如意。

白容久问道："你可想清楚了？"

柳如意点头，她颈上伤还未好，哑声道："想好了。"她静默片刻，唇角扬起一点，却微微发抖，颤声道，"九爷莫要担心，我给曹公馆打过电话……是如意自愿离去，从此生死有命，与他人不相干。"

她开了先例，话一出口，院子里其余人也动摇了心思。

有人跟着站出来，也说要走。

白容久让人拿了银子，要走的就给了一封银元，让她们自行离去。

也有不想走的，眼神转来转去。孙福管事冷哼一声，在一旁高声道："家主发话，闲杂人等一概不留于府内，曹公馆众人今日起送去新左旗，月银一人三元，吃食府中提供，为期三年，若三年后曹公馆无人来接，待遇依旧，直至十年。此后生死不论，与白府再无半点瓜葛！"

这话一出，那些有小心思的人都傻在当地，新左旗距离省府不说千里，也有八百里地，荒凉无比，白九爷这是把他们都扔在荒野啊。

这帮人见惯了繁华，加上容貌美，正值青春年华，实在不愿去蛮荒之地，略微犹豫之后，也都上前领了钱，离去了。

最后院子里，只剩下两个看起来老实本分的，白容久问起，对方也躬身行礼道："小的是琴师，曹公子夸我们弹琴好，说等几年后他学成归国，还要教我们弹琴。"两人小心看了白容久，低声询问，"我们不想走，还想留下弹琴，只求爷给根椽片瓦，遮风挡雨，我们等曹公子回来。"

白容久点头应允，让孙福管事备车，送去津市那边的一处偏远宅院。

那两人没有怨言，有地方住就很好了，给九爷行了大礼，跟着走了。

不过一日，井水巷众人被遣散干净。

白容久让人跟了两天，把这些人后续去的地方也略微探查一下，写信一并告诉了曹云昭。

曹云昭被家人送去留洋，现如今只有轮船可坐，去西洋一趟足要三个月，算算日子，如今还在轮船上，未能落地。这封信到了的时候，船也差不多靠岸了，也不知他收到之后作何感想。

白容久处理完这些事，心却依旧静不下来。

起初是看书时总是发呆，再后来，商会的人进来同他议事的时候，他也有些走神，被连喊了几次，才恍惚回神。

孙福管事送了汤过来，小声劝道："爷可是累着了？不如歇两日，活儿哪有干完的一天，不急在一时。"

白容久低头喝汤，尝了一口，又停下来。

孙福管事愣了下，问道："爷，可是这牛骨汤哪里没做好？我瞧着这两日天气冷了，让人煮了些热汤……"

白容久摇头，喝完那一小碗汤，把空碗放在桌上问道："璟儿还未回来？"

"是，不过黑河那边送了信儿回来，说是二少爷在那边倒腾了两船货，把小谢留下帮忙了。"孙福管事自从得知谢璟救过自家主子，对谢璟就格外好，尤其是这孩子在东院众人眼前长大，感情自是不一般，"今儿小厨房炖汤的时候还说起呢，一劈筒子骨就想找小谢，他最爱吃烤过的牛骨髓，骨头汤也喜欢喝，这几天厨房的大师傅老是不小心多炖上一碗汤，忘了小谢不在，把他平日那碗汤也一并做上了。"

白容久拿帕子擦了擦唇边，淡声道："是出去得太久了。"

孙福管事问道："那我写封信，催他回来？"

白容久点头应了，孙福管事领命下去。

还未等到晚饭时候，白容久又改了主意，把孙福叫回来，对他道："备车，我明日亲自去一趟黑河。明禹做事太过张扬，两船货物不是小事，我去瞧一眼才可放心。"

孙福管事连忙应下，去备车了。

天色浅白，刚亮，东院的车就出发了。

白容久去了前面主院，跟白老太爷辞行，不过老太爷不在府中，他也未多停留，径自离去。

白家如今已交到白容久手中，老太爷留在省府也不过是为他坐镇，并不多管束他做事。

白容久车队一行拔程，行进速度并不比骑马慢上多少，一路尘土飞扬。

张虎威等人分了两队，前面探路，后面护着，马匹精壮，马蹄声落在地上发出震颤闷响，向北而去。

第二十章 跨境卖酒

黑河。

谢璟坐在一家茶馆里，一边喝茶，一边抬头看着外头街上的人。

现在是黑河众商号生意最为忙碌的时候，过了九月，此处就开始落雪，再等上两月，便要大雪封山，河上也行不了船。

街上的行人来来往往，穿着各异，除了当地商人，还有好些洋人掺杂其中。俄国人占了三成，东洋人也不少，操着各式口音，在边境商户谈论生意。

谢璟看了片刻，茶馆里迎面进来一行人，为首的老者长衫夹袄，头戴一顶皮帽，上头缀了松绿石元宝扣，是北地最为常见的商人打扮。老人身后跟了三个保镖似的高壮汉子，清一色黑色短打，十分规矩，但眼神也够锐利。

谢璟看到来人，身形僵了僵，努力转过视线，低头看着茶杯认真喝茶。

茶馆生意极好，老人转了一圈，没有空桌，被小二带着过来拼了桌子，拱手笑呵呵道："这位小哥，实在抱歉，可否让老朽跟你挤挤？只喝一杯茶，歇歇脚。"

谢璟拼命忍住想要站起来躬身行礼的冲动，僵硬点头道："可。"

待老人坐下，他连茶杯都不敢看了，扭头直直盯着街面上的人，假装在努力看那些人。

老人头发花白，但精神瞧着很好，脾气也不错，还在同谢璟攀谈："小哥是哪里人？"

谢璟脑袋里转过许多回答，在最短的时间内挑了一个，道："省府人士。"

老人要了一壶茶和几盘点心，推了一碟糕点过去，笑道："哦？那还真巧，我也是。难得遇到老乡，老朽做南北杂货的，敢问小哥来黑河做什么生意？"

谢璟后背上汗打湿了衣服，硬撑着不露出分毫，憋出两个字："探亲。"

老人拊掌笑道："巧了，我也是探亲。"

正聊着，忽然瞧见门口一个人急匆匆跑进来，五十来岁的年纪，矮个儿微胖，唇上长了两撇鼠尾一样的胡须，一翘一翘的，进来之后环视四周，视线一下盯在谢璟和老人这一桌上，眼睛都瞪圆了。

谢璟一下就认出了黄明游，立刻起身，连凳子碰歪了都不管，先给他作揖，躬身行礼："黄先生好——"他真是一刻都坐不下去，坐他身旁的是白府的老太爷，即便乔装打扮了他也认得出，再说下去额头都要冒汗了！

黄明游也是穿了一身行商的衣服，打扮成账房先生的模样，他走过来看了桌上的人，嗳了几声之后才笑道："这可真是太巧了，大水冲了龙王庙，一家人不识一家人。老爷子，我跟您介绍，这位是谢璟，东院年纪最小的一位管事，跟在白九身边的贴身人儿！您别看他年纪小，这小子主意可大着呢，能文能武，跟张虎威学了一手好枪法，不是我吹，满省府您打着灯笼找，能使双枪的除了张虎威，也就他一个。"说完了之后，又对着谢璟挤眉弄眼，暗示道，"这位是你们九爷的长辈，还不快见礼……"

他话还未说完，谢璟就给老人磕了一个头："老太爷好。"

老人愣了下，又笑着去拽他起来："傻小子，这是在外头，磕那么实在做什么，快起来。"

黄明游也以为谢璟只是作揖，没想到他上来就磕头，他跟谢璟熟识，对谢璟印象也好，笑着帮衬道："老爷子，小谢就是这样老实的孩子，您看，这都磕头了，您老也赏点东西吧，也不能让孩子白磕头呀。"

白老太爷看了谢璟一眼，点头应了，从怀里掏出一块系了金链的怀表递过去给了谢璟。

谢璟不敢要。

黄明游拿胳膊碰了他几次，谢璟这才躬身接过，捧着那怀表道："谢老太爷。"

白老太爷笑道："在外不用那么拘谨，坐吧。"

谢璟侧身坐在一旁，给老人倒了一杯茶，恭恭敬敬。

黄明游陪着白老太爷闲聊几句，老爷子待人和气，说话时候都笑眯眯的。

谢璟在一旁竖起耳朵听他们讲话。

白老太爷大约是真的累了，喝了一杯茶，略歇息片刻之后，才转头问谢璟道："你来这里多久了，可是你们九爷交代了什么活儿？"

谢璟绷在那儿一时不知道该如何回答，张了两次嘴没吐出一个字儿。

老太爷被他逗乐了，拍了拍他手臂道："不碍事，就是随意聊聊，若是不能说，不说就是。"

黄明游在一旁也乐，打圆场道："老爷子，您别逗小谢了，这孩子老实，您一句话他就当真了，瞧这汗都冒出来了。"

谢璟给白老太爷倒茶，低眉顺眼伺候着，顺着黄明游递过来的杆往上爬，果真一个字都不说了。

白老太爷知道他们东院有不少能人异士，但谢璟这样的锯嘴葫芦他还是头一次见。

尤其还是个格外漂亮的锯嘴葫芦。

白老太爷这次只身而来，身边只带了黄明游和几个护卫，其余人都没带，也没通知，谢璟想陪他去白家商号休息，白老太爷也摇头拒绝了，笑道："我也好些年没来了，先随意转转，瞧瞧现如今黑河什么模样。你也不必通知其他人，等过几天我自会去商号找你。"

谢璟点头应了一声，又试着用黄明游方才的称呼问道："老爷子好久没来黑河，今年冬天和往年不同，外地商人多，本地的也杂乱，不如我找个向导陪您？"

白老太爷略感兴趣问："哦，何人？"

谢璟："原是我一个舅公，外头都叫他寇老三，做把式的，会驾车，也熟悉青河、黑河一带行情。若老爷子需要，我就让他今夜去找您。"他说完又补了一句，"只是我自家亲戚，旁人并不知晓，老爷子大可放心。"

白老太爷点点头，领了他这份心意，留了住的旅店地址。

一壶茶喝完，谢璟送了白老太爷和黄明游一行人到门口，在外不便行礼，就交叠双手多站了一会儿，目送他们离开。

白老太爷带人走出去老远，身边的一个护卫凑近老人耳边说了句什么，老爷子回头看了转角一眼，果真瞧见少年站立如松，还在那儿规规矩矩地送。

白老太爷笑着摇摇头，道："白九倒是有点本事，捡了个好孩子。"

黄明游觍着脸道："老爷子，话也不是这么说的，九爷待他用心，教得也好呀！"

白老太爷看他一眼："我倒是忘了，你也是东院的人，难怪一个鼻孔出气。"

黄明游笑嘻嘻的，半点不恼，颇有些引以为豪。

东院出来的，绝非凡品。

入夜，谢璟果真叫了寇老三来。

寇老三常年做边境商贩的生意，土生土长，对黑河一带再清楚不过，尤其是儿子寇沛丰当初被谢璟救过性命，如今又被带去省府和谢璟一同做事，他们父子对谢璟言听计从。寇沛丰也是知道感恩的人，但凡写信来家中，总是提及谢璟的种种帮助。寇老三也知道自己儿子几斤几两，还指望谢璟多多帮扶一把，谢璟一说，他立刻就来了。

谢璟没言明来的是何人，只再三叮嘱寇老三做事务必细致周到。

寇老三道："小谢，你放心吧，这贵客我一定给你伺候好，就是你托人带口信说得突然，我这手边也没找到马，只凑合套了一匹大青骡子，这成吗？"

谢璟打量一眼，寇老三那乌篷车前套着的青骡高大健硕，钉了崭新铁掌，鼻息也响亮，伸手摸一摸立刻摇头晃脑。他点头道："这个就可以，他们自己也有辆马车，不过是外地的样式，这骡车可能出行更不打眼。三叔，您连车一同带进去，若要用，车钱我出，加倍给您。"

寇老三不肯，推辞道："不过是几天工夫，不碍什么，当三叔帮你就是。"

谢璟也不同他争辩，一边走一边叮嘱他注意事项，寇老三听得连连点头。

谢璟顿了一下，低声道："三叔，若贵客有什么动向，你可找茶馆给小二几个铜板，给我传个话，也不必明说，只说去向即可。"

寇老三道："这是为何？"

谢璟道："生意上的事。"

寇老三恍然，只当谢璟是防着这些外地行商囤货，立刻跟着点头："应当应当，我一定帮你留意！"

谢璟趁他不留意，往寇老三车上放了一袋铜元和几枚银元，把他送去白老太爷一行人所住旅店，远远望着寇老三进去了，这才离去。

隔日，白老太爷出行，果然用了乌篷骡车。

这里街上骡车多，融入其中，并不显眼。

若非寇老三来口信，谢璟都一时无法找到白老太爷去了何处。

老爷子像是随意走动，还置办了不少药材和特产，连当地卖得最火热的烧酒都购买了几坛——全是今年黑河酒厂新出的烧酒。

谢璟得到口信，垂眸想了片刻，抬起眼的时候又恢复往常神色。

他和白明禹既然敢做，那就不怕事情败露。反正打了九爷的旗号，等九爷知道，这事儿已经成了，顶多回东院领罚。

九爷待他们这么好，不说白明禹，只说对他，也不会动板子，顶多骂上几句，关几日柴房。

谢璟心里算计好了，也不再担忧，依旧按照之前的计划盯着界面上的东洋商人。

另一边，旅店内。

白老太爷让护卫打开一坛新酒，习惯性闻了闻，却微微皱眉。

黄明游知道青河白家的烧酒是极品，正伸长了鼻子闻酒香，忽然“咦”了一声，又凑近了一点拿手扇了扇，困惑道：“这酒为何没有酒香？”

白老太爷让人倒了两盏，和黄明游一同品尝，老爷子喝了面不改色，黄明游脸却腾地红了，龇牙咧嘴道：“好烫，这酒性烈，入口像烧刀子一般，但没多少香气，实在怪异！”他又喝了一小口，放下道，“难怪街上这个卖得最便宜，无色、无香，入口倒是烫嘴。”

白老爷子慢慢咽下嘴里那口酒，放下酒盏道：“这是伏特加，俄罗斯国那边的酒，那边都是这般，和我们北地不同。”

黄明游疑惑道：“今日在街上看到许多这样的酒，黑河酒厂全是机器生产，若是卖给河对岸，专门制作一批就是，这伏特加满大街摆着……是不是太多了？”

白老爷子缓声道：“我们在街上几日，这酒是什么时候才多起来的？”

“近两日。”

“哪里产出？”

“这，皆是黑河酒厂。”

“我们去的时候，已没剩几坛，我留神瞧了，青河白家的小子倒是有几分胆识，雇了人来回倒腾，还真引了几家酒厂跟着一起制作这伏特加。”白老爷子抚须笑道，“他敢做这么许多，那自然是有人要，弄这样的招数，无非是引着其他酒厂逐利跟风大批量制作。”

黄明游不解：“既然有生意，为何要分与其他家？”

白老爷子用手指沾酒，在桌上写了一个字，点了点冲黄明游笑。

黄明游探头过去看，写的是一个“酒”字。

白老爷子手指节敲了敲桌面，沉吟道："他要酒。"

白家商号。

院中小楼里只二楼一个房间亮着灯，外头黑漆漆一片。

谢璟裹了薄棉袍坐在椅子上，正借着煤油灯在看白明禹送来的信。

白明禹胆子大，自己只身去了河对岸，借着旗语来回传话，汇成了谢璟手里这一封信，里头一句废话都没有，全是振奋人心的消息。

白明禹信中说，满洲境内，一桶伏特加的价格是七卢布，但行至贝加尔湖一带，只成本就已高达六十卢布一桶，而他带着大哥白明哲雇的两个买办一路前行，去了伊尔库茨克地区，带去的酒尽数卖光，那里每桶伏特加酒开价八十卢布，人人争抢。

"……越往西走，酒价越贵，听闻有些地方已高达一百卢布甚至更多，我带人时刻探查消息，及时联系！商号和酒厂之事托付于你，你懂我意思，若有任何问题，找我大哥即可。切记，需要酒，大量酒水！"

谢璟看着信，旗语无法传达更多，上头只用了最简短的话语描述，但这些信息已足够。

谢璟看得心潮澎湃，他算过，若是六十卢布一桶，他们反手已赚十倍，白明禹传递来的消息实在太过让人兴奋，若真是如此，他们赚的可就是二十倍！

旁的不说，只黑河酒厂机器日夜开着，一锤子买卖下去，足有几十万银元的利润。

谢璟心里飞快计算了时间，若是他没记错，从这个冬天开始，一直到明年开春，六七月份的时候，才会慢慢缩减，这几个月的利润……他呼吸略有些急促，嘴角笑意掩不下去，带了喜色。

谢璟正想着，忽然听到门外有脚步声，紧跟着门被推开些许。

白家商号院中养了护院，自从上次遭遇麻匪之后，白明哲花了重金看护商号和家人安全，因此谢璟从未想过小楼里忽然有人进来，一时吓了一跳，攥了书信起身呵斥道："谁?!"

被推开一角的门，慢慢又推开些许，露出外头站着的修长身影。

来人一身白皮氅，身量极高，男人眉目英俊，薄唇色淡如水，只站在那里就已气势十足。

谢璟愣了下，先是一喜，紧跟着又有些慌乱，手里的信攥起来背在身后喊了一声："爷，你怎么来了？"他忙拉开椅子，请了白容久进来。

白容久入座，视线在谢璟脸上停顿片刻，又顺着看下去，打量一圈后淡声道："手里拿的是什么？"

谢璟装傻："啊？"

白容久没理，拿了信展开一扫而过，看完轻笑一声："原是我小看了你和白二，你们来黑河不是贪玩，却是要干一番大事。"

谢璟身体微微僵硬一下，半垂着眼睛小声把事情一五一十说了。

只瞒去自己知道的那些，说的同之前跟白明禹讲的相差无几，好些数据确实能从一些蛛丝马迹推敲出来，只有一两处略显牵强，但那是谢璟过来一遍无比确定的事情，跟九爷说的时候，也可用白明禹的大胆掩盖下去。反而白二这性子也不是一天两天了，做事也喜欢剑出偏锋，铤而走险。

白容久听完之后，没点头也没摇头，只过了片刻才淡声道："你们胆子倒是够，如今单子不缺，货在何处？"

谢璟道："我……二少爷和我商量过，他说要跟九爷学，这一票不能独吞，要像九爷当初给黑河众多商户置办机器时候一样，有钱大家一起赚。"

白容久："你待如何？"

谢璟："就……就让大家一起酿酒，咱们一家供应不过来，黑河这么多酒厂，再不济还有来往行商，这钱总不能看见了不赚吧？"

白容久道："你们想得太过容易，俄人禁酒已不是一次两次，你能看到商机，他人自然也看得到。白二还算有几分能耐，打探出不少，至于运输，却是最难的，水路码头就有两处，你可想好走哪一边？"

谢璟斟酌道："从黑河走？"他记忆里，那个日本商人就是如此。

白容久拿手指把玩他头发，谢璟头发略微长了些，绕在指头上软而顺服："黑河也可以，只是批量太大，时间就不能长。

"那之后走旱路，从艾虎转马车骡车，然后走海关关卡……

"不出三日，车马和货物，尽数没收。"

谢璟低头道："我听爷的。"

白容久笑了一声："不再自己想想？"

谢璟摇头，小声念叨一句。

白容久又问："再说一遍，没听清。"

谢璟小声道："我错了，不该乱跑，下回二少爷再叫我，我也不胡乱跟着了。"

白容久没再难为，夸了一句道："你们能推敲出这些已很不错，歇两天，明日我让张虎威带人接手，余下的我来处理。"

谢璟答应一声，松了口气，心想这一关好歹蒙混过去。

若是由他来做，确实也能赚到一大笔，但一来无法和九爷交代细节，二来总归没九爷算得周全，他记得那日本商人最后的货轮折损了几条，也并非全身而退，只能说尚有获利罢了。

如今九爷来了黑河，尽数交与九爷，他也能放心了。

白容久一路奔波，见到人的那一刻才安下心，疲乏涌上，慢慢睡去。

早上醒来的时候，谢璟觉得有些冷，空气里带了寒霜气息，他身上暖烘烘的，呼出的气在室内都带了一丝雾气。

白容久低声问："几时了？"

谢璟摸出怀表看了一眼道："辰时了，爷，外头好像下雪了。"

白容久："嗯，下了一夜。"

谢璟好奇："爷怎么知道？"

"冷。"

白容久畏寒，极为讨厌冷天。

谢璟起身，又伺候他换了衣裳，多加了一层滚边貂绒坎肩。

外头院子里张虎威等人已经在等了，白容久坦然走下来，谢璟跟在身后，用眼角余光去看地上的雪，院中新雪落了一层，没过靴底，确实下了一夜。

白家商号的负责人白明哲一早就在等着了，瞧见白容久十分欢喜，上前行礼："爷，昨儿夜里听说您来，赶来的太晚，下头说您已歇息，就没敢打扰。我在前面小厅准备了些您以往爱吃的东西，不如先用些早点？"

白容久点头应了，白明哲一边让身边的人带张虎威等人去小楼安置，一边亲自带路，带了白容久去用早点。

小厅人少，白明哲让人送了最后两样小粥，屏退左右。

谢璟站在后面伺候，瞧见他们想谈事的模样，刚想退下去，忽然听到白容久开口："璟儿不是外人，坐下就是。"

白明哲笑道："是是，这些日子多亏小谢管事传话，要不然咱们都弄不清九爷的意思。小谢管事，快坐下，我这正好要跟九爷报备呢，您也听着，若有哪些地方做得不好，多提点几句啊！"

谢璟："……"

白容久看他一眼，唇角扬起一点弧度又很快落下，淡声道："既如此，坐下听着吧。"

谢璟走也不是留也不是，他这些天没少假传圣旨，现在本尊亲自到访，白明哲每说一句都要看看他，谢璟被他看得额上一层细汗，还要硬撑着在那儿找补……这饭他是一口也吃不下去了，简直如坐针毡。

他恨不得和白明禹换换。

还不如去俄人那边找门路卖酒，商号里的日子简直太难了。

白明哲讲完了，谢璟已坐在那儿什么都不管了。

老底都被揭了个一干二净。

白容久慢条斯理地用完一碗粥，拿手帕擦了擦唇，倒是没当众拆穿这个小骗子，对白明哲吩咐了几句："这些璟儿昨夜已同我说过，大致都对，不过还是慢了些，俄人禁酒令一出，怕是哪一路都不好走。这样，你从今日起收购市面上所有烧酒。"

白明哲先答应下来，又问："全部？"

白容久点头："对，都拿去厂里提纯，制成高度烧酒，至于容器，不拘瓷坛、铁壶，只多多预备上。"他手指在桌上轻敲两下，沉吟片刻又道，"走水路，经阿穆尔，进斯托伊巴一带，那里地广人稀，雇当地人手建酒坊，重新勾兑。"

白明哲眼前一亮，道："对呀，这样可减少成本，只需运过河对岸重新勾兑即可！船只也不用频繁往返，爷，我这就去按您说的办！"他匆匆起身离去，脸上尽是兴奋之色。

白容久等人走了，又抬眼看向谢璟。

谢璟脸上发烫，在饭厅也挪不了地方，干脆破罐子破摔，坐在那儿任白容久发落。

白容久弯起手指，在他脑门上轻轻弹了一下，笑道："还知道打着我的旗号办事？"

谢璟没躲，被弹了两下，才抬头看过去，不过很快又低下头小声嘟哝："二爷说，这边只有您的话最好使，我们也没想瞒着，等赚一笔之后，就回去跟您领罚。"

"领什么罚？白二傻大胆，你也敢跟着。"

白容久好笑地看他，倒了杯茶水慢慢喝了，缓声道："白二做事没这么细，里头不少都是你找补的吧？能做到如此，已是难得，你继续去盯着，按之前计划的来，只一条，天黑之前回来，报备于我。”

谢璟答应了一声，赶忙溜了。

谢璟走出去几步，又折返回来，从饭厅门口探头进来，冲里面道：“爷，我这两日还见了一位贵客——”他憋红了脸，想了又想，还是道，“他不让我告诉这边的人他来黑河了，说过几天就来商号，你还是准备一下的好。”

白容久问：“谁？”

谢璟拿口型比了“老太爷”三字，又指了指东北角旅店方向，一溜烟跑了。

白容久坐在那儿，愣怔片刻，失笑摇头：“我说那天辞行见不到人，原是也来了黑河。”

白明禹还算有些本事，出去一趟，通过身边买办先生介绍，认识了两个俄国商人。

一个叫菲拉提耶夫，另一个叫尼基金。

这二人是涅尔琴斯克地区的代理人，经由伊尔库茨克和涅尔琴斯克等城堡进货，经营中国布匹丝绸、金属器皿及药材等。现在禁酒令下来，所有的货物加起来，也没有酒水值钱，巨额利润之下，铤而走险的人不在少数。

白明禹身边的买办是大哥白明哲待在身边十几年的老人，这么多年下来，积累了不少人脉，精挑细选，挑中了这二人。

以往中国商人并不去俄罗斯直接做生意，一般都是通过聚集在沿岸的一些村落的人将商品运往边境，再运送至俄国。待越过边境，那里有许多军职人员和经营货物的大小商人居住，会整批收购这些货物。

现如今最走俏的，就是华国的烧酒。

转手卖给俄国商人，虽然利润要减掉两成，但出货量大增，且没有销售风险。白明禹胆子大，同买办商量之后就做主答应下来，收了定金，答应年前送两批烧酒过去。

菲拉提耶夫略懂几句汉语，跟他们商谈的时候满面笑容，他也看到其中的利润所在，招待起白明禹等人更是热心周到。

白家男子都长得颇高，白明禹这两年也拔了身高，猛一眼看上去跟成年男子无异，对方在招待的时候，也未问过他年龄，叫了几个白俄美女作陪。

白俄女子正当妙龄，肤白貌美，一双长腿笔直修长，往人身上歪倒的时候嘴角都噙着笑。

白明禹慌得不行，脸上都涨红起来，连着躲了几次。

菲拉提耶夫正在一旁抽雪茄，看到之后哈哈大笑，对他道："白老板，不要慌张，她们只是仰慕你，想同你亲近。"

白明禹躲到买办另一侧，虎着脸道："不必如此，我家中规矩严，在外不能乱来。"

菲拉提耶夫感兴趣道："是夫人下的命令吗？"

白明禹外表看着成年，实际也就十六岁罢了，在家中连姑娘的手都没牵过，但听对面坐着的洋人这么问，也不想坠了志气，高深莫测一点头，算是认了。

菲拉提耶夫知道华国人成婚都早，因此并不意外，举杯道："那就让我们为夫人干一杯，祝你们幸福。"

白明禹可喝不过他，又在陌生环境里，生怕喝酒误事，几杯之后就躲了，厚着脸皮道："我老婆不让我多喝，她管得可多了，我不听话就挨打。"

菲拉提耶夫惊讶地看向他："夫人这么凶吗？"

白明禹在脑海里搜刮了一番，很快找到一个又凶又漂亮的女孩，大约是酒精微醺，脑海里的人逐渐清晰起来，竟是白虹起。

脑子里有了真人，说的话越发真了。

白明禹慢吞吞道："特别凶。"过了一会儿微微皱眉，好半天才嘟哝道，"母老虎。"

拿白虹起这位"夫人"做了几天幌子之后，白明禹心里也渐渐安稳许多。

他也没见过这般花花世界，刚被迷了眼，就立刻想起白虹起似笑非笑的眉眼和她手里的马鞭，整个人都清醒多了。

托"夫人"的福，白明禹生意做得十分迅速。

菲拉提耶夫负责商定具体合同，而尼基金则专心运送烧酒。

他们二人手里有些路子，要不然这么多年也不能在边境混得风生水起。十余天后，华国的烧酒送到，尼基金亲自前往码头，一批酒水送到挂着俄国旗、站着不少士兵的船上，而另一批则由尼基金带人运往西伯利亚，再从西伯利亚运往俄罗斯国。

白明禹对他们的路线不感兴趣，也无心探寻别人的生意，对此并不多问。

第二批烧酒送来的时候，一同前来的还有一位白明禹的熟人。

白明禹看到对方的时候吓得站起来，额上汗都出来了，恭恭敬敬地喊了一声："孙管事。"

孙管事笑盈盈站在他前面，拱手跟他作揖，回了一礼才道："九爷让我问二少爷好，说二少爷辛苦了，他已从小谢管事那儿听了大概，这事儿太大，担心二少爷一个人弄不了，特意派我前来相助。"

白明禹挠挠头，被抓包之后颇有些不好意思，犹豫再三凑近了小声问道："九爷生气了没有？"

孙管事道："不好说。"

白明禹仗着经常往东院跑，又是九爷身边的学生，缠着问了好一会儿，才从孙福口中问出一句"小谢没挨骂"。

白明禹心里放松了许多。

他想，谢璟这主谋都没挨骂，他不过是干活的，那更没事了。

这么想着，心里那根绷着的弦一下松开，站在那儿傻乐。

孙管事这次是带了高浓度烧酒过来，找了那两个俄国商人要了点地方，临时修建起了酒坊。地方就选在阿沐河主河道折向西北方向的河岸上。

那里原本不过有几架夏季房舍，华人擅长修建房屋，人也勤恳，不出半月，就地取材盖出了一个小村庄的规模。菲拉提耶夫也去看过，啧啧称奇。

这些房舍不过是用泥坯建成，前头有一大片桦树林遮映，结实程度一般，但一个冬天足以撑得过去。孙管事也带了许多酒篓以及其他容器来，熟练地让工人开始制作烧酒。

白明禹从小就是跟着父亲和大哥在酒厂长大，对这些也熟悉，他不爱跟那些俄人吃饭应酬，更喜欢来这里帮忙干活，撸起袖子来比谁都干得卖力，加上力气大，头一次搬起整个酒缸的时候，连孙福都吃了一惊。

白明禹得意道："放哪儿？"

一旁的酿酒师傅连忙指了地方，白明禹抱着一步步挪过去，放下之后，擦了一把额上的汗，觉得自己都被腌制入味，没喝酒，都带了酒香。

他鼻尖动了动，问道："这两次送来的酒，和之前不同。"

孙管事道："是，伏特加有限，所幸烧酒足够，现已动了其他酒厂的存货。"

白明禹："九爷说动那些人了？"

孙管事："商人逐利，是为本性。"

白明禹乐道："我敢赌，爷肯定没给那些人开高价。该，让他们不早点来，现在好了，再想跟着大口吃肉可就难喽！"

孙管事笑道："九爷还是开了之前的价。"

白明禹眼睛睁大了些："为何？"

孙管事从怀里掏出一封书信，递过去道："这是九爷给您的书信，二少爷看过之后，收拾一下，可以回去了。爷说您这几个月做得不错，也着实辛苦，喊您回家过年。"

白明禹道："我不！这才刚上手，大把的钱不赚，回家过什么年啊！"

孙管事劝道："二少爷，这买卖不是长久之计，禁令越严，时间越紧，您还是听九爷的话吧。"

白明禹张了张嘴，又闭上了。

他有些挣扎，但拿着信的时候，垂眼看到上面熟悉的字，又觉得心窝里热乎乎的。

九爷担心他安危，才把他叫回去。

他在边境，接触的人有限，打探到的消息也有限。

九爷虽在河对岸，但有省府总督的情报网，知道的自然更多。

这买卖，估计也做不了多少时日了。

白明禹心里虽不舍大把银元，但还是听话，收拾了行李，准备回黑河。

他回来的时候，按照白容久信中嘱咐，把所有银币都换成了金条。俄国商人手头现金不足，也准许对方用货物抵补，除了卢布，什么都可以，尤其以一些珍贵马匹、鹿茸为佳，开的价格也十分公道。

那两个俄国商人也乐得如此，他们称鹿茸为"潘蒂"，每副鹿茸三十卢布银币，如果鹿茸很大，白家商队则付六十卢布。

白明禹回来的时候，带了两船货物，里头以皮革、膏油、皮料和鹿茸居多，马匹则在货轮下放的船舱中，皆是大宗购入。

他带回来的货物其实是幌子，真正有分量的，还是几箱金条。

这几个月没有白忙活，收获颇丰。

船行进至一半，忽然看到江面上隐约有一艘货船驶来。

掌舵的船老大眼尖，经验也丰富，高声喊道："换旗！换俄旗！"

船上水手应对迅速，几乎是趁着江面上雾气还未散尽，就已更换完毕。

对方那艘"货轮"速度很快，轻飘飘没什么分量，老远看到他们旗帜略犹豫片刻，就调头开走了。

白明禹不懂，但也感受到船上紧张氛围，上前问道："这是出了何事？"

船上人说："刚才那是日本人的船，这些东洋人实在可恶得很，他们知道乌篷船多是咱们这边的商户所有，瞧见就打劫，今日多亏是白家的轮船汽船，上头又挂了俄旗，他们以为是俄国的船只，不敢乱来。"

白明禹道："为何挂了俄旗就可避过？"

对方挠了挠头："这……小的也不是很清楚，大概是有什么章程，反正这条水道上只准中俄两国船只航行。"

船上有东院的人，听到对白明禹解释道："俄国人想占航线，不会让日本商人的船上来，见了他们就开炮，时间久了日本人怕他们。"

白明禹听了心里不是滋味。

一连几日闷闷不乐。

到了黑河岸边，换乘马车一路带着货物呼啸回去商号的路上，白明禹才略微恢复了一点精神。

他掀开马车布帘，寒冬的风卷着盐粒一般的雪扑在脸上，让人忍不住眯起眼，连呼吸都冻住一般。

白明禹小心吸了一口冬日旷野里的气息，心里淤积了几日的那口闷气才缓缓吐尽，他看到熟悉的地方，心里畅快了些，看了周围银装素裹的土地，又摸了摸手边的几只大木箱，一颗心慢慢踏实下来。

终有一日，他们的船在江面行驶，不用再换他国旗帜。

第二十一章 俄人禁酒

黑河，白家商号。

今日商号里格外热闹，白明禹的车队从一上岸，就被白家几班护卫接应，顺顺当当地回家。

白明禹回来之后，只在门口和大哥白明哲说了几句话，来不及多讲就先去找了白容久。

白明禹在门口站住吸了口气，不知为何，在外头可以装成大掌柜的稳重模样，一想到要去见白容久却有些心慌。他略微想了一下腹中说辞，抬手敲门，等到门内喊了一声“进”，这才整了整衣装，走进去。

小楼这边和往年一样，铺了厚厚毛毯，还有地龙，白容久裹着一件貂绒长袍坐在那儿，手里揣着一个暖炉，瞧见他只略微点点头：“回来了？坐下说。”

白明禹正准备要坐下，忽然听到白容久身后站着的谢璟咳了一声，立刻又站起来，躬身道：“爷，我不坐了，我站着说吧，站着得劲儿。”

白容久笑了一声，道：“那既如此，你站着讲就是。”

白明禹从怀里掏出一本账册，恭恭敬敬呈到九爷案前，把账目和兑换来的货物都尽数交代清楚。

“……这次得金总数若干，折算成银元有七十余万之数，已听从您的，没要卢布，尽数兑换成了金子和货物。马倒是弄了几匹好的，都是军马，是哥萨克骑兵用的，我瞧着挺好，擅作主张又订了一批，对方也答应了，只是河面如今不便航行，等开春之后一并送来。”白明禹讲得口干舌燥，但一口茶都不敢要，抬眼小心看着白容久，见爷没什么表情，又冲白容久背后站着的谢璟挤眼睛，努嘴暗示他。

谢璟权当看不到。

白明禹急了，轻咳一声。

这次白容久看过来，瞧了他一眼，道：“差事办得不错，只是想问问你，还有旁的想说的没有？”

白明禹也不管谢璟了，扑通一声跪下来，先给白容久磕了个头，他从小磕惯了半点都没有不好意思，跪在那儿道：“爷，我错了，不该听小谢的话弄这么大一桩买卖，若不是爷让孙福管事过去，我差点收不了手。”

白容久好笑道：“你听他的？”

白明禹道：“嗯，都是听小谢分析的。”

白容久道：“璟儿，你可有话说？”

谢璟走到前头，行礼道：“二少爷说得对。”

白明禹一听这话，就心想不好。

果然，白容久已经冷了脸，对他道：“他不过是个管事，什么时候能使唤你这个大掌柜了？有心开脱，也不必用这法子。”

白明禹：“爷，真不是这样，我……”他转头问谢璟，“你自己说，当日你同我分析船只货物之后，还说什么了？是不是说俄人禁酒，机遇难逢，可以做上一笔大买卖？”

谢璟慢吞吞道：“是，但我也劝二少爷三思后行，兹事体大。”

白明禹：“啊？”

白明禹还想争辩，但架不住坐在那儿的人拉偏架。

白容久也不想。但这两个，一个跪在那儿开口全是理，另一个就沉默不吭声，说什么都应着，往自己身上揽。这谁能忍住不偏心？

开堂审了两句，总归是劝住了，白容久打一棒给一颗甜枣吃，对白明禹道：“不管怎么说，这回你立了功，回来过个好年，歇着吧。”

白明禹问：“爷，咱就这么收手了？”那边卢布好赚，他还是觉得有些可惜。

白容久道：“年后的事你处理不了，在家歇着，不出六月，自有用你之时。”

白明禹这才高兴起来，出去了。

谢璟站在一旁给白容久研墨，顺便往窗户外看了一眼。白二果然在院子里等他，他也不急着出去，只看了一眼，又慢条斯理地继续研墨、续茶。

白明禹在河对岸做了一趟生意，倒是抗冻了不少，等了好半天也没见谢璟出来，才悻悻然地走了。

白容久也看了一眼窗外，点了点刚送来的那本账册，对谢璟道："白二这趟生意做得不错，若依我的意思，这一趟应当由你来跑。"他手指在账册上敲了两下，平淡道，"你可知你们这一趟最大失误在何处？"

谢璟犹豫片刻，摇头道："不知。"

白容久道："就是你们把黑河商户想得太过简单，北地三省商会刚刚兴建没两年，若想让人听话，得服众。"他看了谢璟一眼，道，"明年开春，我指派几个人手给你，你大了，也应当立立威信。"

谢璟躬身应是。

从用晚饭到夜里，谢璟就没离开白容久的小楼。

白容久认真教他分析黑河商户的情况，又拿白明禹交回的账本数目与他一共商议，掰碎了细细讲给他听。

白明禹等了谢璟一夜。

他压根就没回大哥给自己准备的房间，跟其他小厮换了一下，守在谢璟门口就没走，打算一有点动静就立刻出去堵人。

可守了一夜，也没等到谢璟。

第二天一早倒是在饭厅瞧见谢璟了，白明禹二话不说，上前就去堵人。

他还记着昨天的仇，抓着谢璟就要跟他继续理论，还故意大声问道："哟，这不是谢管事吗，昨儿去哪儿啦？一夜没回来，让我闻闻，这衣服上熏的什么香啊——"

谢璟急忙堵他的嘴，也不管白明禹气冲冲地在那儿大喊，拽着人去了一旁僻静处。

白明禹推开他，双手环胸冷笑看他："说啊，小爷给你机会，我看你这次怎么圆回来。"

谢璟有白容久给的锦囊妙计，面上丝毫不慌，对他道："九爷说，今儿一早要是瞧见您，就让二少爷去找黄先生，黄先生有事相商。"

白明禹刚回来，还不知道情况，听见吓了一跳："爷把黄先生也带过来了？"他从小就被黄明游检查功课，实在有些怵这位。

谢璟瞧了左右，附在他耳边压低声音道，“何止，省府的白老太爷都来了……二少爷这次买卖做得大，我不敢争功。”

他说完就退到一边，也不多言语。

白明禹心里狐疑，他出去一趟，多少长了点心眼，虽然谢璟说话还是跟以往一样好听，但他总觉得哪儿不太对劲。他盯了谢璟好一阵，半信半疑道：“是吗，那我先去看看黄先生，你别跑啊，我一会儿就回来找你！”

谢璟道：“我就是府里的人，能到哪儿去？”

这话白明禹爱听，整了整厚皮袍，就先去黄明游那边了。

黄明游同白老太爷前些日子已搬到商号来住，老太爷喜静，没让青河白家太多人知道自己来这儿，找了一处招待客商用的房舍先住着，外头瞧着朴素，里头全换了新的物件，地龙烧得很热。

白明禹这边一推门进去，黄明游就已经摆好了棋盘，正一脸期待地看着他。

白明禹躬身喊了一声：“先生。”

黄明游招手：“来来，我听说你近日长本事了！”

白明禹心里得意，面上努力不显，语气平常道：“还行，跟以前差不多，都是替九爷分担些分内事。”

黄明游：“那跟我过两招吧？”

白明禹：“啊？”

黄明游裹着棉袍搓手，桌边放着两碟干果和一壶热茶，乐呵呵道：“啊什么，快过来，咱们爷俩儿下一盘！”

白明禹一路上想了无数腹稿，都想好黄明游一会儿夸他，他怎么谦逊又不失礼仪地说自己了，结果对方却只想跟他下围棋。

这边房间热，白明禹年少火气旺，解开皮氅坐下，拿起一枚棋子忽然抬头问：“先生，谢璟跟您怎么说的？”

黄明游道：“什么小谢，今儿一早九爷派人来打的招呼，让我指点你，先坐着下一盘，你们九爷心里偏袒你呢。”

白明禹疑心尽去，面上露出笑来，低头下棋。

两人一边下棋一边低声聊天。

黄明游虽喜舞文弄墨，对商场上的事也并非一无所知，他跟随白老爷子出行，知道的比下头人多一些，旁敲侧击提点白二边境上最新的章程条例，这些都是有钱买不到的消息，与总督府的白将军有关。此次出行，若没有总督府撑腰，白明禹也未能回航如此顺利。

白明禹起初还点头应是，能听进去几句，慢慢地捏着棋子拧起眉头来。

他心想，黄先生不愧是一代大师。

这棋艺，有点东西啊。

另一边，用过早饭之后，带着谢璟一同去见了白老太爷。

白老太爷正坐在小厅用茶，身上衣服换了全套齐整的，瞧着要出门拜访朋友。老爷子瞧见他们挺高兴，招呼着让坐下，瞧见谢璟还站在那儿，笑道："小谢不必拘谨，这屋里没外人，你也坐下就是，尝尝新送来的茶，这毛尖不错。"

谢璟找了旁边的方凳坐下，给九爷和自己倒茶，又给老太爷续了少许茶水，做完这些，规规矩矩地站在一旁听着，并不多话。

白老太爷看了他一眼，笑道："小谢这孩子可真不错，我上回跟你要，你还不肯给，跟在你身边可惜了。"

白容久坐在那儿喝茶，听见放下茶杯道："小谢我已安排好，等开春之后就给他安排差事，黑河如今这么热闹，不缺差事。"

老太爷："哦，打算给他找个什么差事干啊？"

白容久："白二回来了，他性子急，璟儿性子稳，打算让他们两人搭把手，去东省铁路那边做事。"

老太爷想了片刻，开口道："人手可还够用？不如我再给你送个人来，上回你姑母来信，提了虹起那丫头几次，开春之后让她也去吧。东省铁路那边侨民多，有她在你也好放心。"

白容久点头，应下了。

爷孙二人坐下聊了一阵，白九把昨日白明禹送来的账册给了老人看，白老太爷大略翻看一下，推还给他，笑道："我年纪大了，这些事早都教过你，如今你当家做主，瞧着办就是了。"

话虽这么说，但白容久对老太爷十分恭敬，事无巨细，都报备给他听。

白老太爷坐在那儿听了片刻，问道："若再往西，可知其中利润多少？"

"如今价格大致稳了，我已派人打探清楚，黑河一桶烧酒作价三卢布，到了漠河是七卢布，至于过了河对岸，俄人乡镇售卖一瓶高度烧酒为二十卢布，一桶可装数瓶。"白容久道，"我们的酒运过去，在酒坊已冲淡，非常类似俄人的酒，他们也习惯饮高度烧酒，所到之处，酒水售卖一空。"

白老太爷点头，又问："给那两个俄国商人佣金几何？"

“售卖之后，实价两成。”

“好。”

谢璟在一旁听得指尖微微缩紧，眼里闪过亮光。

他之前就知其中利润巨大，但从未想过会有这么多，若一桶酒装上五瓶烧酒售卖，那么一桶就有一百卢布，从黑河收购也不过三卢布，去掉给俄国商人的两成佣金，足足能赚七十七卢布，里外算下来，足足二十五倍的利润！

他这边正算得出神，忽然听到白容久开口说话：“白二年纪还是小了些，之后禁令越严，风险越大，年后我去一趟。”

白老太爷想了片刻，点头道：“好，凡事量力而行，黑河有我。”

“是。”

白老太爷还有约，一会儿要出门访友，白容久带谢璟在这里略坐一会儿，商定下出发日期，就走了。

谢璟跟在后面走了一阵，忽然开口道：“爷，年后我能不能……”

白容久道：“不行。”

谢璟沉默一会儿，又道：“爷都没听我说完，怎知不能？”

白容久笑道：“我不用听就知道你要说什么。”他摇摇头，又重复一遍，“年后不能带你一同去，留下的时间太短，要做事情太多，你和白二一同去东省铁路才是真正为我分忧。”

谢璟想了片刻，点头应下。

正如白容久所说，时间实在有限，连回省府置办行李的时间都没有。白容久要求一切从简，谢璟记在心里，回去之后就开始帮着收拾出行的东西。

其余的都好说，只衣服要厚且保暖的。

白容久畏寒，偏要去的地方又是极北寒冷之地。

谢璟一边收拾，一边拧眉，想跟着白容久一起去，可话到了嘴边又咽下。

黑河的年节，没有省府那般热闹，但也带着喜庆。

青河白家大摆宴席，宴请宾客。

白容久和白老太爷坐在二楼雅座，一旁只有几位亲人陪伴。

老太爷酒量好，白九陪着多饮了几杯，尽兴之后才回了房间。

谢璟不在，大约是被白二带着疯跑去了。

白容久轻笑一声，也没让人去寻，过年让他们玩个够。

他转身在书架格子上取了一卷画轴，打开之后，是一副还未画完的人像，一旁还有一枚手指印。

夜已深，却比往日要热闹一点，外头隐约传来街面上的爆竹声，窗外还有风卷着雪落在窗上的簌簌声响。

房间里地龙很热，外面小厅里有橘子和佛手的香气，还有一壶刚送来温热的黄酒。

九爷提笔落下，细致描绘完画上人。

像是早就铭记在心里千百遍，不用多想，就知道下一笔应该落在哪里，画中之人慢慢浮现，容貌像谢璟，又像是长大了一些之后的他，比现在少了几分稚气，但也依旧透着少年般的天真骄纵，一身傲骨，眉眼清澈，如映星河。

是他养在身边，最好的少年。

谢璟回来的时候，身上带了爆竹的烟火气，站在小厅那儿拍打了肩上的雪花，脱了外头厚棉袍才进来。

白容久坐在那儿倒了茶水正捧着小口喝，瞧见道："加件衣裳，小心着凉。"

谢璟走过去讨了一杯茶，一口气喝干了，笑道："不冷，爷，你摸我的手。"

白容久摸了下，确定暖的，又把人拽到跟前，问道："去哪儿疯跑了？"

"跟二少爷去放了些烟花爆竹，爷刚才听到没有？有一挂四万响的，声音特别大，是我们在街上点的呢！"

白容久笑了一声，微微点头："听到了。"

年后，白容久带队出行。

孙福管事一直在河对岸，人手也留了不少在那边，这次随行的人不多，贴身护卫也只带了张虎威和王肃。

谢璟和白明禹一同去码头送行，一直看船行渐远。

黄明游也来码头送行，双手揣在袖中眯眼笑道："等你们九爷这次回来，也不知惹出多大动静。"

白明禹勒了缰绳，眼睛里都带了光："那必然，那可是我九爷，北地三省，再也找不出比他更厉害的人！"

谢璟还在瞧江面。

白家九爷自幼起就是最好的，金玉砌出来的一般，三岁熟读背诵，五岁留洋启蒙，吃穿用度皆是最好，学识品行也是拔尖。

北地白家近百年也只出了一个白容久。

癸丑年，三月。

北地省府，总督府。

会议室里乌烟瘴气，已争吵了几轮，有守旧派官员依旧坚持己见，激进些的则当众与其争执，言语冲突得厉害。

“商民鲜有能自己购置轮船，广运货物，驶赴外洋，与洋人交易者皆转托洋商寄卖贩售货物，而路隔数万里，易受欺蒙，难期获利!”

“是啊，若开航路，只见彼帮商船源源而来，一国至，诸国蜂从，北地三省七郡，浸成洋商世界，任由洋人船舶纵横啊……”

“还有租界……”

白将军愤怒拍桌，环视四周，周围人慢慢安静下来。

白将军手里的烟已燃了大半，他丝毫未察觉，军装领口敞开两颗，虽年过半百但依旧气势十足，他眼睛盯着方才说话的人冷笑道:“租界，老子最听不得的就是什么狗屁租界！早晚有一天，把这帮洋鬼子都赶回自己家去，兵动不得，银钱还动不得吗?！这航路，我白某人开定了!!”

先前开口劝谏的官员忍了忍，还是上前憋着一口气道:“不过白家一己之力怎可破例开先河？航道一事，万万不可，总督三思啊!”

白将军冷眼看他，面颊肌肉跳动，还未开口，忽然听到手下人敲门喊了一声“报告”，送了一封密信过来。

白将军心烦得很，打开看了一眼，忽然哈哈大笑起来，手上的烟都不吸了，直接按在烟灰缸里掐灭，把那封信递给了左右，让他们传看:“来来来，你们都瞧瞧，白九那小子做的好事!”

左右看完，面面相觑。

信上与其是汇报，不如说是近日江面上发生的冲突。

白容久的人和日本商人的船队几次起了正面冲突，日本商人不知他船队中混了俄国货轮，还误伤了一艘俄国人的船，俄人恼了，追着他们开炮，驱逐了很远一段。但也正因为如此，两方结下仇。

有人迟疑:“这，若要惹恼了东洋人……”

白将军道:“惹恼了又如何？有矛盾是好事，因为有矛盾，就说明已经威胁到了他们，他们越是蹦得厉害，说明越是威胁得多。好小子！能把那些东洋人气成这般，必定是啃下一大块肉，好样儿的!”他说着越发兴奋，哈哈笑道，

"来人，拿总督印章来，水陆贸易章程之事就这么定下，另外在江面灯标新增一千，浮标加五百，水道护航，开夜间航行——!"

北地白家手里当铺多，但凡当铺又多与钱庄挂钩。

白家给了钱，黑河给了势，省府总督府的白将军亲自坐镇，给了最关键的支持。天时地利人和，只差临门一脚。

这一仗，不见硝烟，但厮杀激烈。

白家九爷步步为营，一点点吞下果子。

三月末，黑河运货马车奔波，船只往返次数为五百零九；到了六月初，船舶航次已增至一千六百三十二；到了九月末，船舶变多，买下的大小船只和雇佣的俄船往返无数，除了黑河、艾虎一带，两岸航次激增，除了烧酒，外销的还有丝绸、瓷器、药材等，总数为三千二百零四航次……

边境商人往返繁忙，也是头一年，北地三省税务激增，不到一年时间，增长了近千万银元。

俄人禁酒越严，但白家商队已带领北地众商户把其他货物经营起来，借势渐长，打通了一条商路。

秋末冬初，黑河一带江面已冷。

五艘大船正在黑河上游航行，大船前面有两只小舟，小舟上几名壮汉正击鼓通告商队的到来。

每一艘大船都有十余人在岸上拉纤，将大船拖至石勒河交界处的码头上。

商人们见大船来了，乘着小船迫不及待想去江面上交换物品，待靠近看清船上旗帜，发现是白家商队，又都散去。有不舍得离去的，还围着大船打转，试图交换玻璃器皿和肥皂一类的紧俏洋货，大船安稳驶入港口，并未停下。

码头上早已安排好人接应，繁忙有序地搬卸货物，从船上下来的白容久一行人也早早有迎着的，恭恭敬敬送上了马车。

白容久去了一年，略高了一点，看起来人更消瘦了几分，面容依旧英俊，一双眼睛像浸在寒潭中的墨丸一般幽暗深邃，透着冷意。不过天气刚转冷，白容久身上已裹了皮氅，鸦青色的一件，衬得人脸瓷白，近乎透明。

白容久在车内轻咳了一声，一旁伺候的人立刻递了一壶温酒过来，小心问道："爷，可是又着凉了？"

白容久接过，摇摇头道："还好，前几日风寒未退罢了。走到哪里了？"

那人道:“还有一段路就到商号，爷，咱们这次要留几天?”

白容久沉吟片刻，道:“让孙福留下，不过一些烦琐小事，让他与白明哲交接清楚，其余人同我转路去南坊，虹儿信中提起几次东省铁路之事，我担心他们处理不好。”

那人试着劝道:“爷，您一路奔波，实在太累了些，不如先在这里休息几日再去南坊……”

白容久抬眼看他，对方心里打了个突，低头不再劝，应了一声，掀开车帘出去吩咐去了。

第二十二章 南坊变局

东省铁路，南坊区。

前些年，人们若要从华国前往俄罗斯，需通过齐齐哈尔旱路抵达艾虎，再转黑河。现东省铁路开通之后，人们可通过铁路直达彼岸，且铁路运费低廉，一宗货物只需七十五戈比，让华俄两国的商人都欣喜不已，因此南坊一带也聚集了不少俄人，多时足有几万之众。

南坊一带极为热闹，酒馆多，赌场也多，到了晚上也熙熙攘攘，灯亮起来恍若白昼。

赌场里，一个面容俊俏的少年正在掷骰子，他人长得漂亮，手指也修长，掷下骰子之后微微后仰。他身后有个人躬身对他说了什么，少年轻笑一声，把筹码尽数推到前头，全押了。

下一局开，果然赢了大满贯。

这已是少年连赢的第十把。

有卖酒女见这桌赢了，凑过去讨彩头，等靠近了才发现坐在那儿拢筹码的是一位十七八岁的俊美少年郎，眼若寒星，鼻梁挺直，双唇棱角分明，带着大家族里才能培养出的傲气。卖酒女心都酥了，扭着身子过去喊了一声“小爷”，还未多说一句话，就被一旁穿着灰袍的小厮拦住，对方脸白了些，生的还算清秀，说话却没一丝通融：“姑娘，我们少爷不方便。”

卖酒女不甘：“有什么不方便的，爷是男人，我是女人，我俩在一块天经地义……”

赌桌上的少年认真数完，拢了筹码，喊了一声：“李元，走了！去换钱。”

灰袍小厮打扮的李元赶忙跟上，赌场人多，他原本还想替谢璟护着些，但谢璟走得又快又稳，转弯的时候还抬脚踢开被醉汉弄倒在地的高椅，替后面的李元清出了一条路。

李元气喘吁吁地跟上，抬眼就瞧见谢璟在兑钱。

大把大把的筹码给出去，换了几张薄薄银票，还有一把银元和几个铜板。

谢璟认认真真地收进怀里，连铜板都在袖中放好，一分不少。

李元看到兑换钱币窗口的那人对谢璟怒目而视，他凑近谢璟，小声道：“小谢，当真不给他赏钱？昨儿咱们赢了钱，好像也没给他啊。”

谢璟挑眉：“我辛苦赢的钱，为何给他？”

谢璟收了钱，转身就走。

李元匆匆跟上，跟在他身后，小心谨慎。

赌坊大门前停了一辆黑色轿车，司机下来给谢璟和李元开了车门，等他们上车后，便回驾驶位开车走了。

黑色轿车里，白明禹正在数银票，和刚才的谢璟一样数得认真，数好后抽了一张递给谢璟，笑容满面地把剩下的银票揣在怀里道：“这回的铁路运费算是凑齐了，加上之前的，刚好凑一万银元，不用再去商号兑支票。”

谢璟接过，转手递给了李元：“拿着，这是给你的。”

李元摆摆手，小声推辞两句。白明禹道：“给你你就拿着，就千把块大洋，你拿了，可以回去买房置地或者给姥姥开间大酒楼，做什么不好？”

李元这才接过，贴身放好。

他跟着谢璟来南坊已有两月，起初是寇姥姥担心谢璟，让他来瞧瞧。过来之后，谢璟发现他赌钱上有天赋，就留他在南坊做事。李元擅长心算，对数字格外敏感，除非遇到有人出老千，否则在赌场牌桌上轻易不会输。

他们今晚去的这家赌场就还算规矩。

谢璟坐在车里透过车窗看向外面，一路上都修了路灯。铁路上响起提醒车辆的“叮当”响声，随后火车行进的轰隆声和汽笛声响彻云霄。一切都在提醒着谢璟，此处已与之前大不相同。

他和白二来南坊已有一年光景了。

谢璟正在发愣，对面的白明禹咳了一声，忽然从怀里掏出一个信封。

谢璟视线落在信上，人都坐直了，问道："九爷来信了？"

白明禹道："不是，省府老太爷给的信。"

谢璟兴致缺缺，扭头又看向外头街道。

白明禹对他道："老太爷说，九爷近日要回国，船队已出发了，估摸着小半个月就能到……"他还未说完，谢璟就伸手问他要信。白明禹不敢在这事儿上逗他，递过去道："真没骗你，不信你自己看。"

谢璟打开信封，一目十行，确定白明禹所说无误后眼睛都亮了，他盯着落款时间道："信是十天前来的，爷要回来，想必也就是这几日的事。"

白明禹耸肩道："那可说不准，九爷在外头搞出那么大阵仗，回来怎么也要先去总督府一趟，来南坊也得半月之后了，况且他还要休息几天，前段时间的病都没好——"

他说了一半自己噤了声，但已经晚了，谢璟拧眉追问："爷病了？"

白明禹挠挠头："也不是多严重，听说是风寒，吃了几服药总不见好，可能那边太冷了吧，回来休养一段时间就好。"他看了谢璟一眼，生怕他找自己算账，又补充道，"九爷不让我跟你说，而且你在南坊，就算着急也没用啊。"

谢璟没吭声，又细细看了一遍那封信，才把信放回信封，还给了白明禹。

白明禹小心看他："小谢，你生气了啊？"

谢璟摇头，淡声道："没有。"

白二说得对，他在南坊，确实什么也不能做。

谢璟心情不好，白明禹一路上不敢多讲话，他这副少爷脾气顶多是在外头使使，回来东院就没什么用处了，东院的人都不怕他。

不仅如此，不知为何这一年接触下来，只要他俩单独相处的时候，白二总觉得自己莫名地有些怕谢璟——感觉像是九爷指了一个人专门看着他似的，谢璟如今不管脾气、性格还是做事方式，都越发有九爷的派头了。

汽车开入一排排的俄式小楼之中，在其中一栋带花园的洋房前停下。

白明禹下了车，推开大门之后，才发现客厅沙发上坐了一位不速之客。

烫了波浪鬓的女孩穿了一身洋装坐在那儿，瞧见他们进来，怒目而视："白明禹，你还知道回来！"

白明禹被她一吼，气势先弱了三分，但很快就理直气壮地喊回去："我为什么不能回来，这是我的住处！反倒是你，白虹起你一个姑娘家大晚上跑我这儿来干什么？”

白虹起胸脯起伏几下，被他气笑了，拍了沙发站起来：“你还有脸问，我本来在使馆参加舞会，参加得好好的，突然接了电话去收拾烂摊子，你可知道三金赌坊是谁开的？”

谢璟走在后面，一进来正好听到白虹起的话，脚步顿了一下。

三金赌坊就是他们今夜赢了一笔的地方。

“不就是赌了两把……”

“那是两把吗，你们赌了两天！”

白明禹揉了揉鼻尖，哼唧道：“手头暂时有些不宽裕，这不是懒得回省府拿钱，想临时‘取’些钱用用吗。”

白虹起愤愤道：“南坊那么多赌场，你们也不能逮着一家赌场使劲儿薅啊！就不能换一家吗？”

白二被她兜头一通说，也不高兴了：“之前我们去别家赢钱的时候，你从不多说，哦，现在换了三金赌坊就不成了？三金赌坊的少东家——上回派车送你回去的就是他吧？我劝你一句，少跟这帮人搅和不清，尤其是那个朱鑫，你当他是什么好人呢，小老婆一大堆，小心抓你去当三姨太！”

“你——！”

两个白家的掌柜在外头威风八面，回到家里鸡飞狗跳，叽叽喳喳，扯了半天，眼瞅着就要吵起来。

白明禹觉得眼前这位“姑姑”不太像话，跟那家少东家搅和在一块，让他一想起来就胸口憋了一口气。

白虹起也被他几句话气到胸闷，她觉得白二简直就是个胡搅蛮缠的混蛋。

谢璟站在一旁听了一阵，估摸着没什么大事，也就上楼去了。楼下这两位打从一见面起就互相不对付，这都快一年了，他已然习惯，要是哪天看他们心平气和地坐在一处，那才是太阳打西边出来了。

一连两日，谢璟没有外出，只待在南坊的一间铺子里，连赌坊都没什么兴趣再去了。

白明禹怂恿了几次，谢璟只顾低头拨弄算盘，嘴里应着，并不动身，催急了就道：“近几日身子有些倦怠，想是累着了，怕手气不好，输钱。”

白明禹也不是想弄钱，他就是瞧着三金赌坊的少东家碍眼：“小谢，真不去了啊？昨儿姓朱的遇到我还放话来着，说让咱们尽管去。”

谢璟懒洋洋地托着腮，拨弄算盘珠，手指骨节分明，指尖润白如玉，弹上去一下就听到算盘珠“啪”的一声脆响，像是敲在人心尖上，淡声道：“不去。”

白明禹同他算是一起长大，饶是见惯了，也发了一回愣，缓过神来才把视线从他手指尖那挪开，挠挠头道：“哦，不去就不去吧，你要是累了就先歇着。”

谢璟抬眼看他：“我觉得有些不舒服。”

白明禹吓了一跳：“怎么了，可要找医生来？”

谢璟微微拧眉：“这里医生治不了，我想回省府。”

谢璟那张脸太有欺骗性，前两年小的时候就格外容易让人降低心防，如今时间过去，眉眼长开，像是被一夜吹开了的枝头花苞，展露出一种介乎少年和青年之间惊心动魄的美，只有眼神和唇角处还带了几分锐利，也正因为这份锐利，让人一眼就能认出他的性别，绝不会混淆。

如果坐在他对面的是一位女掌柜，现在怕是已经不顾一切点头应下了。

但偏偏对面是白明禹这只呆头鹅，皱着眉头上下打量了谢璟一遍，慢吞吞道：“我瞧着你没病，就是想回去偷懒。”

谢璟倚靠在木椅靠背上，看着他道：“是，在这儿待了一年，待烦了，回家探亲去，成不成？”

白明禹难得坚持，摇头道：“不成，九爷临走的时候说了，咱俩都得在这儿守着。”

谢璟换了一个说辞跟他商量：“那我回去两天，马上回来？”

“怎么了，可是家里姥姥出了什么事？若是这样……”

谢璟想回去，但也没想拿寇姥姥做借口，打断他道：“姥姥身体都好，没什么事，算了，我过段时间再看看。”

正说着，门口伙计大声迎了贵客进门，一叠声喊着：“白掌柜到——”

这边除了白明禹，能被这么称呼的，也就只有白虹起。

白虹起一身改良骑装，上衣下裤，披着斗篷走进来，瞧见他们两个都在，径直走过去道：“你们都在正好，省得我再跑一趟通知。明日我在戏楼摆了场子，请几家赌坊的老板吃饭听戏，作陪的都已找好，你们明日只管去敬一杯酒就是。”她瞧着白明禹开口要说话，先冷哼了一声，笑道，“二少爷可别再惹我生气，你真当我闲着没事儿做呢，这是替你们摆场子，南坊鱼龙混杂，也不是那么好混的，你平白拿了人家几万大洋，我劝你还是低个头。”

谢璟接了话，问道:“明日几时?”

白虹起对他言语略微温和，没有方才那样咄咄逼人，拿了一份帖子递给他道:“明日下午的席面，先听戏，晚上吃酒，我不方便出面，请了一位族中长辈和几位有名的学者同去，有他们作陪，什么话都能圆回来，做生意，没有隔夜的仇是不是? 况且你们前两日做得也太过了些，尤其是三金赌坊那边，白二与朱鑫不对付，你替他敬杯酒。”

谢璟点头应下。

白虹起吃软不吃硬，谢璟好说话，她也软下态度:“我就知你是明白人，得亏九爷是让你来跟着白二，换了旁人，谁能管得了这孙猴子。”

白明禹:“……”

白明禹别别扭扭，送她出门的时候，故意站在门口喊了声“姑姑慢走，小心路滑”，前头两字喊得响亮，小无赖似的，把白虹起气得够呛，脸都涨红了。

谢璟翻看帖子，巧了，上头请来唱戏的也是熟人，正是尚玉楼。

尚玉楼戏唱得好，这两年势头渐长，大红大紫，得了不少戏迷的喜爱，白虹起请他来也是辗转托了几次人情，才能这么快就安排好。

尚玉楼到的那天，南坊刚巧下第一场雪。

尚玉楼带了戏班的人坐了两辆大车，天蒙蒙亮就赶到了南坊区，寒风卷着雪花，吹得尚老板鼻尖通红。谢璟等人拱手问好的时候，手指关节也冻红了。

“诸位，好久不见，好久不见!”

“尚老板风采依旧!”

两边互相谦让几句，这才进了戏楼。

白虹起已包下场子，连带对尚玉楼戏班里的人也安排妥当了。她在南坊经营多年，做这些事儿向来周全。

尚玉楼带着戏班众人沐浴更衣，认认真真地烧了香，拜了菩萨。只是今日烧香的时候，尚玉楼右眼接连跳了几次，心里莫名有点发慌。

谢璟去送白毛巾时，尚玉楼正在勾脸，画了一半隔着镜子看见谢璟，站起身来亲自去接，笑盈盈道:“谢管事，怎么是你送来? 快坐，快坐!”

谢璟这一年变的不只是容貌，人也长高了，站在尚玉楼跟前已比他高出些许，不再是之前那个半大孩子模样。他把白毛巾放下，对尚玉楼十分客气:“尚老板见外了，还是同之前一样喊我一声小谢就行。”

尚玉楼从善如流，改了称呼，吩咐人把白毛巾发下去。

谢璟好奇："冬日不冷，要这么多白毛巾是……？"即便是武生，冬日打完一场也不见得大汗淋漓，需要这么多毛巾擦汗。

尚玉楼腼腆道："说来惭愧，尚某最近手头有点紧，这戏服领子上都是绫罗绸缎，用上一两次就脏了，这一年算下来也是不少花销，我琢磨着反正台下看到的都是一抹白，拿这白毛巾裹上刚刚好。"他一边说着，一边把白毛巾折叠好，裹了一圈套在领子那儿，果然簇新雪白，别说远看，近看也没什么毛病。

谢璟唇角动了动，把笑意隐去。

尚老板这抠门的性子还真是几十年如一日，从未变过。

谢璟视线在戏班里转了一圈，很快落在不远处几个半大小子身上。那几人瞧着十来岁的年纪，上了猴儿妆，清一色画了倒栽桃的一张猴脸，正靠在墙边扎马步练基本功，瞧见谢璟看过来一个个眼睛都亮了。

谢璟走近了，看了他们一圈，瞧了打头的那个问："小糖？"

那男孩咧嘴直笑，使劲儿点头！

这边练功的一群半大小子，比四年前长大了不少，虽上了妆面，一时看不清谁是谁，但看这份热情，不难认出他们正是当初被白明禹救下，被谢璟排了一场《白猿献寿》亲手送进尚玉楼戏班的那些孩子们。

谢璟用目光数了一下，也难得小糖带得用心，十一人，竟一个都不少。

谢璟从怀里拿了一个荷包出来，给了小糖，眼睛里难得带了一丝笑意，低声道："不错，给你们带的，拿去吃吧。"

小糖收了荷包，鼻尖动了动，闻到甜丝丝的味道里混着陈皮清香，打开果然瞧见满满一荷包的药糖，五颜六色的，让人食欲大开。他们唱戏，吃东西上有讲究，自幼就约束得极严格，能吃的糖果也就只有用薄荷和罗汉果汁制成的药糖，能养嗓子。

小糖想站起身来同谢璟说话，但还未起来，谢璟就把他按了回去："练你们的，我就来瞧一眼，见你们都好，也就没什么事了，我马上就走了。"

众少年依依不舍，但都听谢璟的话，点头应了。

下午时分，尚玉楼登台。

戏楼里请的人来这里之前，就已心里有数，他们也都是人精，轻易不愿得罪白家，虽吃了点哑巴亏，但白家人又设宴又请人打圆场，也就认了，权当掏钱交朋友，一时间喝酒的喝酒，听戏的听戏，宾主尽欢。

尚玉楼连唱两场，博得满堂彩。

等到华灯初上，宴席也进行到最热闹的时候。

还剩最后半场的时候，后台出了事故，原本要唱一出《大闹天宫》，但偏偏后台一个武生不慎扭伤了脚。

所有打戏里，猴戏最难，也最看真本事，别说伤了脚，即便完好无损也都得时刻小心。戏里翻腾动作多，打斗也多，且南坊一时半会儿也找不到武行来接班，只剩一半收尾，若是砸了东家的买卖，他们戏班声誉也算完了。

尚玉楼急得团团转，算来算去，怎么都少一人，还有一刻钟就要登台，就算大变活人也来不及了。

尚玉楼咬咬牙，只能让人去找白家的人，打算实在不行就替换剧目，自己再唱一场。

谢璟听信赶到后台，尚玉楼见到他感到十分惭愧，躬身行礼："小谢，实在对不住，我这里人手不齐，刚才一个孩子伤了脚，不能登台了，不如我再上去唱一回？当然，这是我戏班的失误，唱两回也是应该，全听主家的。"

这出戏若是白虹起安排的，也就罢了，但这是台下一位老掌柜点的，已唱了一半，实在不好改。

谢璟身旁的一人问道："给他换个不打紧的角色，只跟着跑两步呢？"

尚玉楼苦笑道："若要硬上，也是可以，只怕下来之后脚就废了。"

谢璟过去蹲下身看了下，扭伤脚的少年正被小糖等人围着，他们见谢璟过来，立马让开一个位置。小糖挨在谢璟身边低声道："楼梯上被人抹了油，原是不会伤这么狠的，他个子高，垫在下头接了我们两个人才……"他年纪尚小还不会遮掩情绪，说到后面带了鼻音，见尚玉楼过来又道，"班主不让说。"

尚玉楼是个戏痴，对戏、对戏班要求都严格，戏班出了事，这人也不会怨怪到主家身上，开口依旧是想办法弥补，想自己上台。

谢璟听他嗓子沙哑，知道他奔波赶路，今日唱上两场已是极限，再累要伤了嗓子，摇头拒绝了。

他沉吟片刻，道："你找个只翻跟头不开口唱的，我去。"

尚玉楼愣了片刻，惊喜道："你肯去？"

谢璟点头。

尚玉楼立刻重新安排了，回身对谢璟道："小谢，你还有什么要求？"

谢璟想了想，道:“给我找把趁手的兵器，结实点的。”

尚玉楼:“啊?”

前厅，宴席上。

锣鼓响了一次，还未有人登场，引得下头人纷纷议论，坐在后排的也不知是哪一家，还吹了口哨，催着人出来。

前头琴师额头上冒了汗，锣鼓又响一遍，这回，角儿登场了。

只刚一亮相，迎头一个倒彩。

尚玉楼隔着幕帘，透过缝隙偷偷查看，眼神很快落在最后一排，那里黑乎乎的一时也看不清坐的都是什么人。他从艺多年，还是头一回碰上这种事，一边拧眉一边低声吩咐戏班里其他人要格外小心，但话还未说完，听见前面紧接着又是一个倒彩。

尚玉楼心想不好，今日这是有人故意找碴儿。

越是担心什么，就越来什么。

一把茶壶从台下猛地掷过来，正冲口中唱词的“美猴王”门面，那人偏身躲过，但嘴里的唱词也被突如其来的惊吓打断，一时破了功。

后排果然又是一阵哄笑，有人站起身，卷了袖子指着台上嚷道:“瞧瞧，也不过如此罢了！这白家请大伙儿看的戏，也不过如此!”

有这么一个茶壶带头，紧跟着就扔了其他东西，有些落在台上，有些砸到前排宾客的桌上，把客人吓了一跳。

后排的人走上前来，为首的是一个三十来岁的男人，一身黑色绸缎锦袍，脸色苍白，眼神阴鸷。他盯着台上，一边转手上的翡翠扳指一边喝倒彩，他这边喊一声，身后跟着的十几个黑衣打手也跟着喊一声，只是声音不齐，还有吹口哨的，一听就是故意的。

他们这一闹，白家作陪的人也瞧出有人闹场，连忙让护卫送客人离开，半路上却被那帮打手拦住。走在前头的男人开口道:“各位掌柜的慌什么，再听一会儿，好戏还在后头。”

黑衣男人咳了一声，低声说了句什么，他身后的打手抓起旁边桌上的一只茶壶，又扔上了台。这次被台上一位仙君装扮的武生用手中齐眉棍反手打下，茶壶摔到对方脚下，溅起热水，正洒在黑衣男鞋面上!

黑衣男人脸色顿时阴沉下来，骂了一声:“找死!”

他身后两个打手跳上台来，一脚把台上的案台椅子踹倒，骂道："我看你们这几个臭唱戏的是活得不耐烦了——"他话音未落，就被"仙君"迎头劈了一棍，哀号一声就地滚了一圈。那打人的武生上了油彩，模样英俊凌厉，气势冲天，身段十分了得，丝毫不把对方放在眼里，一抬腿又踹翻一个。也不等台下人有反应，他一声不吭，将衣摆提起塞到腰间，手持一根齐眉棍，一个箭步跳下台来，直奔闹事之人。

擒贼先擒王。打，就打当中带头喊得最响的！

谢璟一下去，台上那几个武生也不含糊，尤其是小糖等人，半大小子力气都大，也操起家伙，跟谢璟一同蹦下台去与对方那帮打手缠斗起来。

两边都是十几个人，谢璟这边一个能打三个，手上棍子稳、准、狠，专门敲狗腿，一扫一大片。他这里动手，白明禹也跟着动了手，他身边常年带了俩护卫，来宴席上只做小厮打扮，这会儿趁其不备撂倒了几个打手。

那帮流氓不是对手，被打得吱哇乱叫，当中那个黑衣男人被谢璟打了七八棍，狼狈地在地上滚来滚去，被打急了眼想从怀里掏家伙。谢璟眼疾手快地敲他胸前，把人打得差点吐出一口血，紧接着挑了对方怀里的手枪扫到一边，喊道："白二，接着——！"

事发突然，但白明禹和他配合默契，拿脚踩了手枪捡起来。

"你可知我是谁?！你敢这么对青龙会的人，小心我让你吃不了兜着走，你不要以为我们就来了这么几个人……"黑衣男人又咳了一口血，恨恨道，"实话告诉你，大当家说了，今日谁敢为白家做事，就要砍断他两条腿！"

谢璟一脚踩在他脑袋上，挑眉冷笑："回去告诉你们大当家，他但凡动白家一下，我先挖掉他的两只眼睛！"

黑衣男人又痛又怕，他从未见过这样的狠人，一时反而有些害怕了。

谢璟虽然放了狠话，但也对这人说的话留了心思，场地快打完了，忽然听到戏院门口传来声响。

门推开，走进来一行人。

瞧见是几个身穿黑色衣服的男人，谢璟心里咯噔一下，接着却瞧见那些人神情慌张，双手举高在耳边，后面跟着的是手持步枪、身穿统一军服的人，黑洞洞的枪管毫不客气抵在他们脑后。

这帮人很快被按在墙边控制住，后头走进来一队军人，他们前后簇拥之人，却没有穿军装，身上披着一件雪青色貂皮大氅，身量极高，步子缓而坚定，那人咳了一声道："抱歉，今日招待不周，外头已清理干净，诸位可自行离去，改日白某再发帖，还请诸位赏光。"

他让人护送其余宾客离去，门外那些黑衣打手和场内被控制的，一并捆起来，由身后卫兵押走。

戏院里顿时人去楼空，只余推翻的桌椅和散落一地的瓷片、茶水。

白明禹躬身给白容久请安。

戏班里的人回了后台，谢璟刚想跟着混过去，就听到不远处的白容久淡声道："璟儿留下。"

谢璟脚步未动，站在那儿，低头不吭声。

听见脚步声慢慢靠近，眼前映入熟悉的靴子，谢璟手心冒汗，不知为何喉头发紧。

白容久站到他跟前，用手抬起他下巴，仔细瞧了一会儿。

看得太久，谢璟忍不住抬眼飞快地看了对方一眼，视线相撞，一颗心跳得更快了。

白容久忽然笑道："怎么，一年不见，不认得了？"

谢璟一身白色戏服，腰被束起，纤细不足一握，面上的妆出自尚玉楼的手笔，因为只是一个不起眼的小仙君，所以并未多着墨，只抹了眼尾一抹红。谢璟模样太过俊俏，即便如此，也是全场最抢眼的一个仙君，若不是台下出现状况，只怕已得了不少喝彩。这会儿"仙君"被抓了个正着，半点没有刚才打架的气势，瞧着乖顺得很。

谢璟喊了一声"爷"。

白容久松开他，低声道："去洗把脸，我在外面车上等你。"

谢璟答应一声，连忙跑去后台。

谢璟找了更衣室，解开腰封，换回之前留在后台的衣服，又洗了把脸，把油彩尽数洗净。尚玉楼原本还担心他不会卸妆，想过来帮着，瞧见谢璟三下五除二洗出一张素白小脸，水珠顺着流下几颗，挂在下巴上，对方也毫不在乎摇摇头地就当甩干。

谢璟正准备从后台走的时候，正巧碰到东院的一位熟人过来。对方之前跟着白容久去外头办事，也是好长时间没见，冲谢璟略一点头打了个招呼，又对戏班的人道："传九爷的话，爷说今日诸位受惊了，已给诸位摆了酒席，稍后酒足饭饱，这边的行李也都搬到新的住处，尚老板只管带人安心住着，一切费用记在九爷账上，待过几日事情处理妥当，自当送尚老板回省府。”

戏班众人连声道谢。

谢璟没多留，脚步快了几分，去外头找到白容久那辆黑色轿车，打开门坐了上去。

白容久坐在车里，瞧了他一眼，冲前头吩咐道：“开车。”

车子起步，略微晃动，谢璟坐在白容久对面，手扶在膝上。

白容久道：“是长大了点儿，胆子也大了。”

彼此一年未见，一照面，谢璟就给了白容久一份惊喜。养在身边的少年确实长大了，脾气秉性似是未变，话一样的少，但瞧着也不是好惹的。

谢璟揪紧了衣襟，眼尾泛红。

白容久淡声问：“怎么，这就委屈了？”

前头司机安静开车，到了住处停稳之后，才小声通报一声。

洋房里早已为白容久准备好一切。二楼的主卧，床铺暄软，浴室也已放好热水，鎏金铜质的浴缸里冒出阵阵热气，泡上一阵最是解乏。

谢璟服侍白容久沐浴，他跪坐在浴缸那一边给白容久洗头，一边小声跟他说这一年在南坊发生的事儿。

白容久双手随意搭在浴缸两侧，闭眼听着。

谢璟几乎以为他要睡着了，小声问道：“爷？”

白容久轻笑一声，道：“在，听着了，你接着说。”

谢璟想了想，道：“也没什么好说的了，南坊总共这么点事儿，除了刚盘下还未开张的几家酒馆，其余没什么值得操心的了。”

白容久道：“不止吧，虹儿信上可不是这么说的。”

谢璟帮着说了几句公道话：“白姑娘性子直爽，就是和二少爷脾气不合，见面总要拌上几句嘴，不过生意上倒是能想到一处去。上个月铁路边上那几家酒馆，就是白姑娘费心给找的，她刀子嘴豆腐心，这一年没少帮忙，对我们很好。”微微顿了一下，又道，“二少爷其实挺喜欢她……她的经营手段，私下还跟我提过两回，说想再多接触一下，跟着学。”

白容久：“学什么？”

谢璟绞尽脑汁，试探道：“什么都学一点吧，就，近朱者赤？”

白容久哼笑一声：“我看他们俩是‘恶人自有恶人磨’，让他们凑在一处，互相磨砺下性子也好。虹儿在南坊多年，学了这么一副老气横秋的做派，白二倒是胆子大，敢带你去赌坊捞钱……”白容久喉结滚动一下，到了嘴边的重话消下去，警告道，“下次不能再去那种乱七八糟的地方，赢钱不难，赌性一上来，想戒了却不易。”

谢璟答应了，又小声跟他讲了李元的事。

李元擅长算术，去赌坊压根就不叫赌，说一句“赌钱”都算欺负人家赌坊了。谢璟手气本身就不错，身边再带上李元，一个善于演戏，一个默默计算了桌面的牌，跟去赌坊直接拿钱没什么区别。

谢璟对白容久的情绪感知灵敏，白容久气势刚一退下，他就跟装了雷达一样，立刻接收到，赌坊一事揭过不再提。

谢璟起身拿清水给白容久冲洗干净头发，用手指拢在脑后，问道：“北地女子性情直爽，爷，俄国女人如何？我听闻白俄女人很泼辣。”

白容久低声笑了一声：“不如你，提棍打人倒是利索。”

休整一夜，略解疲乏。

白容久习惯早起，起来让厨房送了一份早餐，又拿了今日的报纸来看，读完了之后也不过刚过七点。

南坊用的钟表都是西洋样式，制作精美，看起时间也方便许多。

晌午，白容久这边有客人登门，白明禹和白虹起并肩一同来拜访九爷。

若说白明禹和白虹起两人什么时候能坐在一起不吵架，还有说有笑的，也只有在九爷跟前才可瞧见，两人面上虽一团和气，但话里话外，都在竞争。

白明禹炫耀一句自己的功劳，白虹起立刻跟上，敲几句边鼓，不拆台，但也不肯把里头自己的功劳让给白明禹。

白容久听了一阵，被吵得头疼，把手里的茶杯放在桌上。

对面两人一同噤声。

白容久道：“昨日宴席，不妥。”

白虹起脸色涨红，有些不安。

白容久看她，淡声道：“我知你和姑母的难处，你经营南坊多年已有你的规矩，但从今日起，你只需记得，我白家人做生意只问天地和自己的良心，不必再瞧旁人脸色。”

白虹起愣了一下，继而红了眼圈，她“哎”了一声，连忙给九爷行礼：“虹儿记得了，谢九叔护我和祖母！”她们这一支是女户，祖母要强，她也从不在人前示弱，但这个世道，女人做生意原本就不易，若不是形势所迫，谁愿八面玲珑？九爷今日开口，是发了准话，要护她们周全。

如今白容久在北地的权势，已比往日更盛三分。

白容久又看了白明禹，眉头微皱，问道："你刚才说铁路附近的酒馆，是怎么回事？"

"哦，是这样，爷，那些俄国人好不讲道理，那个铁路局长叫什么霍尔瓦格的一直拿禁酒令做文章，上个月还下文，说'凡东省铁路沿线五十俄里以内的地区严禁制造、贩卖酒水'，以此为由驱逐沿路贩酒的行商，上个月底就抄了两车厢的酒，虽不是咱们家的，但都是咱们这儿卖出去的啊！那些行商瞧见势头不好，也不敢多买，生怕被逮到。"他说着又气愤起来，"那帮俄国佬只赶咱们这边的商人，俄商半点不管！"

白容久问："俄商还能继续贩酒？"

白明禹道："何止，他们在南坊自己开办酒厂，那家乌卢布列夫斯基啤酒厂和东巴伐利亚酒厂就是他们的，禁酒令下了几次，既没停业，也没迁走。我瞧那帮俄人的禁酒令，只禁华国的酒，压根就不禁洋酒！"

白容久垂眼略想片刻，道："你把他下的文书拿一份来，我瞧瞧。"

白明禹答应了一声，起身要回去拿。一旁的白虹起早有准备，从一旁的公文包里拿了整整齐齐的一沓文书，放到白容久跟前："九叔，我猜你来也是要看这些文书的，已带来了。"

白容久翻看了一下，点头道："我先看一下，白二还是去酒馆那边盯着，虹儿替我去一趟尚老板那里，昨夜戏班里的人伤了几个，你送些药过去，也给些银钱安抚一下。"

两人都答应一声，白虹起又开口问道："九叔，小谢还好吧？"

白容久抬眼看她："你找他有事？"

白虹起下意识摇头，坐姿都拘谨了些："没有，没有，我就是随口一问，好歹是九叔身边的人，听说昨夜戏楼那边被打坏了好些桌椅，我就是担心咱们这边人的安危。"

白容久道："他无事。"

白虹起不敢多问，起身和白明禹一同出去了。等到了门口，白虹起忍不住低声问旁边的白明禹道："你昨天瞧见谢璟没有？他伤得重吗，今日好像没见他出来……"

白明禹停下脚步看她，一脸不痛快："你只问小谢，怎么不问问我？"

白虹起惊奇道："你怎么了？"

"我昨日也在戏楼啊！你是没去，没瞧见小爷昨晚有多勇猛，那帮人呼啦啦地围上来，我一拳一个——"白明禹正吹牛吹得兴起，听众却拔腿要走，他不乐意道，"哎，你这人好没意思，话都不听别人说完的吗？"

白虹起敷衍他："九叔交代了要事，我还赶着去办事呢，下回听你讲。"

白明禹忽然想起什么，快步追过去，挤进她车里："你去找尚玉楼？巧了，我也有事找他，搭个车，顺路。"

白虹起："你找他做什么？"

"你少管我，反正有事。"白明禹绷着脸，看她一眼，立刻耳尖泛红地扭过头去，催司机开车。尚玉楼长得俊俏，在省府就迷倒了不少女孩，还有姑娘捧着大串珍珠和金戒指往台上扔博他欢心的呢！

白明禹心想，白家赚钱不易，他得去看着些，省得这位小姑姑不懂事，胡乱给外头的男人花钱。

尚玉楼被安置了新住处，白虹起又请了医生来给戏班众人瞧了，送了好些名贵药材，尚玉楼推让再三，只能收了。

白明禹在一旁瞧着，倒也没见二人有多亲密，放心不少。

不到两日，尚老板又遇到一点麻烦事。

几个黑衣打手寻上门来，给他传话，大约是帮会里已打听清楚新来的九爷是何许人物，不敢再去碰白家小辈，但为了自己的脸面，硬撑着来戏班这里找回场子。那打手喊了尚玉楼出来，对他道："我们大当家的说了，前日有眼不识泰山，得罪了白九爷和尚老板，他也不是冲着您二位来的，原是下头的人不规矩，惹了一场误会。但咱们伤了人，总也要有个交代，大当家的说，谈银钱伤和气，只把那日打人的武生交出来，他训几句话，这事儿就算揭过，所有恩怨一笔勾销。"

尚玉楼问："你们大当家要哪个武生？"

黑衣打手道："自然是那日打人最凶的，做仙君打扮那个！"

尚玉楼摇头："给不了。"

黑衣打手："……"

黑衣打手："尚老板，咱们可是给足了面子，不过叫去训几句话，大当家脾气不好，你再倔强下去，我可不敢保证'仙君'能不能囫囵个儿送回来了！"

尚玉楼一脸同情望着他，叹了一声道："这话你不如同白九爷再说一遍，那是九爷的人，不是我戏班的。”

青龙会的人愣在当场。

白容久当天就听到消息，怒极反笑：“替我带句话给那位大当家，我的人，自有我定下的规矩，不劳烦旁人动手。”

当日傍晚，洋房外很快又开来五辆黑色轿车。白虹起手里有一家汽车行，这些开出去的轿车全部价值千金，都是拿来给九爷身边人使用的。

另一边，青龙会的大当家正在烟馆里吞云吐雾。

这两年帮会发展极快，入会人数众多，但绝大部分都是做最下层劳苦工作的人，像是码头上的苦力和拉黄包车的脚夫。这些人入会原因也简单，多少有个依仗，不会被欺负得太惨，每月上交少许铜钱买个平安。青龙会的上层人数不多，按资排辈，分了七个当家的，这帮人在南坊也作威作福惯了，听到白家九爷这尊大佛亲自来的消息也只当作茶余闲谈，完全没想过自己能和白家有什么交集。

外头人跌跌撞撞跑进烟馆来报的时候，大当家的吐了长长一口烟雾，缓了半日才模糊听清些字眼，又问了一遍：“你说什么，什么白家？”

下头那人声音都打了战：“是，是省府白家，白家九爷……带了好些兵，让您下楼叙话。”

大当家手里烟枪没拿稳，“哐啷”一声掉在桌上，一旁给他点烟的女人吓了一跳，大当家也全然顾不上了，追问道：“那位白九爷，找我？你没看错?!”

“千真万确，白家九爷找您，怕是来者不善啊，不如我去找二当家，让他们多带些人手来——”

那人话还未说完，大当家就一烟杆砸过去，一边从榻上起身，一边痛骂道：“找什么人，你跟那位硬碰，怕不是嫌自己命长！”他转了两圈，又问，“白九爷为何找我们麻烦，可是哪里招待不周？”

“这，这……”

“这什么，快说！”

“前几日七当家和他们起了冲突，在戏楼打了一场，二当家也不敢找白家讨公道，只借了您的名号，问他们要当日打人的武生，听说那武生是白家九爷的人，二当家知道得晚，这会儿怕是要来寻仇。”

“糊涂，糊涂啊！老二和老七这两年被那帮洋毛子撺掇得不知道自己是几斤几两，如今更是离谱，怕是连自己姓什么都不知道了！”大当家趿拉着鞋走了两步，气急败坏道，“北地白家，那是咱们能招惹的吗？你从后门悄悄出去，抓紧些，去把老二和老七给我找来！”

“可七当家被戏班那个武生打成重伤，如今还卧床不起啊。”

大当家瞪他一眼，骂道：“我管他是死是活，就算是躺在床上咳血，也给我连人带床抬来！”

那人连忙应了一声，匆匆去了。

那日被谢璟打成重伤的七当家名叫李德发，他挨了谢璟几棍，回去时候又赶上落雪，抬回去冻了半夜，一时伤了肺腑，这会儿还真是下不了床，咳着血被抬了过来。

大当家下楼之后，只看到一帮兵，面容肃杀，押赴一般带他去了不远处一家茶楼。

白容久包场，已坐在那里等着。

茶楼里非常安静，但并不代表人少，白容久身后左右各站一个护卫，两侧皆是荷枪实弹的士兵，长枪背在肩上，枪管泛着幽冷铁光。

白容久喝了小半杯茶，抬眼看向进来的人。

青龙会大当家一进来就有些腿软，他已不是早几年敢打敢拼的年纪，享了几年福，越发外强中干，强撑着不露怯，走到跟前，跟白容久行了个礼。

白容久茶杯在手上转了半圈，问他：“你是青龙会大当家？”

“不敢当，兄弟们抬举，平日里这么喊一声罢了。”大当家回了一句，强装镇定。

门口传来响动，有几个黑衣打手抬了一副担架上来，上面躺着的是七当家李德发，一副出气多、进气少的模样。担架刚一停稳，他就忍不住连声咳嗽。

大当家看了那边一眼，使了眼色给对方，让他开口说话。

李德发面色惨白，额上渗出冷汗，梗着脖子咬牙道：“我们兄弟不知那戏班武生是九爷的人，多有得罪，只是我已被他打成重伤，前几日也并非寻仇，只是想找人出来询问几句……”

白容久放下茶杯，淡声道：“你不配。”

李德发脖子上青筋鼓起，一双眼睛瞪向对方。

大当家毫不客气，上前给了他一脚，差点把人从担架上踹下来，骂道：“你这是什么态度，我不是吩咐人与你说了，见了九爷，好好认错，你还懂不懂规

不敢管，如今好了，全被抓起来才好，呸!”

……

众人在外议论纷纷，茶楼里，只剩下青龙会大当家孤零零一人站在厅中。

白容久对他道:“今日之事，实属无奈之举，白将军最痛恨的便是这卖国之人，若非是在南坊这三不管地界，换了其他地方，怕是已经就地枪决。”

大当家面色苍白，站在那儿不知回什么才好。

白容久又道:“既折损了大当家两个人手，总要补偿才是，正巧我手边还有几个伶俐之人，就让他们跟去大当家身边，替你解忧。”白容久说着，身后站出来几人冲大当家拱手作揖，看似尊敬，脸上却没什么表情，显然是白容久的心腹。

大当家有心要拒绝，但不敢当面推辞，只道:“我这里庙小，一时也容纳不了这么些英雄好汉。”

白容久道:“无妨，慢慢就适应了。”

这话说得斩钉截铁，大当家被堵了回去。

随后，白容久带人离开了。青龙会大当家独自一人留在茶楼里，他看着粗笨，心思却十分细腻，转眼间就明白了白容久的用意。北地白家不缺银钱，也不缺权势，缺的是情报。他们青龙会人数众多，其中又多以车夫脚力为主，平日里得到消息也是最快最多，白容久是看中了他们这张初现雏形的情报网。

而那几位说是“补偿”给他的人，恐怕一个个来头都不简单，目的估计是要深入青龙会内部，日渐蚕食，最后取而代之。

大当家面色苍白，他刚才装出的种种撇清关系的模样，对方或是看穿了，或是压根不放在眼里，他不过是一枚用完即丢的棋子罢了……

他眼中闪过种种狠色，最终却化为一片灰色，失去光芒。他用尽最后的力气，就算拼个鱼死网破，也不过白白搭上一条性命，白容久能把老二、老七查个底朝天，对付他，也不过是抬抬手指的事儿，他做出种种反抗也无济于事。

想通关键，大当家浑身像是被抽空了力气，一屁股瘫坐在地上，他知道，今日青龙会算是完了，以后怕是要改姓白。

大当家在茶楼失了权势，但他之前吩咐的人还不知道，依旧听令送了一份“重礼”去白容久府上——一顶轿子，轿子上坐着一位涂脂抹粉的戏子，浓妆扮作美娇娥，整套戏服是簇新的，插了满头的珠翠，华丽异常。

那几个黑衣打手瞧见谢璟之后，得意非凡，搓手道："回这位小管事，我们大当家说了，白爷喜欢曲艺，家中既有武生不若再配个旦角儿，也好凑一对龙凤呈祥……"对方话还未说完，就见前头站着的小谢管事冷了脸色，从一旁抽了插门的一根木棍径直走上前，一棍劈断了红轿门面！

那旦角儿何时见过这样阵仗，吓得花容失色，提着裙子就逃命去了。

那几个黑衣打手也傻眼了。谢璟三两下把那顶红轿子砸了个稀巴烂，甩甩手腕，看着他们冷声道："告诉你们大当家，让他看好了，若再犯，我这棍子砸的可就是人了。"

傍晚时分，一辆黑色轿车开到洋房外，白容久回来了。

进院子的工夫，就有人小跑过来，把上午家里发生的事小声跟他汇报了一遍。白容久起初脚步快了几分，刚踏上台阶，就听下头人道："……小谢管事已持棍把人打跑了。"

白容久脚步顿了下，转头问道："你说，璟儿把人打了？"

下头人连连摇头："谢管事没打伤人，就是与他们，唔，与他们讲讲道理。"

白容久："如何讲的？"

"这……就先警告一番，对方不识好歹，硬要留下那顶红轿子，里头坐着的是个戏子，涂脂抹粉又顶了一头珠宝首饰，谢管事怕留下此人会毁了九爷清誉，这才拿棍子砸烂了轿子，把人都赶跑了。"回话的人也是东院的，言语里下意识对谢璟有所偏袒。

白容久推门进去，谢璟大约是听到门口声响，抬眼看过来，视线碰到的时候站起身喊了一声"爷"。

白容久缓步过去坐下，问道："听说你忙了一上午？"

谢璟站在一旁，道："是做了不少事，爷要听哪一桩？"

"都说说。"

"我早上起来，瞧见卧室牙粉没了，就出去……"

白容久咳了一声，抬眼看他，似笑非笑。

谢璟顿了一下，说道："有人来送礼，起歪心思，我替爷打跑了。至于人，我也替爷瞧过了，长得不怎么样，若以后瞧见好的，我再留下让爷回来发落。"

白容久淡声道："不用留，以后你再瞧见，就同今日这般打出去就是。"他看了谢璟，问道，"身上还藏了什么兵器不曾？"

谢璟把身上的东西拿出来给他看，除了一把手枪和两柄薄匕首，再来就是一个钱袋，里头放着一些散碎的铜板和银票，还有一只小石虎。

白容久拿出来看了下，问道："怎么把它带来南坊了？"

谢璟小声道："还带了好多。"

"嗯？"

"姥姥说这是我娘留给我的。我房间的小箱子里，还有一些爷之前给我的东西，我带在身边，想家的时候就看一看。"谢璟说得自然，语气带着自己都未察觉的眷恋，雏鸟一般。

白容久给他放好："下回不出去那么久了。"

谢璟道："爷要做大事，不能只留在一个地方。"他说完又补了一小句，"下回可以带我一起，过完年我就十八了。"

白容久笑了一声，点头应下。

处理完青龙会的事儿，白容久在南坊休养了几日，顺带教白明禹如何开酒馆。白明禹之前还是规矩了些，省府的规矩在这里并不适用。

白容久在书房听白明禹说完，吩咐道："把酒馆往西迁二十里，邻近铁路，房屋不必打地基，随意建筑几栋，能避风即可，至于后面已盘下的店铺，改为制酒坊，用于改良酒品。"

白明禹知道"改良酒品"的意思，他当初在俄国的时候做的就是这个，高度酒兑成普通烧酒、伏特加，这些并不难，口感也差不到哪里去。只是听到白容久说迁地址，愣了一下："往前二十里？爷，那可是俄人的地盘了，这行吗？"

白容久："谁说那是俄人地界？"

白明禹愣道："我见章程上写着是'东省铁路沿线五十俄里以内'……"

白容久问："按原铁路章程规定，俄人所管辖应在铁路两侧三十华里之内，你可知一俄里多出多少土地？"

白明禹心里算了下，两国计算不同，一俄里却是比华里约莫多出二十丈，累积下来却足足有五十三里，一字之差，摇身一变，比之前管辖范围扩出了许多，他脸色难看，咬牙不语。

白容久淡声道："我争的就是那二十里。"

白明禹得了白容久吩咐，也不再小打小闹，上去就在铁路沿线两侧建了三十家酒馆。他也聪明，听出白容久话中的意思——只为土地不为赚钱，这几个小钱，对白家来说实在算不得什么，但若真能把那二十里地争回来，那才是出一口气。

儿日之后，白家有一支商队要回省府。尚玉楼的戏班正好一同前往，因商队护卫是张虎威手下的人，双方都和他有交情，谢璟便被派去给两边做交接。

谢璟去找了一趟尚玉楼，跟他说了一下启程的时间。尚老板这些日子一直提心吊胆的，早就想走了，一听谢璟说可以走，立刻点头答应下来。

谢璟让人送了一匣银元，尚玉楼略推辞几句，把银钱收了下来。他心里也是感慨。南坊这地方他们估计以后都不来了，实在是怕了。

谢璟替白容久摆了送行宴，请尚玉楼吃饭，二人以茶代酒，宾主尽欢。

吃过送行宴，谢璟早早告辞，让戏班的人好早些休息，准备赶路。

冬日，南坊。

铁路沿线两侧不过几日功夫，就开了一大片酒馆，俄国领事馆的负责人也是头疼万分，立刻就去找南坊当地官员，勒令他们立刻查封。

南坊官员却没有同以往那般好说话，先是打太极，待拖不下去了又推辞道："这事儿我们也管不了，需得去省府，找总督签字。"

省府的白西梁白将军早就盯上这个地方了。

东省铁路位置关键，横贯三个极重要辖区，是为北地三省之血脉。

俄人借由当年签订修建铁路的条约，趁机掠夺铁路两侧土地，数年来攫取许多非法特权，如今侨民越来越多，还兴建了几个机构，俨如国中之国。

白将军一直在等一个机会，把这处枢纽的管理和指挥权限一并夺回。

他手头有兵，加上白容久这一年在河对岸倒腾来的千万银元税金，一时军费充足，腰杆和枪杆都硬挺起来，说话有底气。

省府有官员来给俄人讲话，话里话外都站在对方那一边，若不是华国人长相，听起来倒像是俄国领事馆又派来的说客。

白将军对这样的人没半点好脸色，语气冷硬："俄人现今凭借一纸禁酒令，私改条约，在我国地界行使他国权力，尔等食君俸禄，尽说些狗屁不通的话，荒唐至极！"

凡是来总督府胡言乱语的人，都挨了二十鞭，被赶了出去。

白将军亮出如此态度，摆明了要对方给南坊商户一个交代。

商户要钱，他白西梁要的是失去的土地。

众人皆知白将军最疼爱白容久这一个晚辈，算起来白容久还要喊白将军一声叔父。不知情者还以为老将军是为了侄儿撑腰，但知道内幕的，只暗自叹一句，如今的世道，名利场上心如明镜台一般通透的恐怕找不出几人了，白西梁将军当居其列。

省府白家被白西梁将军扶持多年，也只有现任家主白容久，才知道老将军心中所愿。

白容久在南坊闹的这一场，完全中了白将军的心思，余下之事便也是水到渠成。

国有国法，家有家规，条约内容既已不可更改，白将军态度明确，要求按章程办事，让俄人退后二十里。

俄国领事馆的官员气得大呼小叫，但依旧拿白将军没有办法。白西梁态度一贯强硬，虽和他们没有起正面冲突，但没少和日本人起争执，是块硬骨头。

俄人拿禁酒令当说辞，白将军就对他们道："不就是禁酒？那好办，让霍尔瓦格先把南坊铁路两侧辖区内的什么啤酒厂迁出去，你们俄人禁酒，就该先封你们自己的酒厂嘛，你做个表率，我自当约束下头的那帮小子们。"

俄人禁酒，只限制华国商人，却不限制俄国酒厂，这事儿早已引起不满。

尤其是华国商人三番五次被没收货物、被驱逐之后，已经有人去俄国领事馆抗议了。

俄国领事馆的官员在省府碰了个软钉子，愤怒回了南坊。

十一月，俄人开始借故驱逐华国商贩，清理铁路线五十里内造酒、贩酒的人。事发突然，且范围扩发，许多商人还没来得及反应就被查抄了店铺。

一众酒商去问，但俄人态度蛮横，把他们都驱赶走。

酒商们只能采取拖延的方法，一面要求俄人释放被抓捕的店员伙计，一面要求给时间，好让他们运回手中积压的商品——说是运回，大部分就地低价抛售了，支持禁酒的俄人还是少数，所以他们都乐于买这些低价酒，甚至都争抢了起来。

十二月初，华俄交涉无果，俄国领事馆又有条文下来，态度强硬。

随后，铁路沿岸两处辖区的华国酒商开始聚集，以北地三省商会的名义召集到一处，筹议抵制俄国领事馆禁酒的办法。

坐在这里的大多是男掌柜，女掌柜极少，如今天寒地冻，人人都裹了厚袍子，围着炉火聚在一处，愁眉不展。

有一位身穿黑色绸缎长袍罩短褂的男人开口道："事到如今，白掌柜，不如你再递封信给上头？即便总督府不好找，那南坊铁路管理局总该为我们想想法子吧？”

另一个耷拉着眉毛，一脸愁苦道：“何老板，您那边不过是两车皮的货，我这可是搭进去好几个人哪！”

“哪怕替我们给九爷递句话也成，我们这日子过得着实艰难呀。”

“是啊，白掌柜，全指望您了！”

几人议论纷纷，有不少人跟着点头，几句话工夫都看向白明禹，目光中带了期盼。

白明禹头一回处理这样大的事，坐在主座上，面沉如水，听一众人说完才开口道：“诸位，此事不是我白家一家的事，也不是各位自己的事，需大伙通力合作才可完成。”

“白掌柜但说无妨！”到这节骨眼上了，商户们也顾不得其他的了。

白明禹目光扫过他们，让人拿了纸笔来，挨个分发下去：“各位受了什么损失，或有什么冤情，还当写清楚交与我，一并递交上去，好同省府再次请愿。白将军清廉爱民，为我白家一家撑腰是不可能的，但大家伙这么多人都受了损失，老将军势必要过问一下。届时就算找俄人拍桌子吵起来，也好有个信物，你们说是不是？”

有伙计和亲戚被抓的商户，率先提笔写了，他们只求要人，不求其他；另一些略做犹豫，也很快提笔写下，他们在南坊这么多年，早就受够了俄人的气，尤其是还有些二洋鬼子，若此次白将军真能出面替他们做主，他们也没什么好怕的！

白明禹收拢了书信，把众人送走，又连夜去找了白容久。

白容久还住在南坊洋房那边没有离开，白明禹来晚了些，让人通传之后，过了一阵白容久才应声，让人把他带去书房等候。

不多时，白容久披着厚外套去了书房，身后跟着谢璟。

白明禹忍不住多看了一眼，瞧着白容久头发略微有些乱，像是刚睡下又被喊起来的模样，脸色瞧着如常。白明禹心里惴惴不安，他还从未看过这样的白容久，一面害怕，一面又忍不住好奇。

白容久坐在书桌后，问道：“事情办得如何？”

白明禹把那些信都递上去：“都已按您吩咐的办好了。”

白容久看了一下，点头同白明禹小声交代其余事项，白明禹集中注意力，一边听一边记住。

谈了近半个时辰，白容久才摆摆手，让白明禹回去。

白明禹点头应了，走了两步，又微微拧眉道：“爷，闹上这么一场，咱们这边胜算几成？两成？一成？”

白容久摇头：“一成都没有。”

“啊？那这……”

“即便一成也没有，也要让他们明白，该争的就得争。”白容久语气平淡，没说是谁，或许说的是俄人，又或许是那些已慢慢适应条约中不合理内容的华国人。

白明禹胸腔里莫名涌起一股热气，他咧了咧嘴角，脸上的迟疑全部消散，笑道：“爷，您放心，这差事我一定办好！”别的不说，闹事儿他可太会了。

等白明禹走了之后，谢璟站在那儿想了片刻，实在搜索不到有关南坊的记忆，但没有太糟的印象，那事情应当是有转机才是。

谢璟低声问道：“爷，俄人的禁酒令要禁到几时？”

白容久看他一眼，眼里带了丝满意：“你倒是机灵，知道从这里找漏洞，他们禁不了多久，这一纸禁令就会成为废纸。我敢用酒起事，也正因如此，这禁令作废，他们自当退后二十里，之前蚕食的两侧土地也当吐出来。”

谢璟想了想，又问：“是每回都如此？”

白容久点头：“是，俄人禁酒已不是头一回，但没一次成功。”

谢璟：“这是为何？”

“原因很多，他们地处极寒，不饮烈酒，无法生活，上位者禁酒自然是看到酒的弊端，但他没有意识到酒对人的重要性。”白容久一点点同他分析，“酒卖得好，是因为有人需要，而不是酒水的生产和贩卖。”

谢璟不解：“爷是说俄人自己会闹起来？就……因为酒？”

白容久道：“嗯，他们同我们不一样，没了酒，还真会闹事。我去俄国一年间，北部已出现酒荒，那些俄国酒商破产大半，经济萧条，且私酿成风，为此中毒的人屡见不鲜，有些俄人受不住，连教堂里的‘圣酒’都调包出来偷喝……这禁酒令作废，不过是早晚的事。”酒水税金分量极重，商人的利益受损自然要闹，他们没钱，政府财政也就亏空，循环往复，可不是什么好事。

谢璟抬头看他。

白容久笑道：“怎么了，为何这样看我？”

谢璟过了一会儿，摇摇头。

白容久绝顶聪明，对外头的事都能从一鳞半爪里窥探全貌，对身处之地又怎会不知。

省府。

白将军收到那一摞信，果然也给了一个答复。

他派了一队亲兵，把艾虎的免税地封了。

艾虎有一处地界，因两国做边境生意，批了一处百里免税之地。

有些俄人也借机将洋货运入免税地，然后再运回俄国，这样就免于重税。

白将军把这一地封了，并对俄人进入免税地的商品征收重税，学他们那般，单方面停止百里免税不纳税之规定。那队兵到了之后先没收俄商货物，紧跟着又从当时的协议合约里一个字眼一个字眼地抠，鸡蛋里挑骨头似的愣是找出七八处错的地方，要俄领事馆派人来再重新研讨，不然这地就一直封着——且只封俄商，不管华国商人。

两边派人协商谈判，但也只谈成一点，先各自放了扣押的人，其余事毫无进展。

双方这一谈，从冬天一直谈到了第二年春末。

协商的进度略有一点，但那都是政客们需要操心的了，南坊商人从当地铁路局拿到了一些赔偿，被扣押的伙计也尽数放回，虽说赔偿只有一部分的，但也比没有好，而且他们之前贩酒盈利颇丰，倒也不至于亏本。

白容久在南坊一直住到春末夏初。

外界一直盛传他对白明禹悉心教导，照顾有加，说得有鼻子有眼，若不然白容久为何一直留在南坊盯着不回省府？

传得太真，连白明禹自己都信了。

白明禹十分得意，但也没别人可以炫耀，他在南坊最常见到的人除了谢璟就是白虹起，他跟谢璟炫耀不起来，就跑去跟白虹起说。

白虹起冷笑看他："九叔给了你这么大的面子，你若是还办不成什么事，那还是趁早回你青河去的好。"

白明禹伸出手指，在她面前晃了晃："嫉妒，你这是嫉妒了，因为爷待我最好，对不对？"

白虹起愤愤拍下他那根乱晃的手指。

虽心里不信，但白虹起多少也被激起了几分竞争意识，她是白容久第一个学生，心里总觉得自己才是最受器重的那个。如今有白明禹这么一个浑人在旁边争宠，她下定决心要做几件漂亮买卖给白容久看，一口气吞了京城两家车行，还占了沪市一家车行两成干股。

夏天。

俄人破坏约定，对华国一方进入免税地的商品收重税。

双方协商不成，百里免税的规定于六月取消。

东省铁路俄方负责人霍尔瓦格起初态度强硬，但渐渐也有些力不从心，不只是北地三省的施压，也因为在铁路线上讨生活的俄人们。禁酒令搞得轰轰烈烈，东省铁路沿线就有十余万俄人，他们在工厂丢了工作，穷得揭不开锅，也开始游行，有些激进的更是用实际行动来“声援”。

这些工人建立了组织，先后搞了四次全路大罢工。

甚至还有一小帮人到处搜寻霍尔瓦格，让这个贵族官员几次狼狈躲藏，惶惶不可终日。

省府的白将军自然乐见其成，暗中支持，闹了不到两个月，护路军一方就解除了东省铁路的武装，罢免了霍尔瓦格的一切职务，总督府一纸令下，以迅雷不及掩耳之势，迅速强势入驻东省铁路，将沿线重要职务来了一次大换血，彻底翻开了历史新的一页。

与此同时，俄国十月事件爆发。

俄人无暇东顾，也再无人去谈禁酒令，东省铁路位置重新划分，往前推进足足五十里。

白将军对土地热爱得很，能多要，绝对不少拿一点。

两国边境向来有些小摩擦，华国前些年乱的时候，俄人没少趁机占便宜，如今换了俄人这边闹起来，自然也一样回报对方。

卢布价值日渐下跌。华国一众边境商人嗅到危机，将手头卢布兑换金银，外头的房屋、工厂等资产尽数变卖，折算成物资陆续运回国内。

白家早在一年前就已着手此事，也是其中动作最快的一家，只是没有再收入更多的金银，而是换购了大批的物资，如食品、皮革、棉花、药品等。白家的船陆续回航，对外只说是棉花，船只一在艾虎等地靠岸，立刻就有一队队训练有序的“巡逻队员”直接运走里面的货物。

那些“巡逻队员”和往日也不同，看起来训练有素，简直犹如士兵一般。有传言说这些货物是白容久替总督府的白老将军买的物资，是军粮和军械。

这样的传言只传了小半日，就停了。

没有人敢再议论。但越是这样，人们心中就越发证实了那份猜测。

南坊。

洋房里，东院众人正在打包收拾行李，井然有序，准备回省府。

外头停了一水儿的新车，全是白虹起孝敬的，足有七八辆。

南坊事情了结，白容久也有了点空闲时间，在家中歇了几日。

白容久在书房教谢璟写字，弯腰握住他手，带他一起慢慢写，一笔一画，教得认真。

白明禹敲门进来的时候，正好看到这一幕，一时愣在那儿。

白容久姿势未变，只抬眼看他一眼，淡声道：“我让你进来了?”

白明禹退后半步，又敲了一次门，站在门口眼巴巴地看着，等批准。

白容久视线落回纸上，握着谢璟的手写完一个字，开口道：“进。”

白明禹这才进来，站在书桌前跟他汇报，也没什么大事，无非是南坊这边的产业，他们这一走，总需要其他人来接手，尤其铁路两侧那些酒馆，经营得也还算可以，多少有些进账。

白容久道：“你拟份单子，把地契和雇员信息一并写清楚了，明儿送去姑母那边，这月是她寿辰，当作寿礼一并送过去。”

白明禹问：“都给啊?”

白容久停下笔，抬头不解地看着他：“自然，你不是看中了虹儿，怎的如此小气，不过几间铺子，还要分几次给不成?”

白明禹脸上爆红，眼睛都不敢和白容久对视，结结巴巴道：“谁……谁看上她了?她那么凶，见我从来没一点好脾气……”

白容久道：“那既如此，回头我与姑母讲，不用再多留虹儿几年，让她今年招婿就是。”

“哎哎，爷，我刚瞎说的，我……我……”白明禹吭哧半天，没“我”出个所以然，抬手挠了几下脸，憋了一会儿道，“我就是，觉得她长得挺漂亮的。”

“成家岂能只看美色。”

“……人也挺好的，特别有本事。”

白容久问出这句，点头道："那既如此，你就抓紧些。"

白明禹脸色泛红，有些窘迫，小声问："爷，您怎么知道的啊？"

白容久道："你这点心事恨不得全写在脸上，谁人不知？"

白明禹大惊失色："……姑姑她也知道了？"

白容久摇头，看着他神色复杂。

这二人单从经商来说，都是一等一的好手，但也不知道是不是太聪明了，旁的事情就格外迟钝。

谢璟努力写字，权当没听见，努力绷着嘴角不当面笑出来。

二少爷这模样太憨了些。

他之前刚察觉的时候也惊奇了一阵，怎么都没想到白二会相中白虹起，但在南坊一年，他眼睁睁瞧着二少爷每天招惹虹姑娘，自以为感情进了一步，却没有一次不踩在猫尾巴上，惹得虹姑娘恨不得跟他打一架。

追了一年差点和对方成了仇家，也是份本事。

白明禹又道："爷，南坊铺子当初是从您这儿支的钱，全送不合适，我留一半折成银钱送回东院吧？我当初跟孙福管事领钱的时候都说好了，要翻一倍回去。"

白容久问："你从孙福那儿领了多少？"

白明禹老实道："领了八千银元。"

白容久道："这一年多，陆续送回的例银已快两万，足够了，南坊这些铺子既已给了你，就是你名下产业，经营得好与不好，也是你自己的本事。姑母大寿，送些贵重文玩、珠宝也并非不可，我让你送铺子，是为了让她对你多一份了解。"他看了白明禹，提点道，"你送去的时候，话说得漂亮些，知道吗？"

白明禹恍然大悟，连忙点头。

白容久继续教谢璟写字，见白明禹还站在那儿，抬眼看他一眼疑惑道："还有事？"

白明禹回神，这才告辞离开。

白明禹按白容久说的去准备店铺契纸去，另外还准备回省府的行程，只是临行前出了一点小插曲。

青龙会的大当家前来送行。

在南坊的大半年时间里，去已将青龙会收拾得服服帖帖，尽数收归己用。

青龙会里那些劣迹斑斑的人已被铲除干净，剩下的几个还算规矩，其余大小骨干已用东院人手替换了，只听白容久命令。只剩下大当家还算有点眼力见，留在最后，当了个傀儡，苟延残喘。

大当家现已认命，彻底熄了闹事儿的心思，转头想要讨好白容久。他这次学聪明了，只送了银票，没敢再送人。

白容久临行前，去拜访了姑母。

白家这位女掌柜也是传奇人物，一人撑起一份家业，发展至今，不仅在南坊打出名号，还发展到了京城和沪市等地。

白夫人只有这一个侄儿，感情甚好，留他吃了午饭，说了一阵家常。

因是家宴，还有女眷在内宅，谢璟并未一同前往，只同司机一起等在外面。南坊冬日空气干冷，谢璟呼出一口白雾似的热气，抬头去看，已有雪慢慢飘落下来。

白容久被姑母留下吃酒，直到天色渐晚才从府里出来。

谢璟迎上前去，替他撑伞遮了雪，低声道："爷，小心石阶路滑。"

白容久扶着他胳膊，轻笑道："不碍事，不过几杯薄酒。"

雪还在下着，已在地上铺了厚厚一层，外头停了一辆黑色轿车，谢璟扶着白容久上车。车子一路开得平稳，司机车技很好，几乎没什么颠簸。

谢璟一路看着路灯下的雪花飞舞，说来也奇怪，他来南坊一年，也瞧见过几次下雪，但那会儿好像很忙，都顾不得停下抬头看一眼。

或许白容久不在，他没有心思去瞧这些风花雪月。

谢璟手指按在玻璃上，隔着玻璃感受外头冰凉凉的落雪，身边的人轻笑一声对他道："璟儿，这个给你。"

谢璟低头，就看到一只描金首饰匣放在手中，不等他开口说推辞的话，白容久又道："里头是姑母早几年碰巧收的一颗珠子，这东西原也没什么，就是少见，图个稀罕罢了，你拿去玩儿吧。"

匣子打开，里头是一颗光洁润泽、龙眼大小的夜明珠，用极细的黄金链挂着，只瞧见一点荧光在车内光影下流转。谢璟看得出这颗珠子身价不菲，再看向白容久的时候，对方微微闭眼正在休息，也不多说什么。谢璟只好将夜明珠收进盒里低声谢了白容久。

车子停在洋房外头，谢璟陪白容久下车又慢慢走了一会儿。

白容久穿了雪青色皮氅，接过谢璟手中的那一柄伞，走不多远，上头已积了少许落雪。谢璟抬头问道："爷，不走了吧？外头冷，我们回去。"

白容久道："不打紧，瞧见下雪，想出来走走，你陪我？"

谢璟点头应了。

白容久的伞也笼罩住他，一边走一边问他今日办差的事。

谢璟捡着有趣的说了几件，白容久听得轻笑出声。

谢璟踩着雪，耳边除了雪落在伞上的声音，还有就是他们皮靴一同踩在雪地上的嘎吱声响，好像天地间此刻只有他们两个人。

谢璟慢慢吸了一口气，冬日冷，肺腑间都盈满了冰凉的空气，他忽然有种冲动，想把一切都告诉白容久。他记忆中的事已淡了许多，唯独几件大事还模糊记得，他想提醒白容久，张张嘴，却说不出一个字。

谢璟脑门上都浮出一层细密汗珠，手放在喉咙那儿，只觉得嗓子被堵住了一般。那些他和白容久的往事，一个字也说不出口，那些重要的事在记忆里开始模糊，唯独白容久咳血的景象触目惊心，他整个胸口被压着一般，喉咙哽得发疼。

白容久察觉，低头问道："怎么了？"

谢璟闷出一脑门的汗，放弃了，摇头道："没有。"

白容久抬手碰了碰他的脸，给他擦拭一下，微微皱眉道："还说没有，坐车又难受了是不是，下回不必再坐车来接我，你爱骑马，那就骑马。"

谢璟带着鼻音"嗯"了一声。

白容久同他说话分散注意力，提了家宴，顺便说到白虹起等人。

谢璟试着提起白虹起的事儿，万幸，这次还能说一些："爷，虹姑娘要去南边了？"

"嗯，现如今南边还好一些。"白容久缓声道，"原本爷爷和姑母安排虹儿在北地长住，我觉得她本事尚可，离家太近反而限制了才能，正巧东南那边有桩大买卖，原先手头银钱紧，一直没下定决心，这次去俄国赚了些银子，倒是刚好用上。"

"是什么买卖？"

"告诉你也无妨，我打算让几个掌柜下南洋，建几家糖厂和橡胶厂。至于虹儿，就让她先去南边练练手，过两年，大些了，性子也稳重点了，就让她去南洋做个大掌柜。"

谢璟抬头看他，忽然问道："爷，北地是不是要乱了？"

白容久伸手给他摘掉头上的雪花:“说不准，世道如此，总要做些打算，留些后路。”

谢璟还未开口，就听去道:“不让你走，放心，你跟在我身边就是。”

谢璟松了一口气，放心下来，也有心思同他继续聊下去，打趣道:“爷，你对虹姑娘比二少爷好。”

白容久轻笑一声，道:“男孩怎么能同女孩儿一般养？应该摔打着些，他皮糙肉厚，不碍事。”

谢璟也笑了。

白容久知他晕车难受，特意等在外头，等人回来之后又陪着走了一阵，一直到谢璟恢复如常才一起回去。

晚上谢璟做了一场大梦。

脑海中白茫茫一片，让人分不清现实还是虚幻，只有前头领路的人看得清楚，那双手紧紧握着他，一步步带他向前。

来处不可说，去处不可知。

唯有抓紧手中之人，才可渡他上岸。

就这样紧紧抓住，永不放手……

上册完

图书在版编目（CIP）数据

民国小商人. 上册 / 爱看天著. — 广州 : 羊城晚报出版社, 2021.11
ISBN 978-7-5543-0975-9

Ⅰ. ①民… Ⅱ. ①爱… Ⅲ. ①长篇小说－中国－当代
Ⅳ. ①I247.5

中国版本图书馆CIP数据核字（2021）第188071号

民国小商人 上

MINGUO XIAOSHANGREN SHANG

责任编辑 黄初镇　张灵舒
特约编辑 方剑虹
责任技编 张广生
责任校对 杨　群
出版发行 羊城晚报出版社
（广州市天河区黄埔大道中309号羊城创意产业园3-13B　邮编：510665）
发行部电话：（020）87133824
出 版 人 吴　江
经　　销 广东新华发行集团股份有限公司
印　　刷 恒美印务（广州）有限公司
规　　格 889毫米×1240毫米　1/32　印张 10.5　字数 345千
版　　次 2021年11月第1版　2021年11月第1次印刷
书　　号 ISBN 978-7-5543-0975-9
定　　价 48.00元